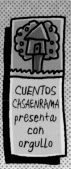

CUENTOS CASAENRAMA presenta con orgullo

HOMBRE PERRO
EL SEÑOR DE LAS PULGAS

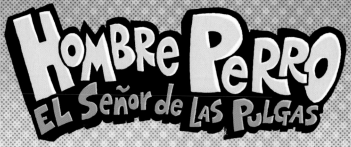

ESCRITO E ILUSTRADO POR **DAV PILKEY**
COMO JORGE BETANZOS Y BERTO HENARES
CON COLOR DE JOSE GARIBALDI

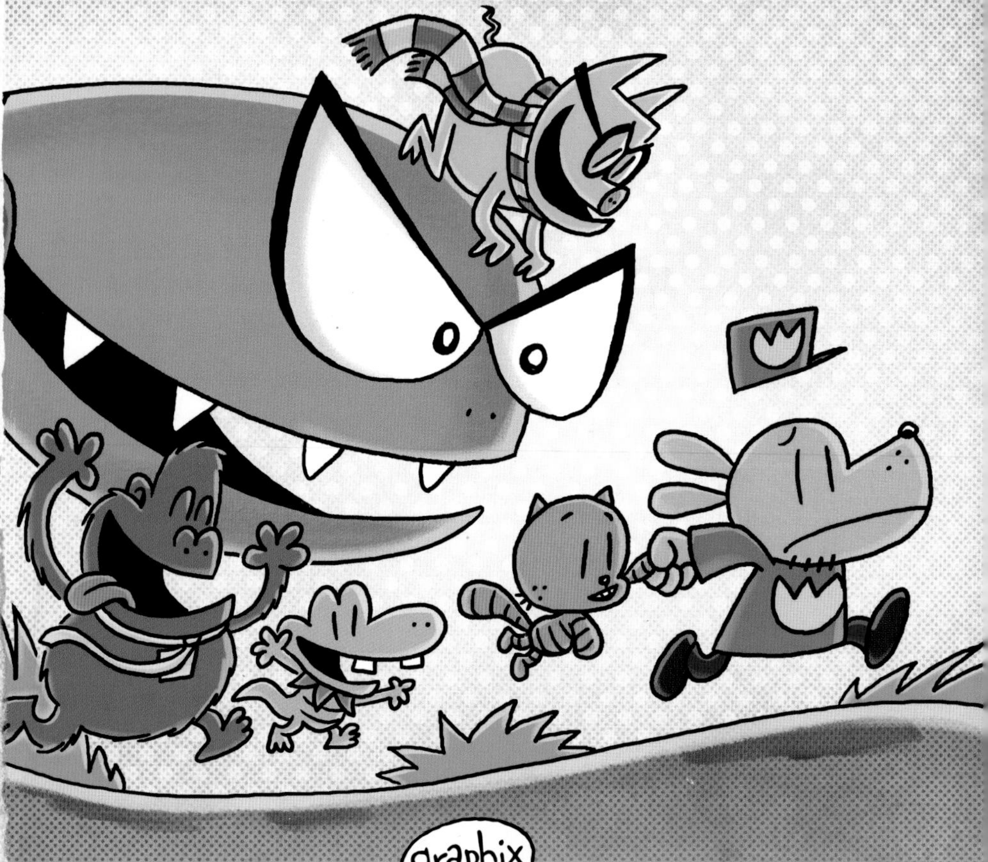

graphix
UN SELLO EDITORIAL DE
SCHOLASTIC

GRACIAS A MI QUERIDA AMIGA RACHEL "RAY RAY" COUN, QUIEN ME APOYÓ DESDE EL PRINCIPIO

Originally published in English as Dog Man: Lord of the Fleas

Translated by Nuria Molinero

ISBN 978-1-338-56600-0

10 9 8 7 6 5 4 3 2 1   19 20 21 22 23
Printed in China 62
First Spanish printing, September 2019

Original edition edited by Anamika Bhatnagar
Book design by Dav Pilkey and Phil Falco
Color by Jose Garibaldi
Creative Director: David Saylor

CAPÍTULOS

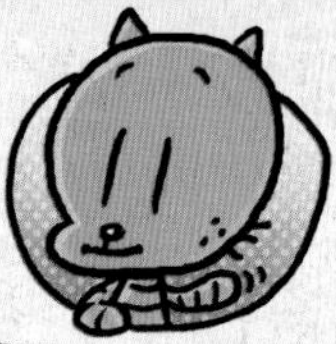

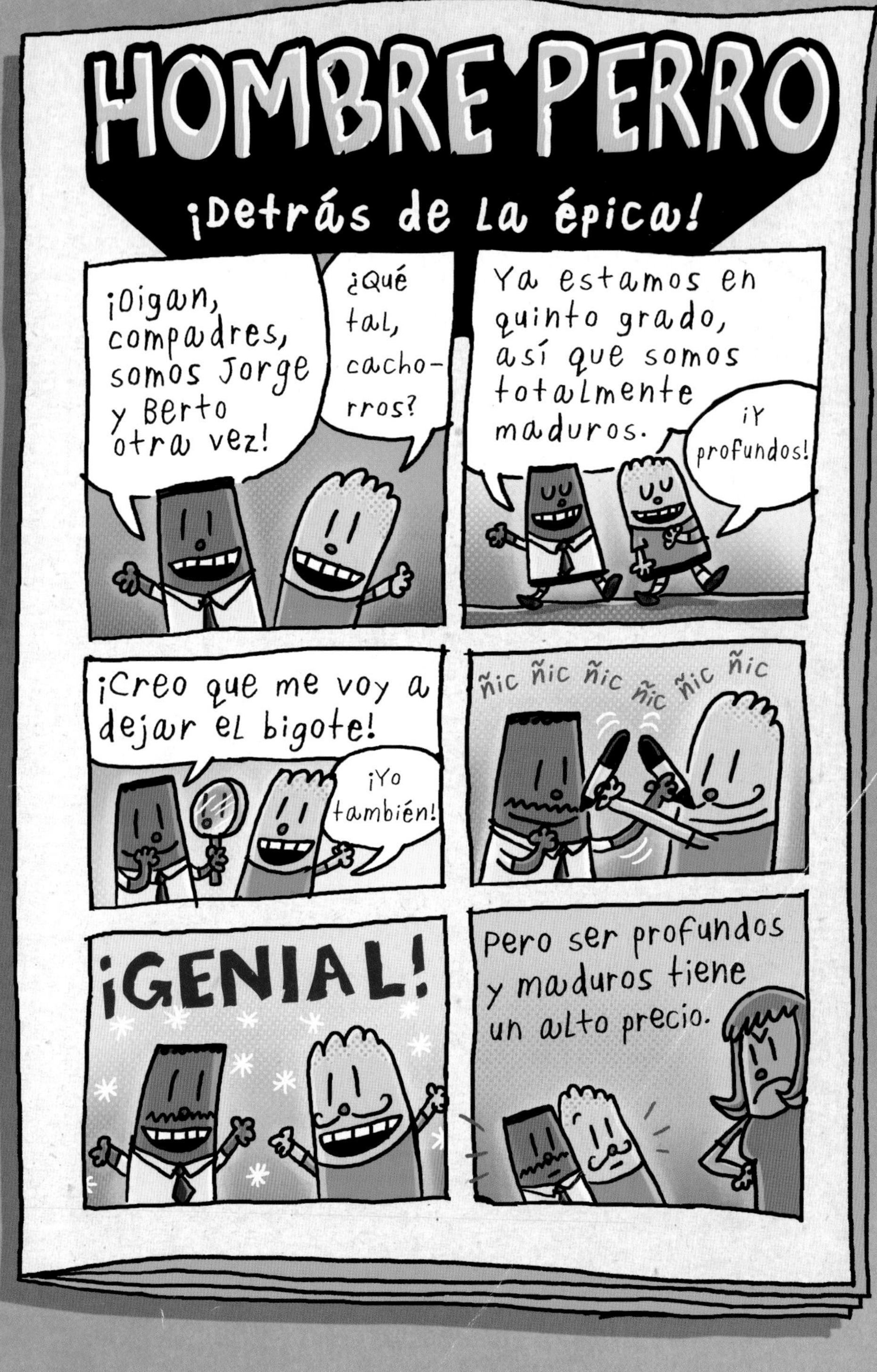
HOMBRE PERRO
¡Detrás de la épica!
¡Oigan, compadres, somos Jorge y Berto otra vez!
¿Qué tal, cachorros?
Ya estamos en quinto grado, así que somos totalmente maduros.
¡Y profundos!
¡Creo que me voy a dejar el bigote!
¡Yo también!
ñic ñic ñic ñic ñic ñic
¡GENIAL!
Pero ser profundos y maduros tiene un alto precio.

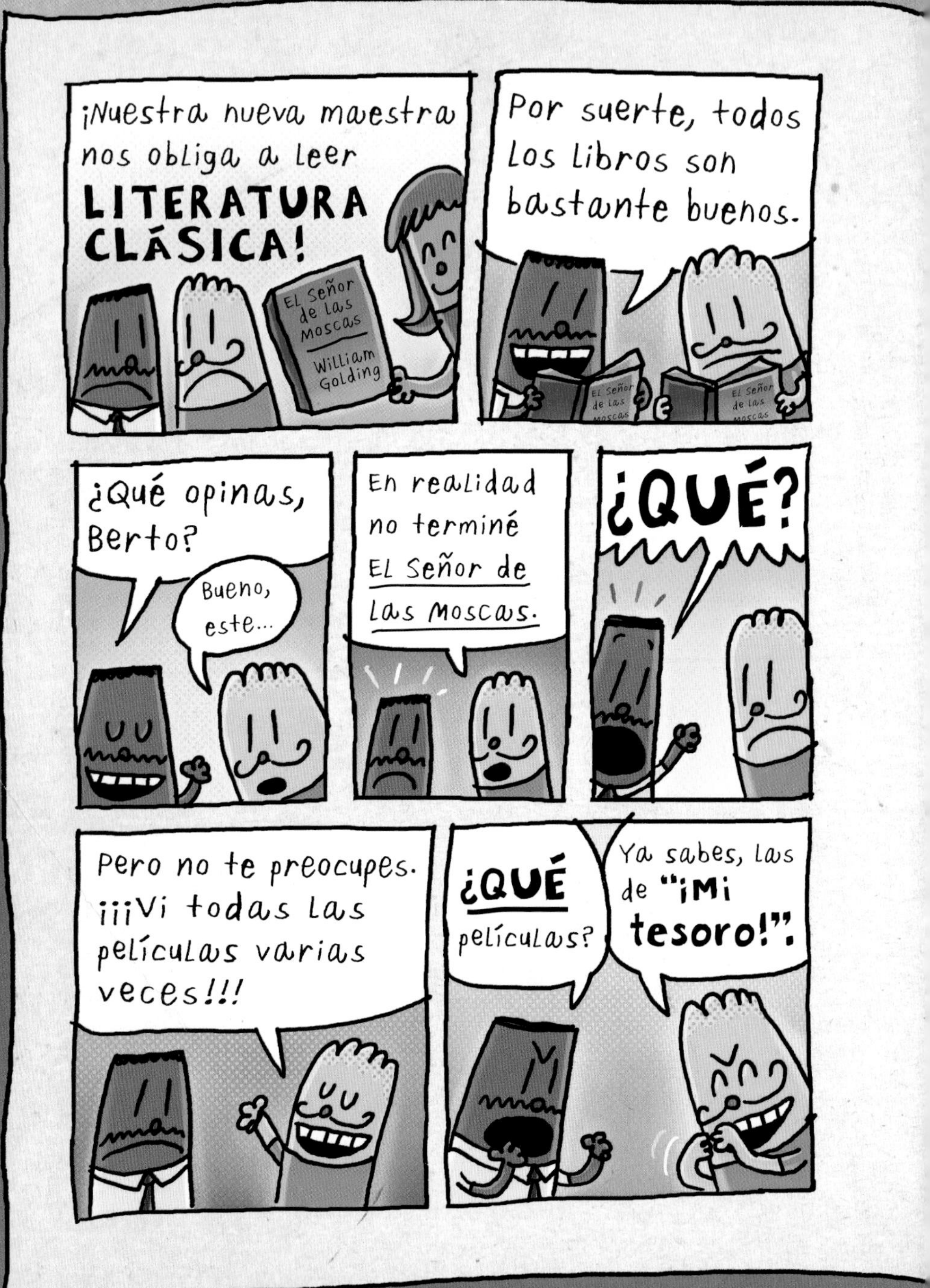
¡Nuestra nueva maestra nos obliga a leer LITERATURA CLÁSICA!
El Señor de las Moscas
William Golding
Por suerte, todos los libros son bastante buenos.
El Señor de las Moscas
El Señor de las Moscas
¿Qué opinas, Berto?
Bueno, este...
En realidad no terminé El Señor de las Moscas.
¿QUÉ?
Pero no te preocupes. ¡¡¡Vi todas las películas varias veces!!!
¿QUÉ películas?
Ya sabes, las de "¡Mi tesoro!".

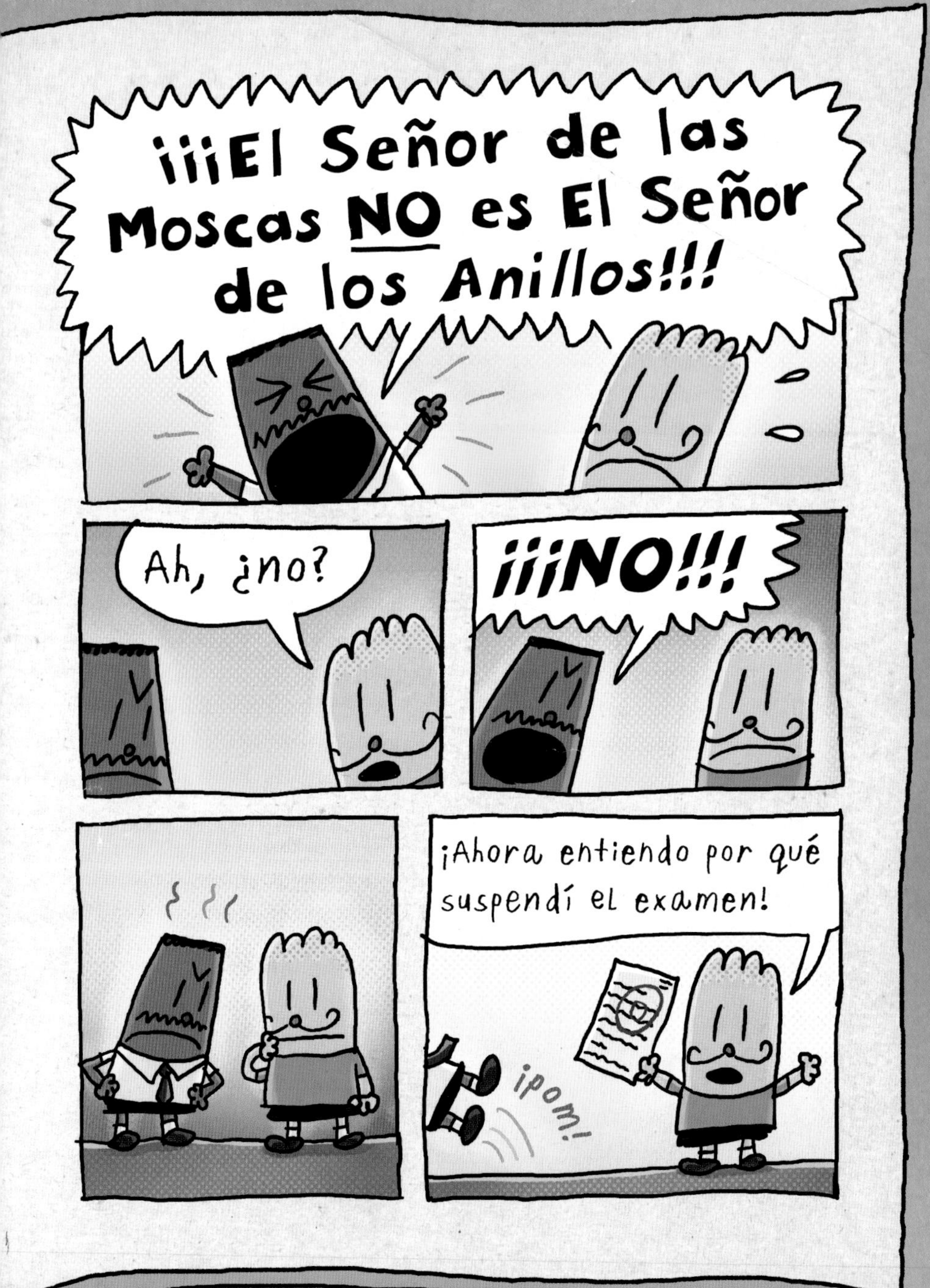
¡¡¡El Señor de las Moscas NO es El Señor de los Anillos!!!
Ah, ¿no?
¡¡¡NO!!!
¡Ahora entiendo por qué suspendí el examen!
¡pom!

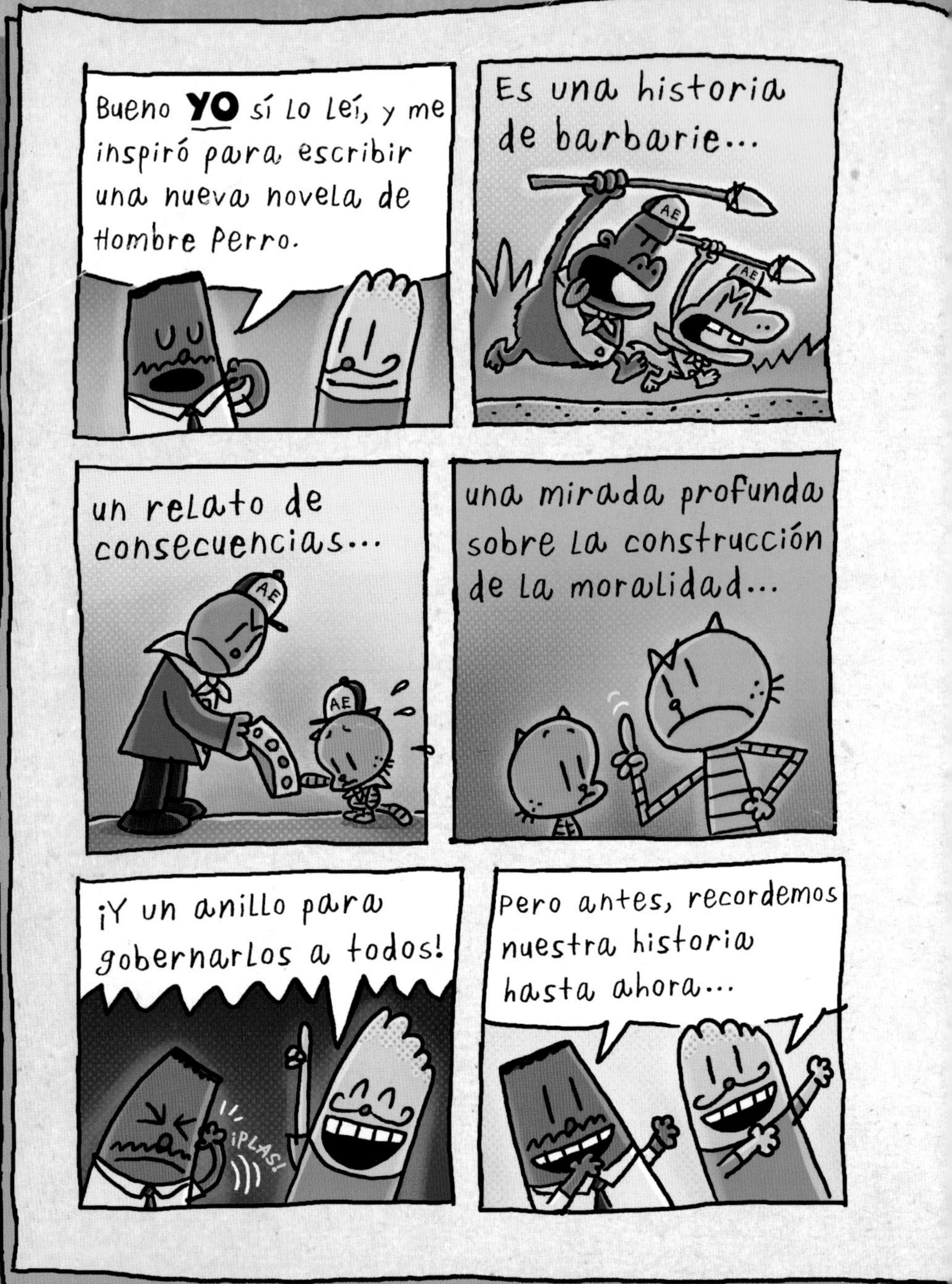
Bueno YO sí lo leí, y me inspiró para escribir una nueva novela de Hombre Perro.
Es una historia de barbarie...
AE
AE
un relato de consecuencias...
AE
AE
una mirada profunda sobre la construcción de la moralidad...
¡Y un anillo para gobernarlos a todos!
¡PLAS!
Pero antes, recordemos nuestra historia hasta ahora...

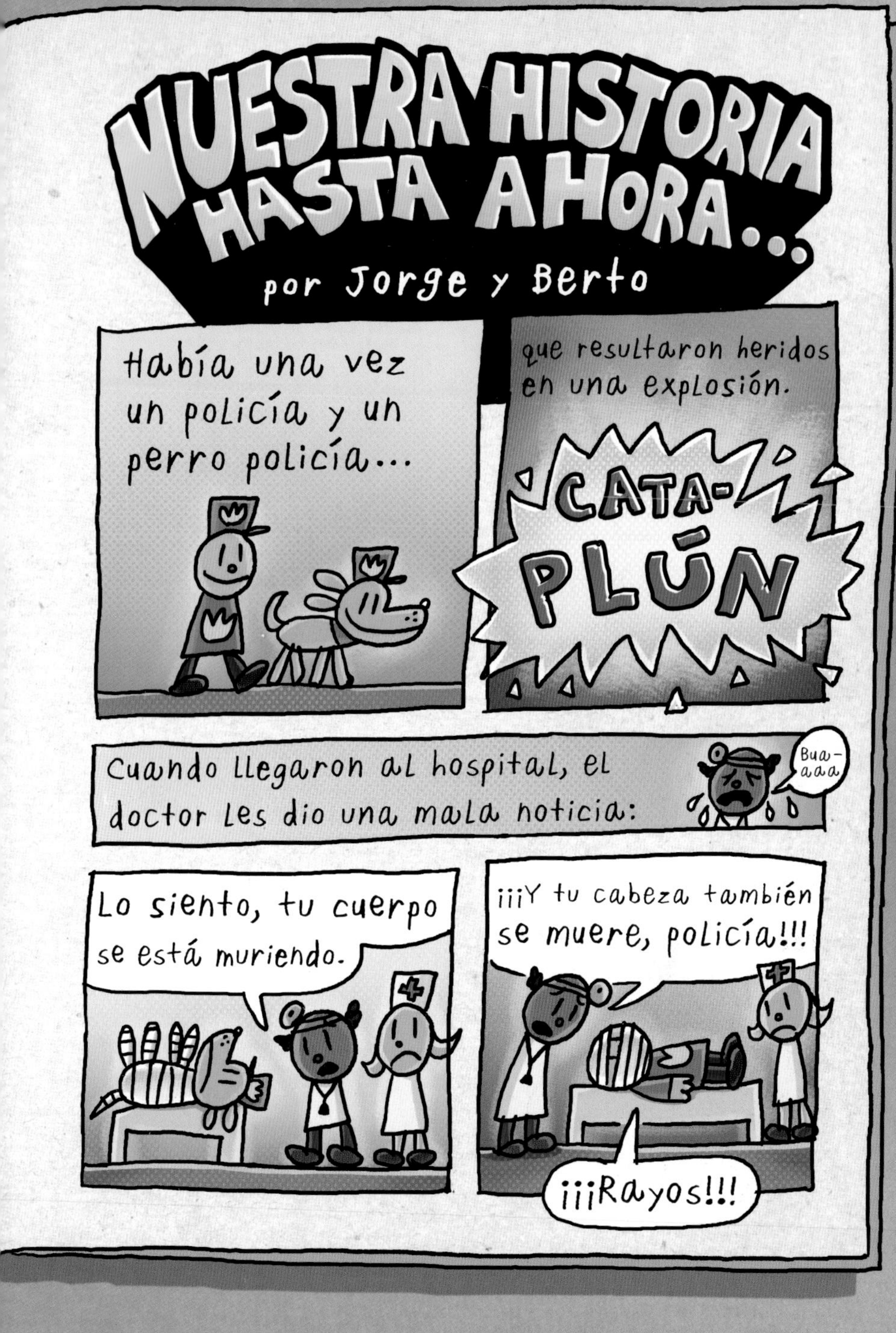
NUESTRA HISTORIA HASTA AHORA...
por Jorge y Berto
Había una vez un policía y un perro policía...
que resultaron heridos en una explosión.
CATA-PLÚN
Cuando llegaron al hospital, el doctor les dio una mala noticia:
Bua-aaa
Lo siento, tu cuerpo se está muriendo.
¡¡¡Y tu cabeza también se muere, policía!!!
¡¡¡Rayos!!!

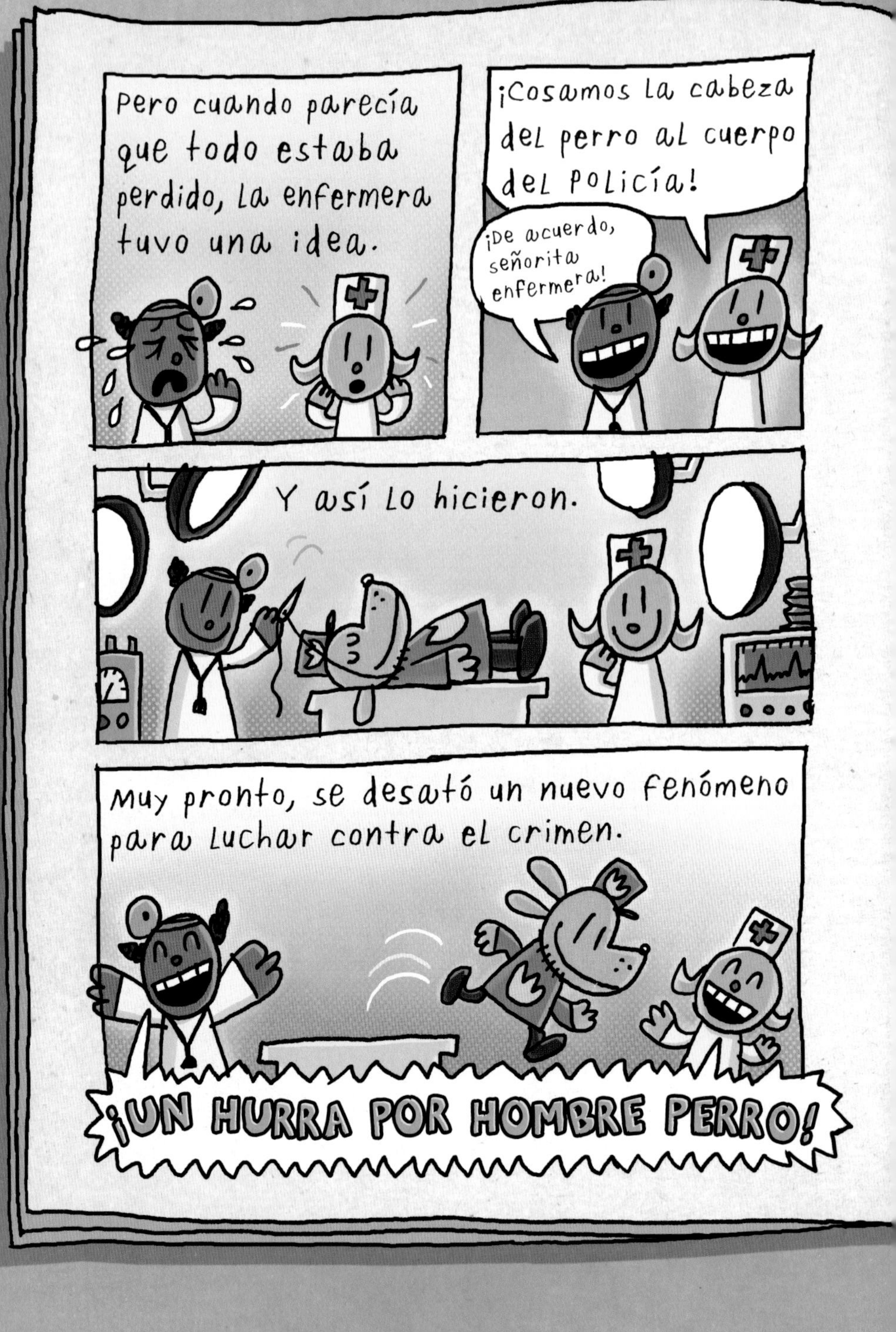

Pero cuando parecía que todo estaba perdido, la enfermera tuvo una idea.
¡Cosamos la cabeza del perro al cuerpo del policía!
¡De acuerdo, señorita enfermera!
Y así lo hicieron.
Muy pronto, se desató un nuevo fenómeno para luchar contra el crimen.
¡UN HURRA POR HOMBRE PERRO!

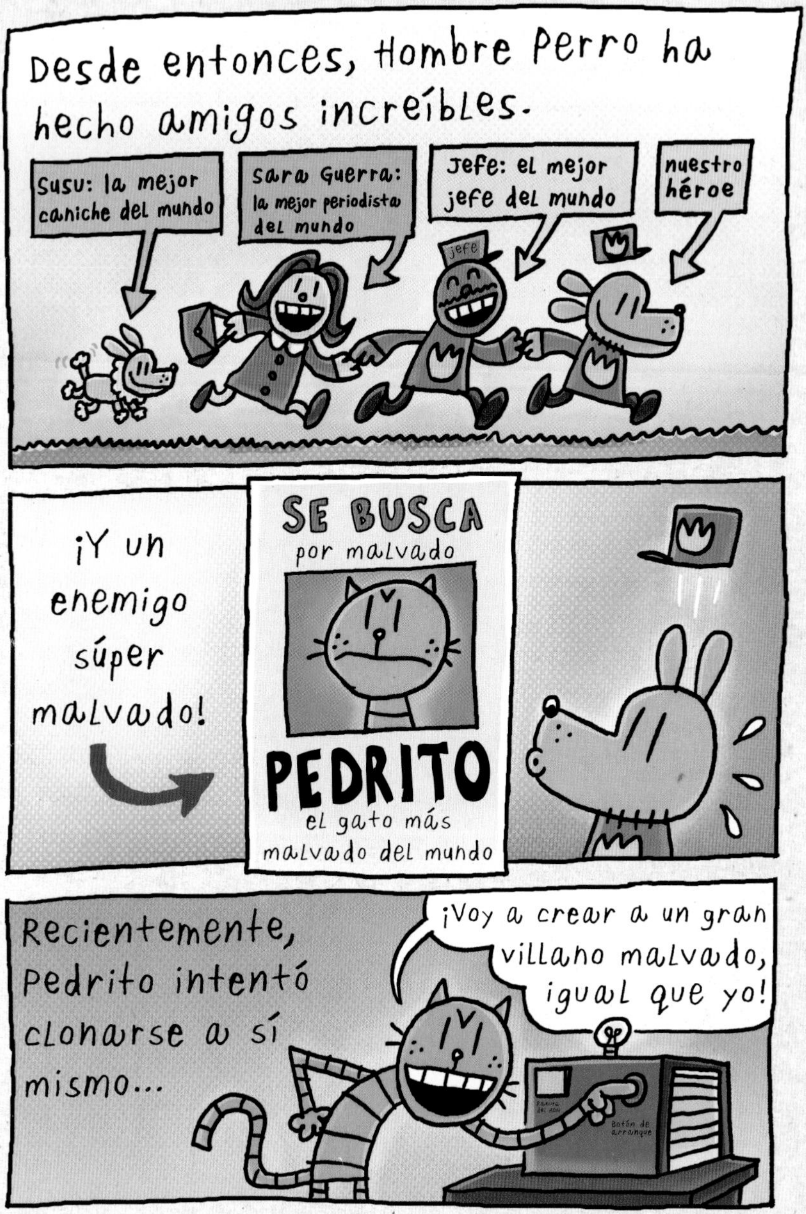

Desde entonces, Hombre Perro ha hecho amigos increíbles.
Susu: la mejor caniche del mundo
Sara Guerra: la mejor periodista del mundo
Jefe: el mejor jefe del mundo
nuestro héroe
jefe
¡Y un enemigo súper malvado!
SE BUSCA
por malvado
PEDRITO
el gato más malvado del mundo
Recientemente, Pedrito intentó clonarse a sí mismo...
¡Voy a crear a un gran villano malvado, igual que yo!
Botón de arranque

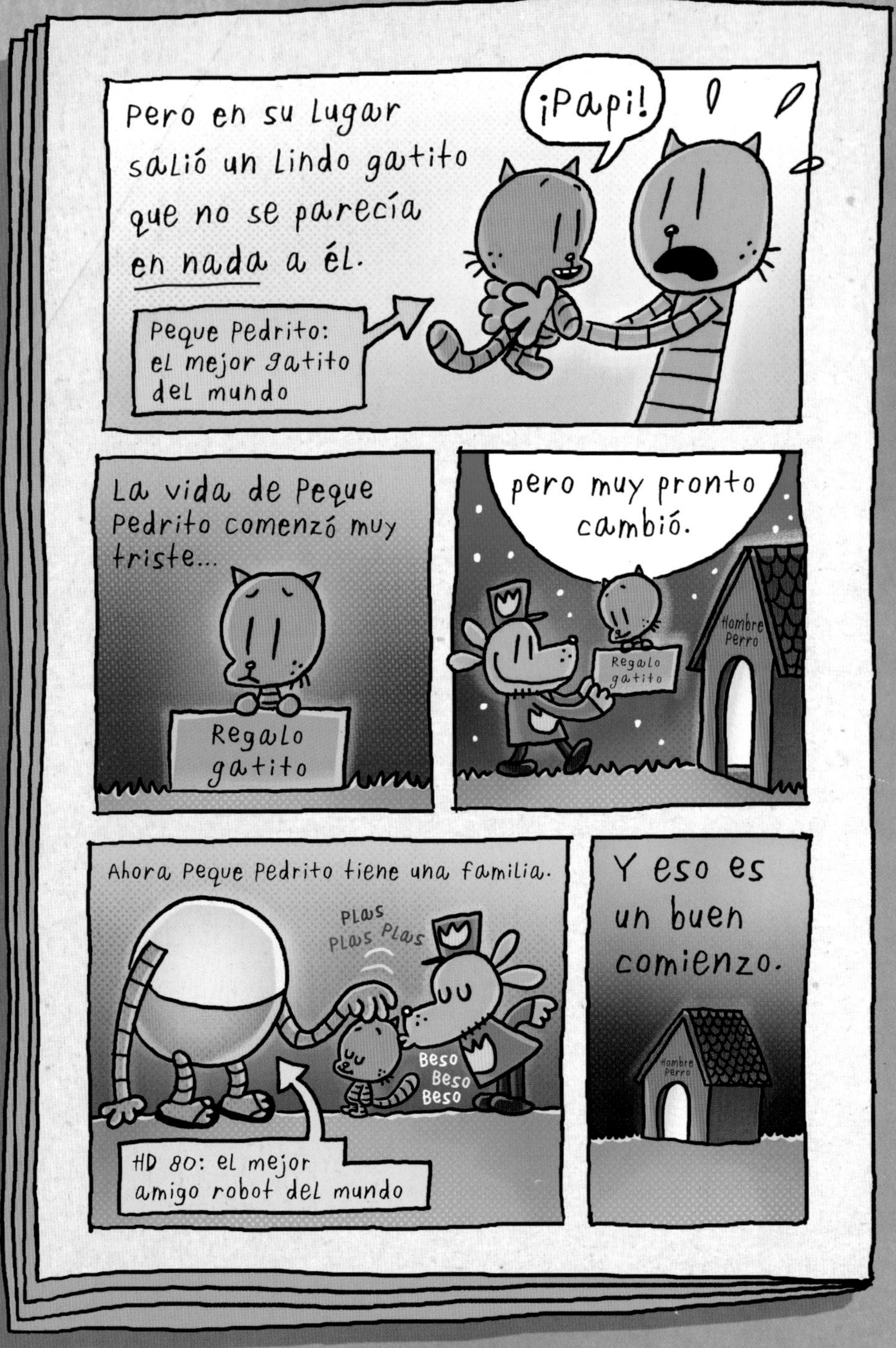
Pero en su lugar salió un lindo gatito que no se parecía en nada a él.
¡Papi!
Peque Pedrito: el mejor gatito del mundo
La vida de Peque Pedrito comenzó muy triste...
Regalo gatito
pero muy pronto cambió.
Hombre Perro
Regalo gatito
Ahora Peque Pedrito tiene una familia.
Plas Plas Plas
Beso Beso Beso
HD 80: el mejor amigo robot del mundo
Y eso es un buen comienzo.
Hombre Perro

CUENTOS
CASAENRAMA
presenta
con
orgullo

Capítulo 1

Una visita del Servicio de Protección de Gatitos

Hombre Perro

por Jorge y Berto

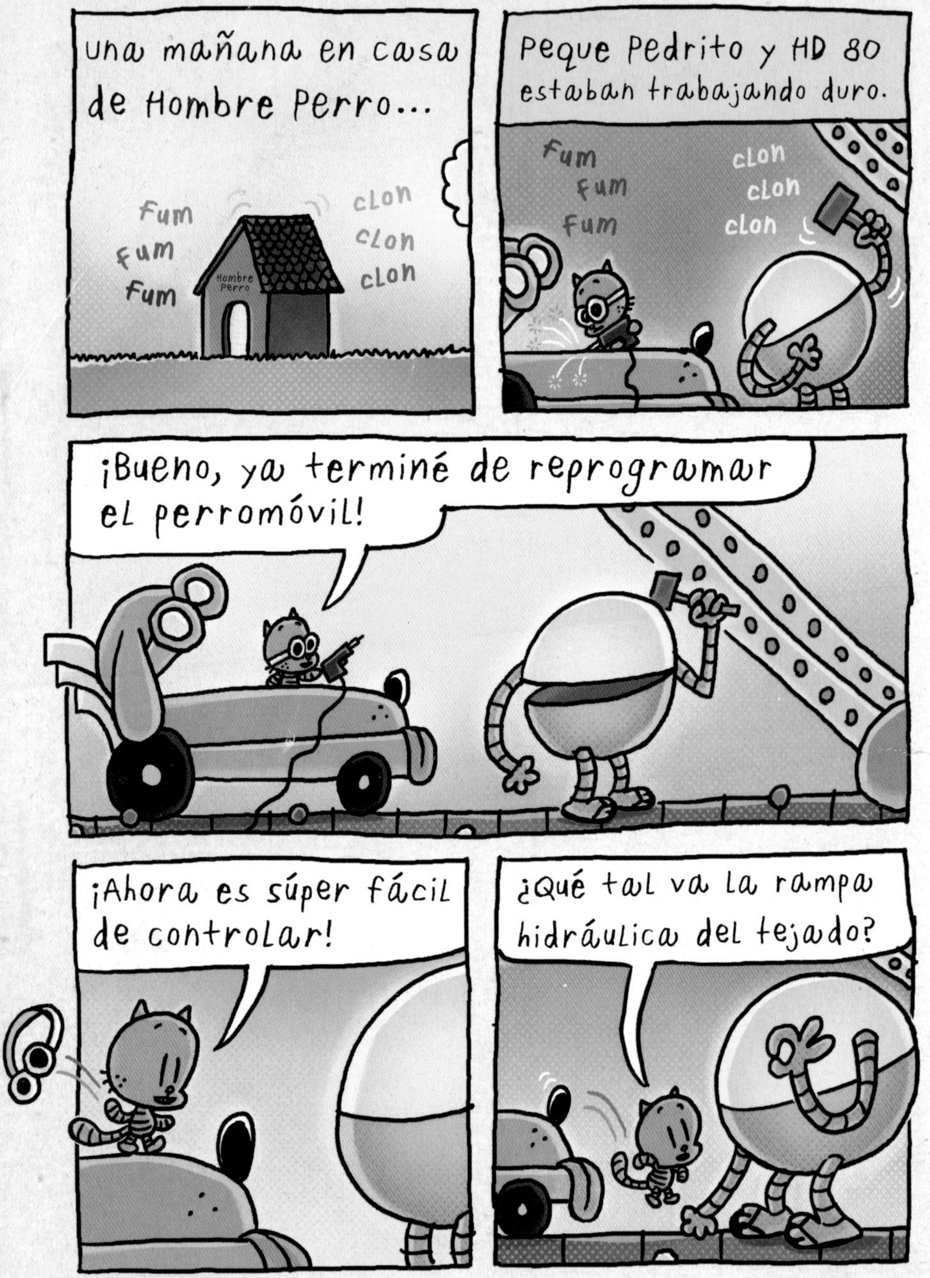
Una mañana en casa de Hombre Perro...
Fum
Fum
Fum
Hombre Perro
clon
clon
clon
Peque Pedrito y HD 80 estaban trabajando duro.
Fum
Fum
Fum
clon
clon
clon
¡Bueno, ya terminé de reprogramar el perromóvil!
¡Ahora es súper fácil de controlar!
¿Qué tal va la rampa hidráulica del tejado?

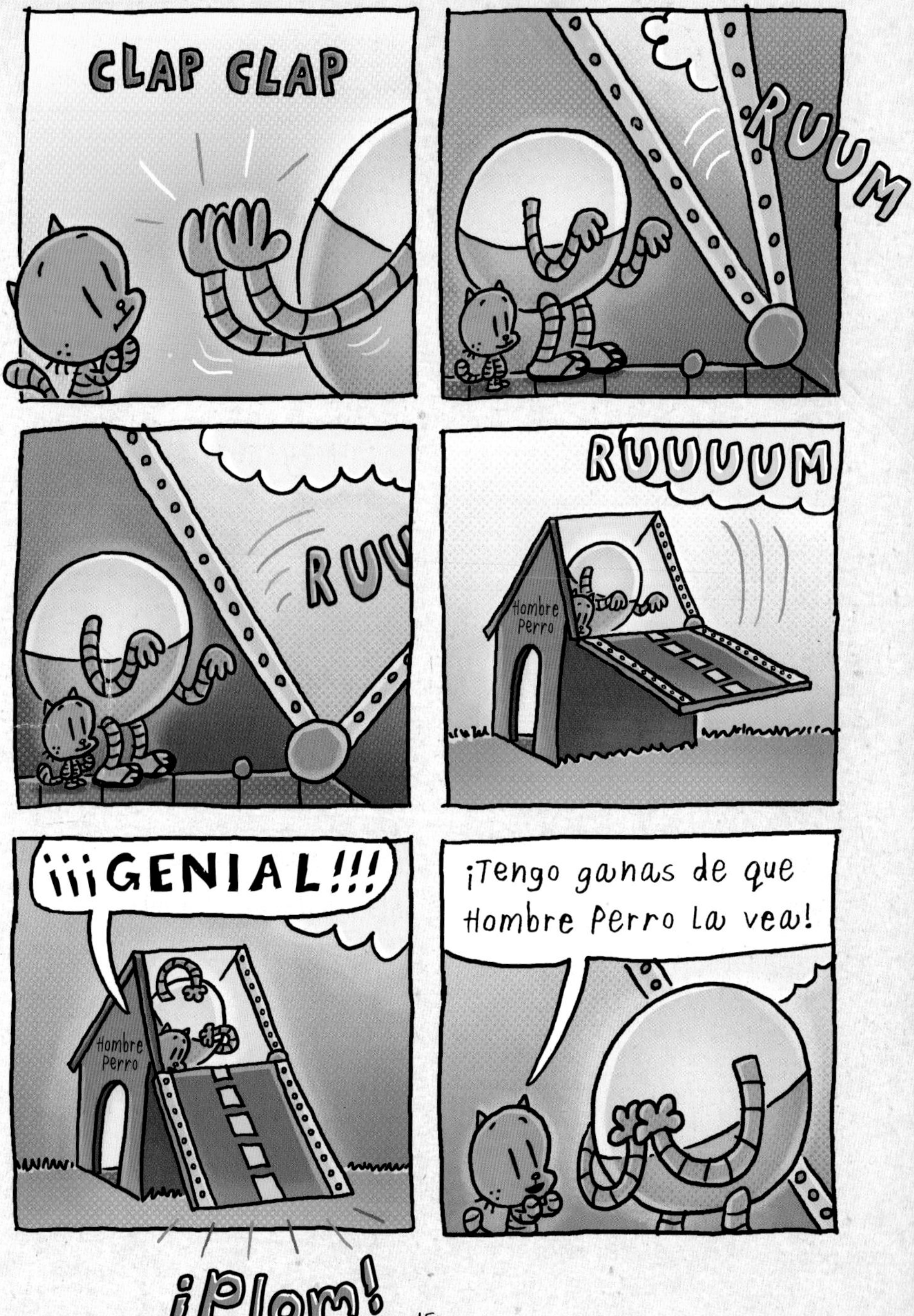
CLAP CLAP
RUUM
RUU
RUUUUM
Hombre Perro
¡¡¡GENIAL!!!
Hombre Perro
¡Plom!
¡Tengo ganas de que Hombre Perro la vea!

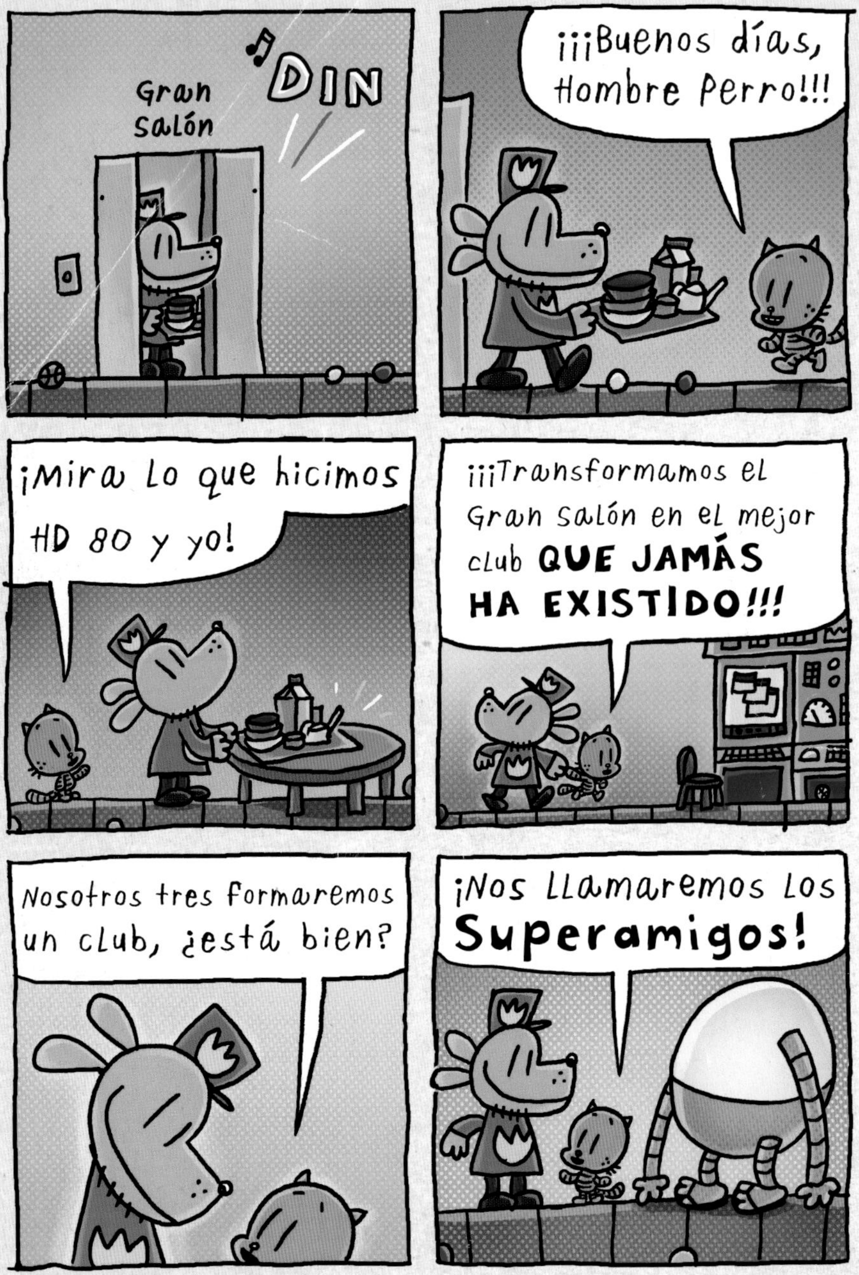
Gran salón
DIN
¡¡¡Buenos días, Hombre Perro!!!
¡Mira lo que hicimos HD 80 y yo!
¡¡¡Transformamos el Gran salón en el mejor club **QUE JAMÁS HA EXISTIDO!!!**
Nosotros tres formaremos un club, ¿está bien?
¡Nos llamaremos los **Superamigos!**

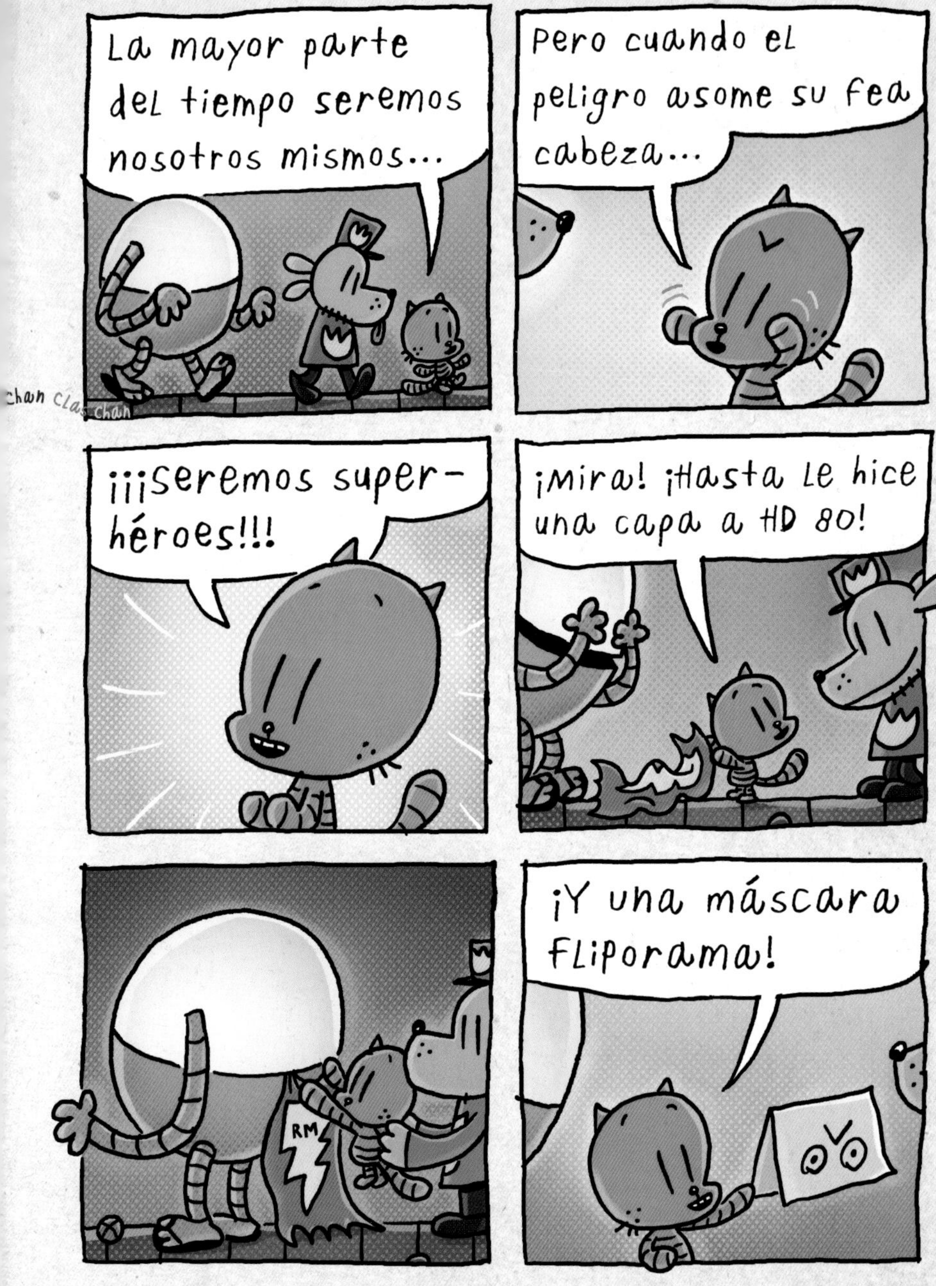
La mayor parte del tiempo seremos nosotros mismos...
chan CLAS chan
Pero cuando el peligro asome su fea cabeza...
¡¡¡Seremos superhéroes!!!
¡Mira! ¡Hasta le hice una capa a HD 80!
¡Y una máscara Fliporama!

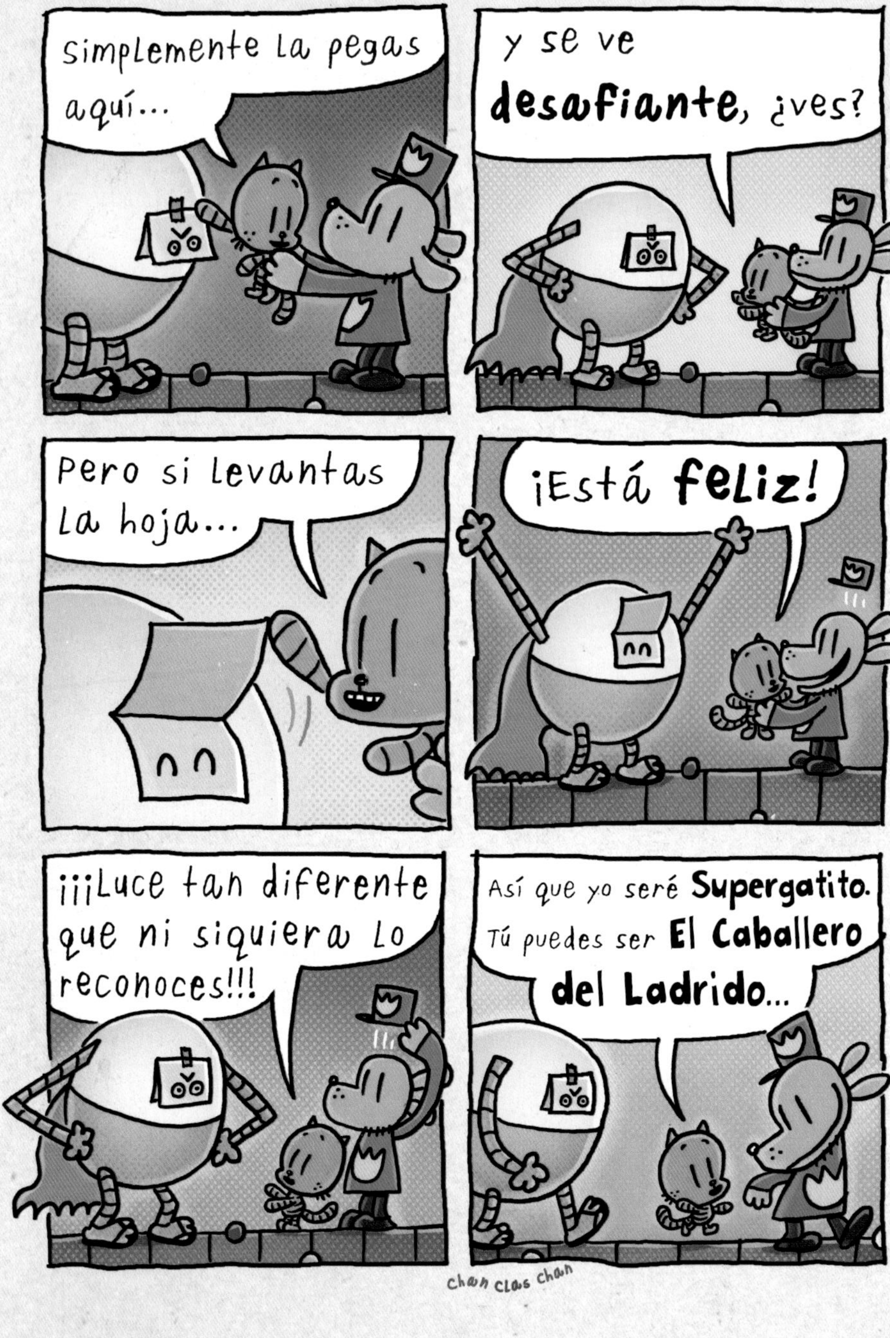
Simplemente la pegas aquí...
y se ve **desafiante**, ¿ves?
Pero si levantas la hoja...
¡Está **feliz**!
¡¡¡Luce tan diferente que ni siquiera lo reconoces!!!
Así que yo seré **Supergatito**. Tú puedes ser **El Caballero del Ladrido**...
chan clas chan

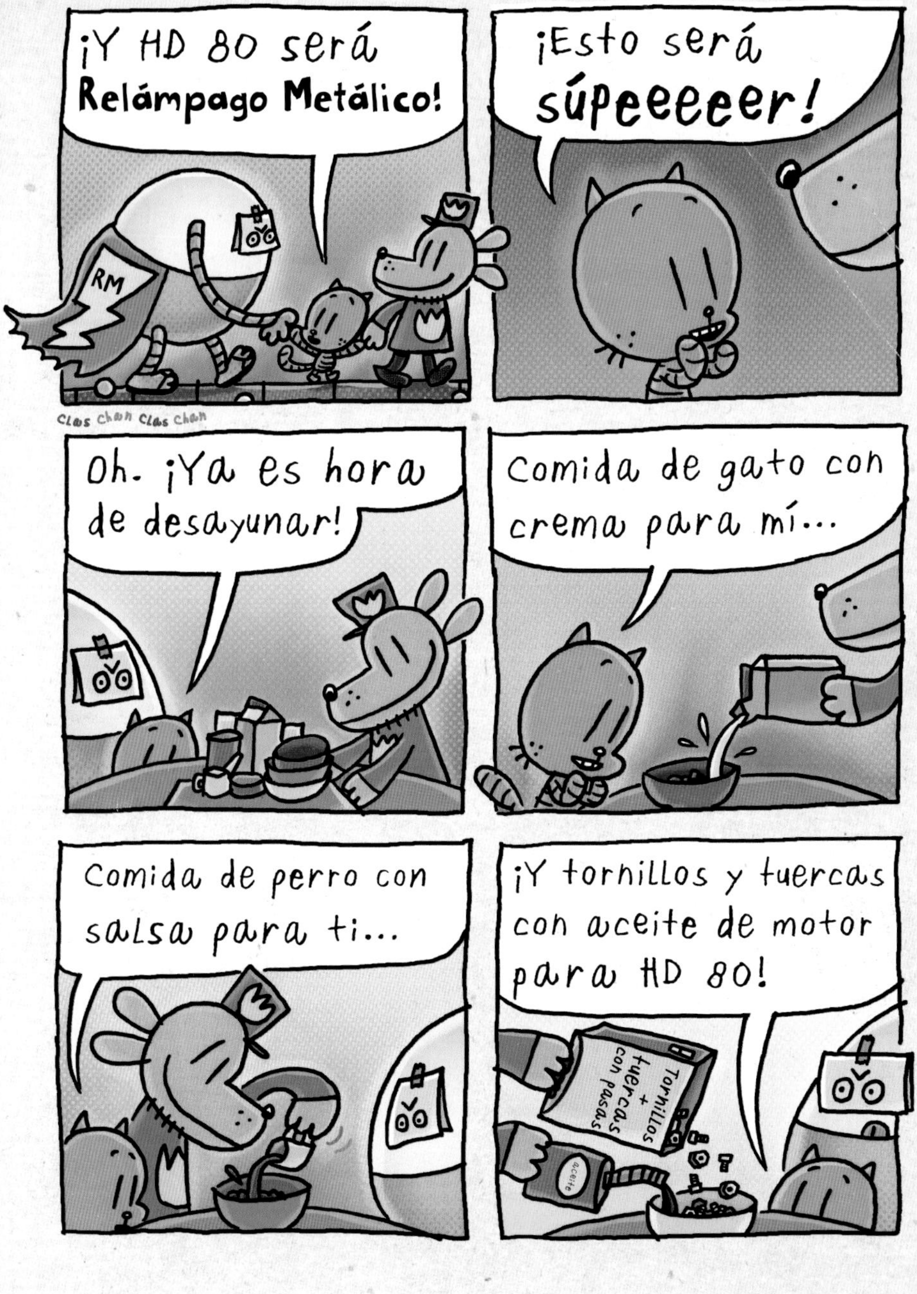
¡Y HD 80 será
Relámpago Metálico!
Clas Chan Clas Chan
¡Esto será súpeeeeer!
Oh. ¡Ya es hora de desayunar!
Comida de gato con crema para mí...
Comida de perro con salsa para ti...
¡Y tornillos y tuercas con aceite de motor para HD 80!
Tornillos + tuercas con pasas
aceite

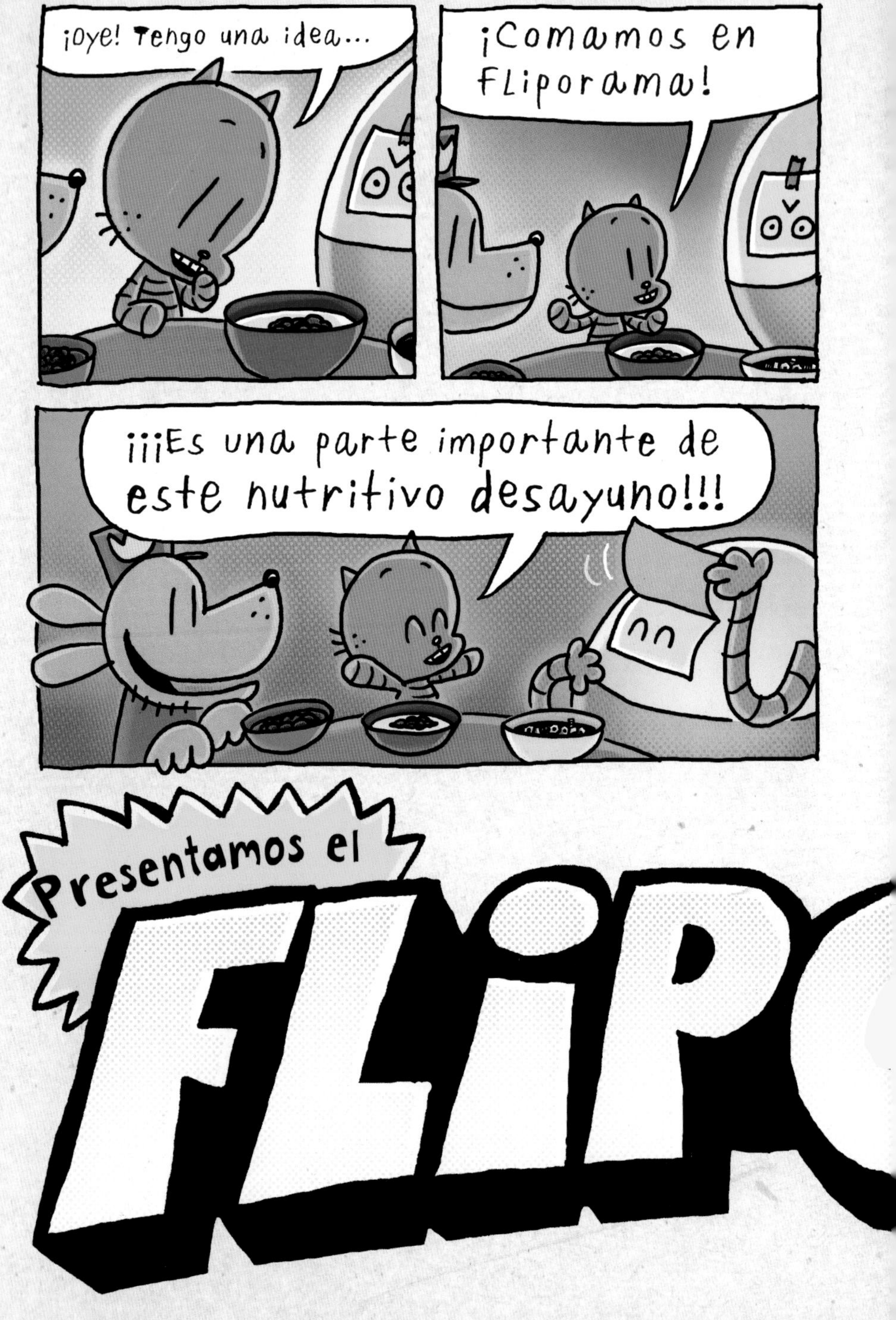
¡Oye! Tengo una idea...
¡Comamos en Fliporama!
¡¡¡Es una parte importante de este nutritivo desayuno!!!
Presentamos el
FLIPO

Paso 1

Primero, coloca la mano izquierda dentro de las líneas de puntos donde dice "mano izquierda aquí". ¡Sujeta el libro abierto DEL TODO!

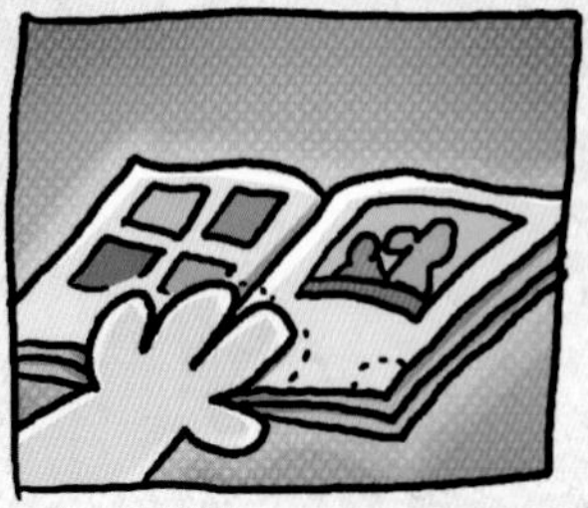

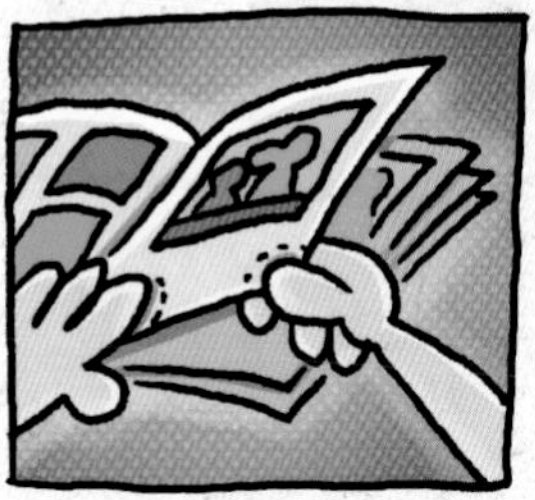

Paso 2

Sujeta la página de la derecha con los dedos pulgar e índice de la mano derecha (dentro de las líneas que dicen "Pulgar derecho aquí").

Paso 3

Ahora agita rápidamente la página de la derecha hasta que parezca que la imagen está animada.

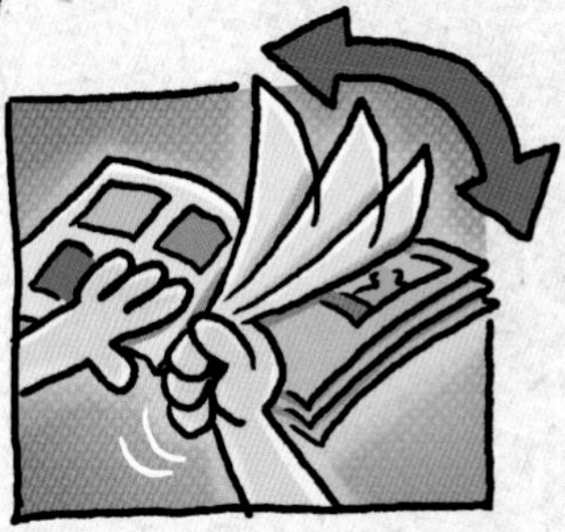

(¡Diversión asegurada con la incorporación de efectos sonoros personalizados!)

RAMA

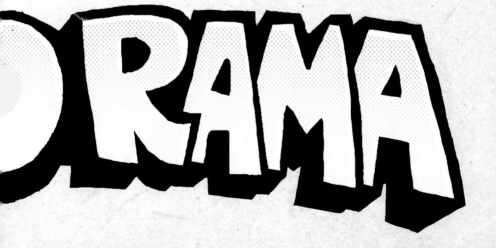

Recuerden,

mientras agitan la página, asegúrense de que pueden ver las ilustraciones de la página 23 **Y** las de la página 25.

Si agitan la página rápidamente, ¡parecerán dibujos **ANIMADOS!**

¡No olviden incorporar sus efectos sonoros personalizados!

Mano izquierda aquí.

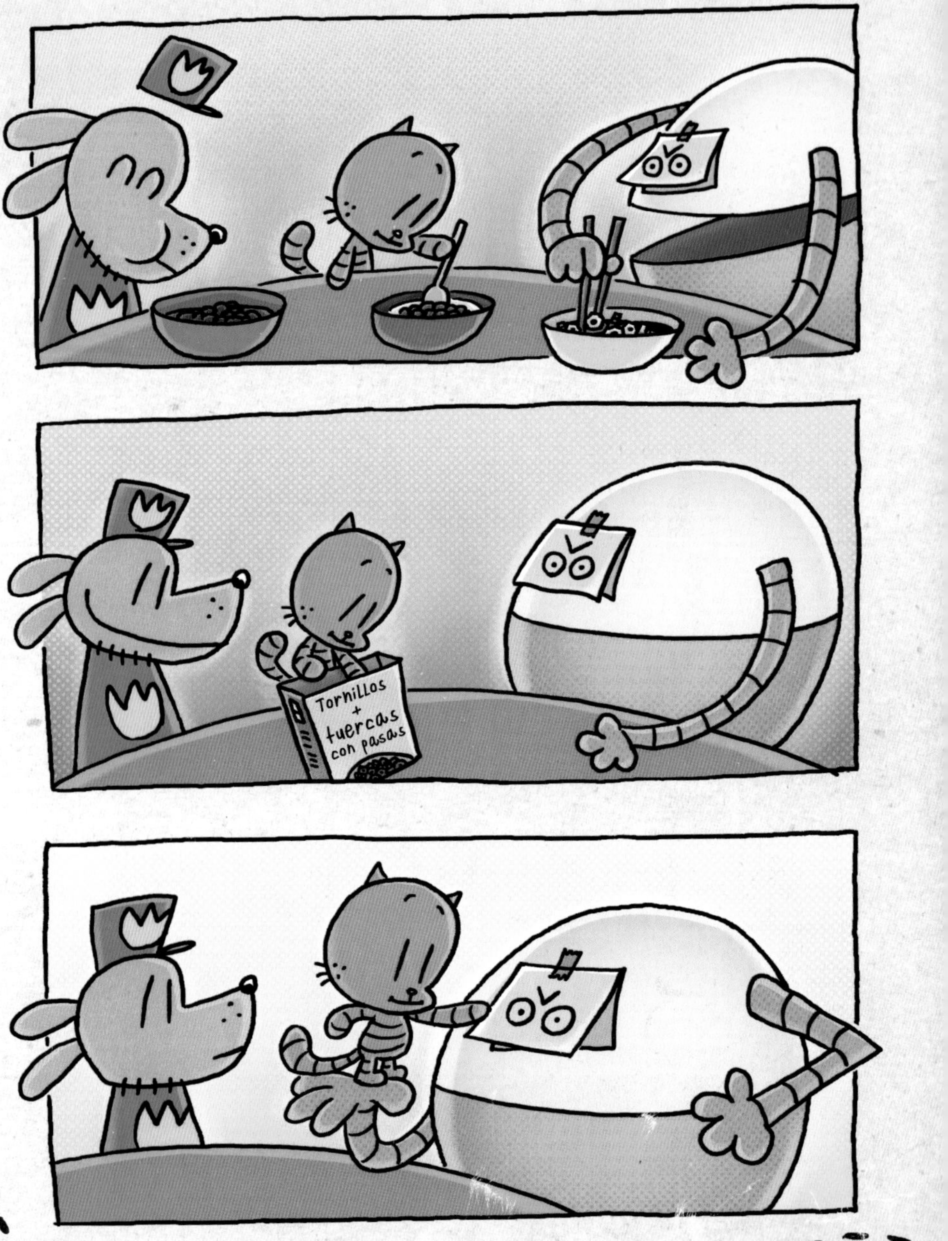
Tornillos + tuercas con pasas

Pulgar derecho aquí.

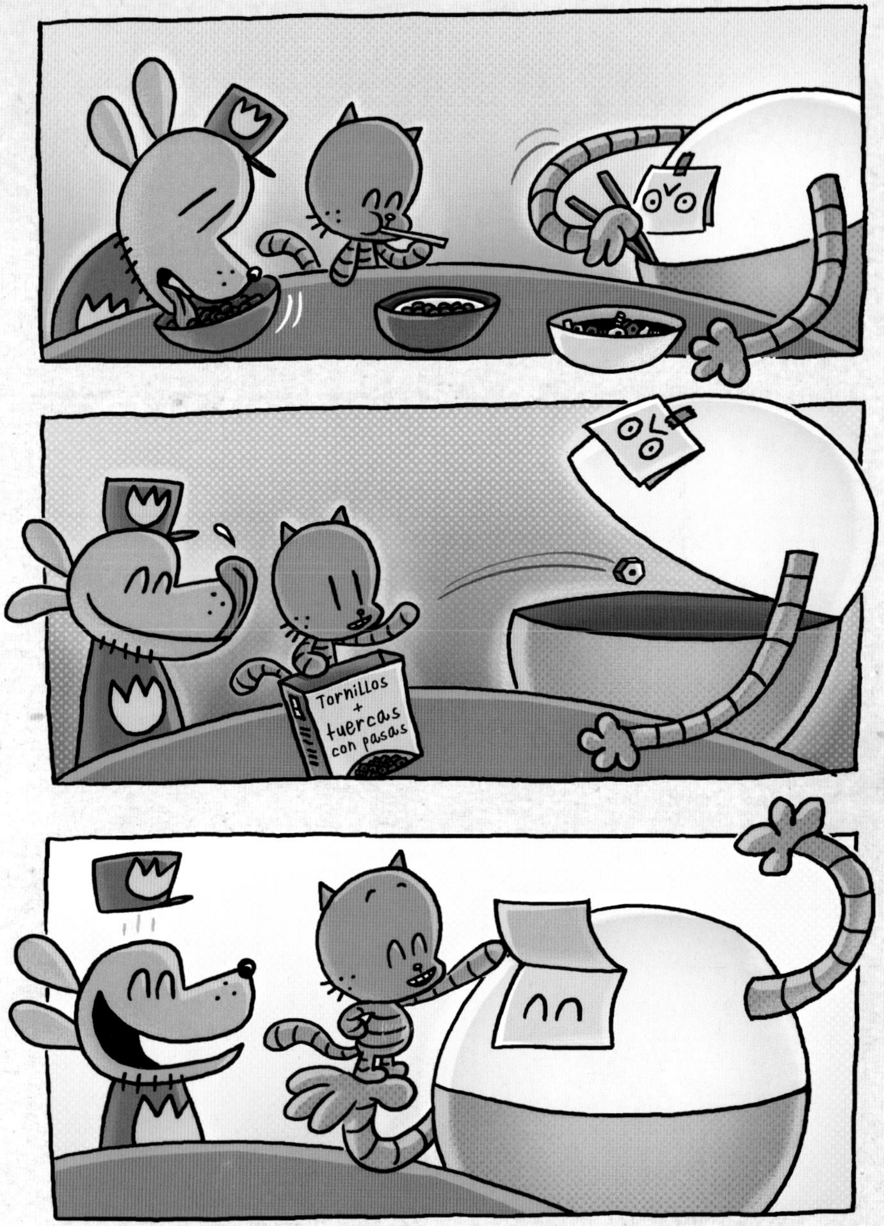

Tornillos
+
tuercas
con pasas

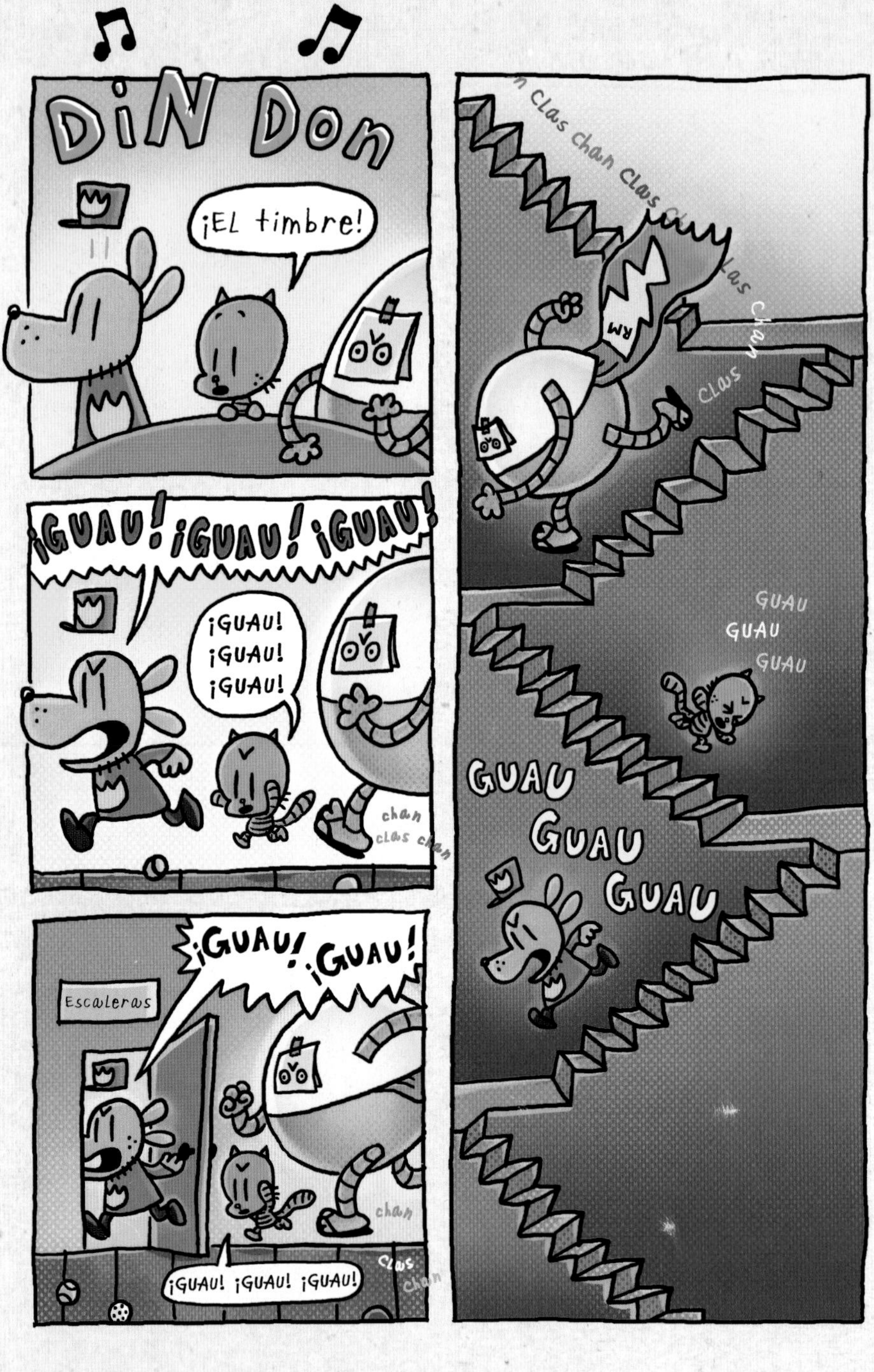
DiN Don
¡EL timbre!
¡GUAU! ¡GUAU! ¡GUAU!
¡GUAU! ¡GUAU! ¡GUAU!
chan clas chan
Escaleras
¡GUAU! ¡GUAU!
chan
clas chan
¡GUAU! ¡GUAU! ¡GUAU!
clas chan clas
clas chan
clas
GUAU GUAU GUAU
GUAU GUAU GUAU

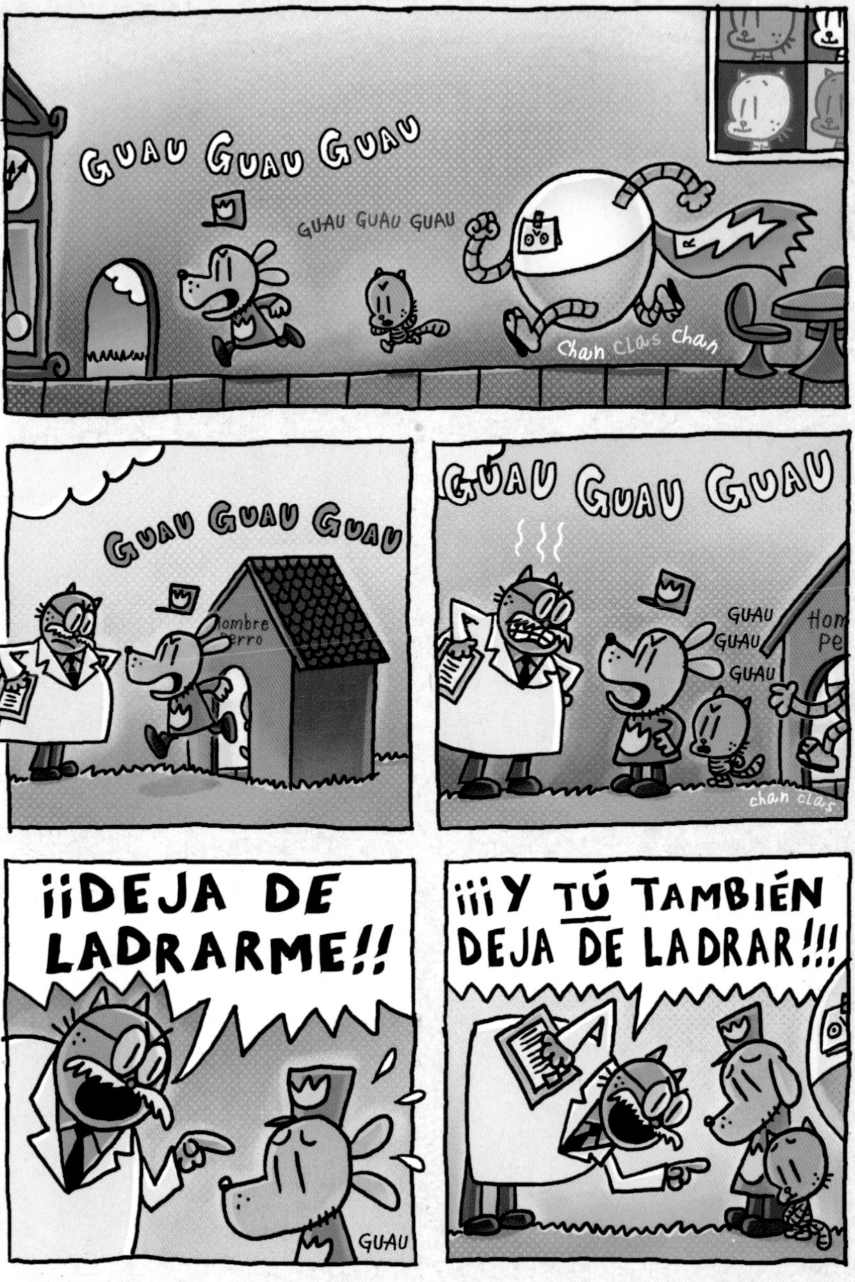
GUAU GUAU GUAU
GUAU GUAU GUAU
Chan CLAS Chan
GUAU GUAU GUAU
Hombre Perro
GUAU GUAU GUAU
GUAU GUAU GUAU
chan clas
¡¡DEJA DE LADRARME!!
GUAU
¡¡¡Y TÚ TAMBIÉN DEJA DE LADRAR!!!

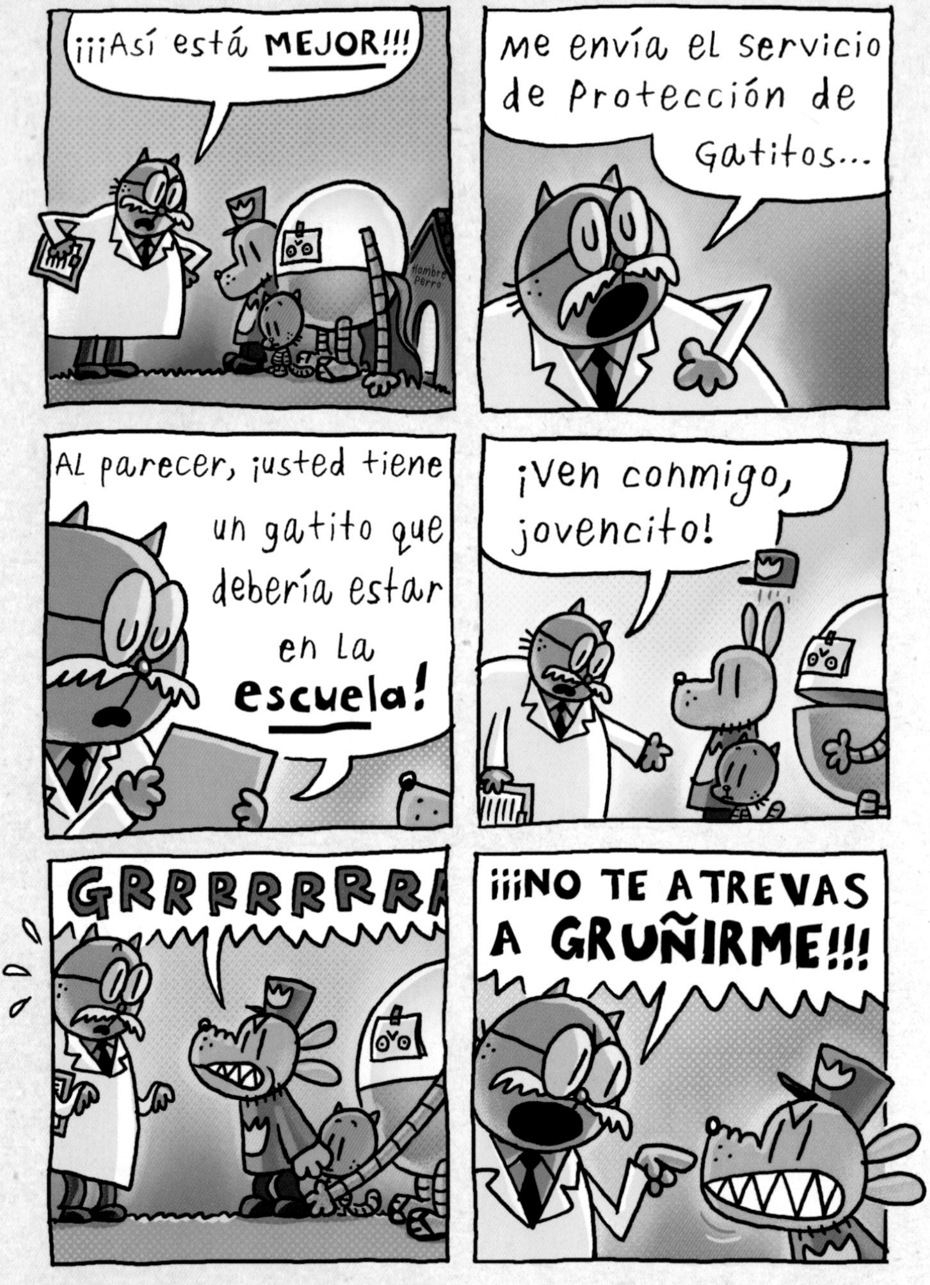

¡¡¡Así está MEJOR!!!
Hombre Perro
Me envía el servicio de Protección de Gatitos...
AL parecer, ¡usted tiene un gatito que debería estar en la escuela!
¡Ven conmigo, jovencito!
GRRRRRRRR
¡¡¡NO TE ATREVAS A GRUÑIRME!!!

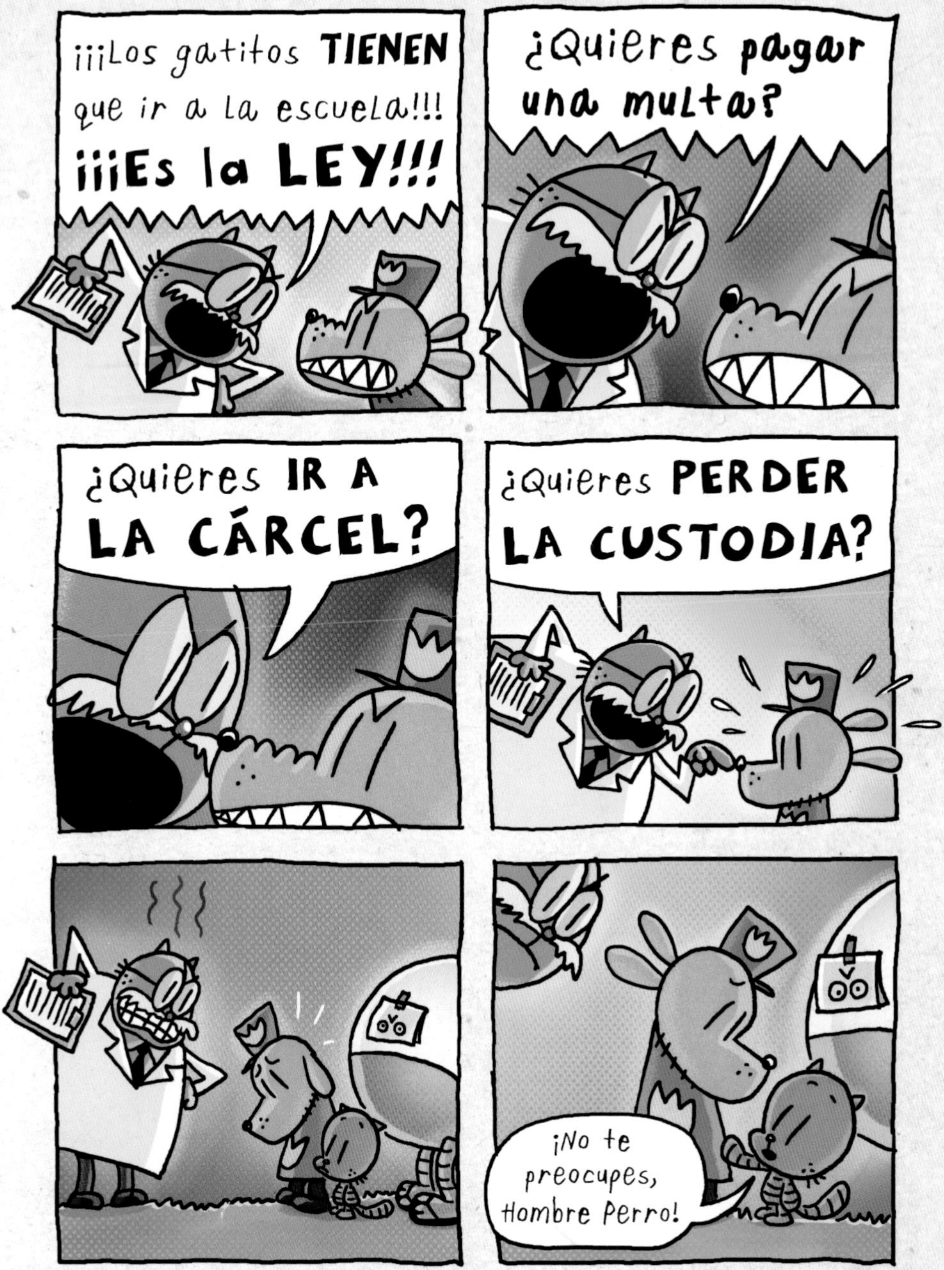
¡¡¡Los gatitos TIENEN que ir a la escuela!!! ¡¡¡Es la LEY!!!
¿Quieres pagar una multa?
¿Quieres IR A LA CÁRCEL?
¿Quieres PERDER LA CUSTODIA?
¡No te preocupes, Hombre Perro!

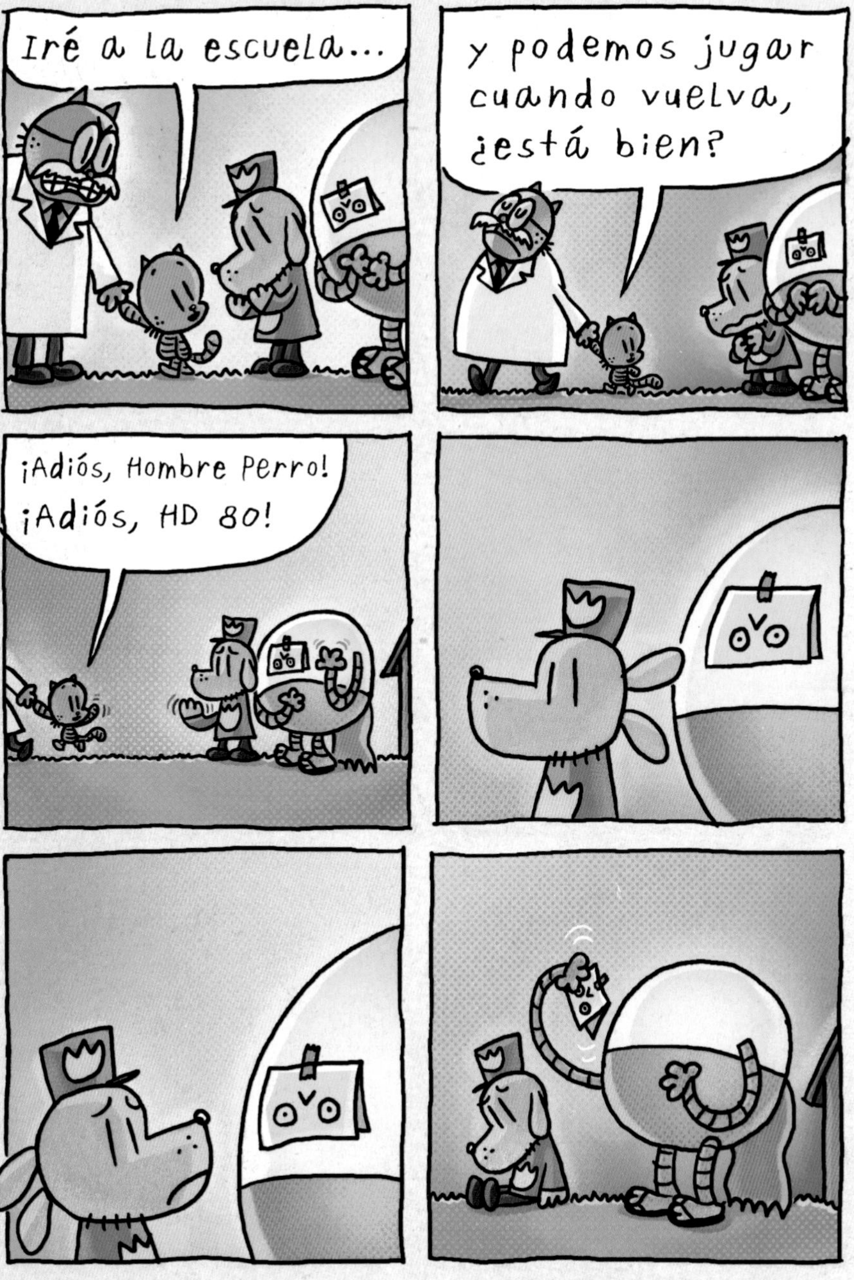
Iré a la escuela...
y podemos jugar cuando vuelva, ¿está bien?
¡Adiós, Hombre Perro! ¡Adiós, HD 80!

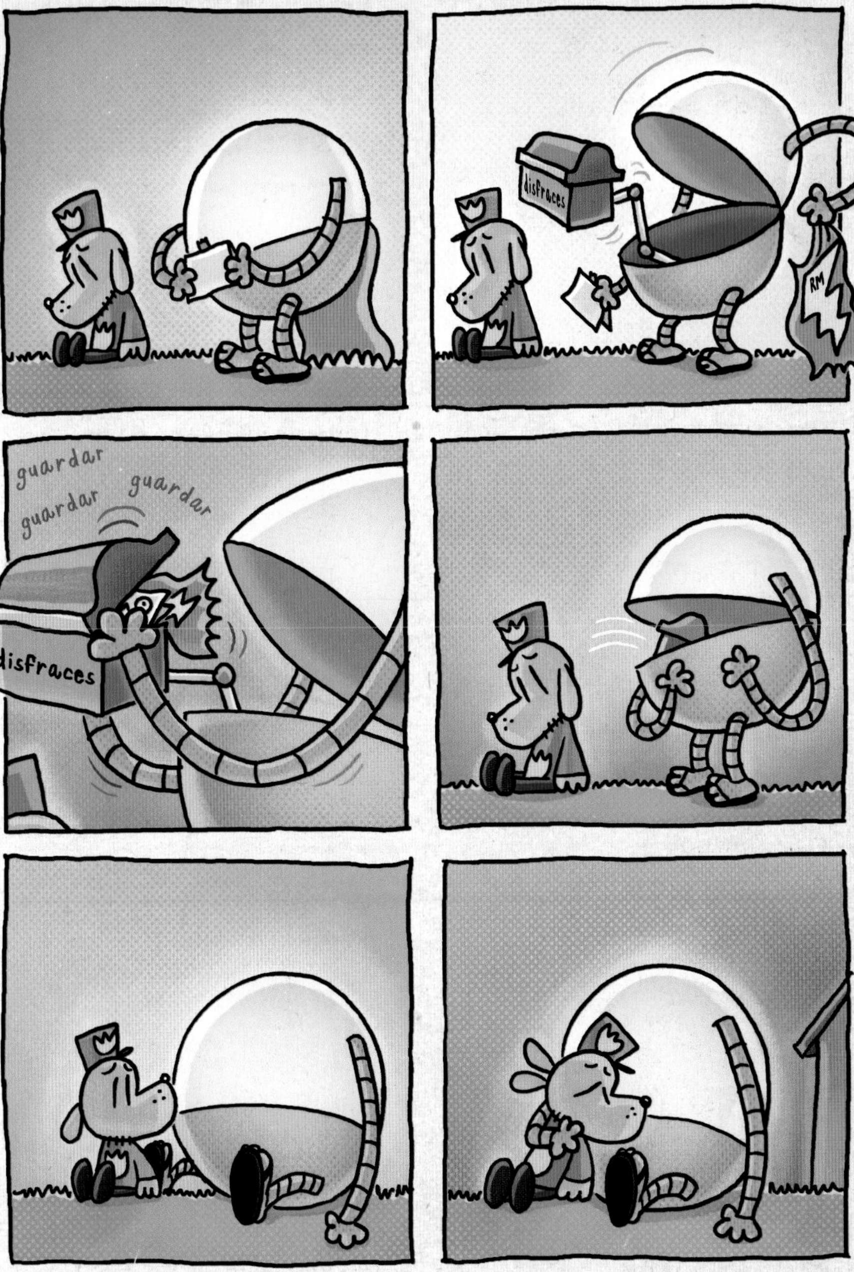
disfraces
RM
guardar
guardar
guardar
disfraces

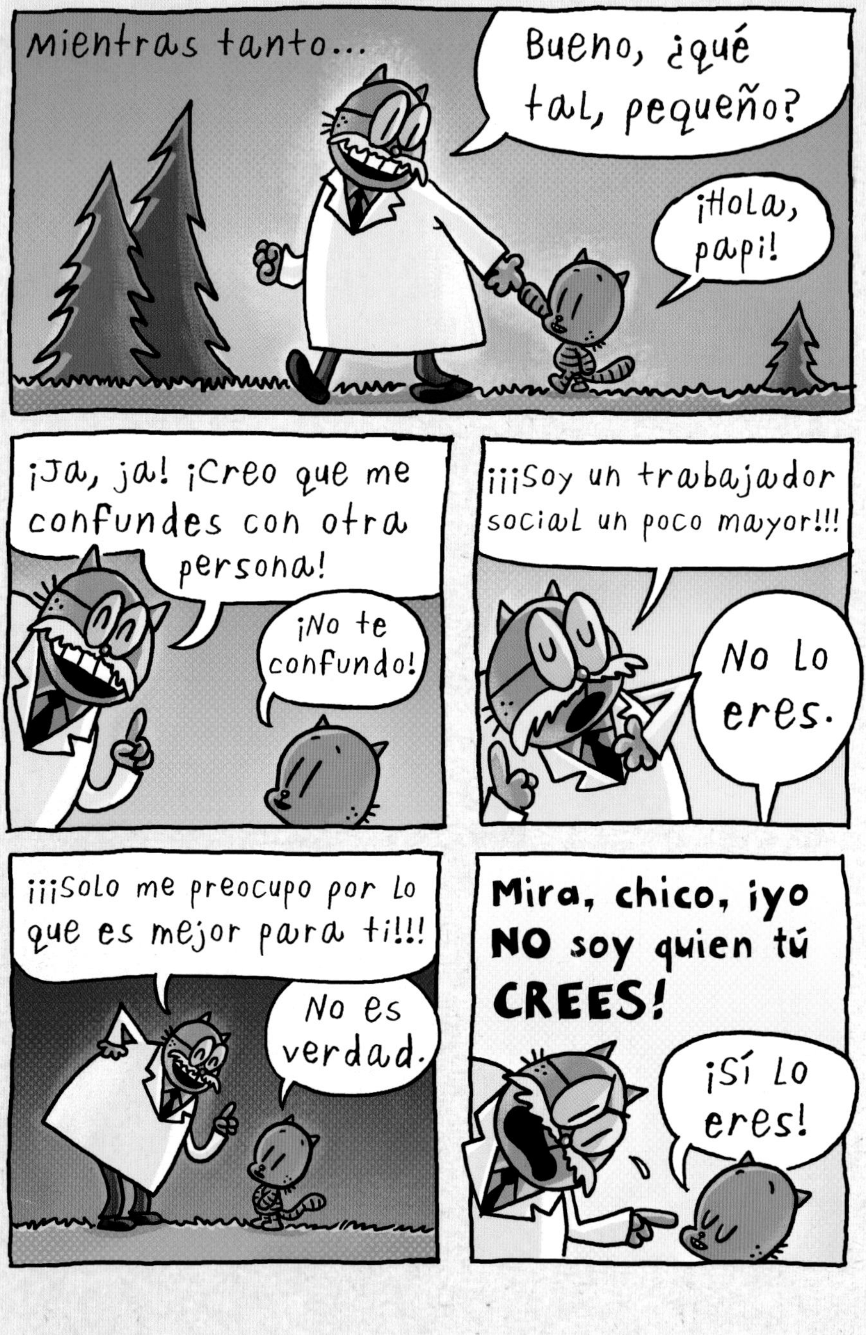
Mientras tanto...
Bueno, ¿qué tal, pequeño?
¡Hola, papi!
¡Ja, ja! ¡Creo que me confundes con otra persona!
¡No te confundo!
¡¡¡Soy un trabajador social un poco mayor!!!
No lo eres.
¡¡¡Solo me preocupo por lo que es mejor para ti!!!
No es verdad.
Mira, chico, ¡yo NO soy quien tú CREES!
¡Sí lo eres!

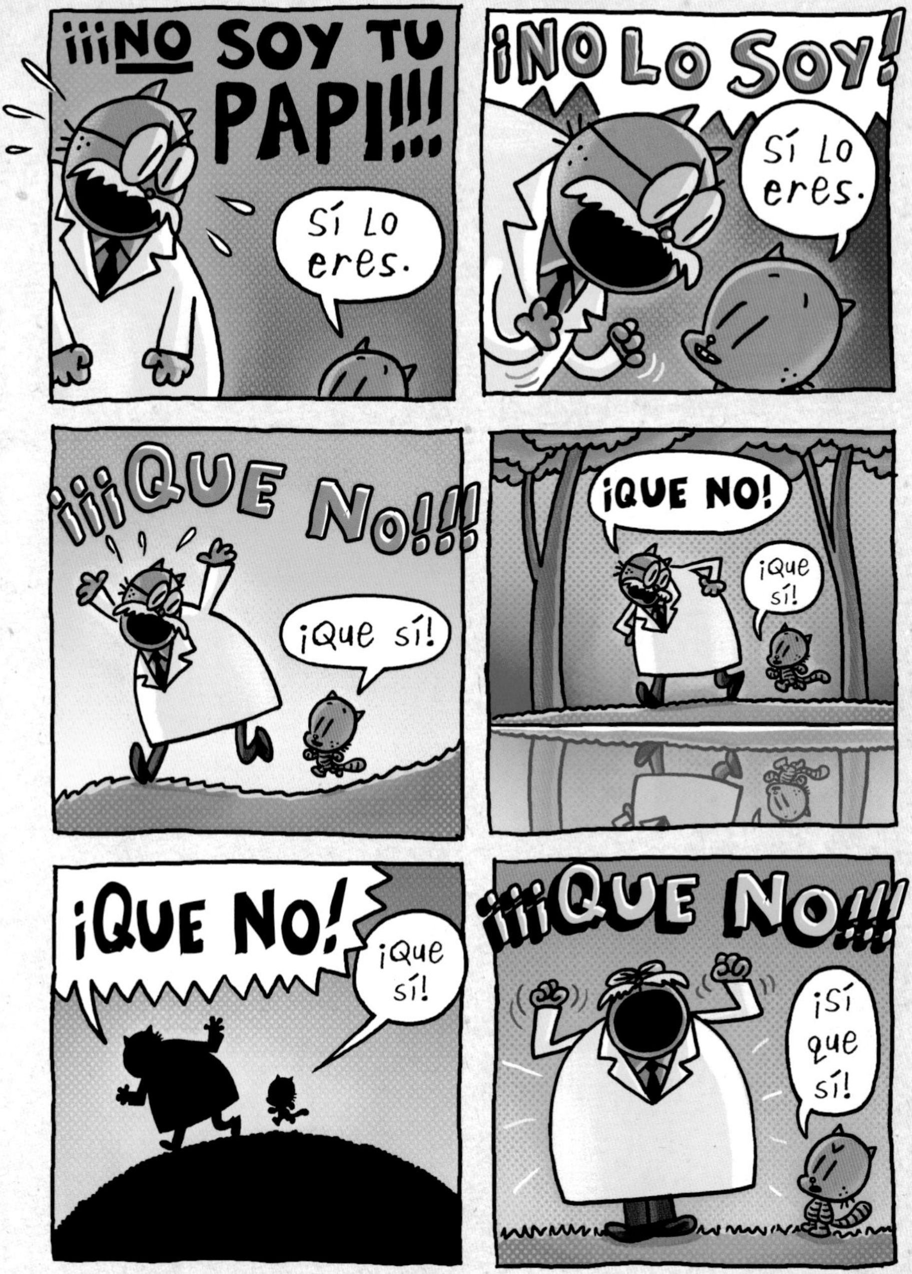
¡¡¡NO SOY TU PAPI!!!
Sí lo eres.
¡NO LO SOY!
Sí lo eres.
¡¡¡QUE NO!!!
¡Que sí!
¡QUE NO!
¡Que sí!
¡QUE NO!
¡Que sí!
¡¡¡QUE NO!!!
¡Sí que sí!

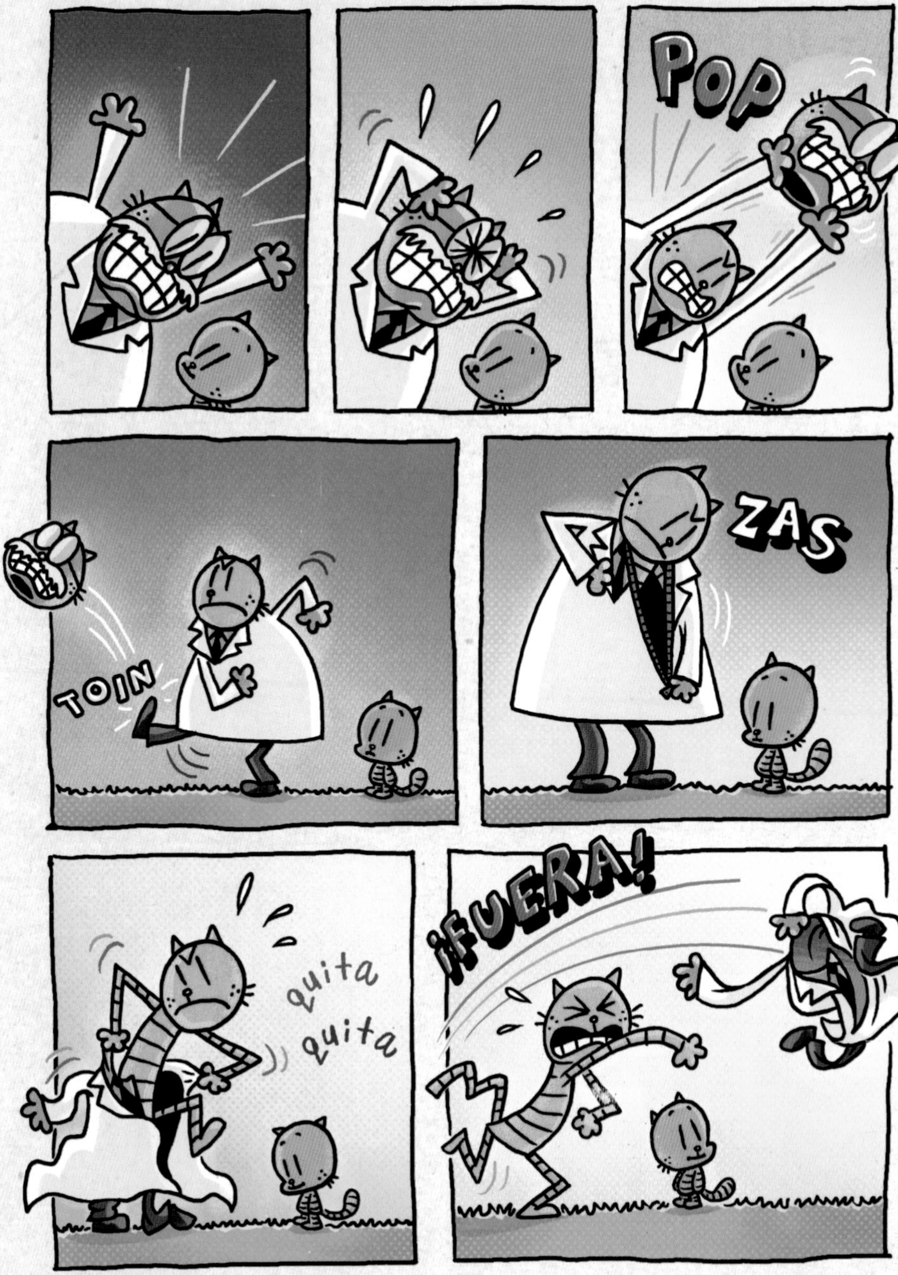
POP
TOIN
ZAS
quita
quita
¡FUERA!

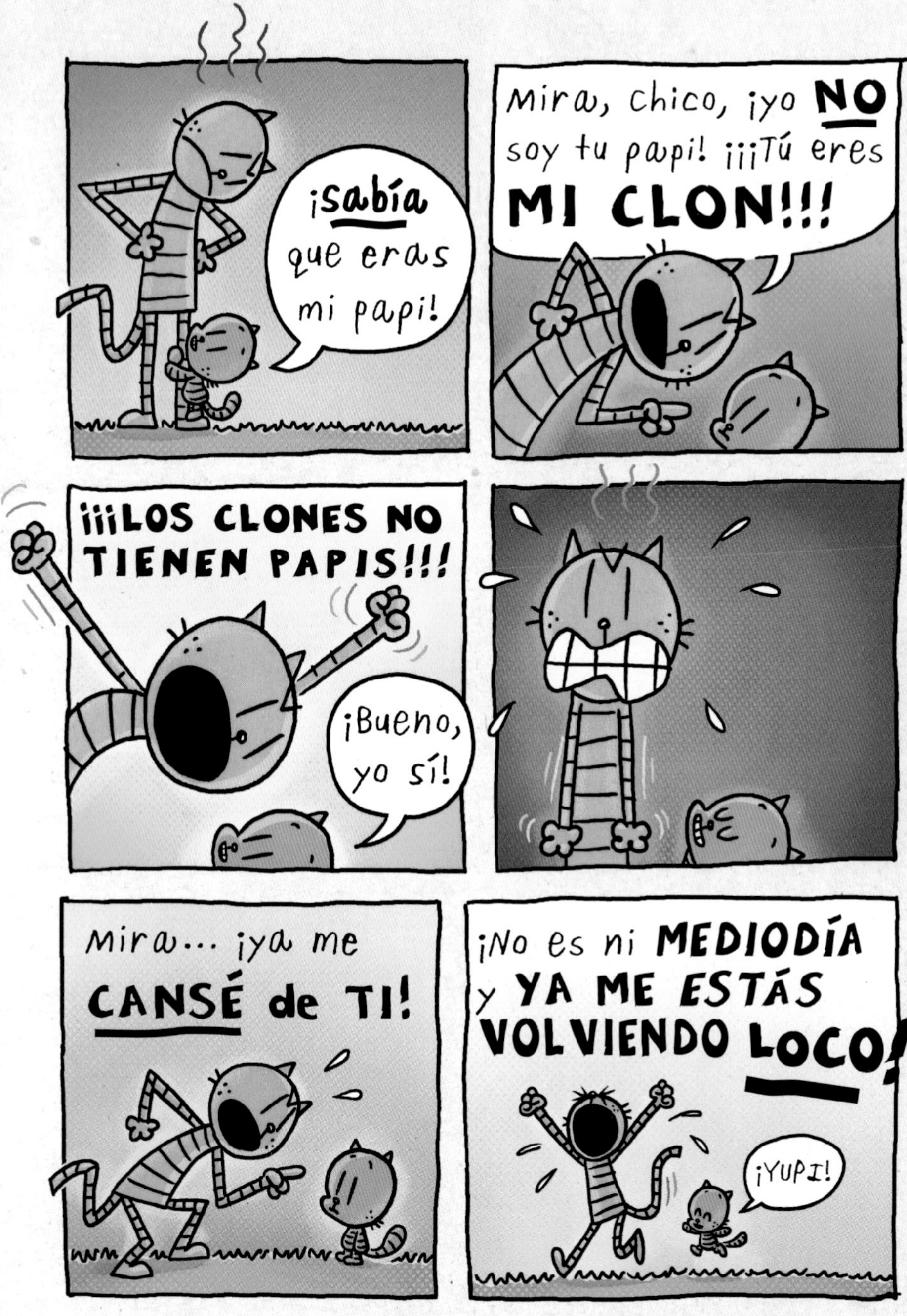
¡Sabía que eras mi papi!
Mira, chico, ¡yo NO soy tu papi! ¡¡¡Tú eres MI CLON!!!
¡¡¡LOS CLONES NO TIENEN PAPIS!!!
¡Bueno, yo sí!
Mira... ¡ya me CANSÉ de TI!
¡No es ni MEDIODÍA y YA ME ESTÁS VOLVIENDO LOCO!
¡YUPI!

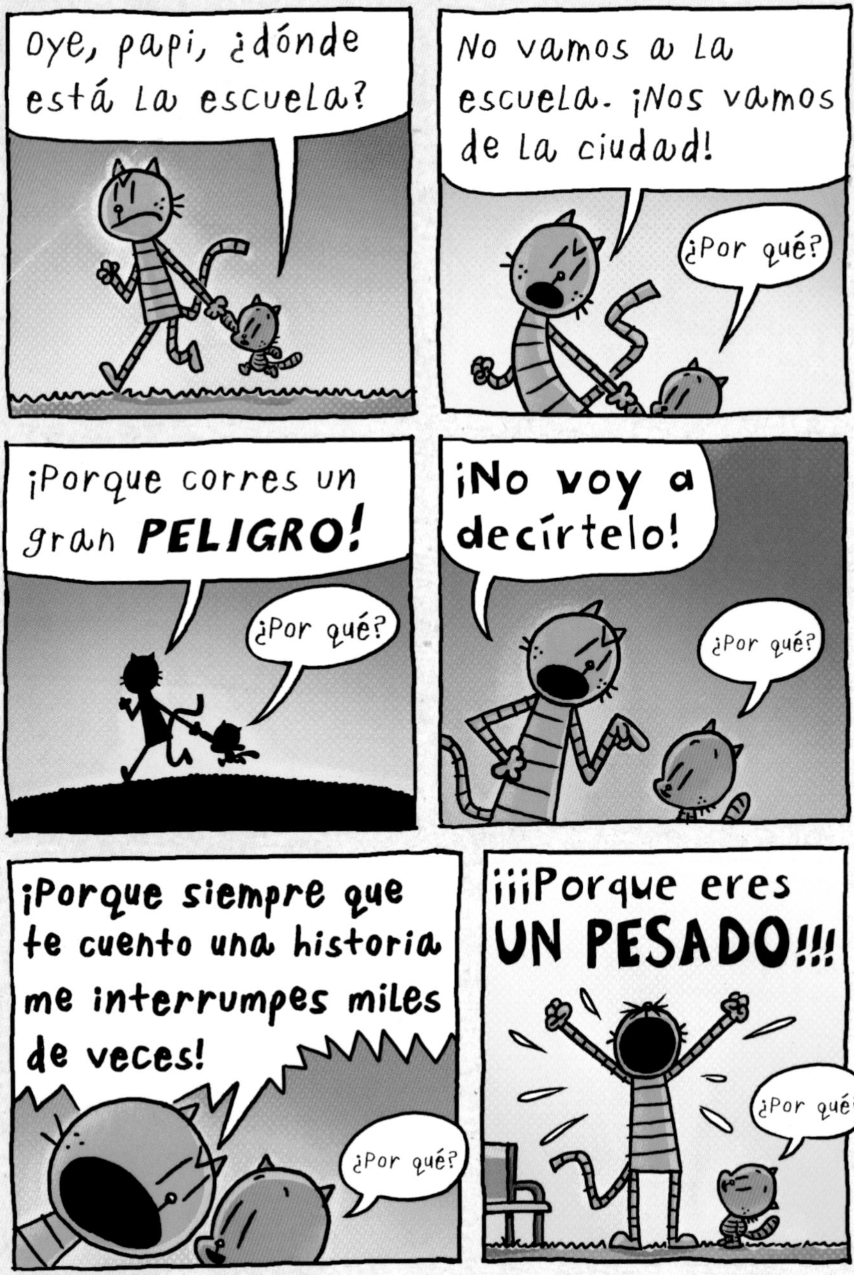
Oye, papi, ¿dónde está la escuela?
No vamos a la escuela. ¡Nos vamos de la ciudad!
¿Por qué?
¡Porque corres un gran PELIGRO!
¿Por qué?
¡No voy a decírtelo!
¿Por qué?
¡Porque siempre que te cuento una historia me interrumpes miles de veces!
¿Por qué?
¡¡¡Porque eres UN PESADO!!!
¿Por qué?

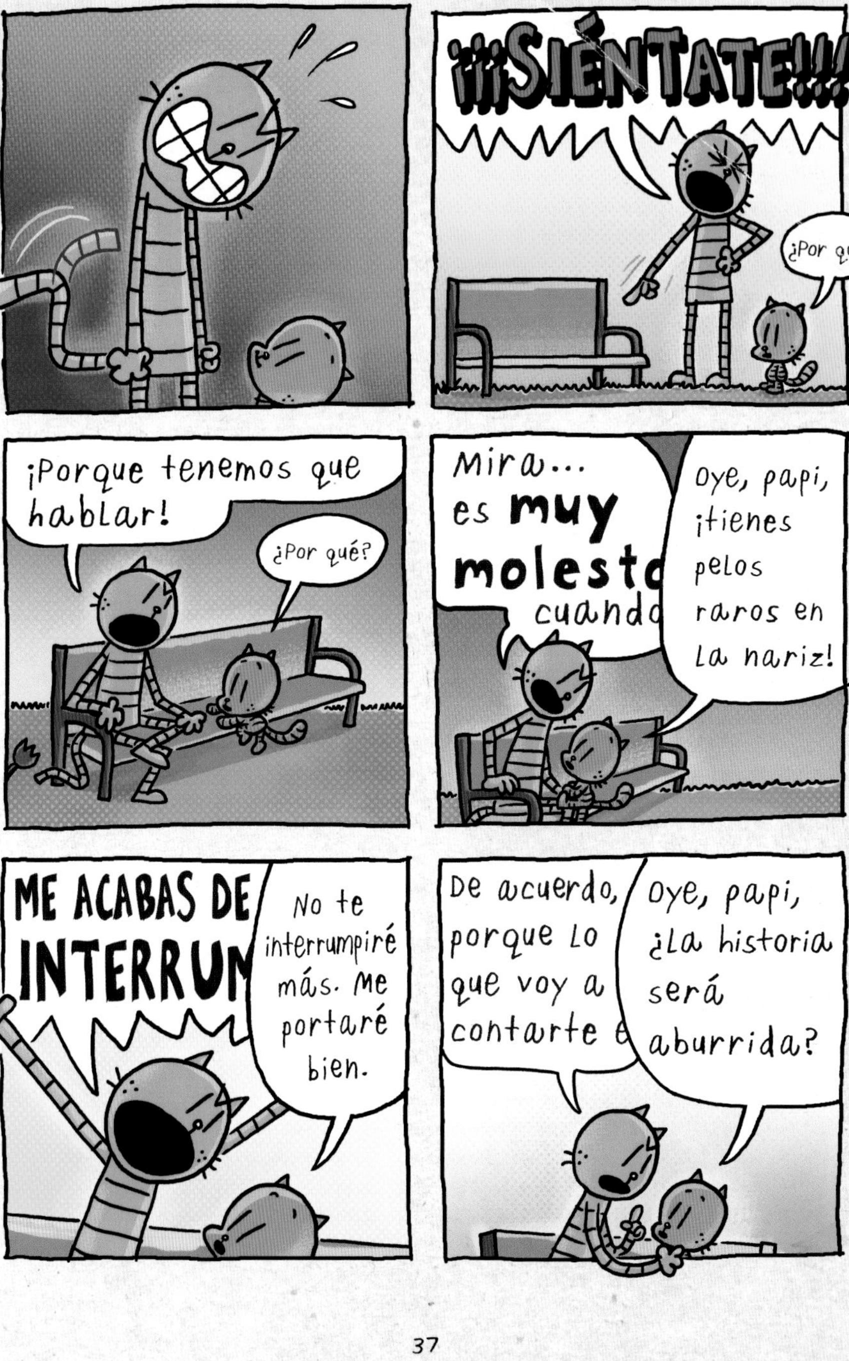
¡¡¡SIÉNTATE!!!
¿Por qué?
¡Porque tenemos que hablar!
¿Por qué?
Mira... es muy molesto cuando
Oye, papi, ¡tienes pelos raros en la nariz!
ME ACABAS DE INTERRUM
No te interrumpiré más. Me portaré bien.
De acuerdo, porque lo que voy a contarte e
Oye, papi, ¿la historia será aburrida?

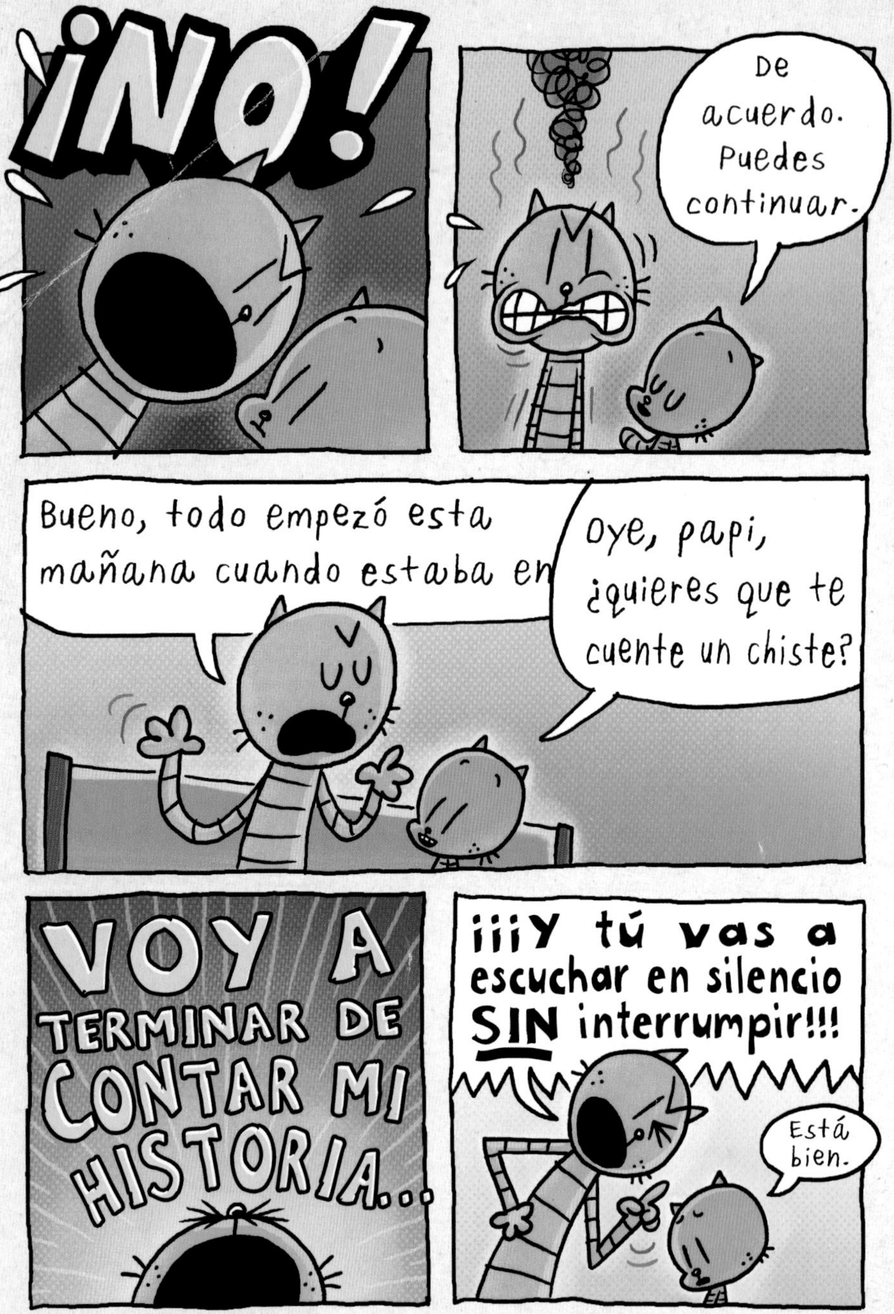
¡NO!
De acuerdo. Puedes continuar.
Bueno, todo empezó esta mañana cuando estaba en
Oye, papi, ¿quieres que te cuente un chiste?
VOY A TERMINAR DE CONTAR MI HISTORIA...
¡¡¡Y tú vas a escuchar en silencio SIN interrumpir!!!
Está bien.

Capítulo 2
LA HiSTORiA DE PEDRiTO
(con muchas (interrupciones))

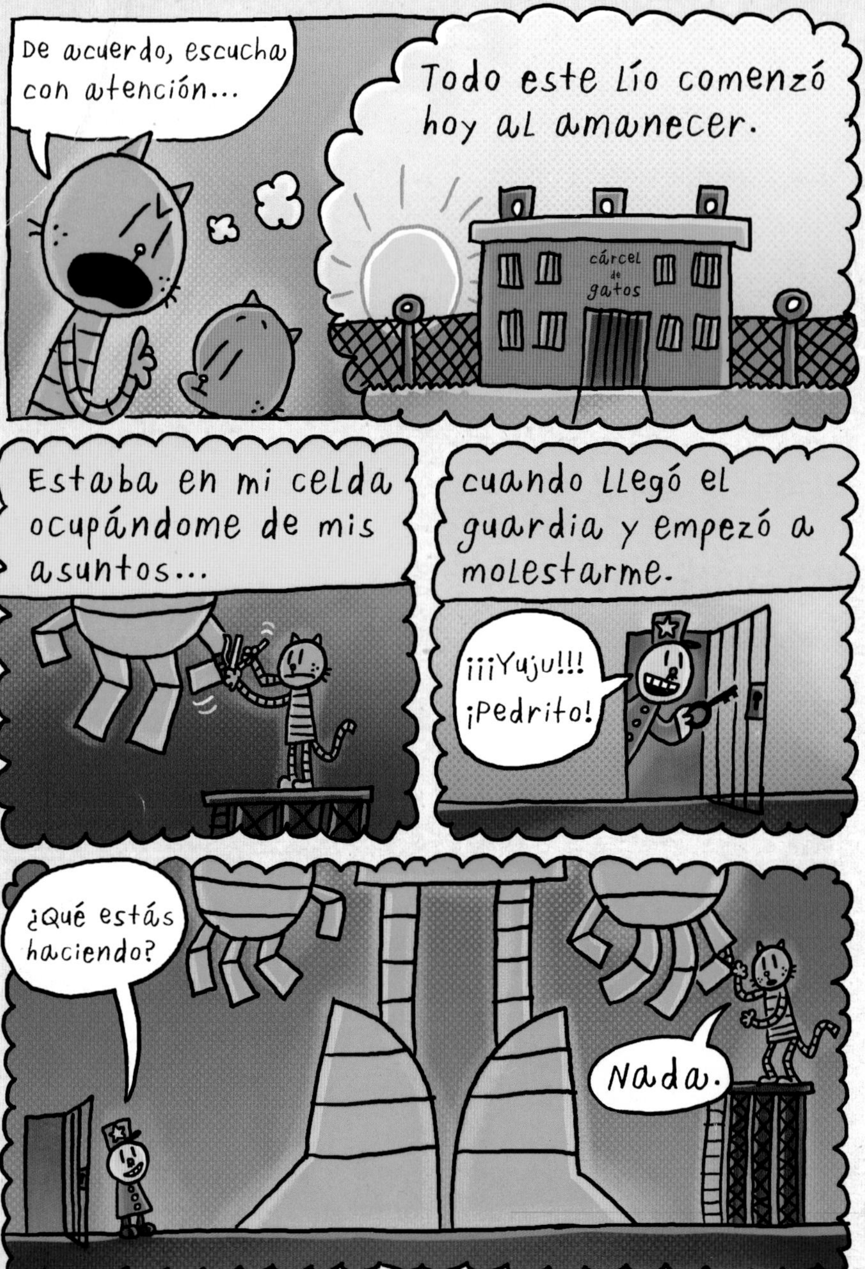
De acuerdo, escucha con atención...
Todo este lío comenzó hoy al amanecer.
cárcel de gatos
Estaba en mi celda ocupándome de mis asuntos...
cuando llegó el guardia y empezó a molestarme.
¡¡¡Yuju!!! ¡Pedrito!
¿Qué estás haciendo?
Nada.

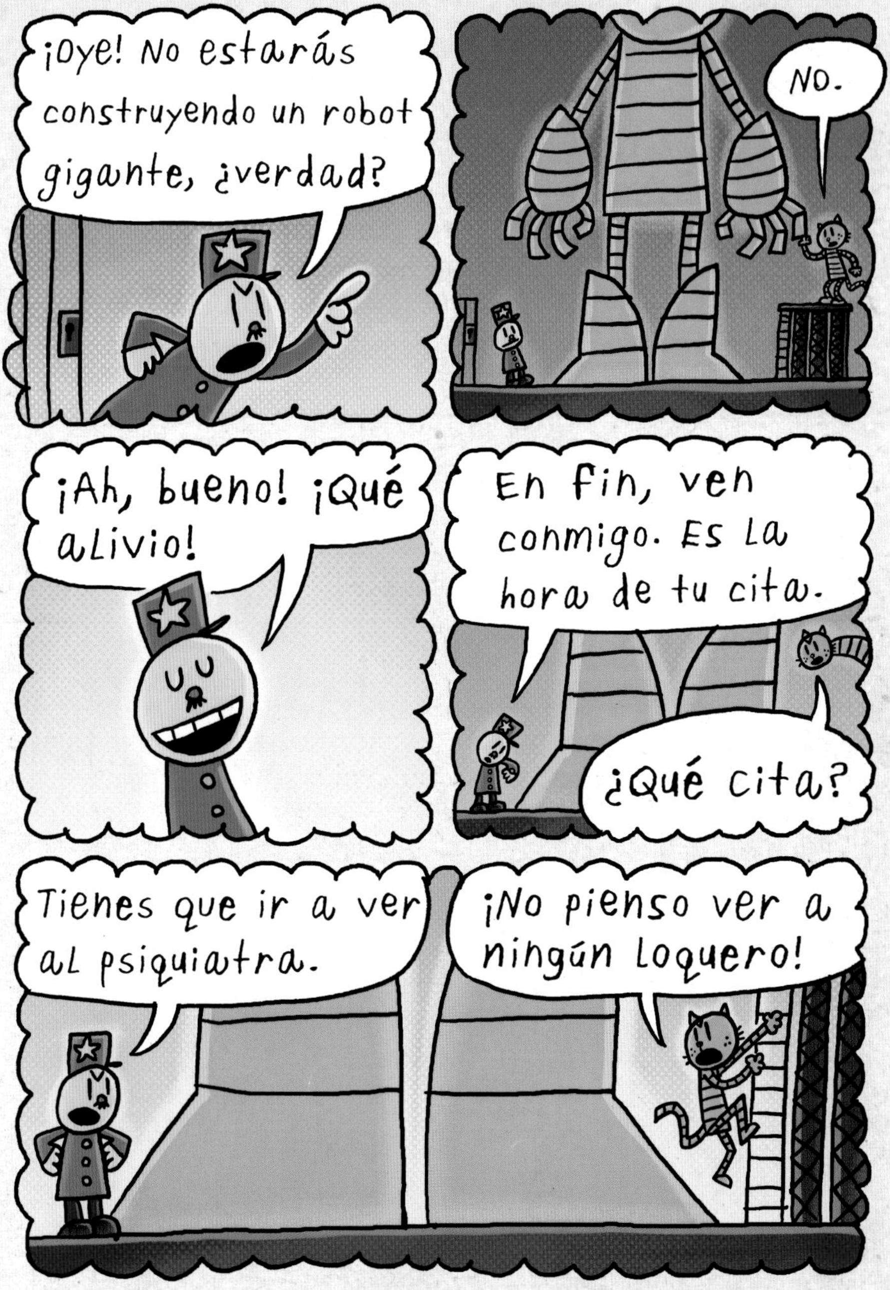
¡Oye! No estarás construyendo un robot gigante, ¿verdad?
NO.
¡Ah, bueno! ¡Qué alivio!
En fin, ven conmigo. Es la hora de tu cita.
¿Qué cita?
Tienes que ir a ver al psiquiatra.
¡No pienso ver a ningún loquero!

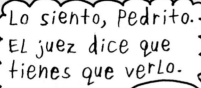

Lo siento, Pedrito. El juez dice que tienes que verlo.

¡RAYOS!

Así que...

Pedrito, te presento al Dr. Gatón.

Es un placer conocerte, Pedrito.

¡Sí, ya sé!

Papi, ese tipo se parece al disfraz que tú llevabas.

¡¡¡PRESTA ATENCIÓN!!!

¡Enseguida comprenderás todo!

Está bien.

Bueno, veamos...

Dr. Gatón

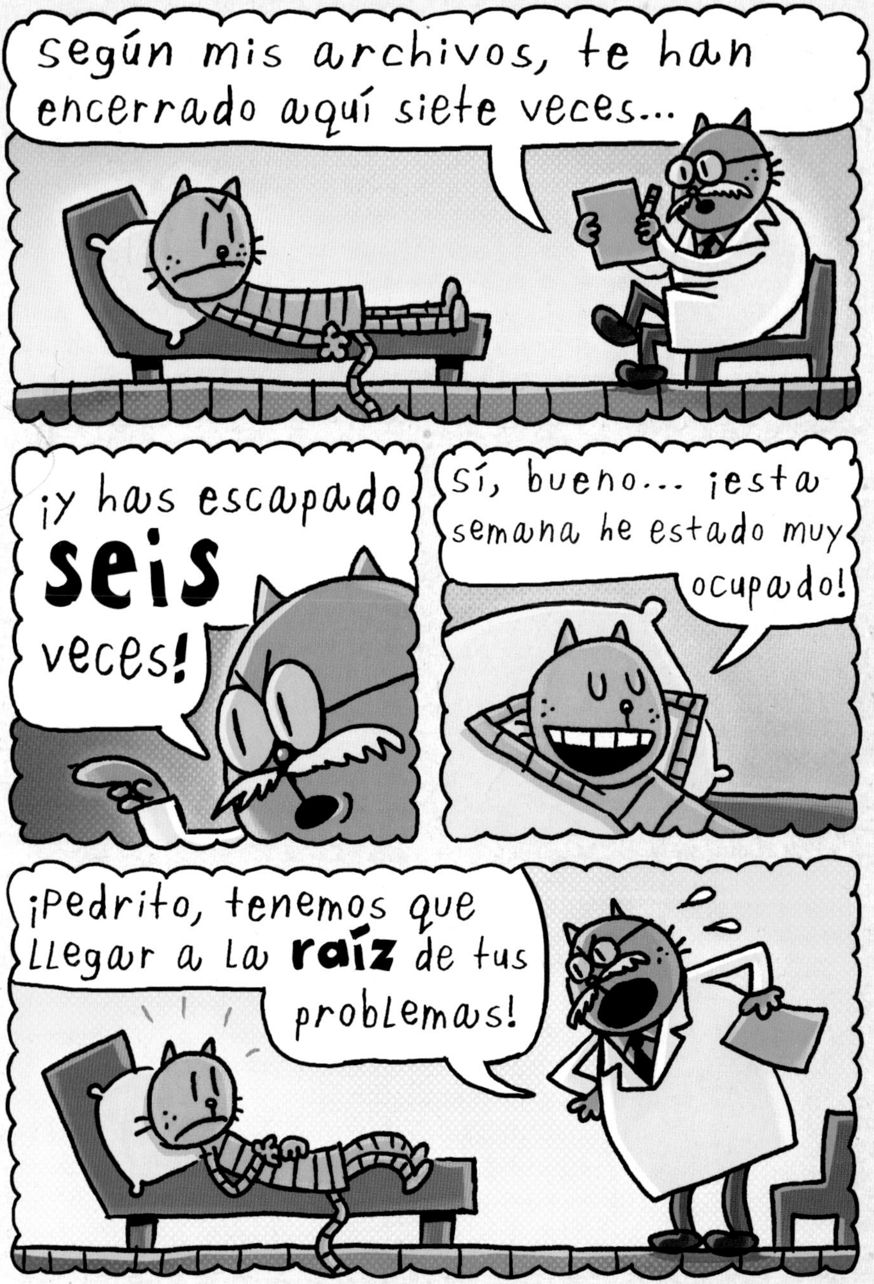
según mis archivos, te han encerrado aquí siete veces...
¡Y has escapado SEIS veces!
Sí, bueno... ¡esta semana he estado muy ocupado!
¡Pedrito, tenemos que llegar a la raíz de tus problemas!

¡De acuerdo! ¡De acuerdo!

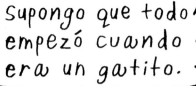

Supongo que todo empezó cuando era un gatito.

¡Pertenecía a Los Animales Exploradores!

Oye, papi, ¿por qué llevo una gorra?

¡Ese no eres **tú**! ¡Ese soy **YO** cuando era pequeño!

Ah.

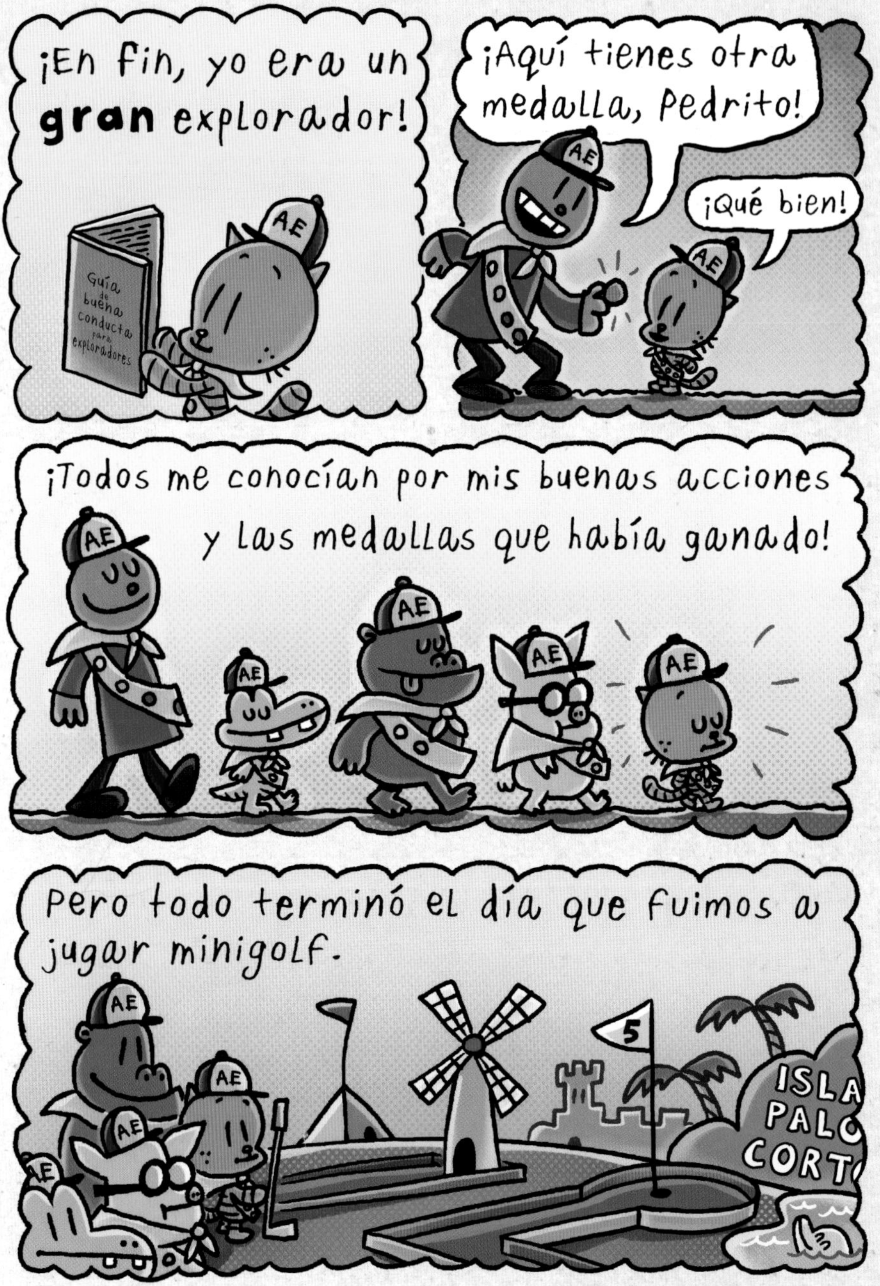
¡En fin, yo era un **gran** explorador!
Guía de buena conducta para exploradores
AE
¡Aquí tienes otra medalla, Pedrito!
¡Qué bien!
¡Todos me conocían por mis buenas acciones y las medallas que había ganado!
Pero todo terminó el día que fuimos a jugar minigolf.
5
ISLA
PALO

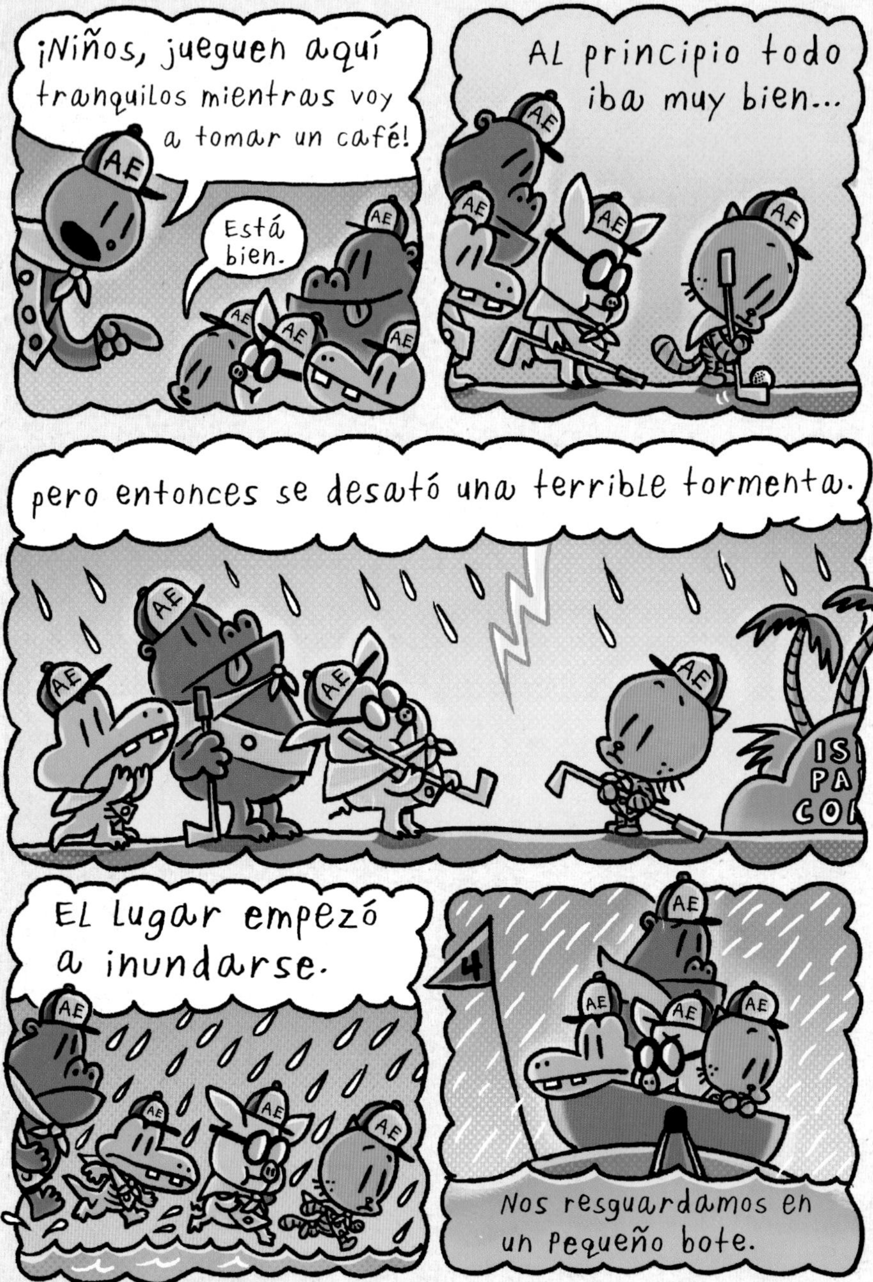
¡Niños, jueguen aquí tranquilos mientras voy a tomar un café!
Está bien.
AL principio todo iba muy bien...
pero entonces se desató una terrible tormenta.
EL lugar empezó a inundarse.
4
Nos resguardamos en un pequeño bote.

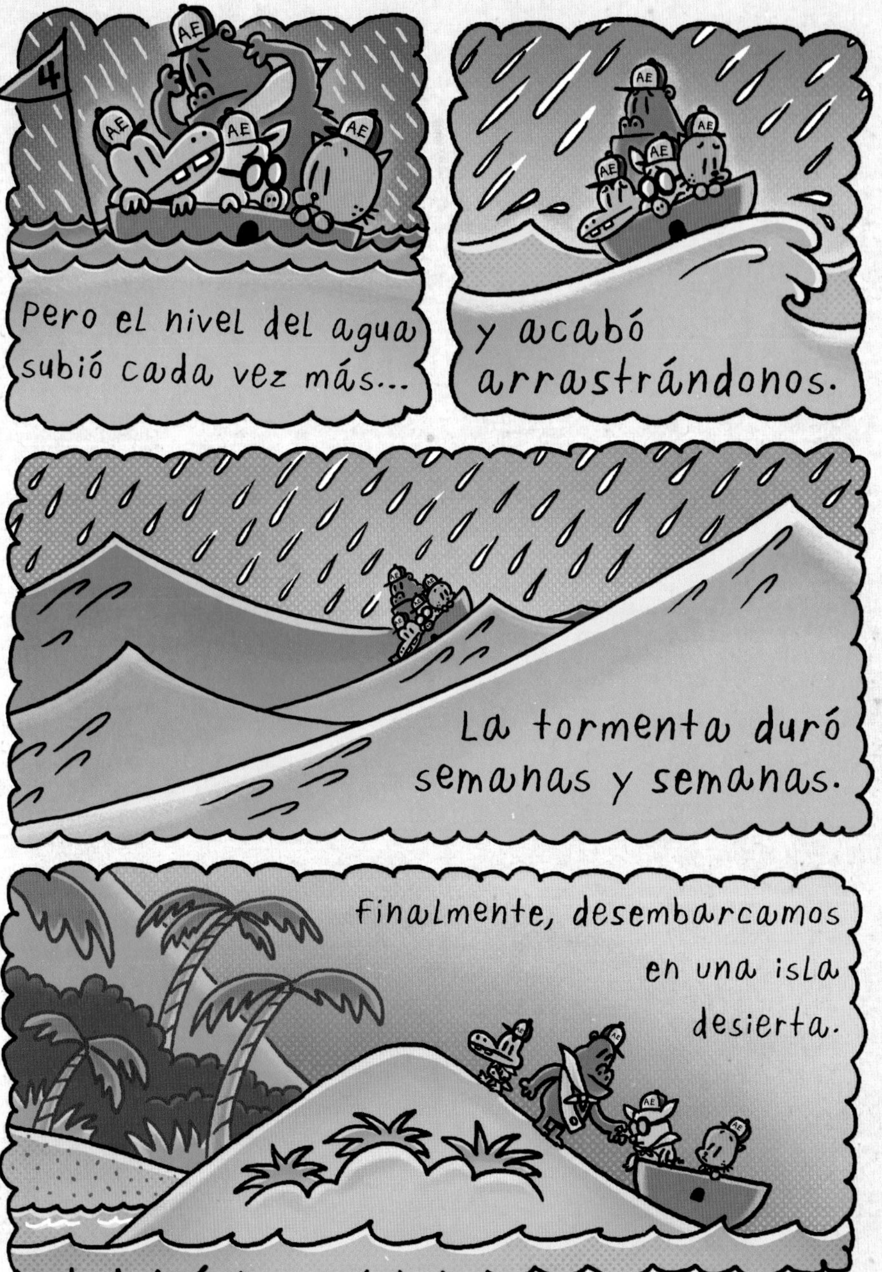
4
AE
Pero el nivel del agua subió cada vez más...
y acabó arrastrándonos.
La tormenta duró semanas y semanas.
Finalmente, desembarcamos en una isla desierta.

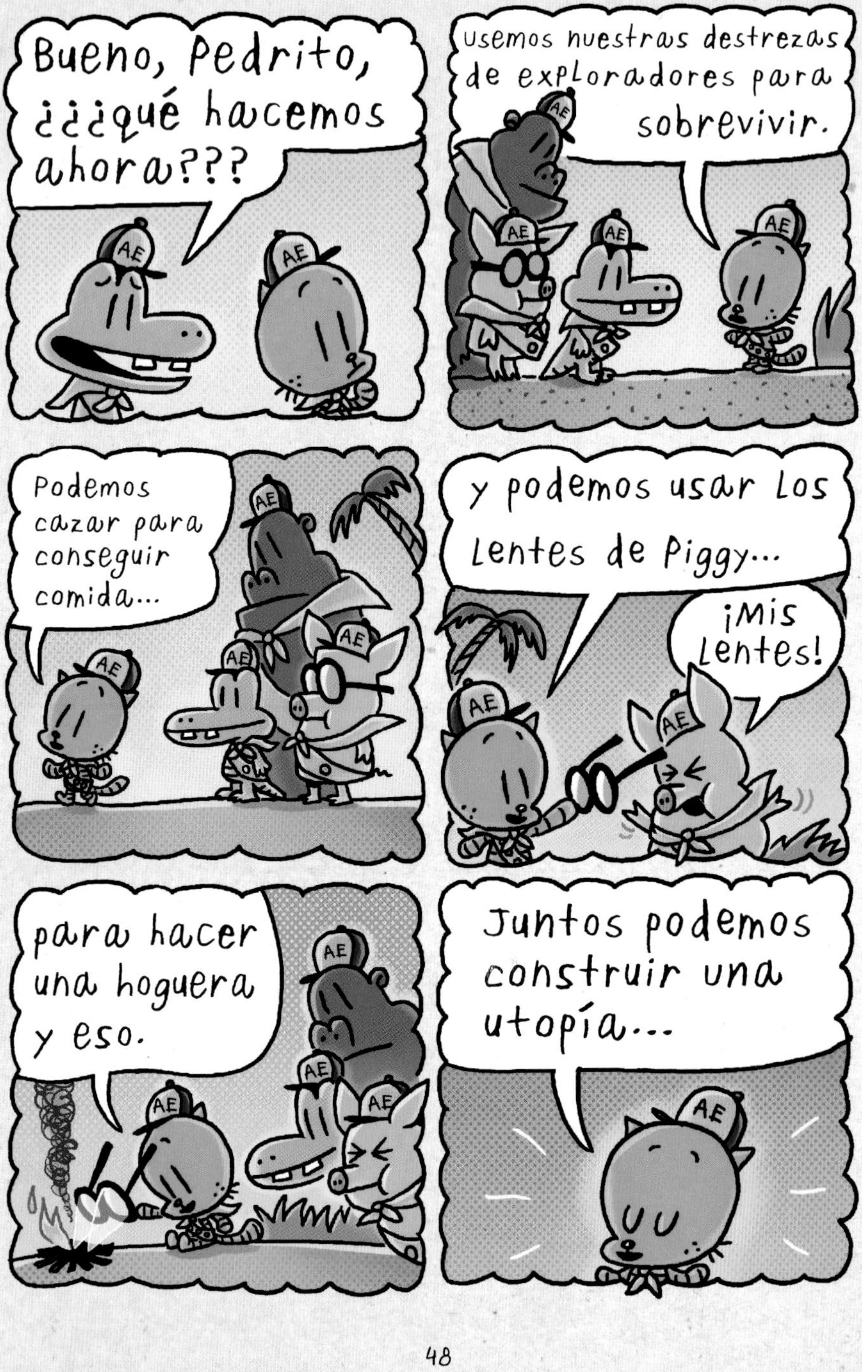
Bueno, Pedrito, ¿¿¿qué hacemos ahora???
Usemos nuestras destrezas de exploradores para sobrevivir.
AE
Podemos cazar para conseguir comida...
Y podemos usar los lentes de Piggy...
¡Mis lentes!
para hacer una hoguera y eso.
Juntos podemos construir una utopía...

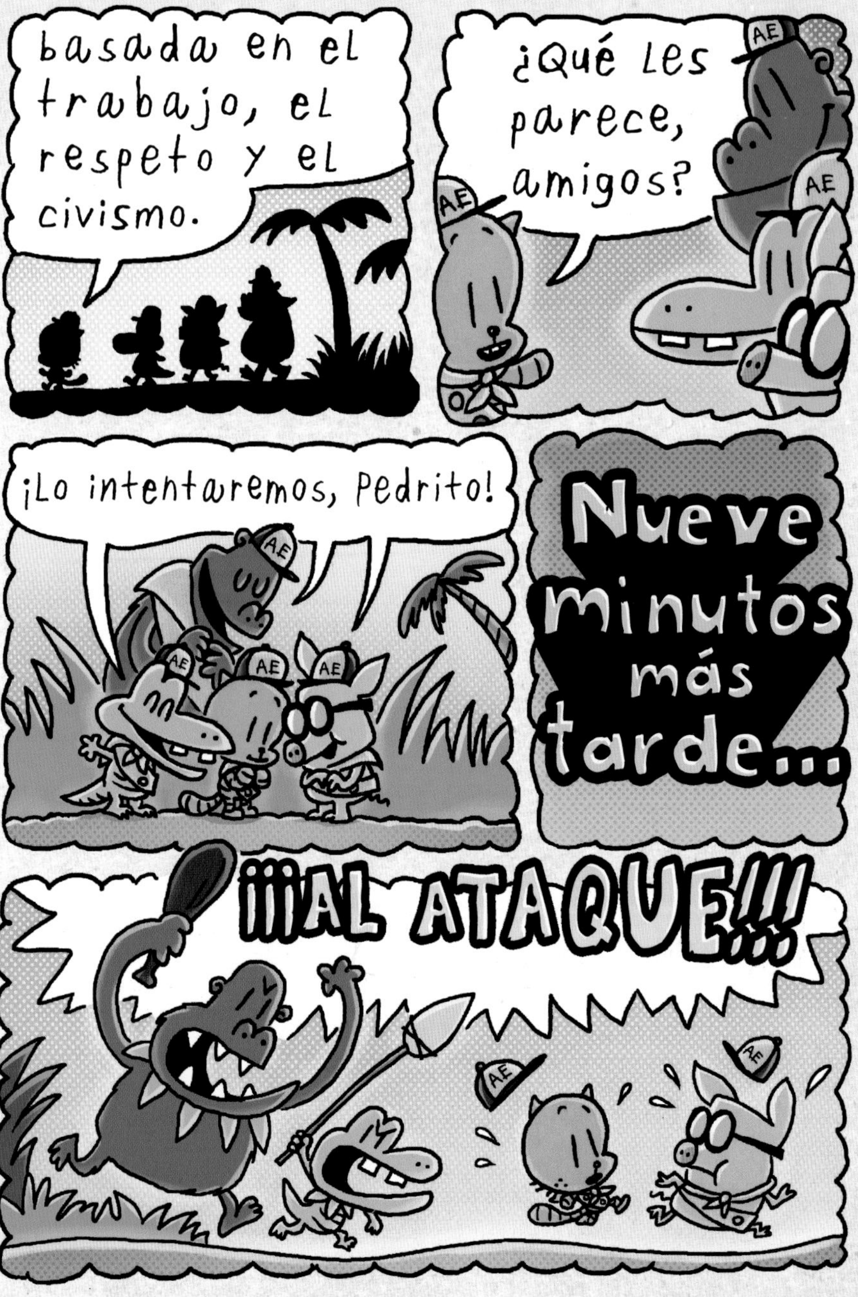
basada en el trabajo, el respeto y el civismo.
¿Qué les parece, amigos?
¡Lo intentaremos, Pedrito!
Nueve minutos más tarde...
¡¡¡AL ATAQUE!!!

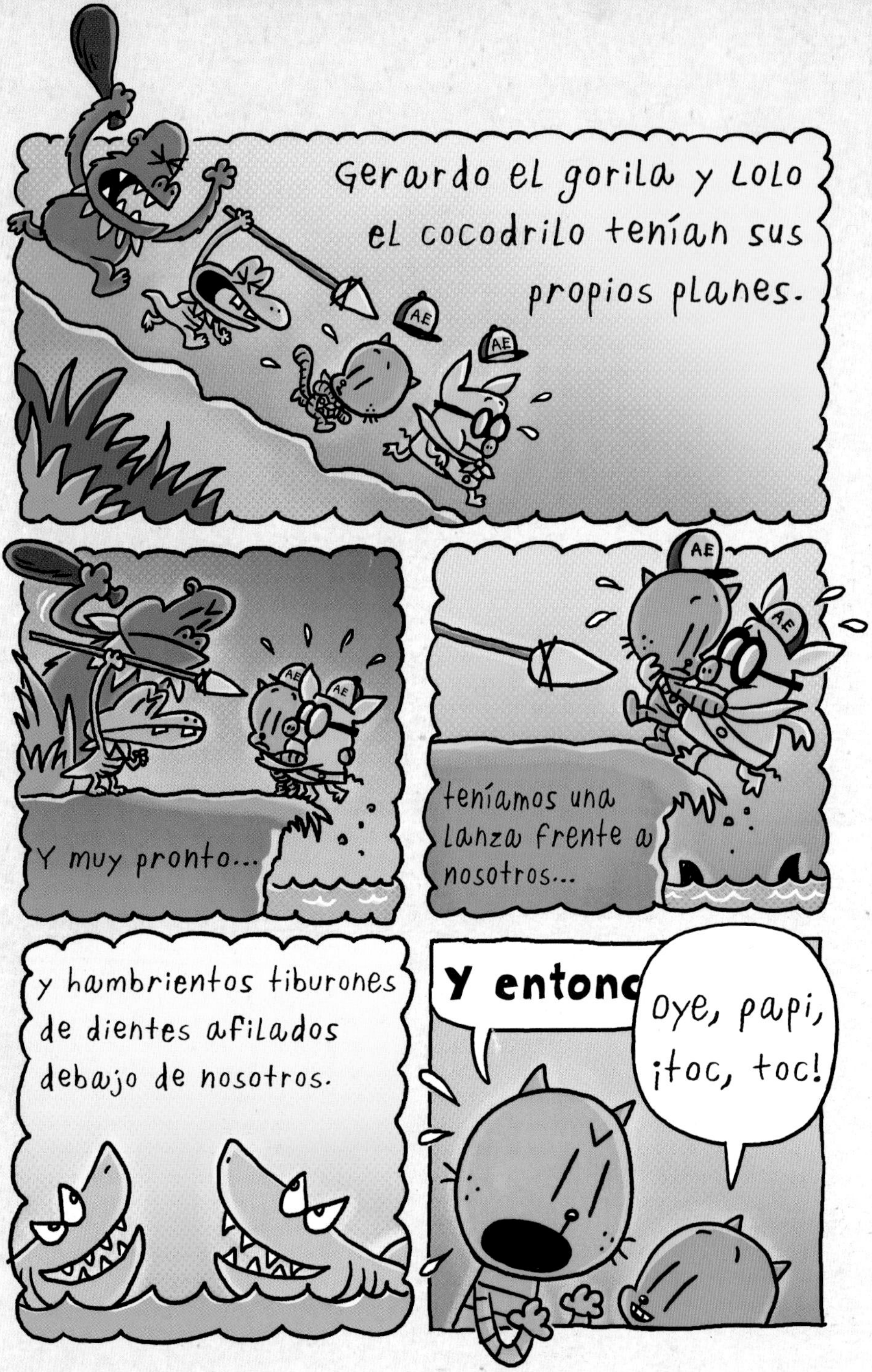
Gerardo el gorila y Lolo el cocodrilo tenían sus propios planes.
AE
AE
AE
AE
Y muy pronto...
AE
AE
teníamos una lanza frente a nosotros...
y hambrientos tiburones de dientes afilados debajo de nosotros.
Y entonc
Oye, papi, ¡toc, toc!

PERO, ¿ESTÁS ESCUCHANDO?

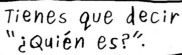

Tienes que decir "¿Quién es?".

Anda, papi. ¡Es un chiste muy bueno!

¿Quién es?

Este...

Eeeeh...

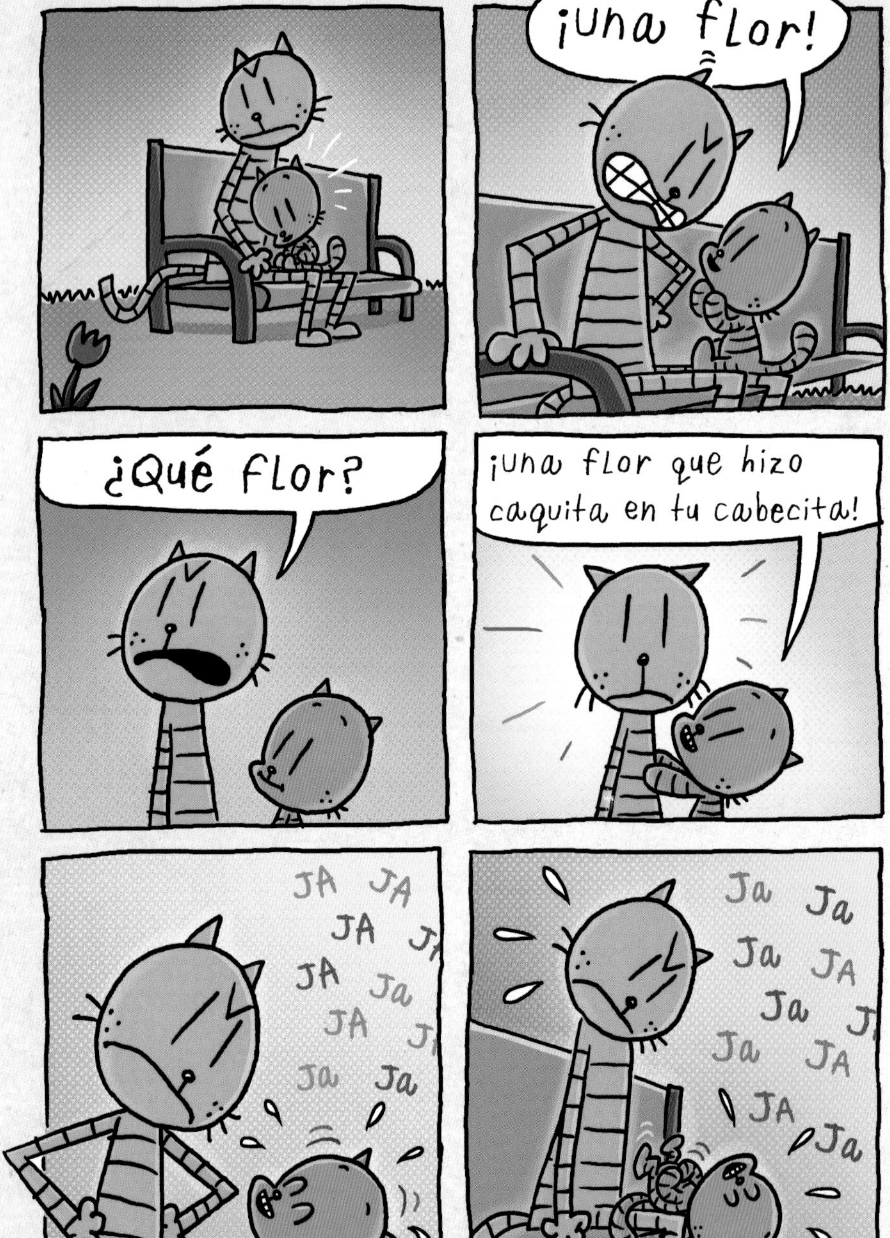
¡Una flor!
¿Qué flor?
¡Una flor que hizo caquita en tu cabecita!
JA JA JA JA Ja JA Ja Ja
Ja Ja Ja JA Ja Ja JA JA Ja

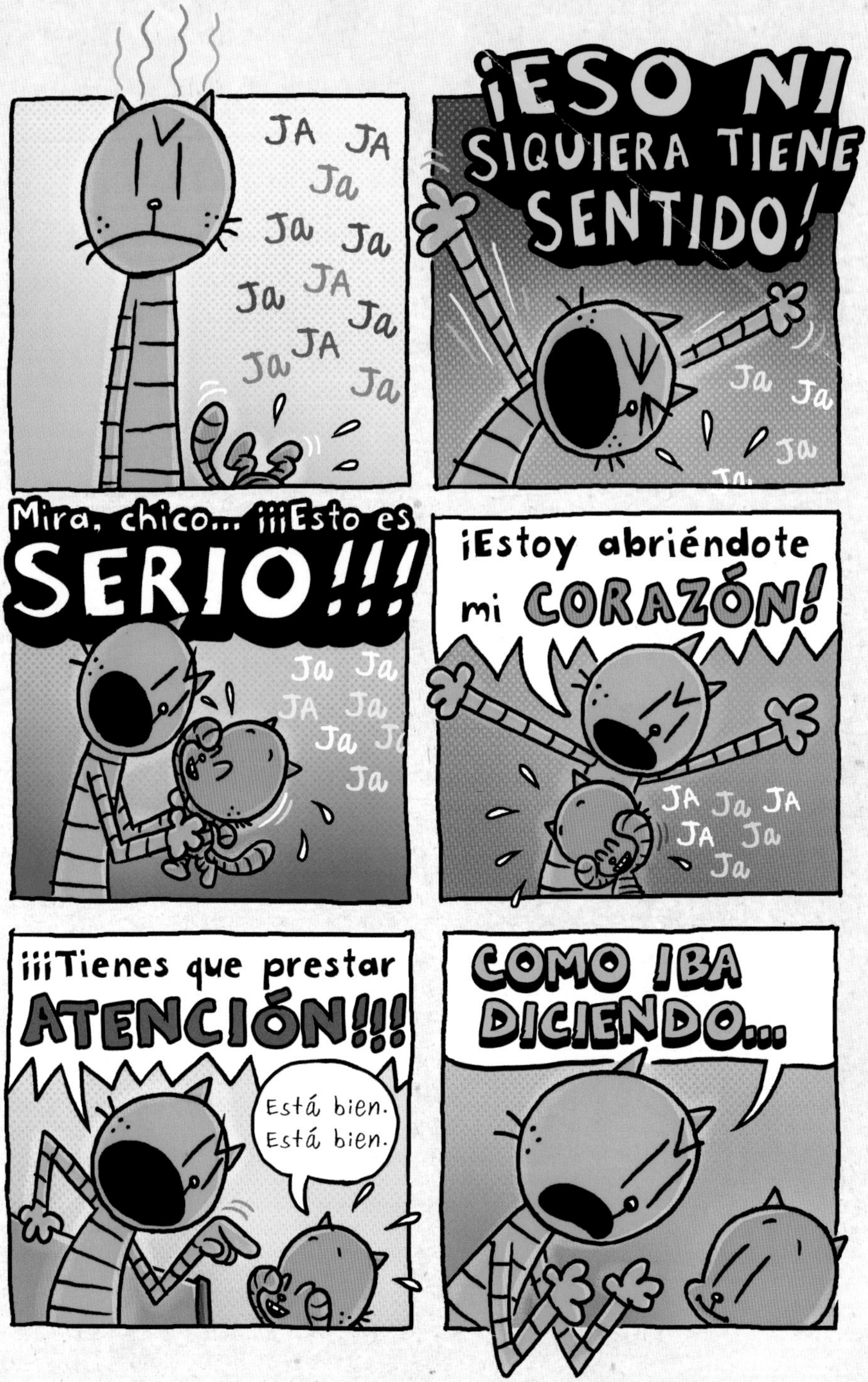
JA JA Ja Ja Ja Ja JA Ja Ja JA Ja
¡ESO NI SIQUIERA TIENE SENTIDO!
Ja Ja Ja
Mira, chico... ¡¡¡Esto es SERIO!!!
Ja Ja JA Ja Ja Ja
¡Estoy abriéndote mi CORAZÓN!
JA Ja JA JA Ja Ja
¡¡¡Tienes que prestar ATENCIÓN!!!
Está bien. Está bien.
COMO IBA DICIENDO...

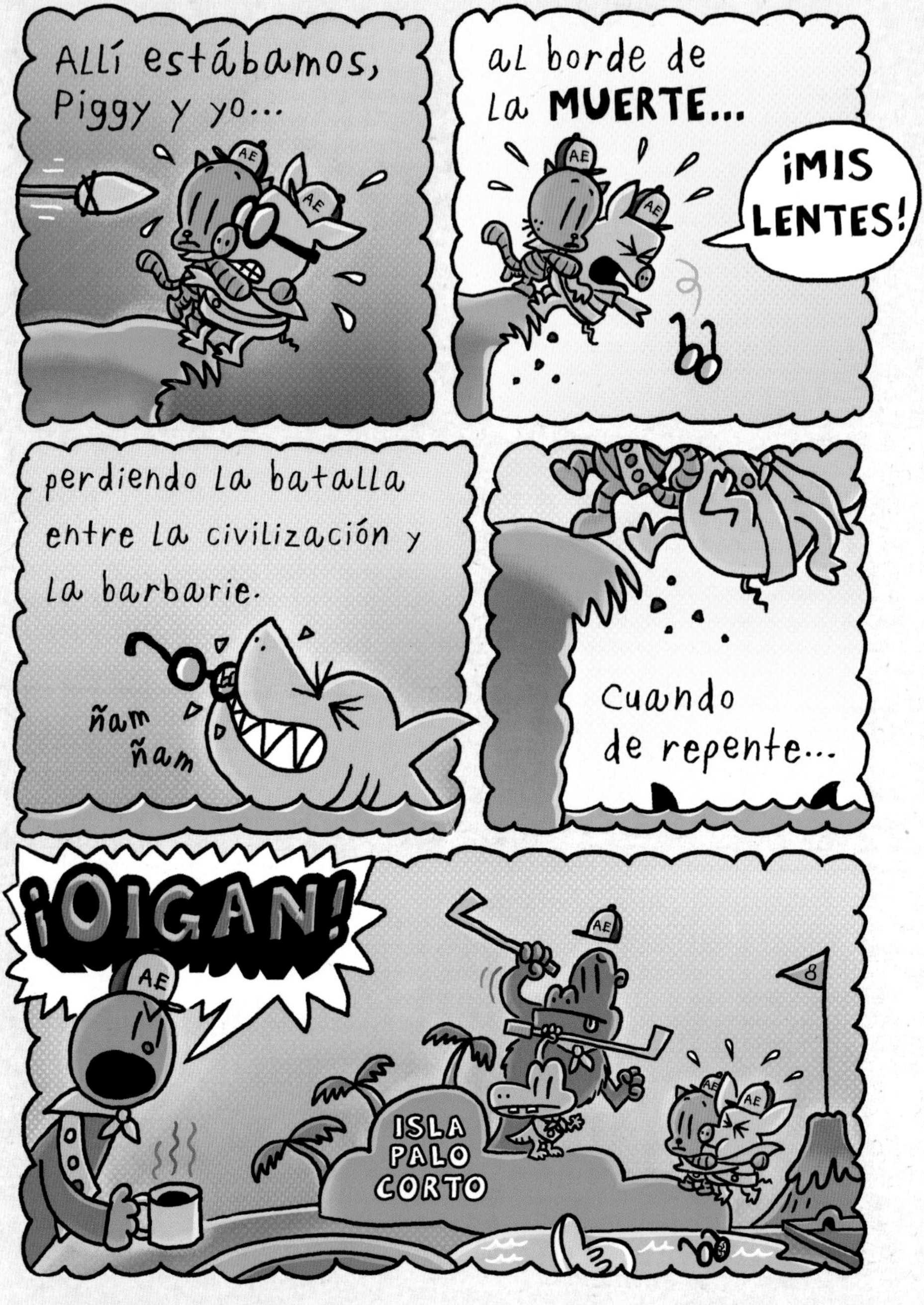
Allí estábamos,
Piggy y yo...
al borde de
la **MUERTE...**
¡MIS LENTES!
perdiendo la batalla
entre la civilización y
la barbarie.
ñam
ñam
Cuando
de repente...
¡OIGAN!
ISLA
PALO
CORTO

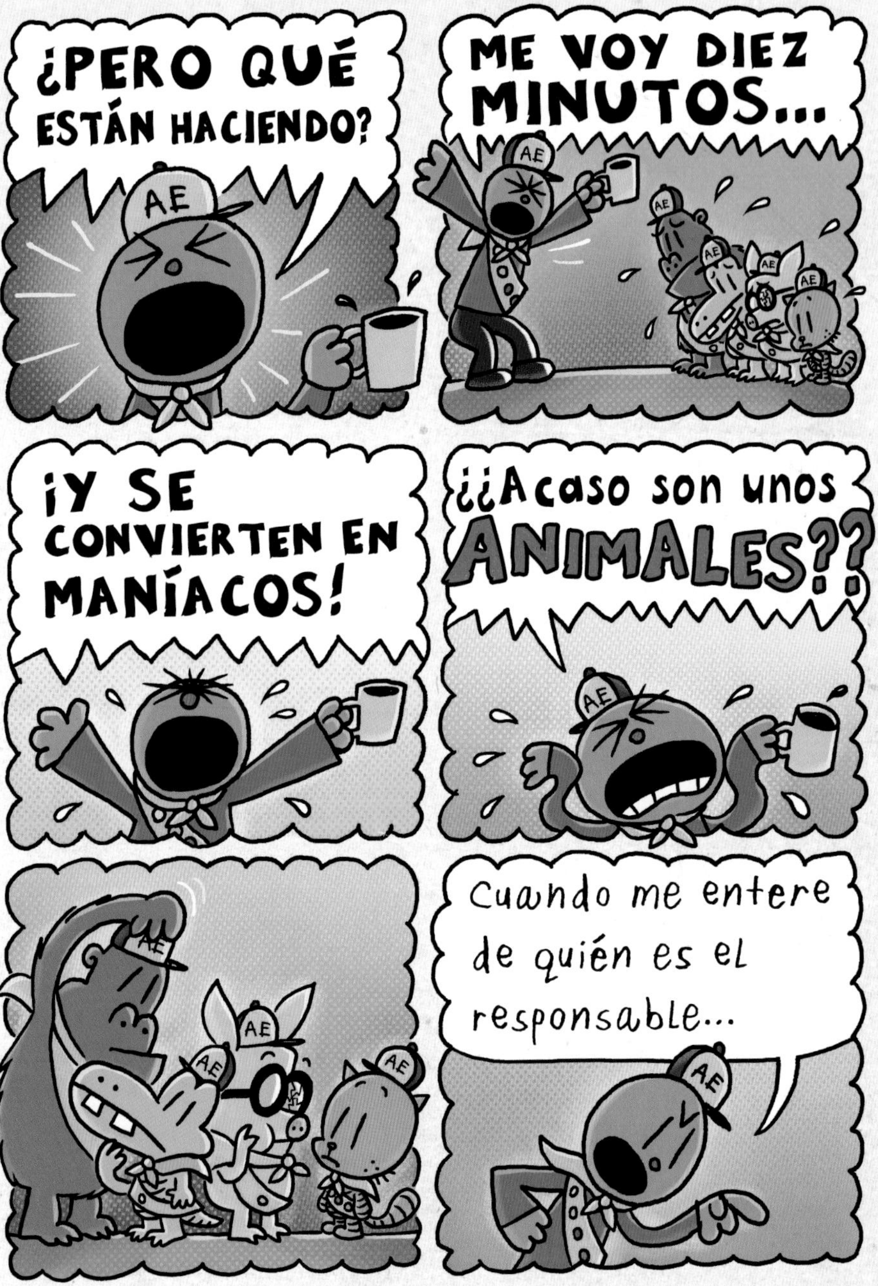
¿PERO QUÉ ESTÁN HACIENDO?
ME VOY DIEZ MINUTOS...
¡Y SE CONVIERTEN EN MANÍACOS!
¿¿Acaso son unos ANIMALES??
AE
Cuando me entere de quién es el responsable...

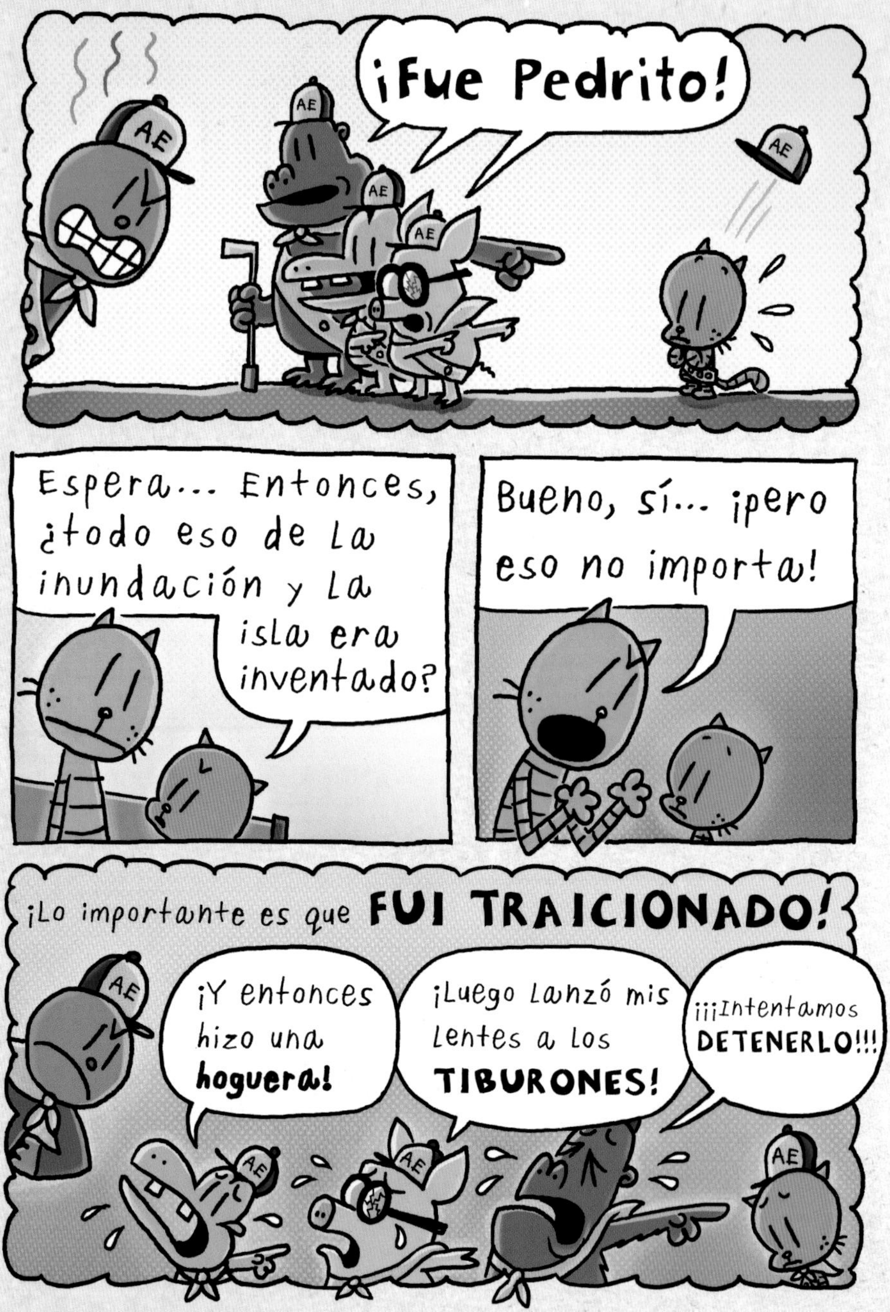
¡Fue Pedrito!
Espera... Entonces, ¿todo eso de la inundación y la isla era inventado?
Bueno, sí... ¡pero eso no importa!
¡Lo importante es que FUI TRAICIONADO!
¡Y entonces hizo una hoguera!
¡Luego lanzó mis lentes a los TIBURONES!
¡¡¡Intentamos DETENERLO!!!

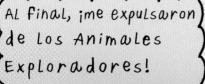

Al final, ¡me expulsaron de los Animales Exploradores!

¡Todas mis buenas acciones fueron borradas!

Todo mi esfuerzo por ser virtuoso quedó en nada...

Y la vida... ya no tuvo... sentido.

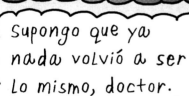

Supongo que ya nada volvió a ser lo mismo, doctor.

¿Y qué fue de Piggy, Gerardo y Lolo?

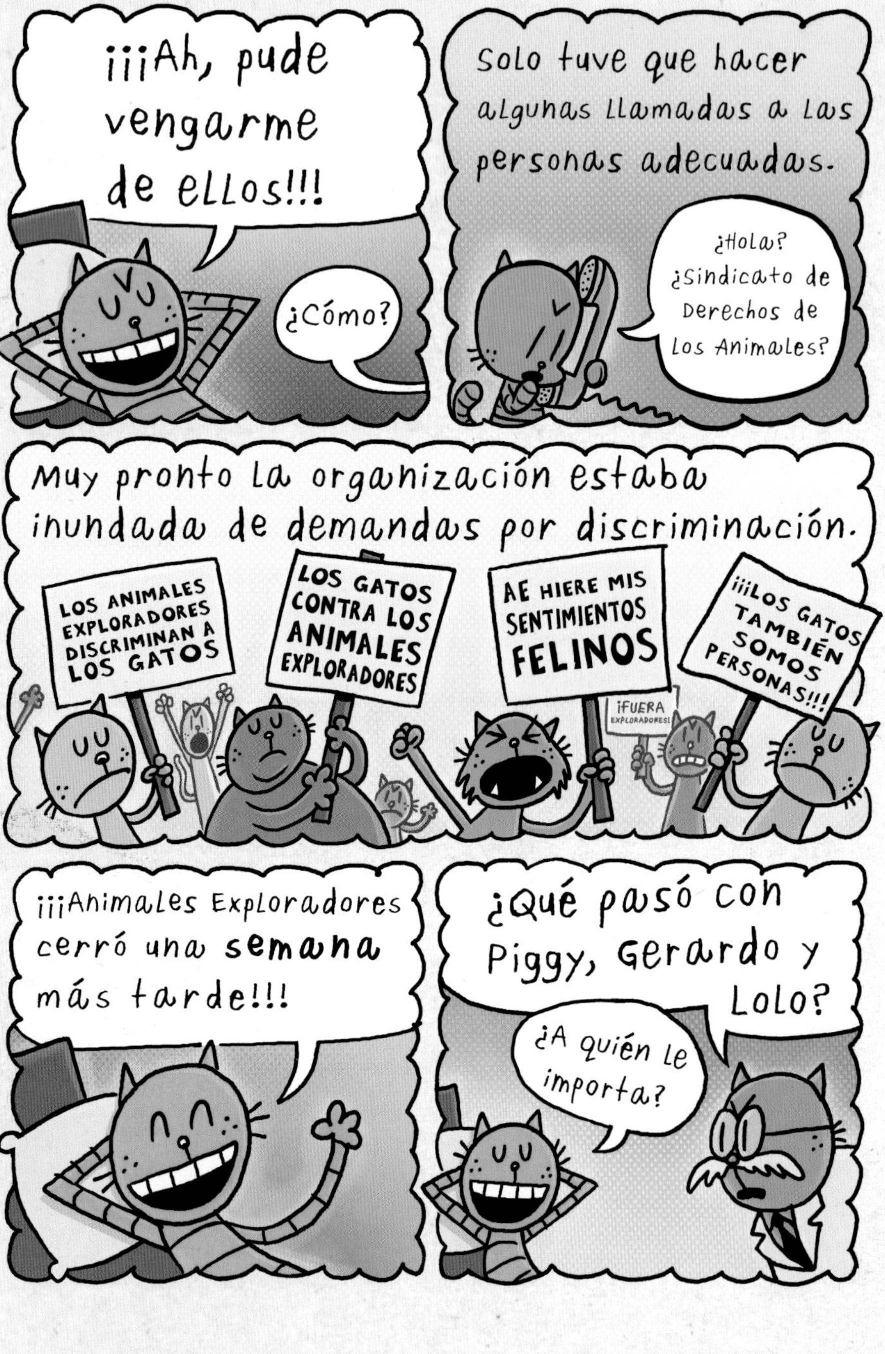
¡¡¡Ah, pude vengarme de ellos!!!
¿Cómo?
Solo tuve que hacer algunas llamadas a las personas adecuadas.
¿Hola? ¿Sindicato de Derechos de los Animales?
Muy pronto la organización estaba inundada de demandas por discriminación.
LOS ANIMALES EXPLORADORES DISCRIMINAN A LOS GATOS
LOS GATOS CONTRA LOS ANIMALES EXPLORADORES
AE HIERE MIS SENTIMIENTOS FELINOS
¡FUERA EXPLORADORES!
¡¡¡LOS GATOS TAMBIÉN SOMOS PERSONAS!!!
¡¡¡Animales Exploradores cerró una semana más tarde!!!
¿Qué pasó con Piggy, Gerardo y Lolo?
¿A quién le importa?

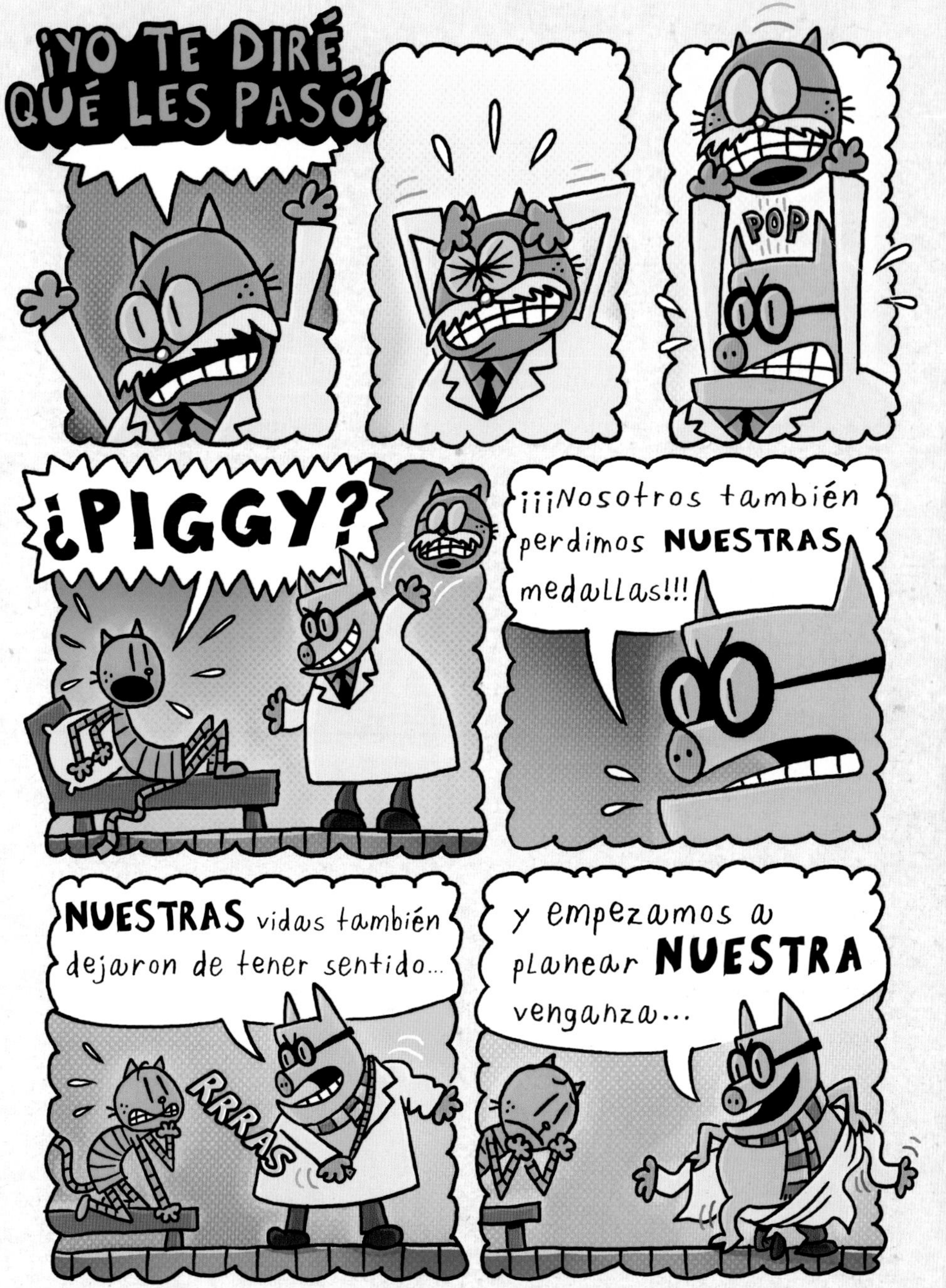
¡YO TE DIRÉ QUÉ LES PASÓ!
POP
¿PIGGY?
¡¡¡Nosotros también perdimos NUESTRAS medallas!!!
NUESTRAS vidas también dejaron de tener sentido...
RRRAS
y empezamos a planear NUESTRA venganza...

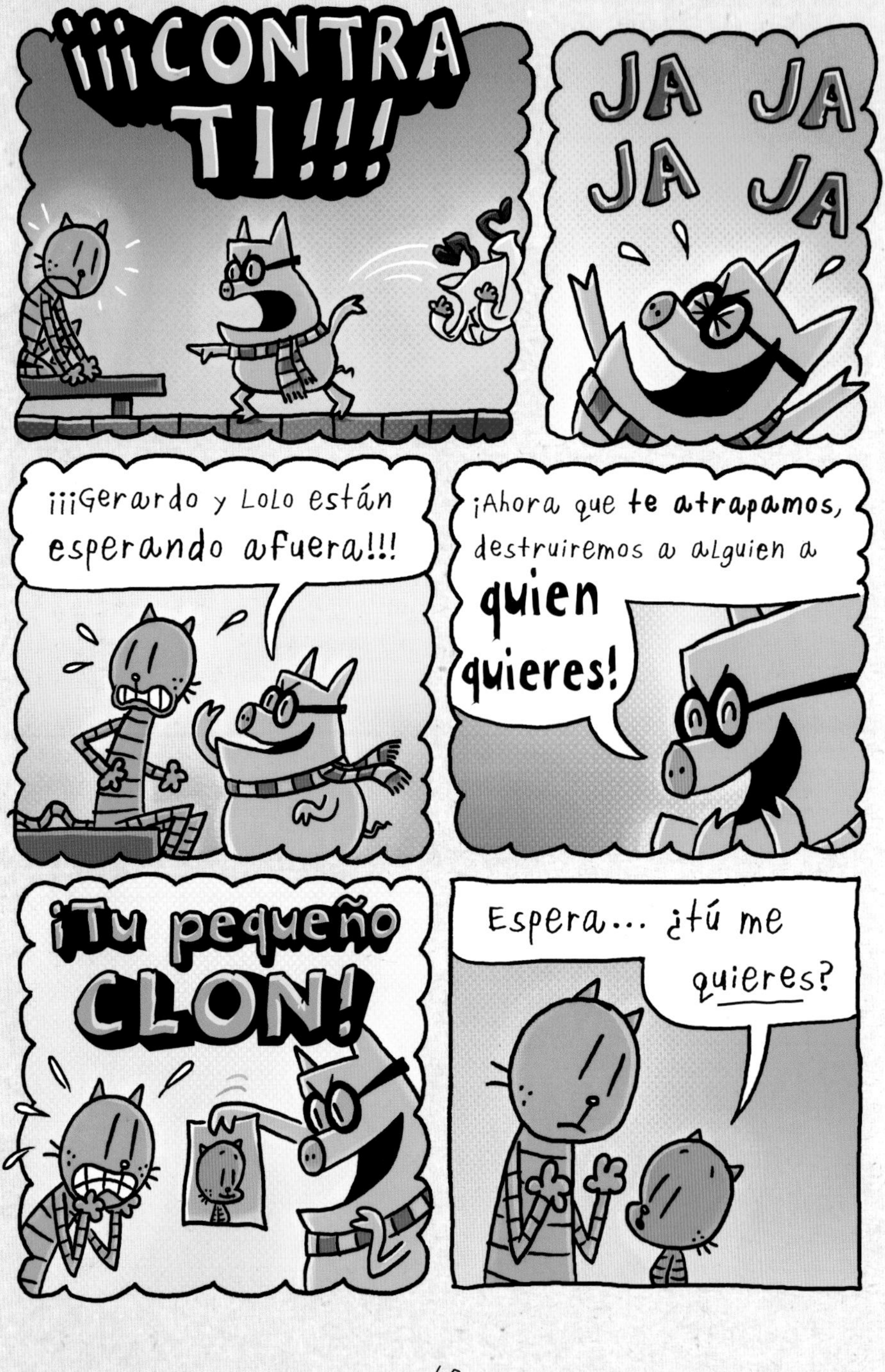
¡¡¡CONTRA TI!!!
JA JA JA JA
¡¡¡Gerardo y Lolo están esperando afuera!!!
¡Ahora que te atrapamos, destruiremos a alguien a quien quieres!
¡Tu pequeño CLON!
Espera… ¿tú me quieres?

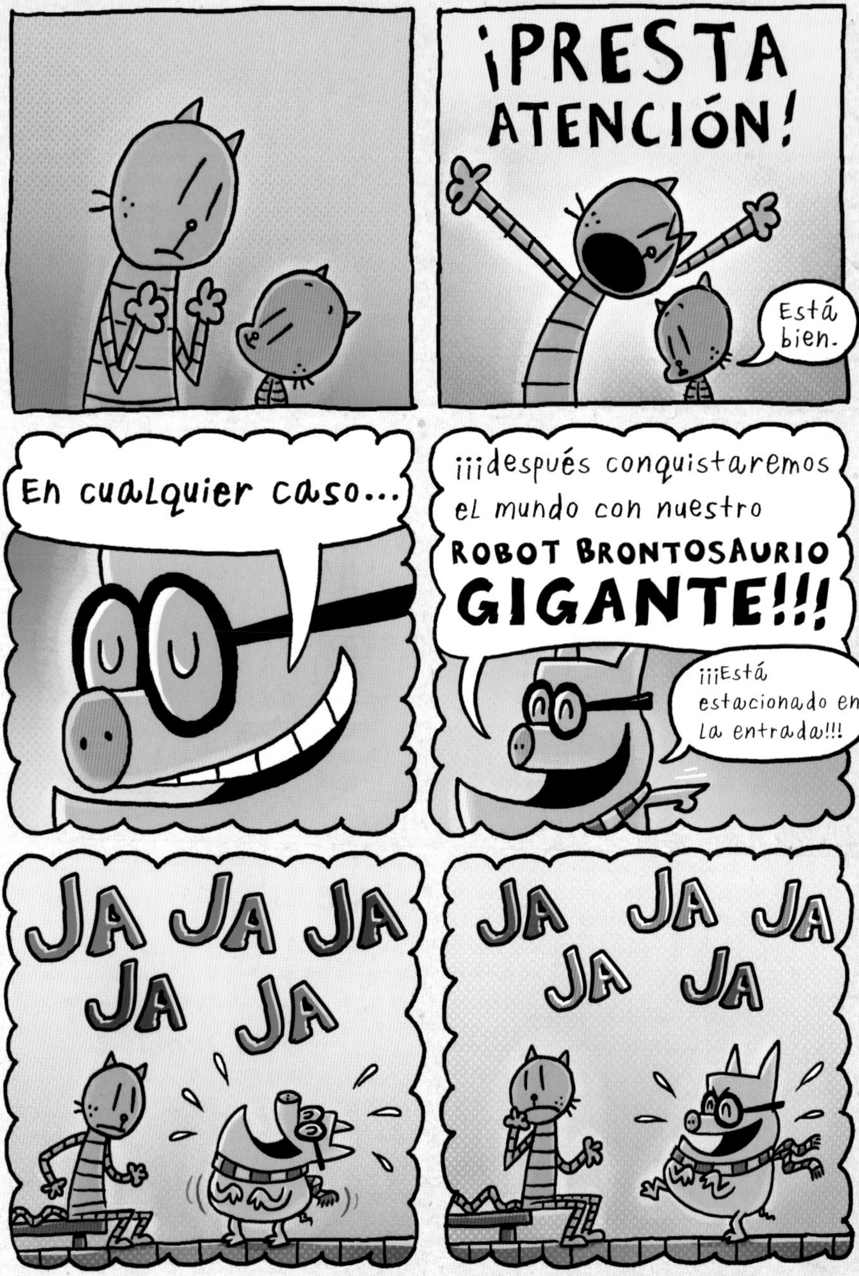
¡PRESTA ATENCIÓN!
Está bien.
En cualquier caso...
¡¡¡después conquistaremos el mundo con nuestro ROBOT BRONTOSAURIO GIGANTE!!!
¡¡¡Está estacionado en la entrada!!!
JA JA JA JA JA
JA JA JA JA JA

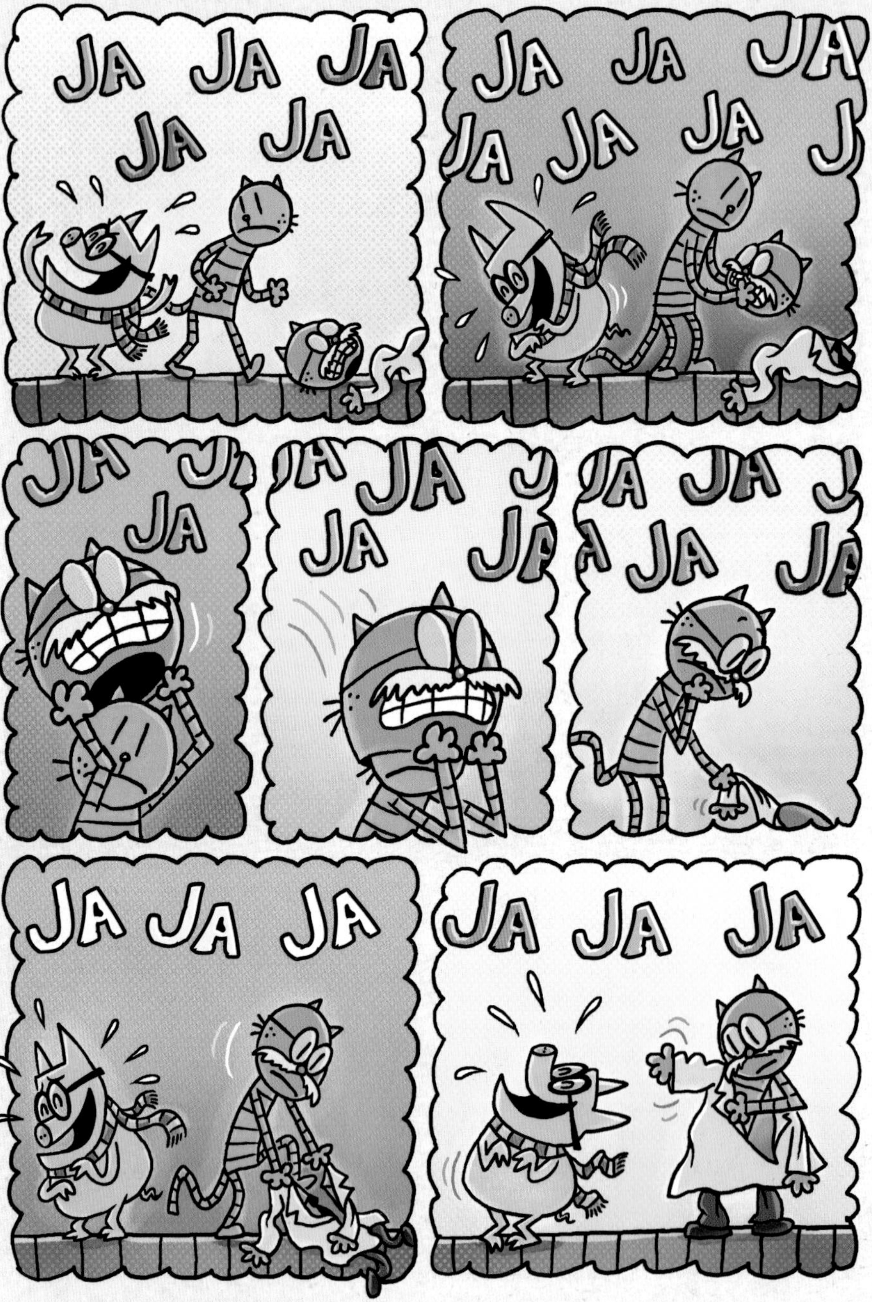
JA JA JA
JA JA
JA JA JA
JA JA JA
JA
JA
JA
JA JA
JA
JA JA JA
JA JA JA

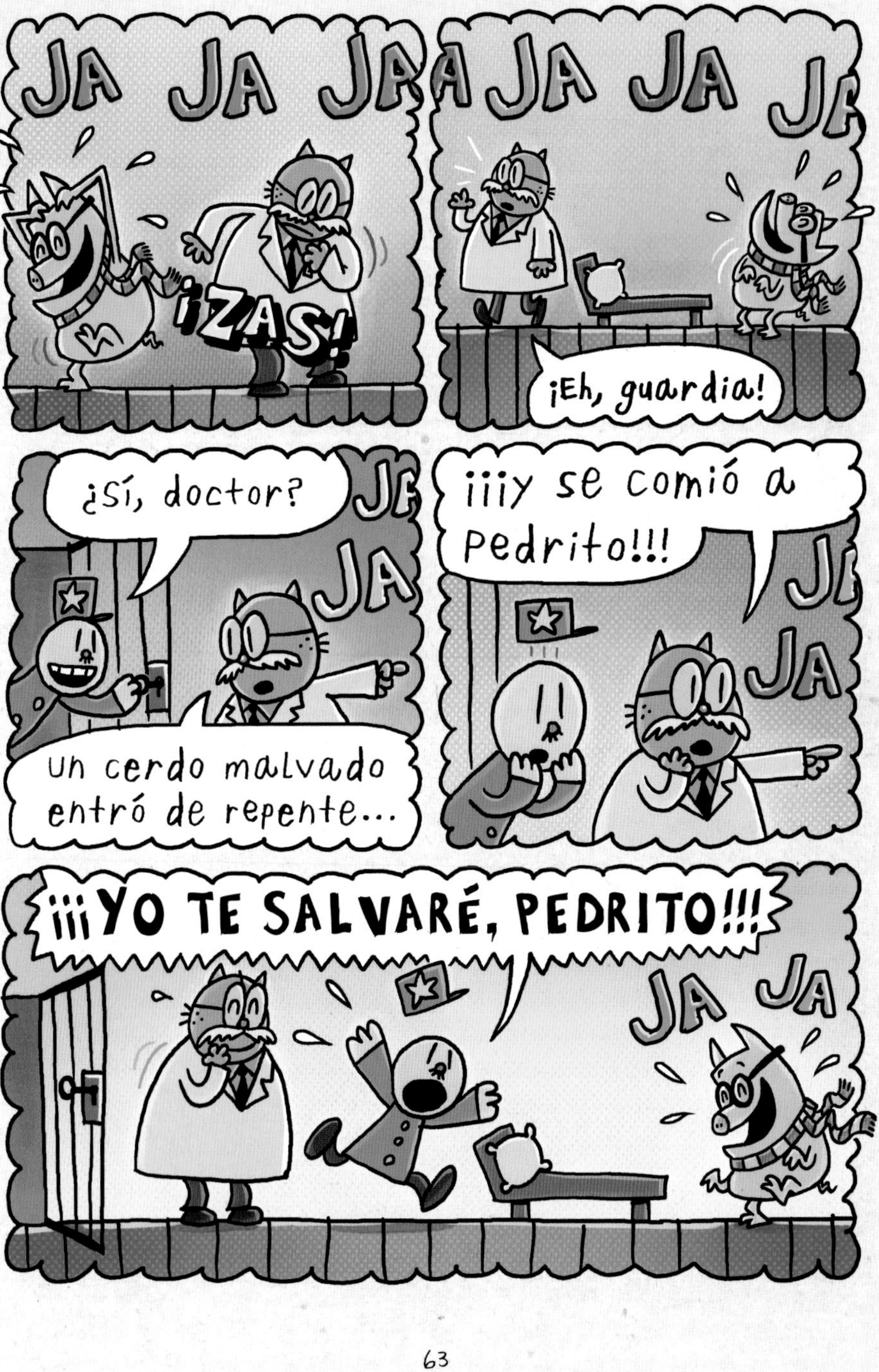
JA JA JA
¡ZAS!
JA JA JA JA
¡Eh, guardia!
¿Sí, doctor?
JA
JA
Un cerdo malvado entró de repente...
¡¡¡Y se comió a Pedrito!!!
JA
JA
¡¡¡YO TE SALVARÉ, PEDRITO!!!
JA JA

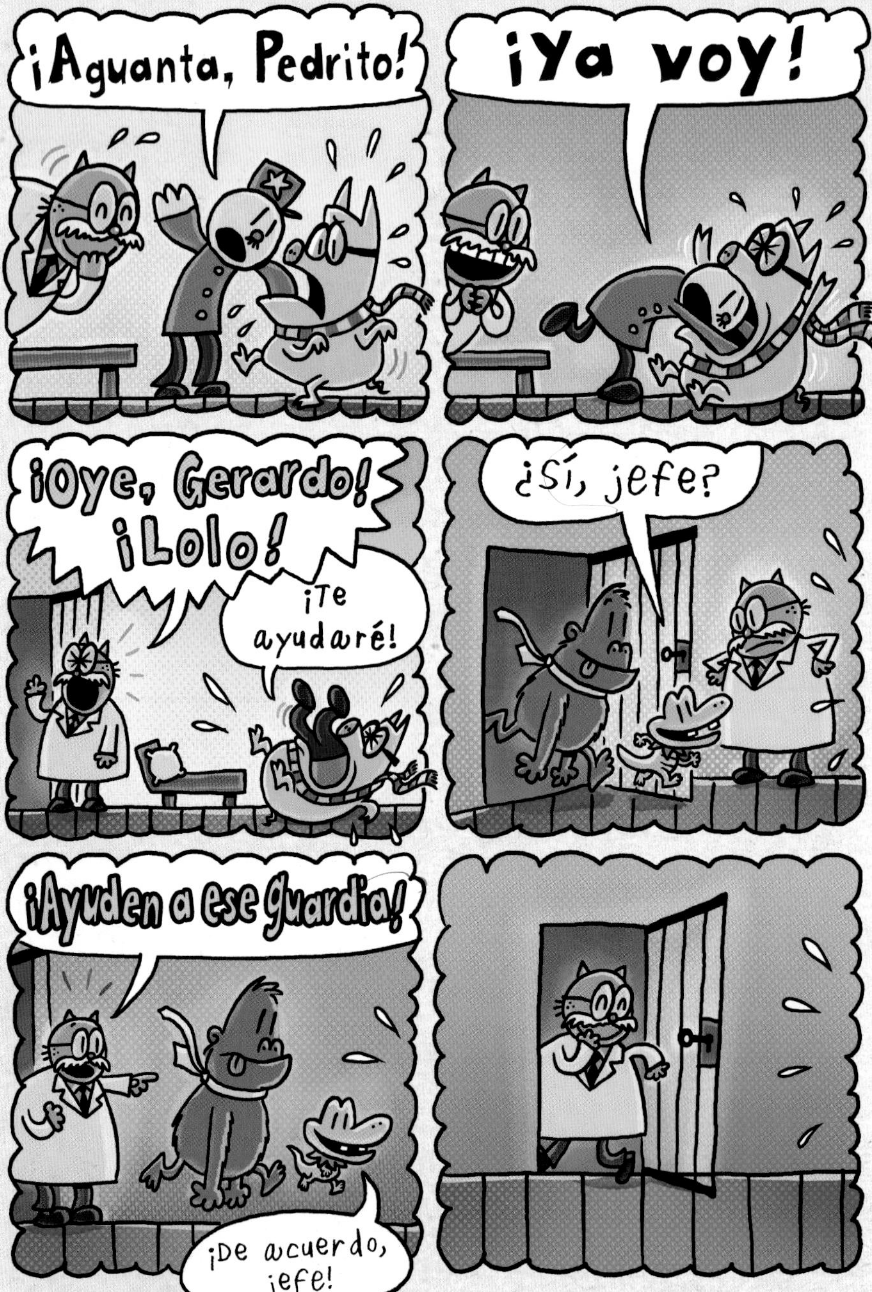
¡Aguanta, Pedrito!
¡Ya voy!
¡Oye, Gerardo! ¡Lolo!
¡Te ayudaré!
¿Sí, jefe?
¡Ayuden a ese guardia!
¡De acuerdo, jefe!

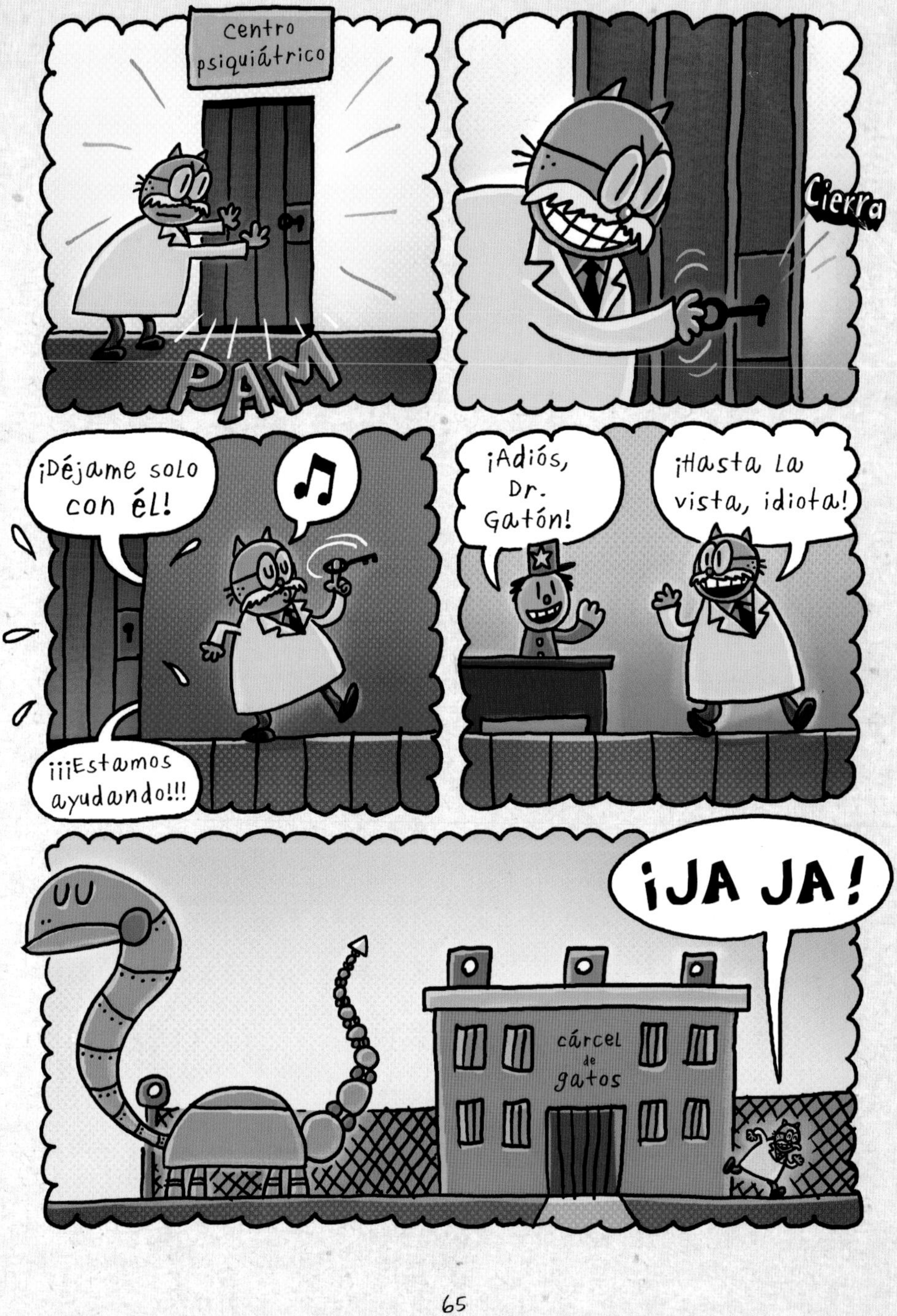
centro psiquiátrico
PAM
Cierra
¡Déjame solo con él!
¡¡¡Estamos ayudando!!!
¡Adiós, Dr. Gatón!
¡Hasta la vista, idiota!
cárcel de gatos
¡JA JA!

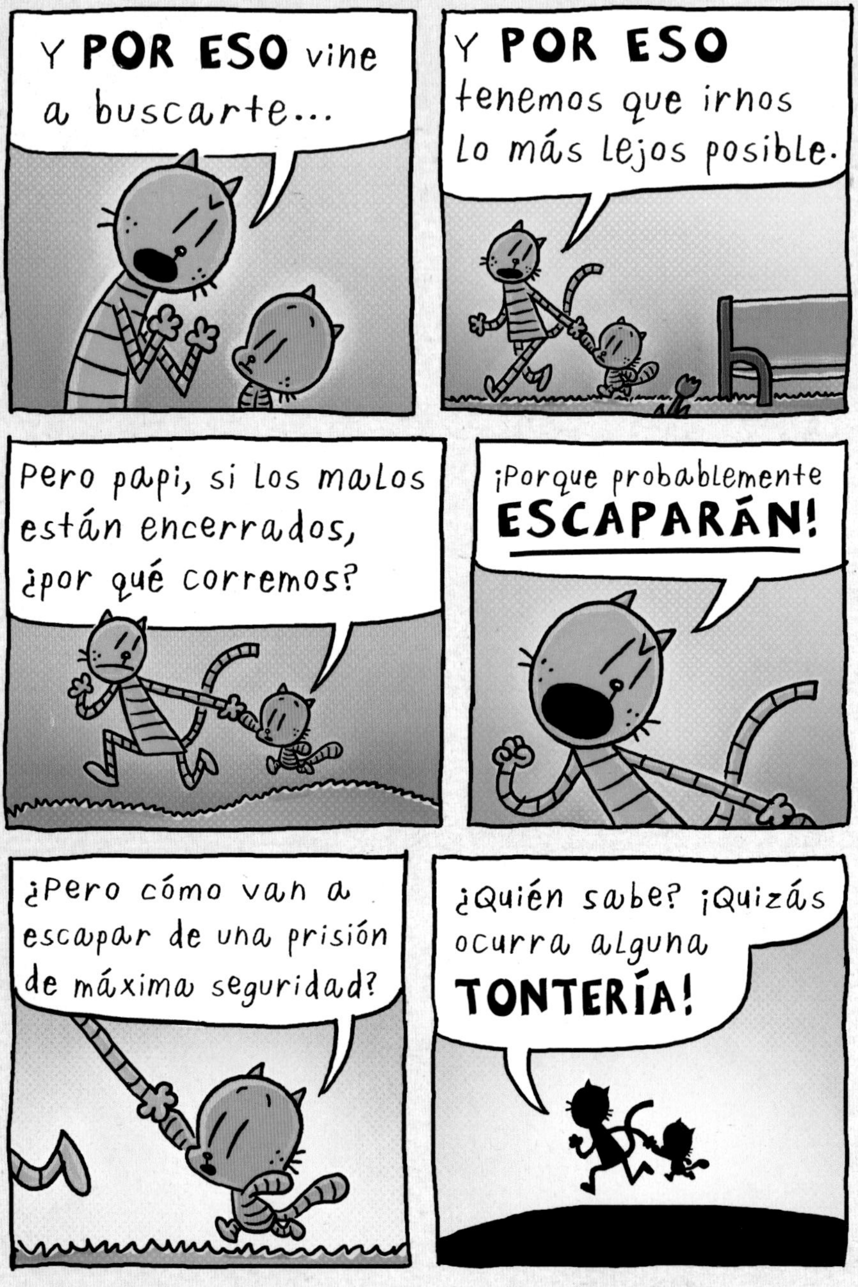
Y **POR ESO** vine a buscarte...
Y **POR ESO** tenemos que irnos lo más lejos posible.
Pero papi, si los malos están encerrados, ¿por qué corremos?
¡Porque probablemente **ESCAPARÁN!**
¿Pero cómo van a escapar de una prisión de máxima seguridad?
¿Quién sabe? ¡Quizás ocurra alguna **TONTERÍA!**

Capítulo 3

¡Ocurre una tontería!

CUENTOS CASAENRAMA presenta con orgullo

por Jorge Betanzos y Berto Henares

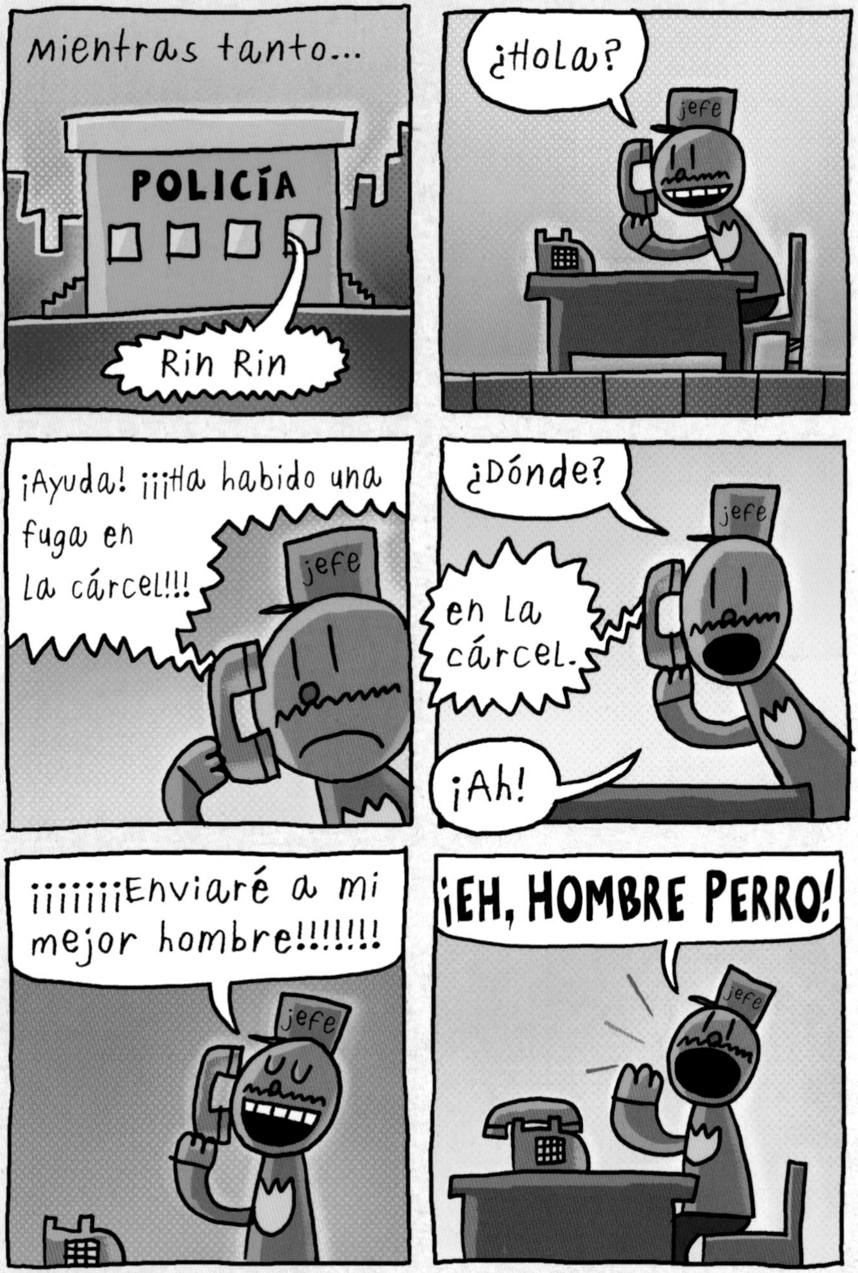

Mientras tanto...
POLICÍA
Rin Rin
¿Hola?
jefe
¡Ayuda! ¡¡¡Ha habido una fuga en la cárcel!!!
jefe
¿Dónde?
jefe
en la cárcel.
¡Ah!
¡¡¡¡¡¡¡Enviaré a mi mejor hombre!!!!!!!
jefe
¡EH, HOMBRE PERRO!
jefe

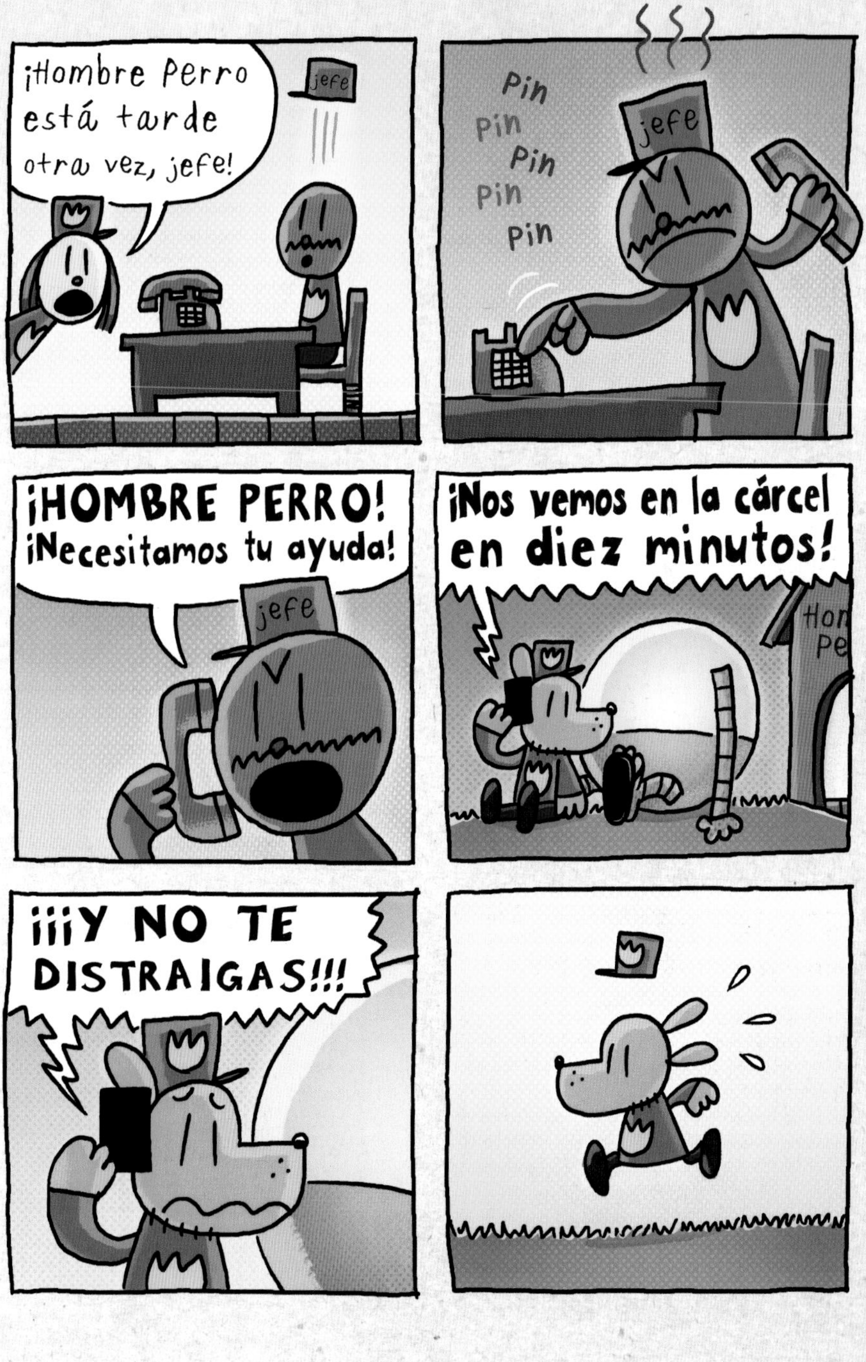
¡Hombre Perro está tarde otra vez, jefe!
jefe
Pin
Pin
Pin
Pin
Pin
jefe
¡HOMBRE PERRO! ¡Necesitamos tu ayuda!
jefe
¡Nos vemos en la cárcel en diez minutos!
¡¡¡Y NO TE DISTRAIGAS!!!

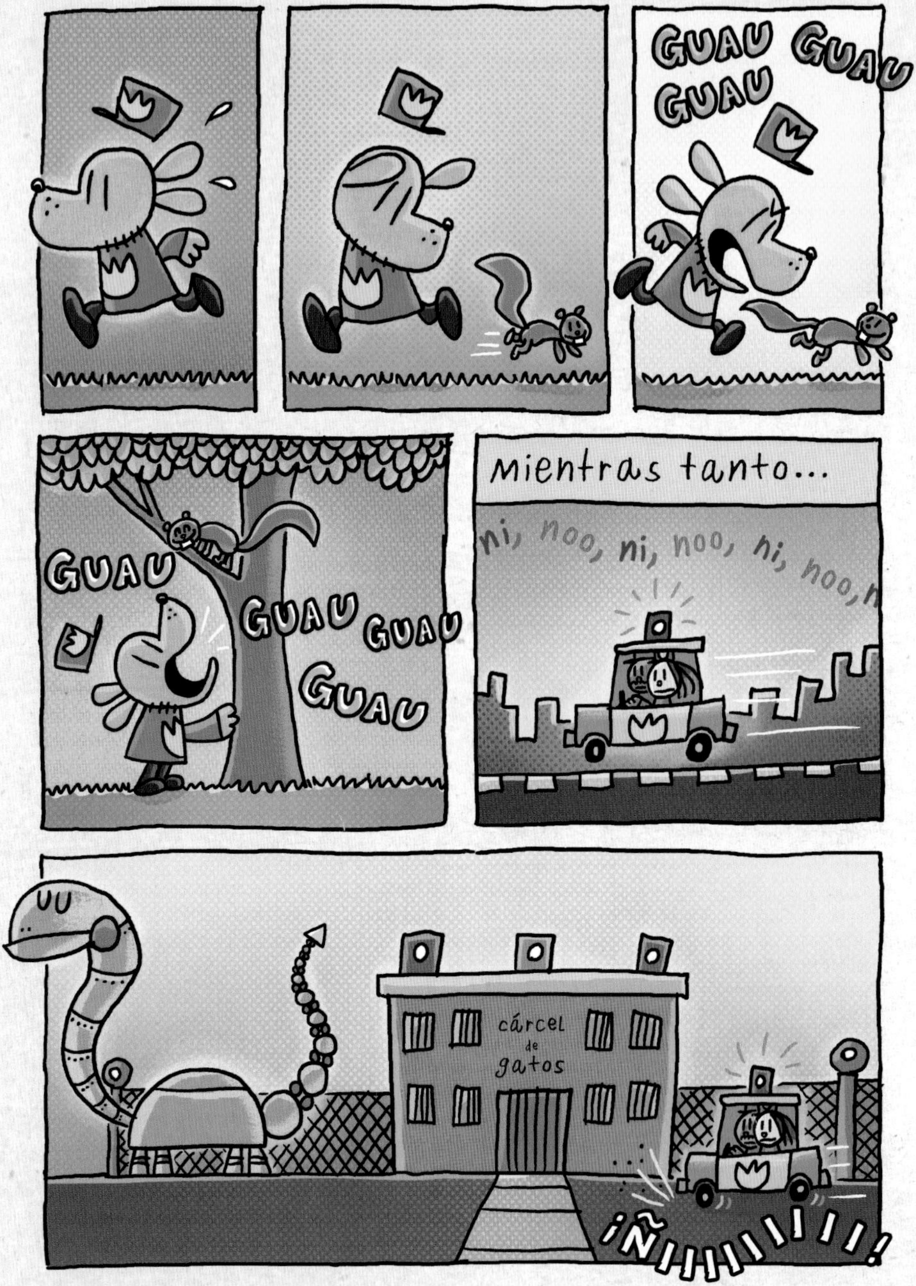
GUAU GUAU
GUAU
GUAU
GUAU GUAU
GUAU
Mientras tanto...
ni, noo, ni, noo, ni, noo,
cárcel de gatos
¡ÑIIIIIIIII!

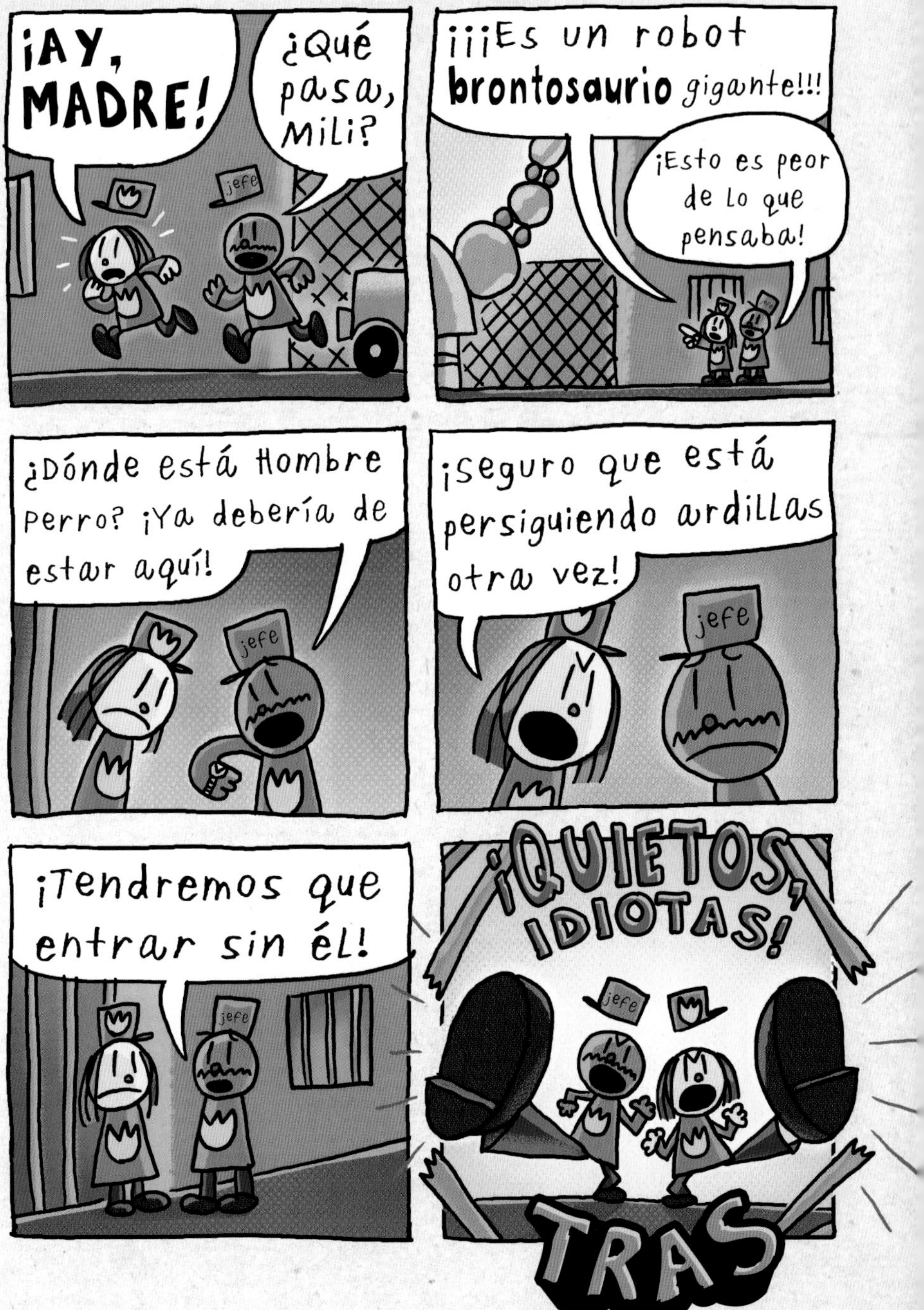
¡AY, MADRE!
¿Qué pasa, Mili?
jefe
¡¡¡Es un robot brontosaurio gigante!!!
¡Esto es peor de lo que pensaba!
¿Dónde está Hombre Perro? ¡Ya debería de estar aquí!
jefe
¡Seguro que está persiguiendo ardillas otra vez!
jefe
¡Tendremos que entrar sin él!
jefe
¡QUIETOS, IDIOTAS!
jefe
TRAS

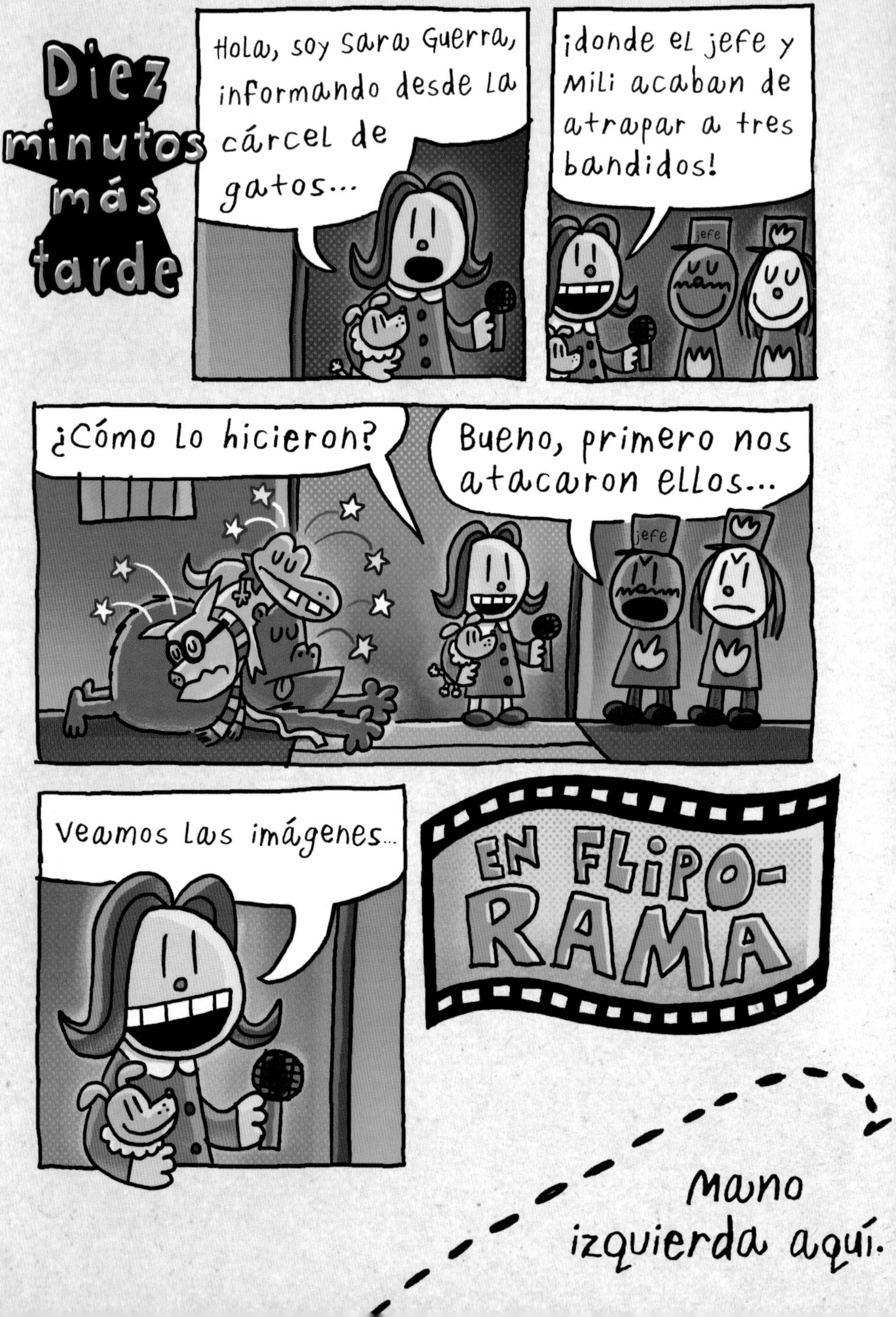
Diez minutos más tarde
Hola, soy Sara Guerra, informando desde la cárcel de gatos...
¡donde el jefe y Mili acaban de atrapar a tres bandidos!
jefe
¿Cómo lo hicieron?
Bueno, primero nos atacaron ellos...
jefe
Veamos las imágenes...
EN FLIPO-RAMA
Mano izquierda aquí.

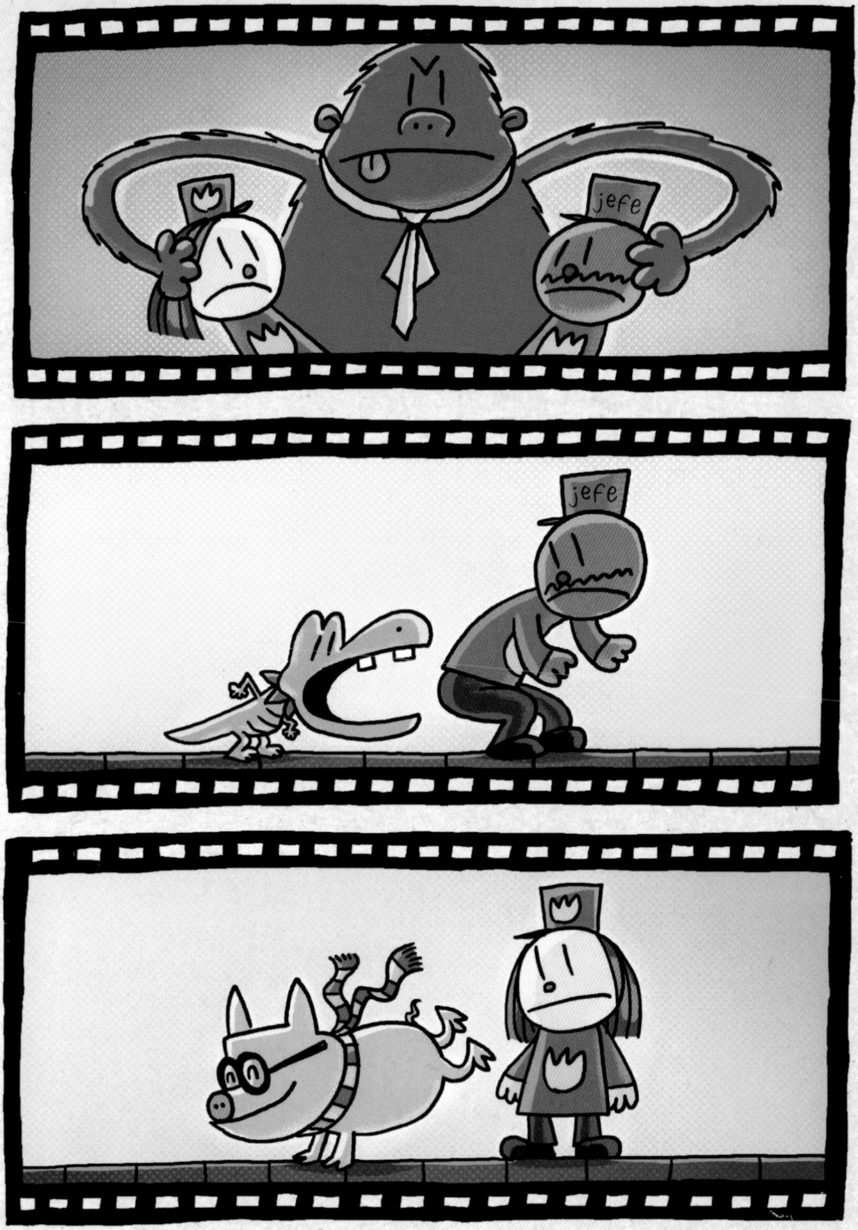

jefe
jefe

Pulgar derecho aquí.

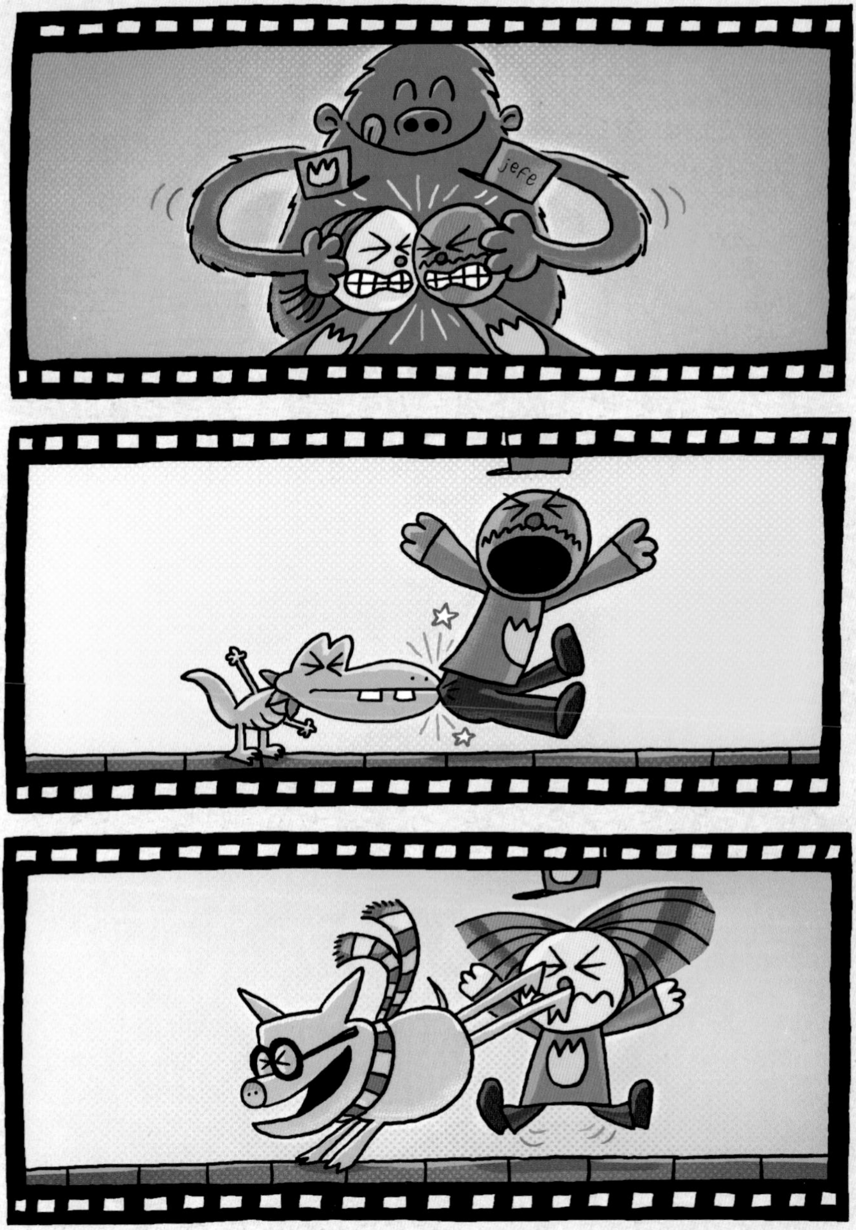
jefe

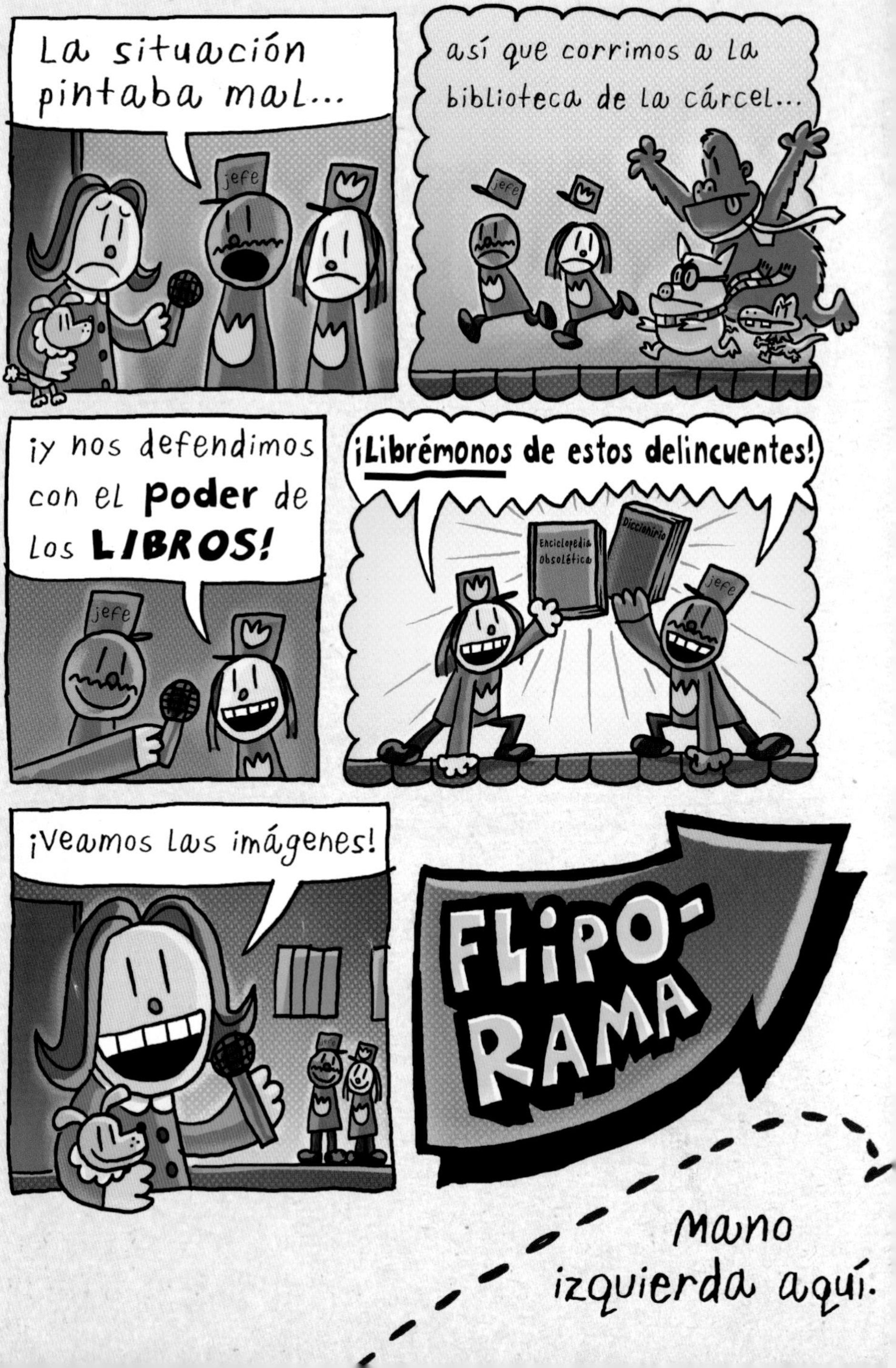
La situación pintaba mal...
así que corrimos a la biblioteca de la cárcel...
jefe
¡y nos defendimos con el **poder** de los **LIBROS**!
jefe
¡**Librémonos** de estos delincuentes!
Enciclopedia Obsoletica
Diccionario
jefe
¡Veamos las imágenes!
FLIPO-RAMA
Mano izquierda aquí.

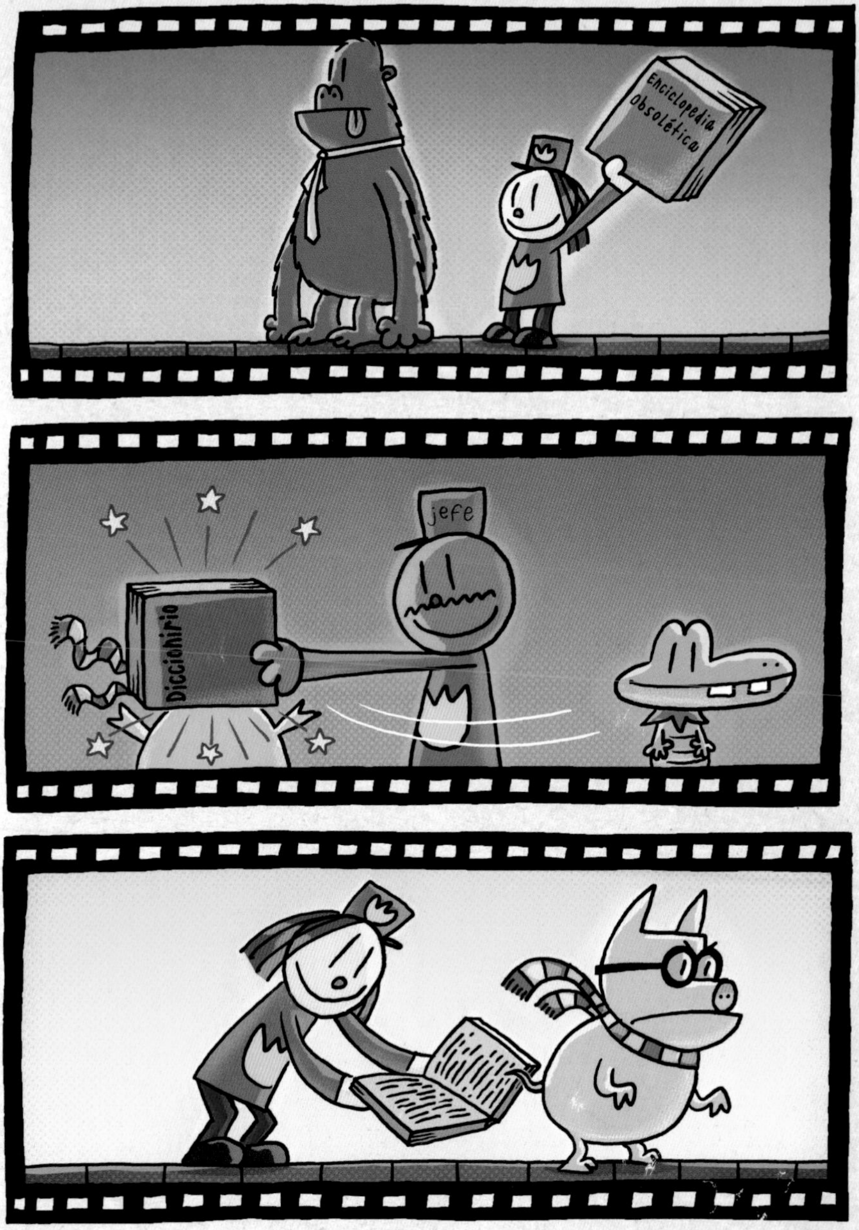
Enciclopedia Obsolética
jefe
Diccichirio

Pulgar derecho aquí.

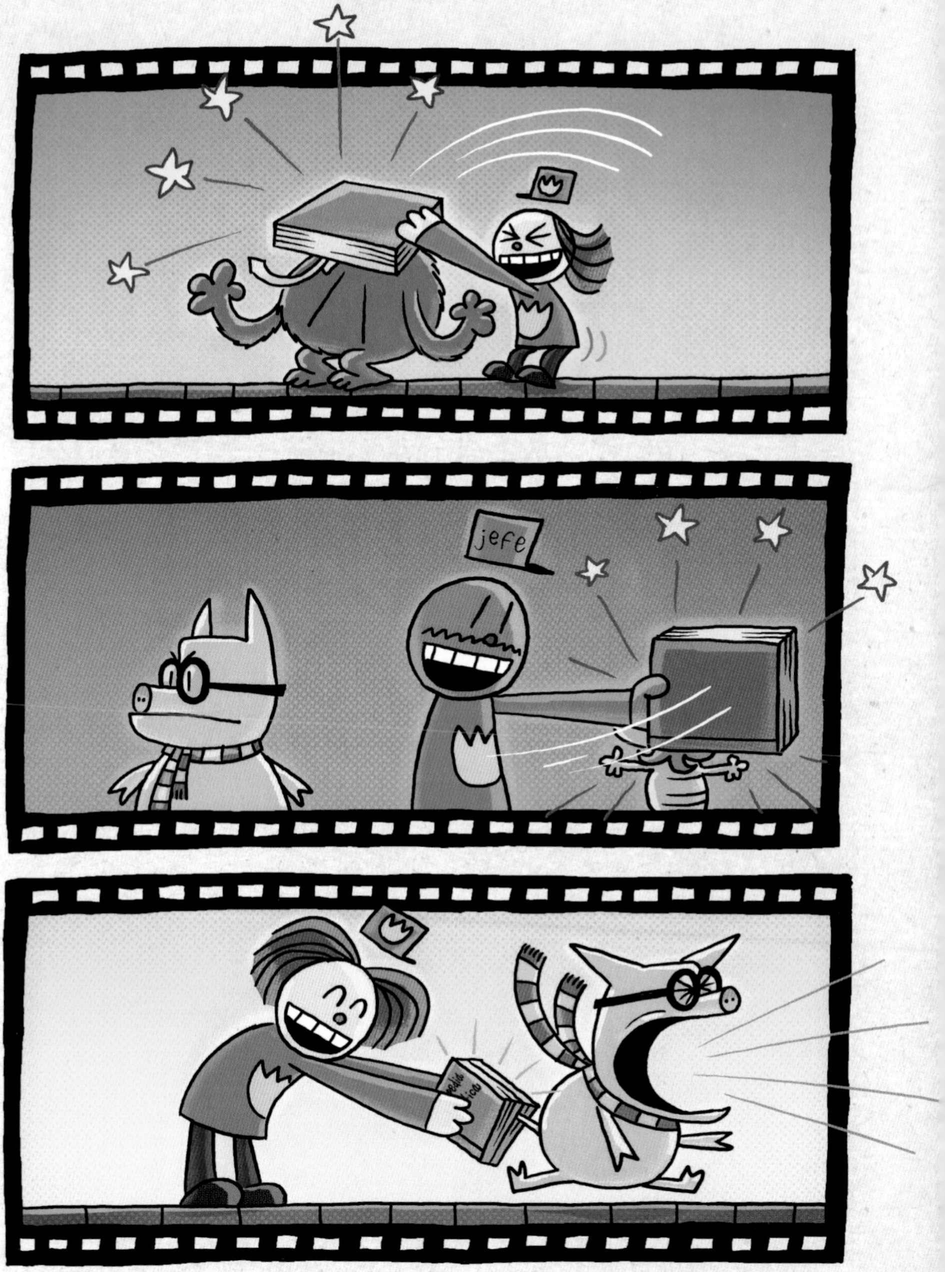
jefe

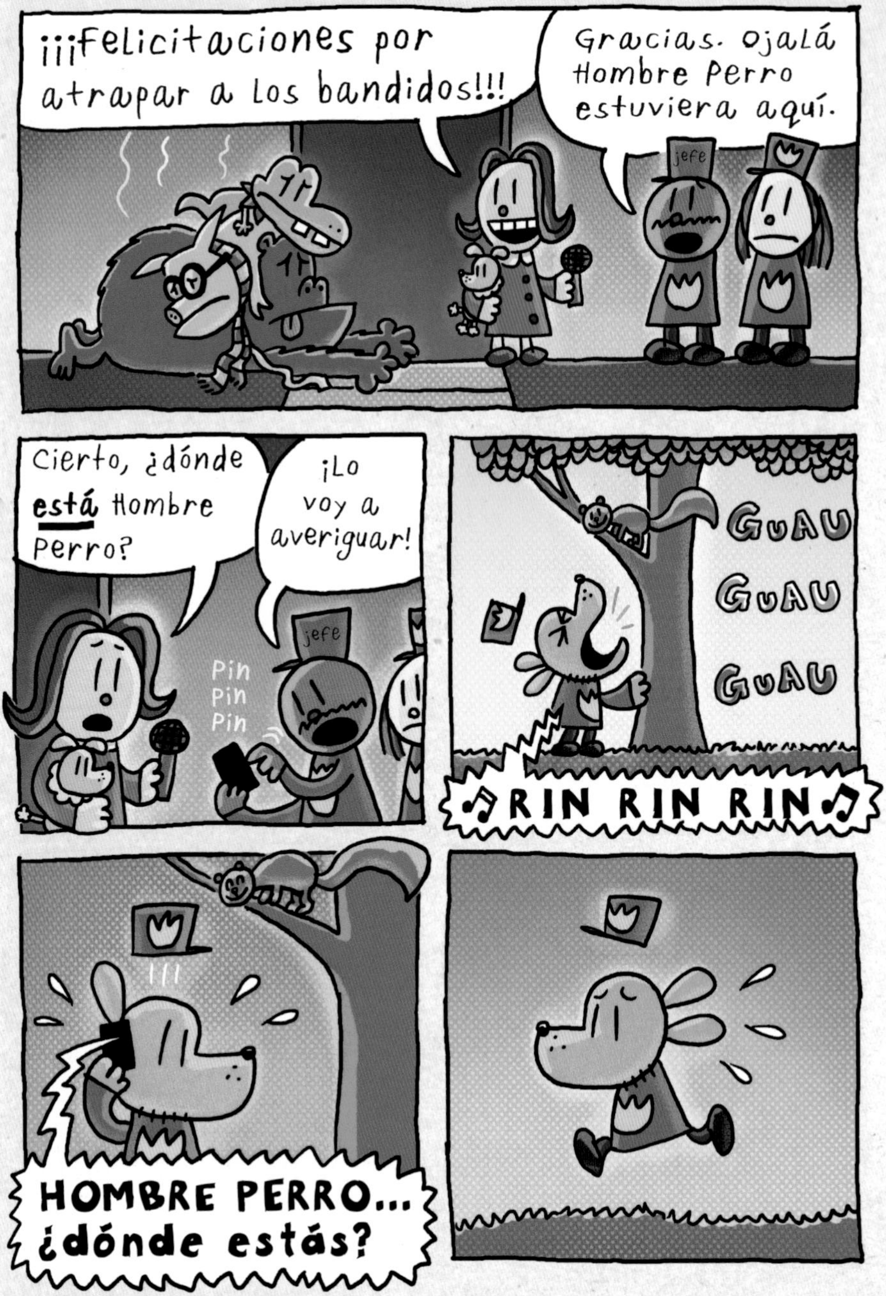
¡¡¡Felicitaciones por atrapar a los bandidos!!!
Gracias. Ojalá Hombre Perro estuviera aquí.
jefe
Cierto, ¿dónde está Hombre Perro?
¡Lo voy a averiguar!
jefe
Pin
Pin
Pin
GUAU
GUAU
GUAU
RIN RIN RIN
HOMBRE PERRO... ¿dónde estás?

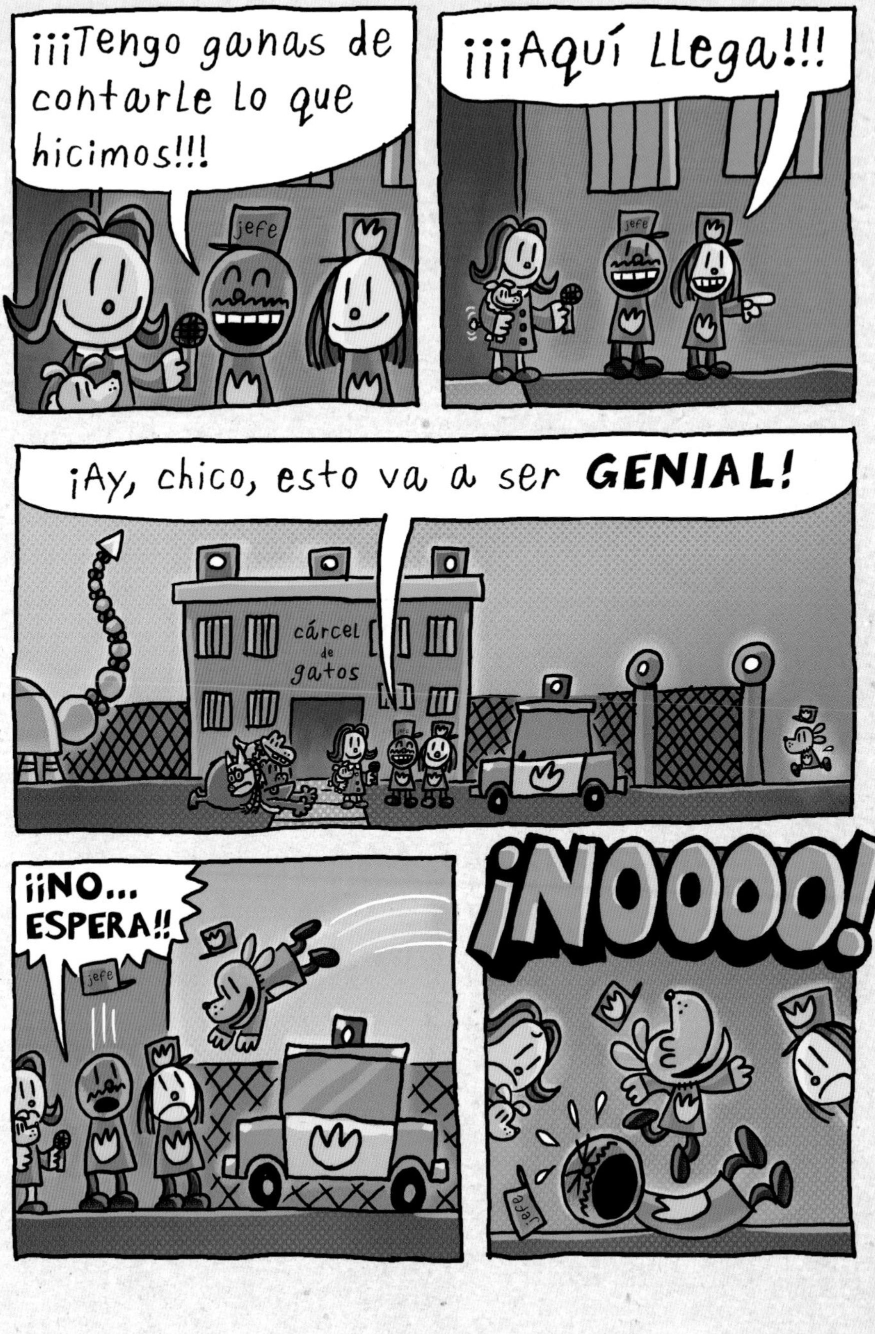
¡¡¡Tengo ganas de contarle lo que hicimos!!!
jefe
¡¡¡Aquí llega!!!
jefe
¡Ay, chico, esto va a ser GENIAL!
cárcel de gatos
jefe
¡¡NO... ESPERA!!
jefe
¡NOOOO!
jefe

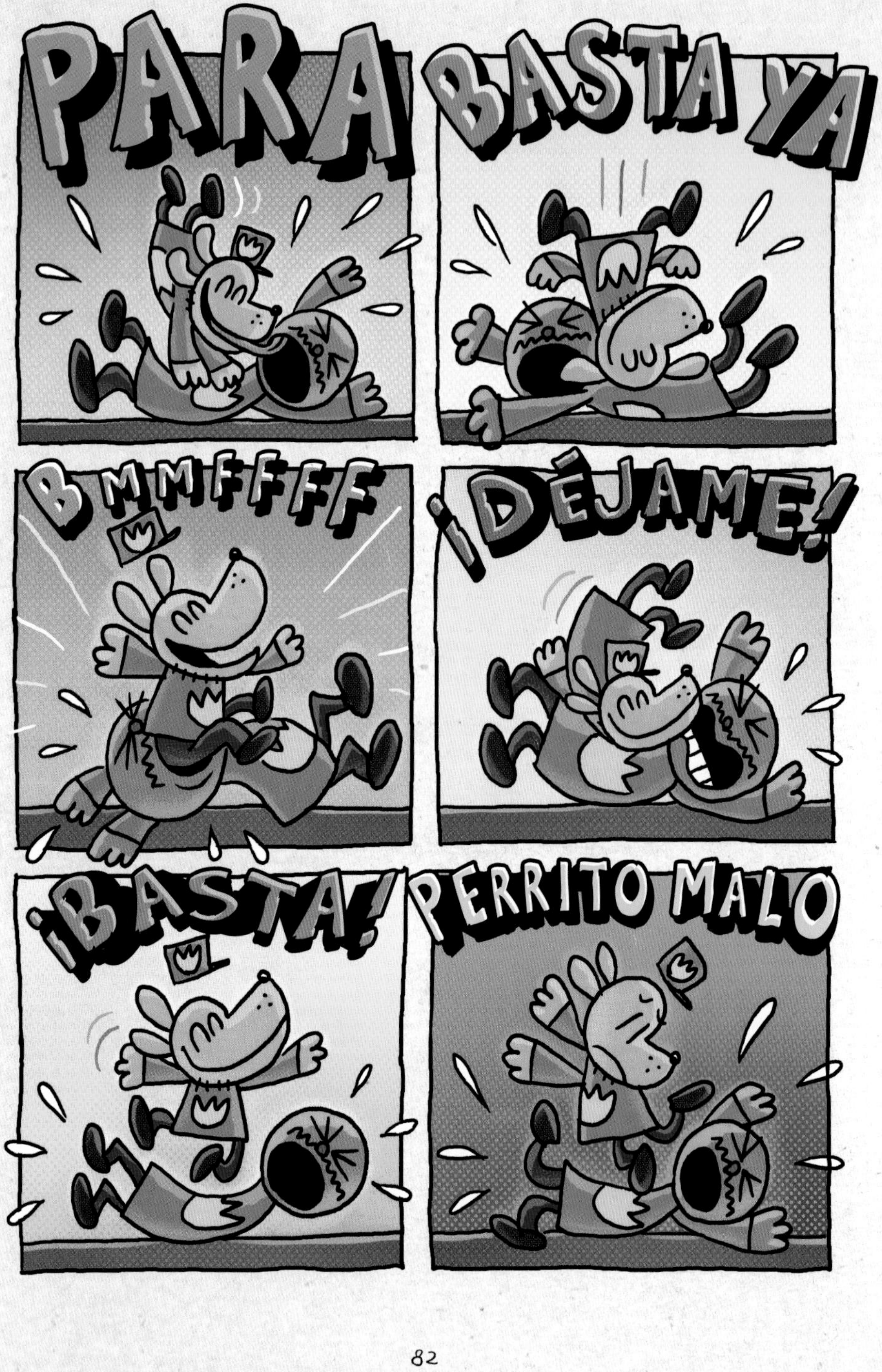
PARA
BASTA YA
BMMFFFFF
¡DÉJAME!
¡BASTA!
PERRITO MALO

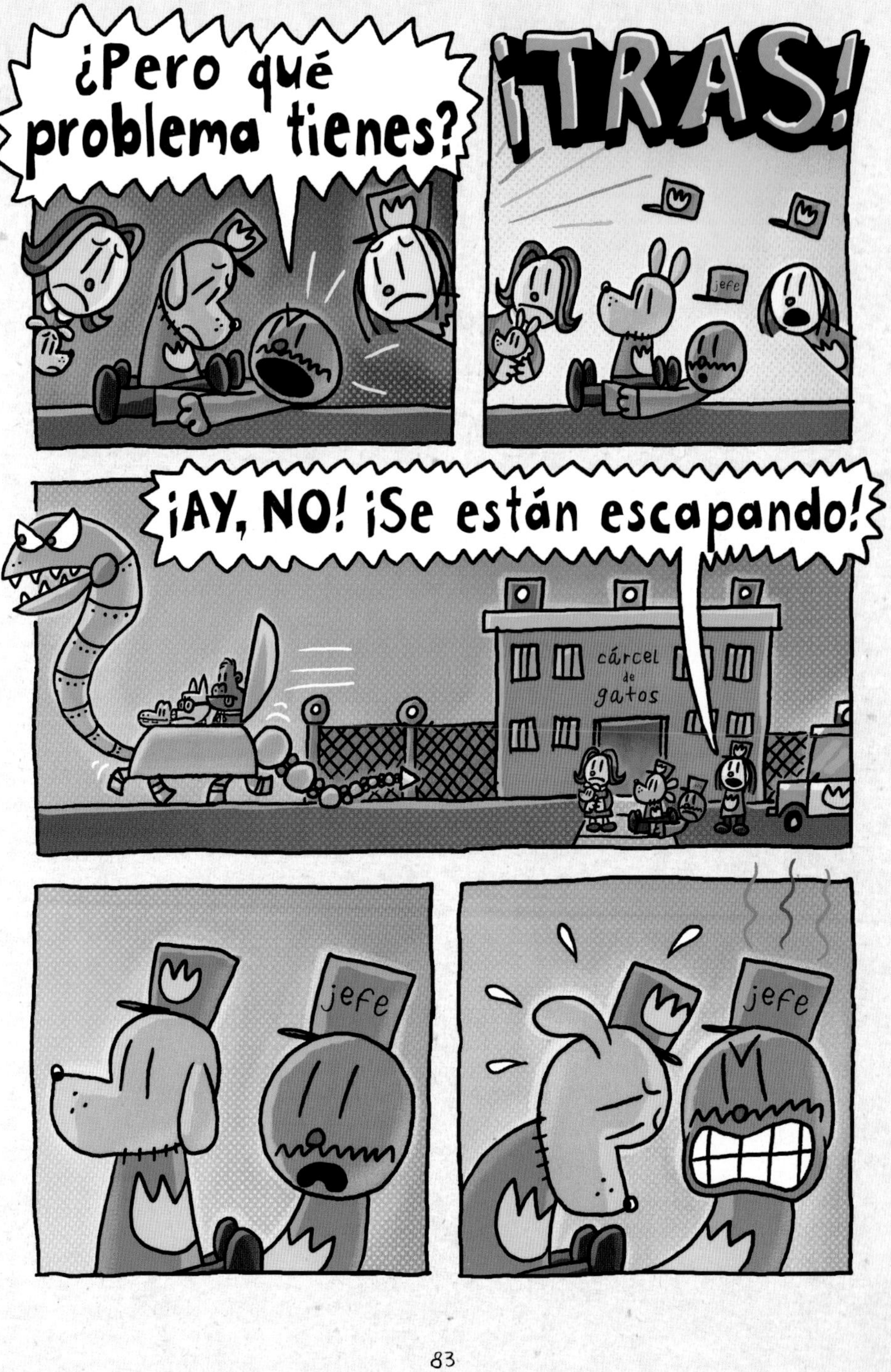
¿Pero qué problema tienes?
¡TRAS!
jefe
¡AY, NO! ¡Se están escapando!
cárcel de gatos
jefe
jefe

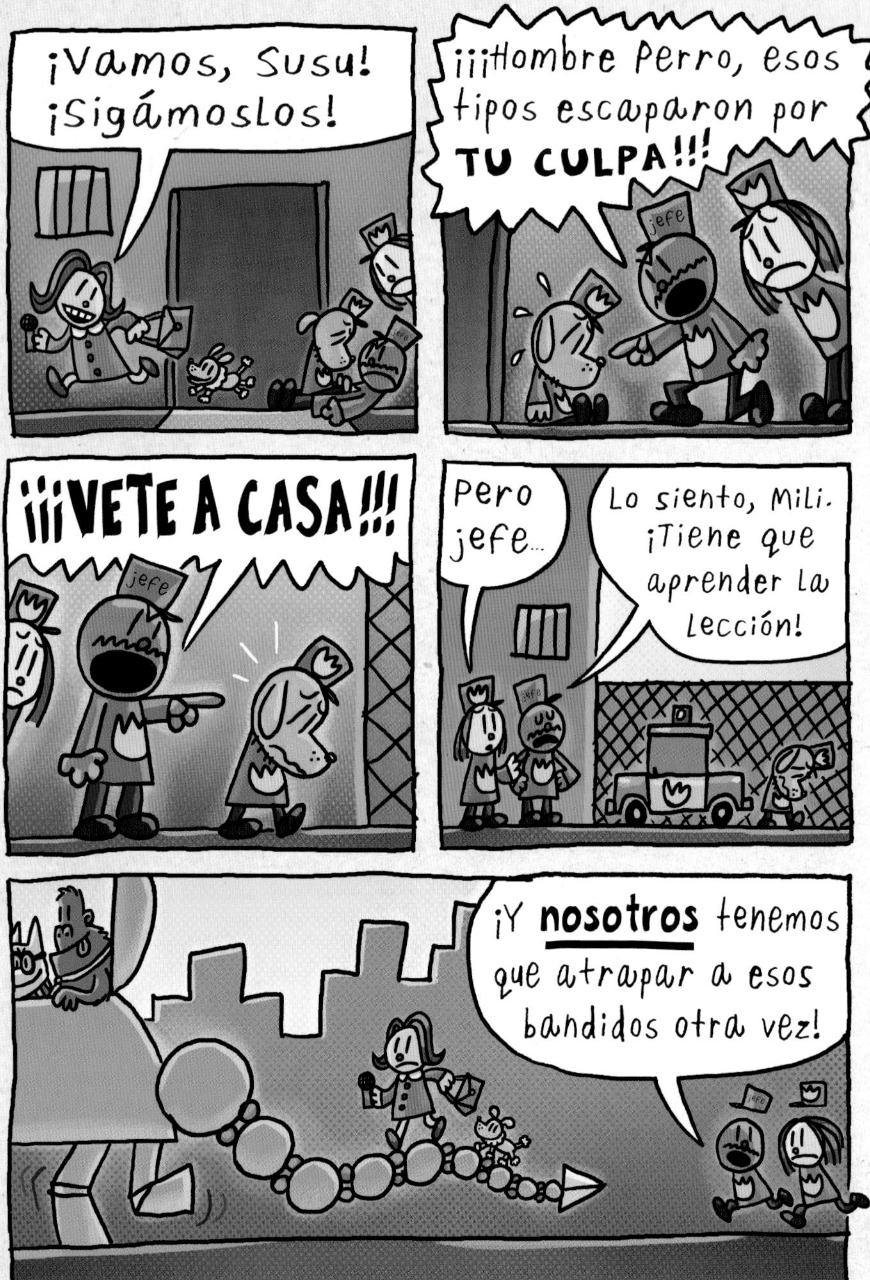
¡Vamos, Susu! ¡Sigámoslos!
¡¡¡Hombre Perro, esos tipos escaparon por **TU CULPA**!!!
jefe
¡¡¡VETE A CASA!!!
jefe
Pero jefe...
Lo siento, Mili. ¡Tiene que aprender la lección!
jefe
¡Y **nosotros** tenemos que atrapar a esos bandidos otra vez!
jefe

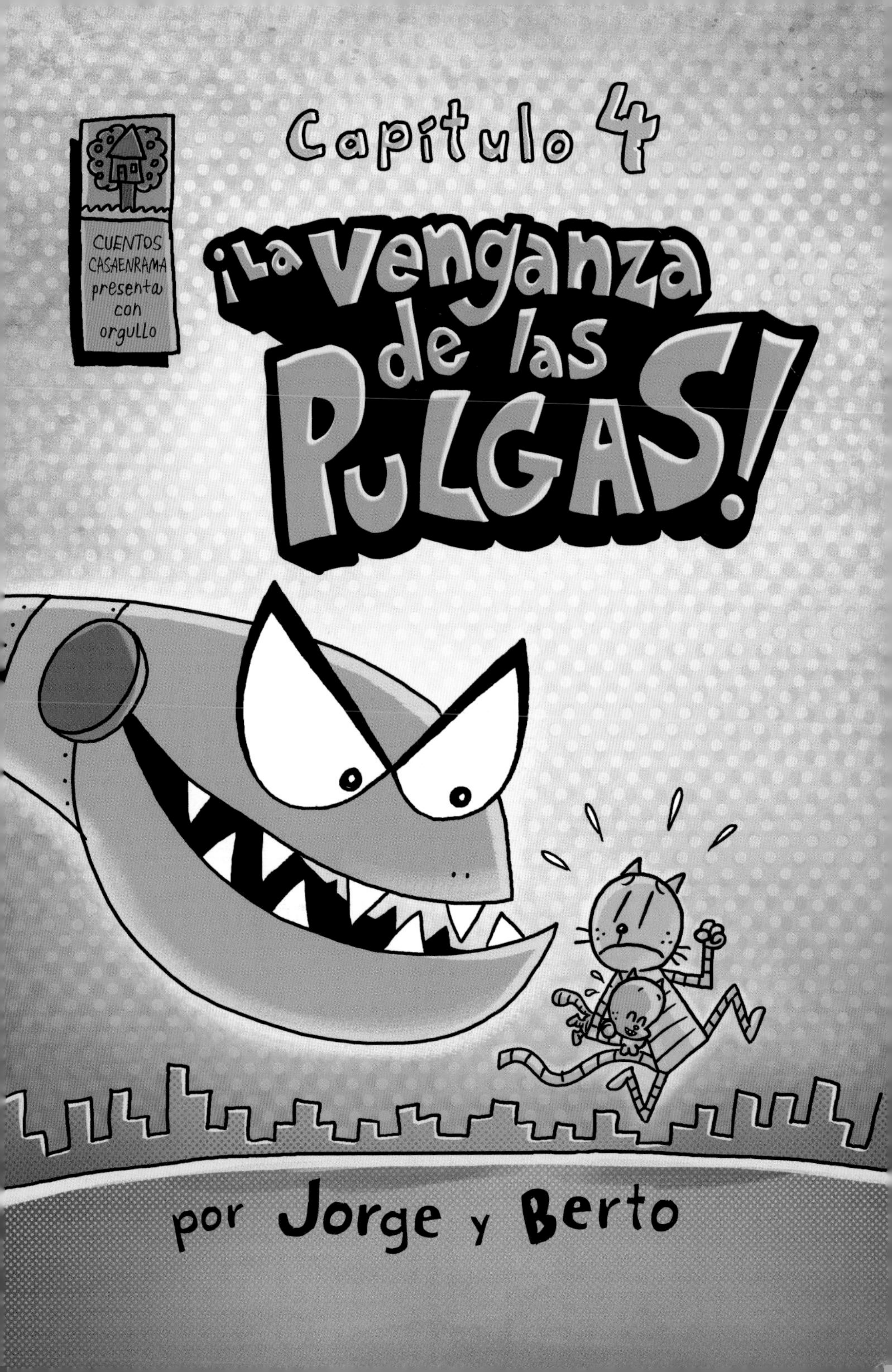
Capítulo 4
CUENTOS CASAENRAMA presenta con orgullo
¡La venganza de las PULGAS!
por Jorge y Berto

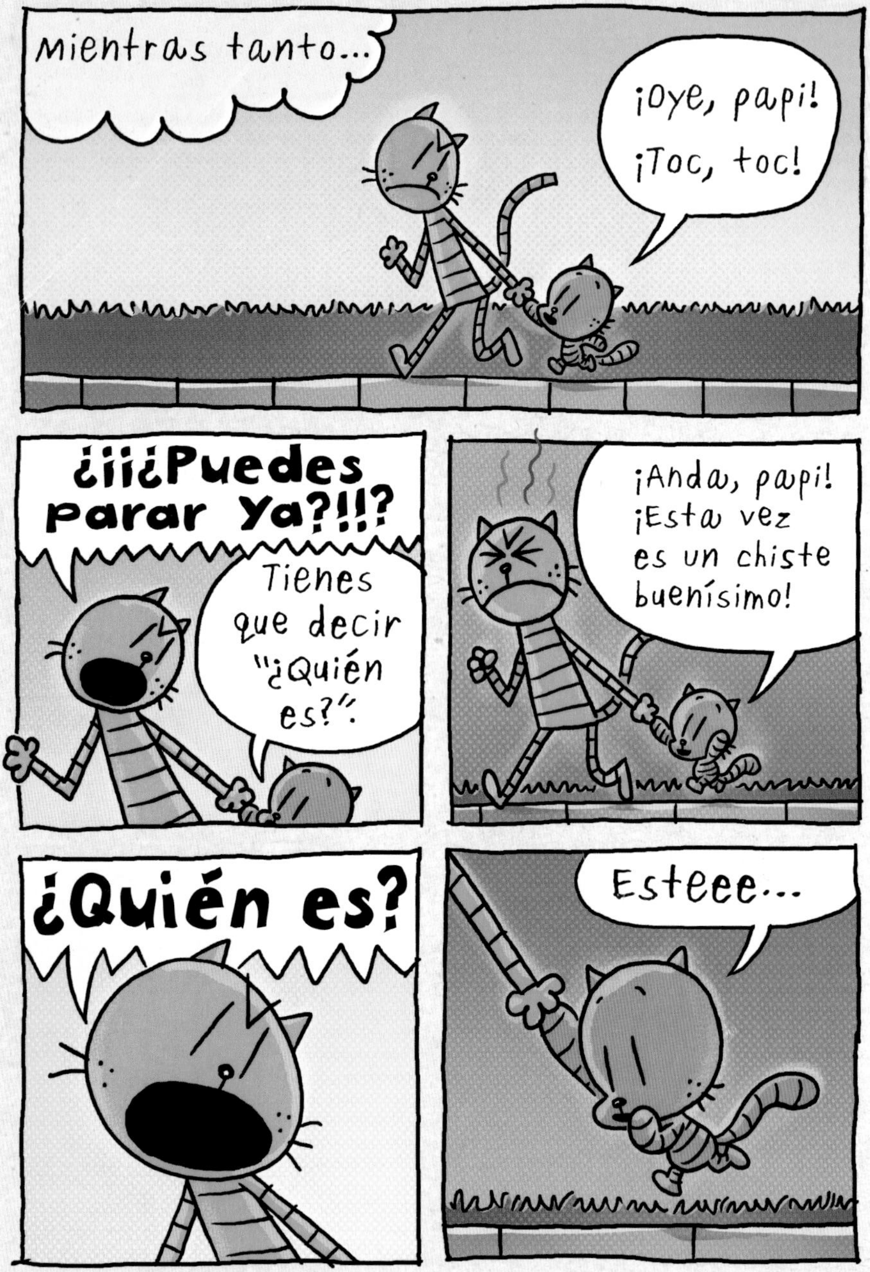
Mientras tanto...
¡Oye, papi!
¡Toc, toc!
¿¡¡¿Puedes parar ya?!!?
Tienes que decir "¿Quién es?".
¡Anda, papi! ¡Esta vez es un chiste buenísimo!
¿Quién es?
Esteee...

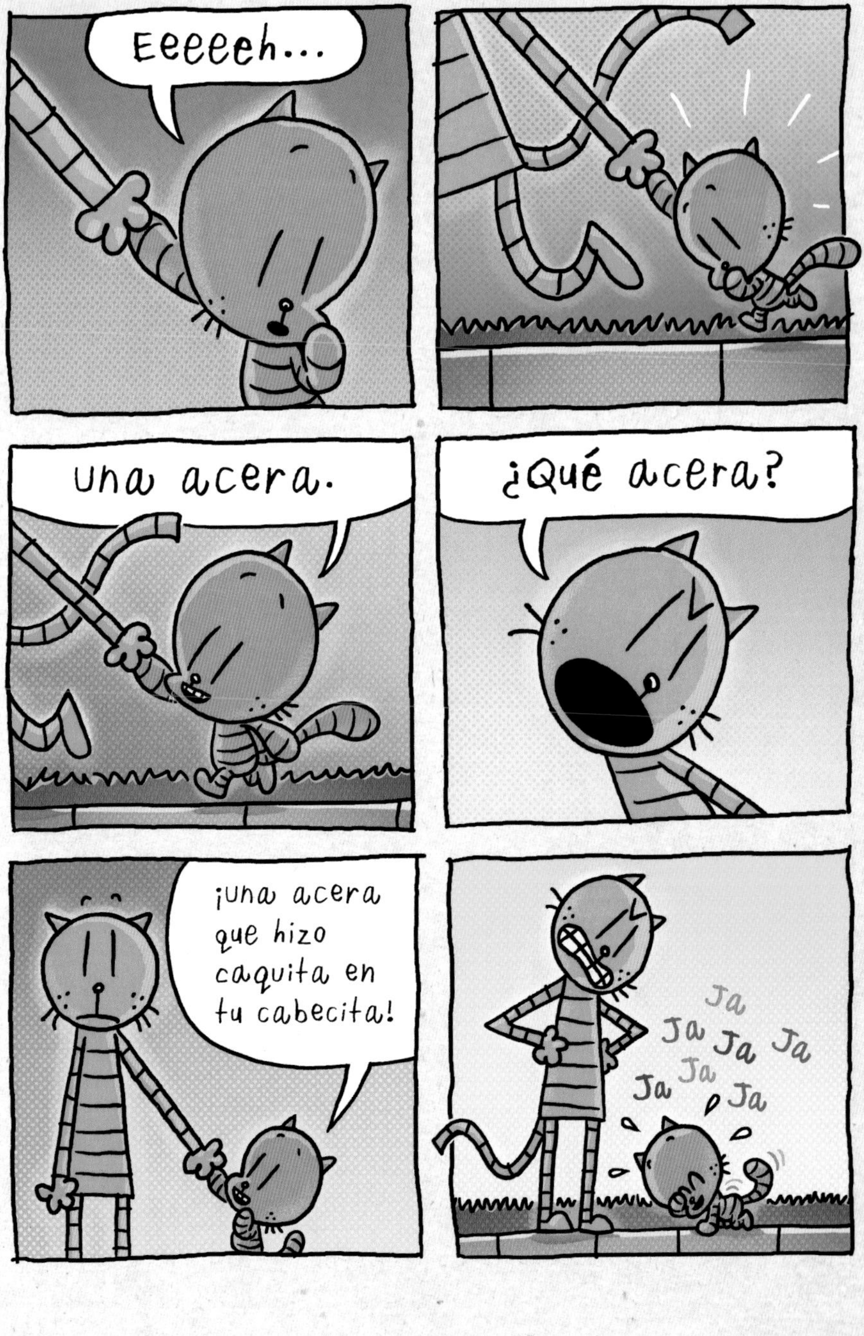
Eeeeeh...
Una acera.
¿Qué acera?
¡Una acera que hizo caquita en tu cabecita!
Ja Ja Ja Ja Ja Ja Ja

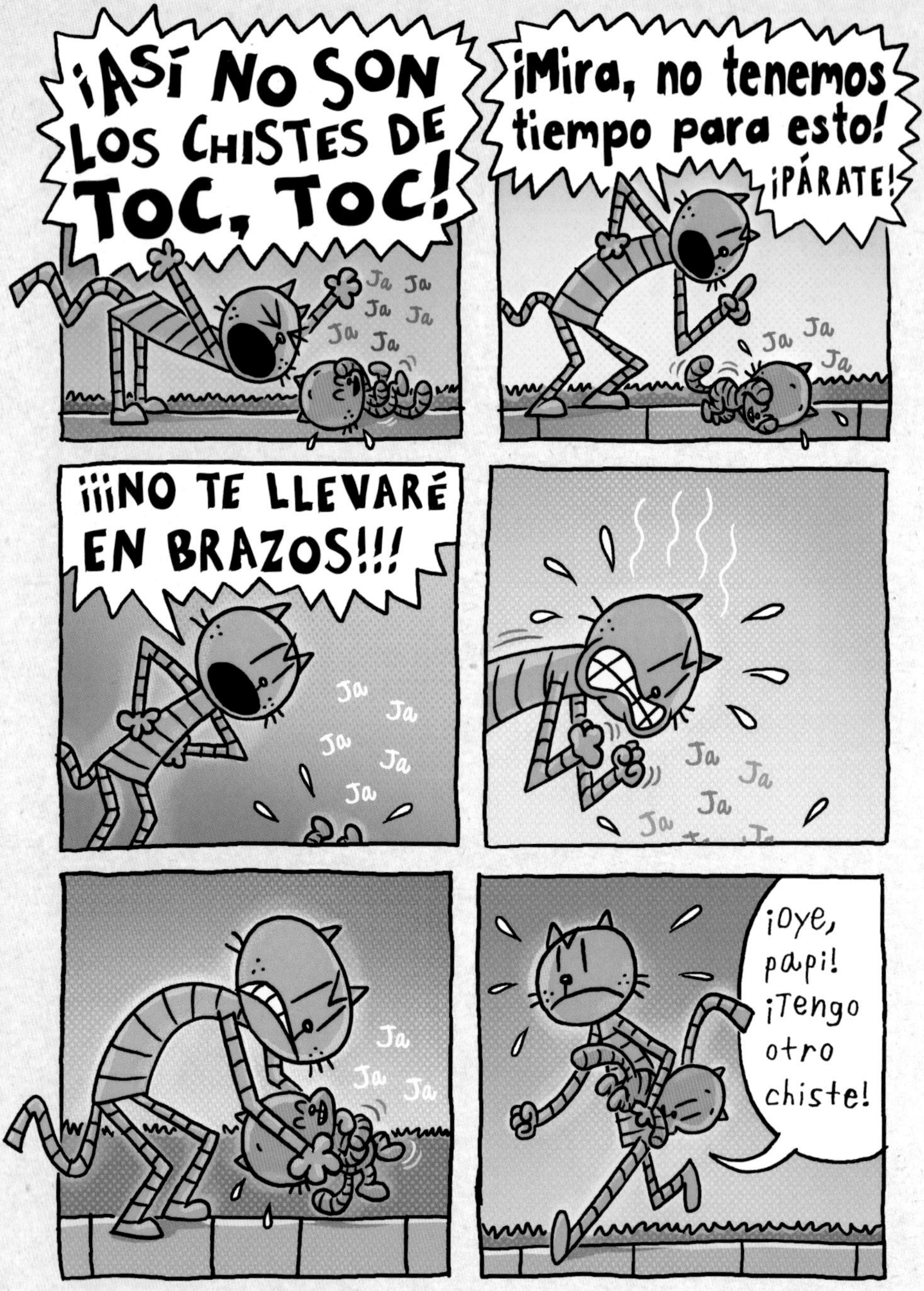
¡ASÍ NO SON LOS CHISTES DE TOC, TOC!
Ja Ja Ja Ja Ja Ja
¡Mira, no tenemos tiempo para esto!
¡PÁRATE!
Ja Ja Ja
¡¡¡NO TE LLEVARÉ EN BRAZOS!!!
Ja Ja Ja Ja Ja
Ja Ja Ja Ja
Ja Ja Ja
¡Oye, papi! ¡Tengo otro chiste!

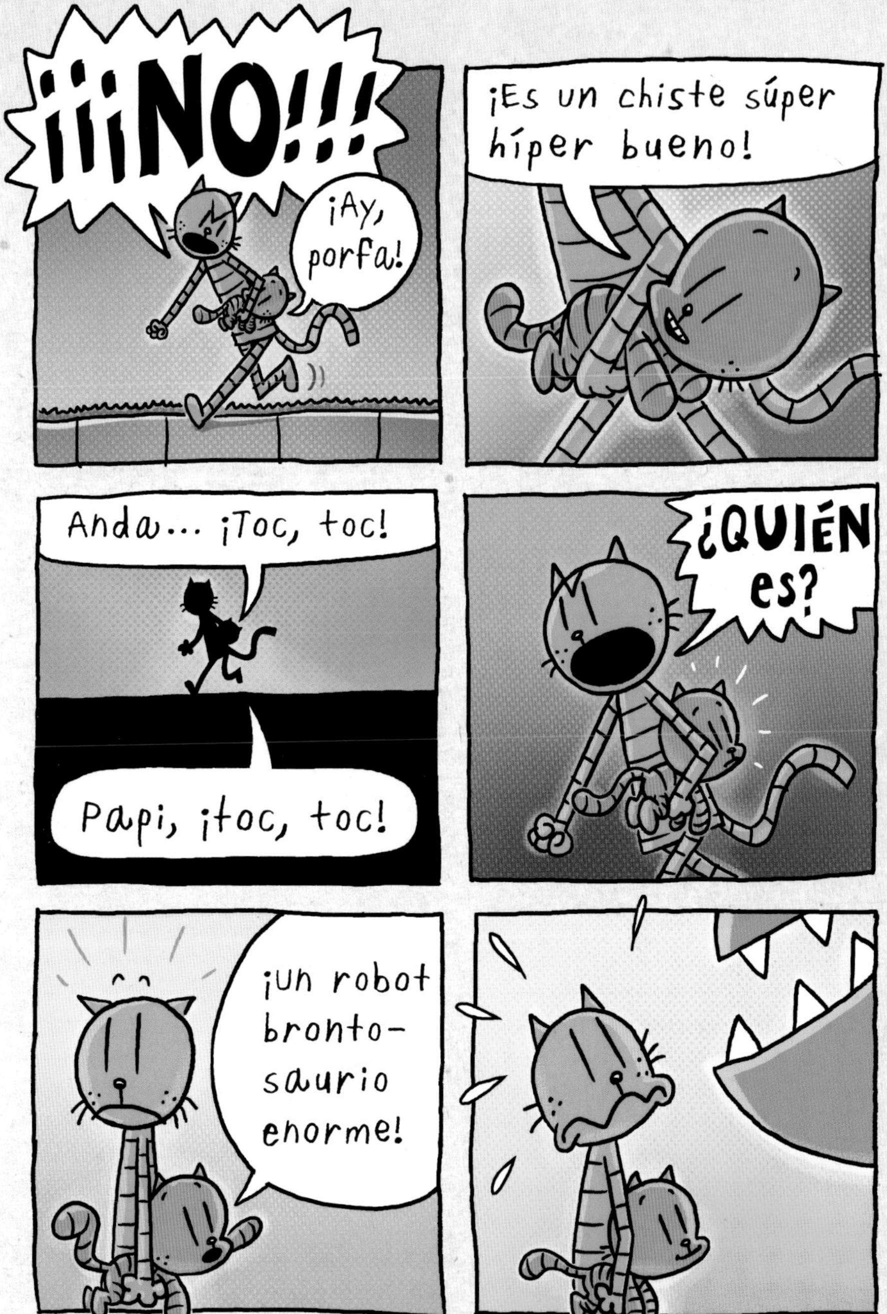
¡¡¡NO!!!
¡Ay, porfa!
¡Es un chiste súper híper bueno!
Anda... ¡Toc, toc!
Papi, ¡toc, toc!
¿QUIÉN es?
¡Un robot bronto-saurio enorme!

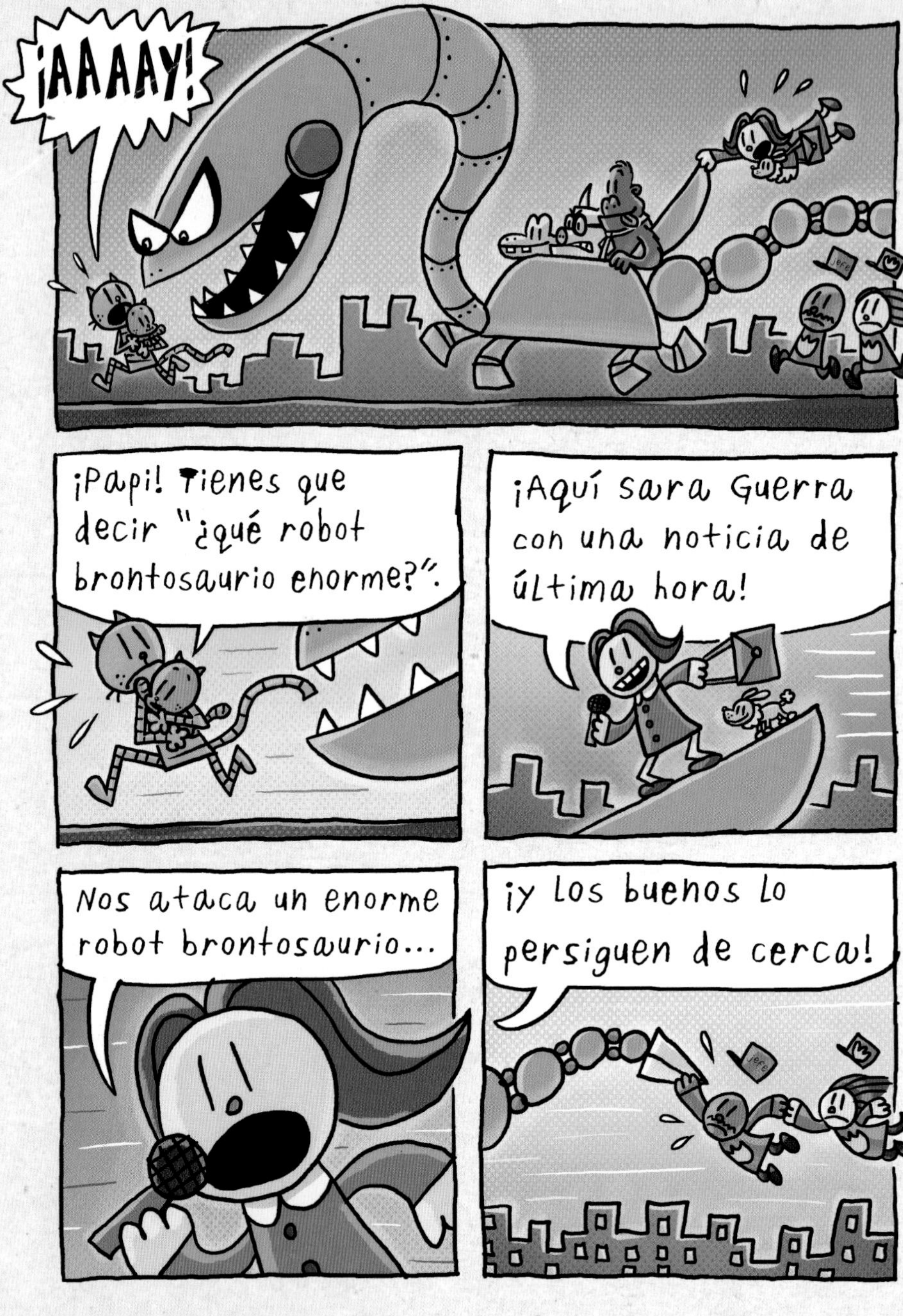
¡AAAAY!
jefe
¡Papi! Tienes que decir "¿qué robot brontosaurio enorme?".
¡Aquí Sara Guerra con una noticia de última hora!
Nos ataca un enorme robot brontosaurio...
¡Y los buenos lo persiguen de cerca!
jefe

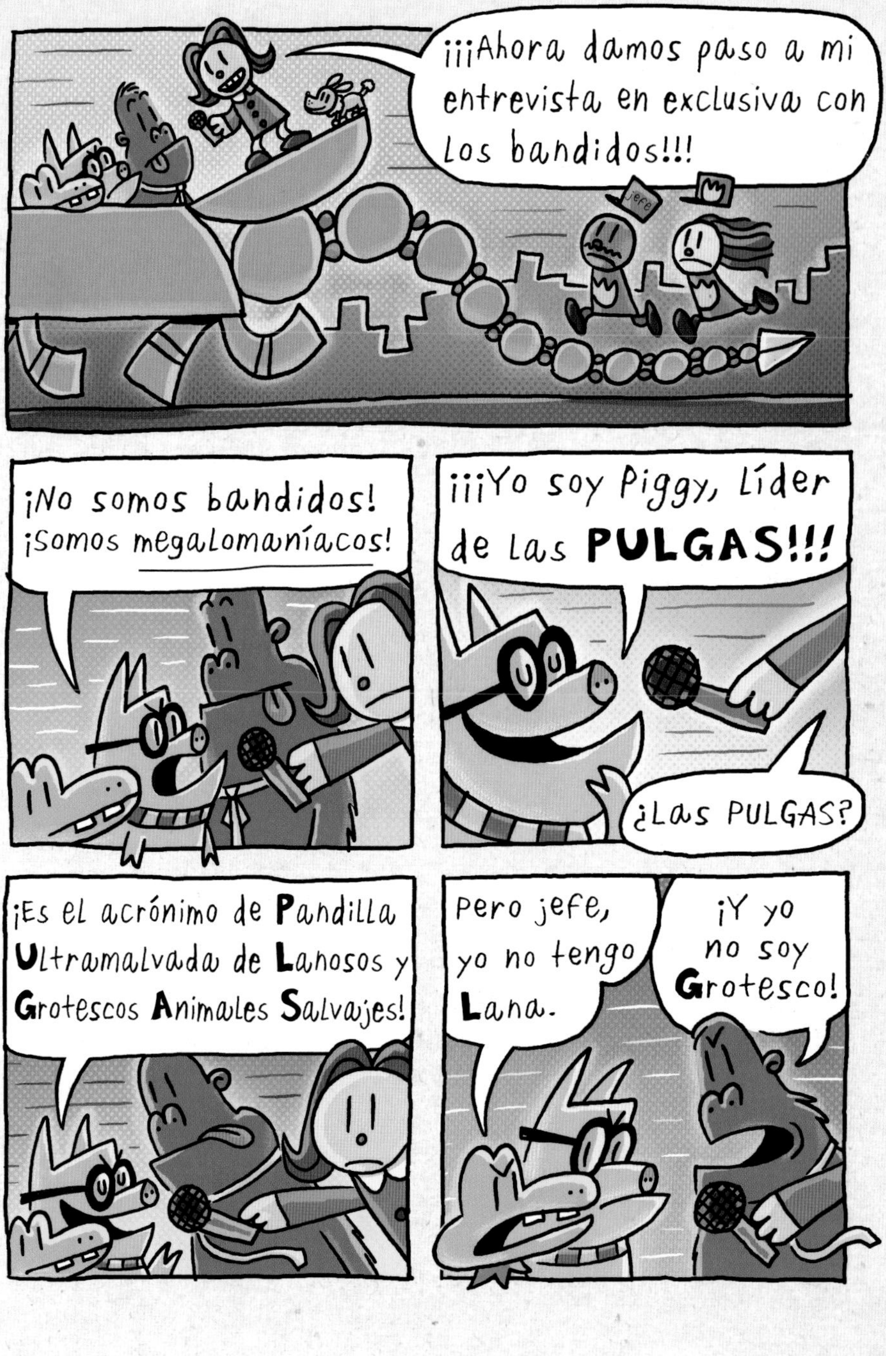
¡¡¡Ahora damos paso a mi entrevista en exclusiva con los bandidos!!!
jefe
¡No somos bandidos! ¡Somos megalomaníacos!
¡¡¡Yo soy Piggy, líder de las PULGAS!!!
¿Las PULGAS?
¡Es el acrónimo de Pandilla Ultramalvada de Lanosos y Grotescos Animales Salvajes!
Pero jefe, yo no tengo Lana.
¡Y yo no soy Grotesco!

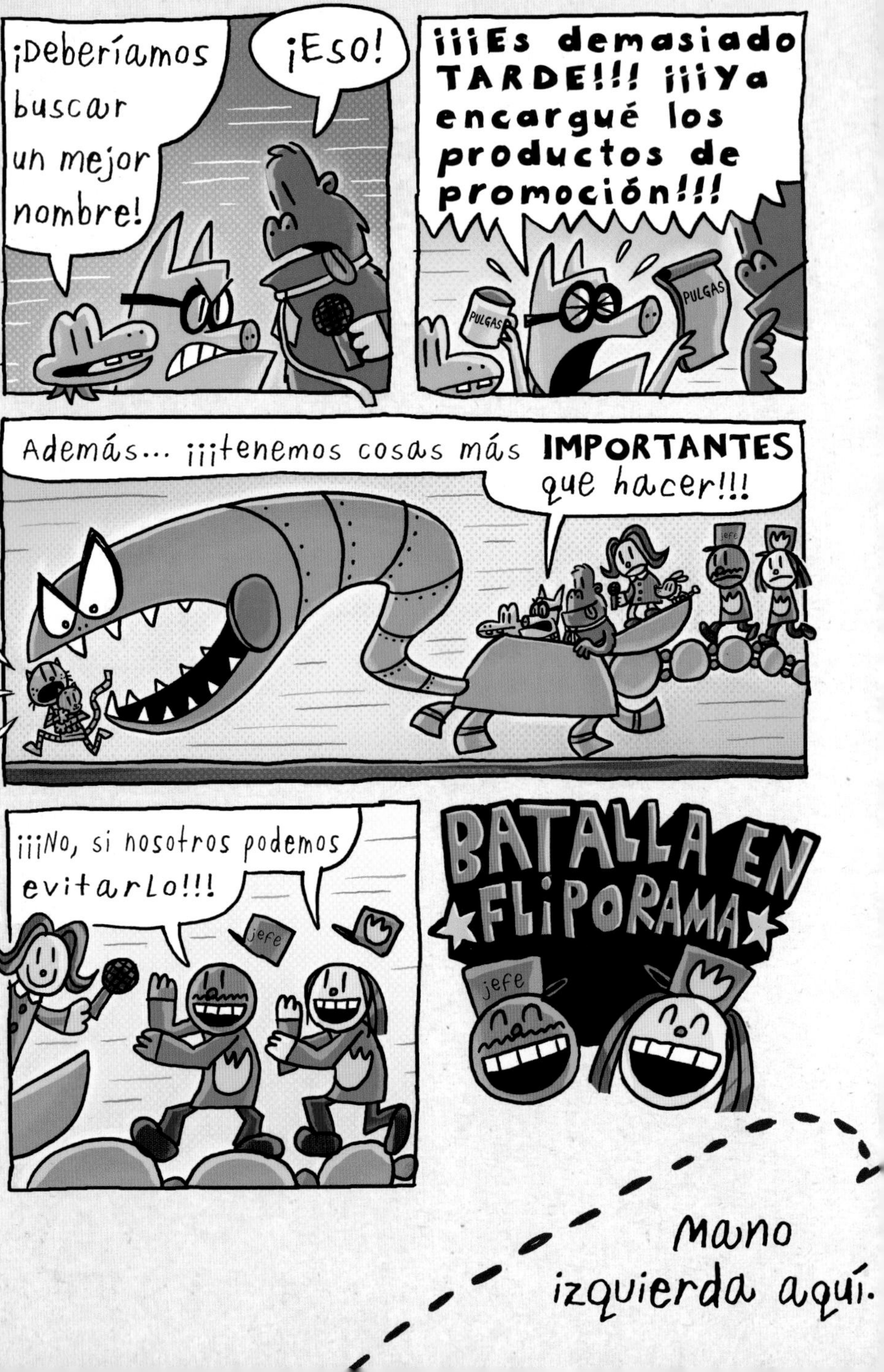
¡Deberíamos buscar un mejor nombre!
¡Eso!
¡¡¡Es demasiado TARDE!!! ¡¡¡Ya encargué los productos de promoción!!!
PULGAS
PULGAS
Además... ¡¡¡tenemos cosas más IMPORTANTES que hacer!!!
jefe
¡¡¡No, si nosotros podemos evitarlo!!!
jefe
BATALLA EN FLIPORAMA
jefe
Mano izquierda aquí.

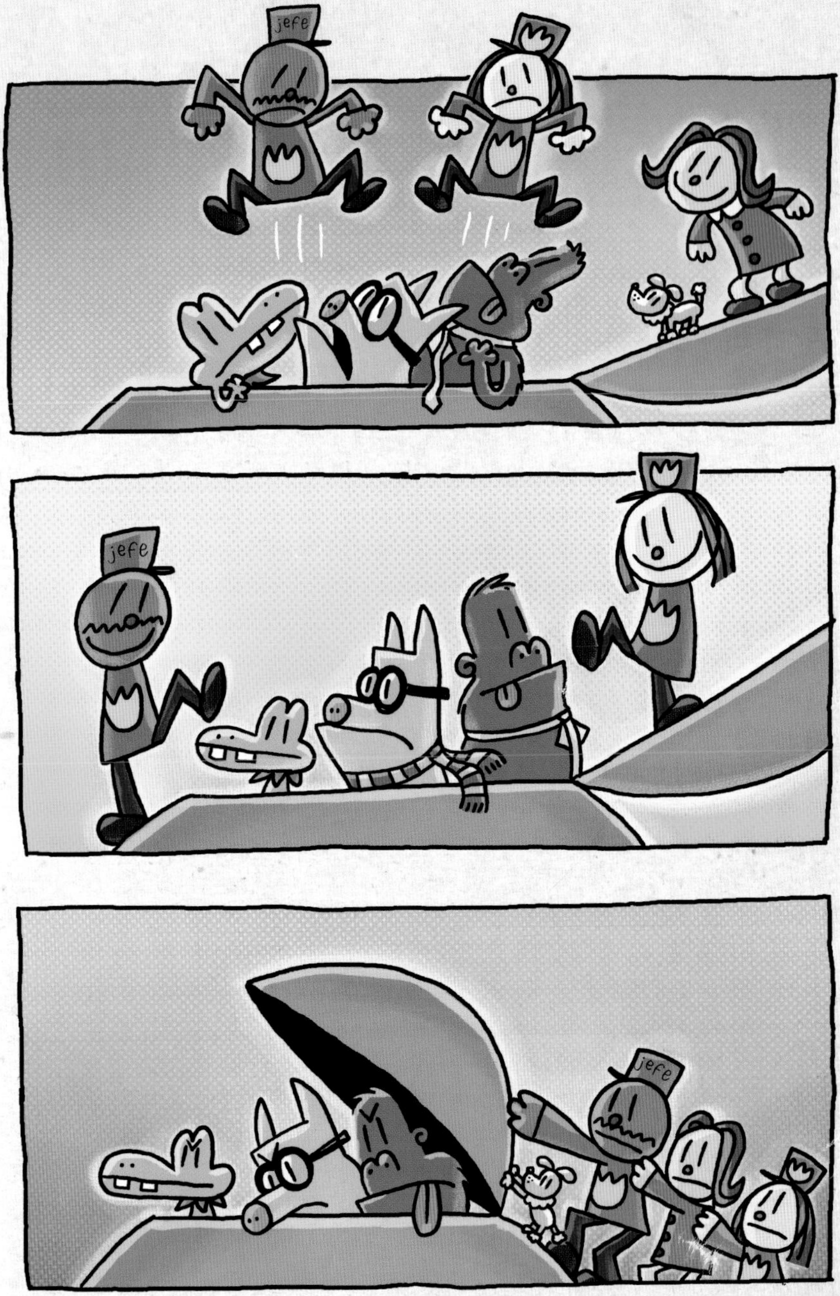
jefe
jefe
jefe

Pulgar derecho aquí.

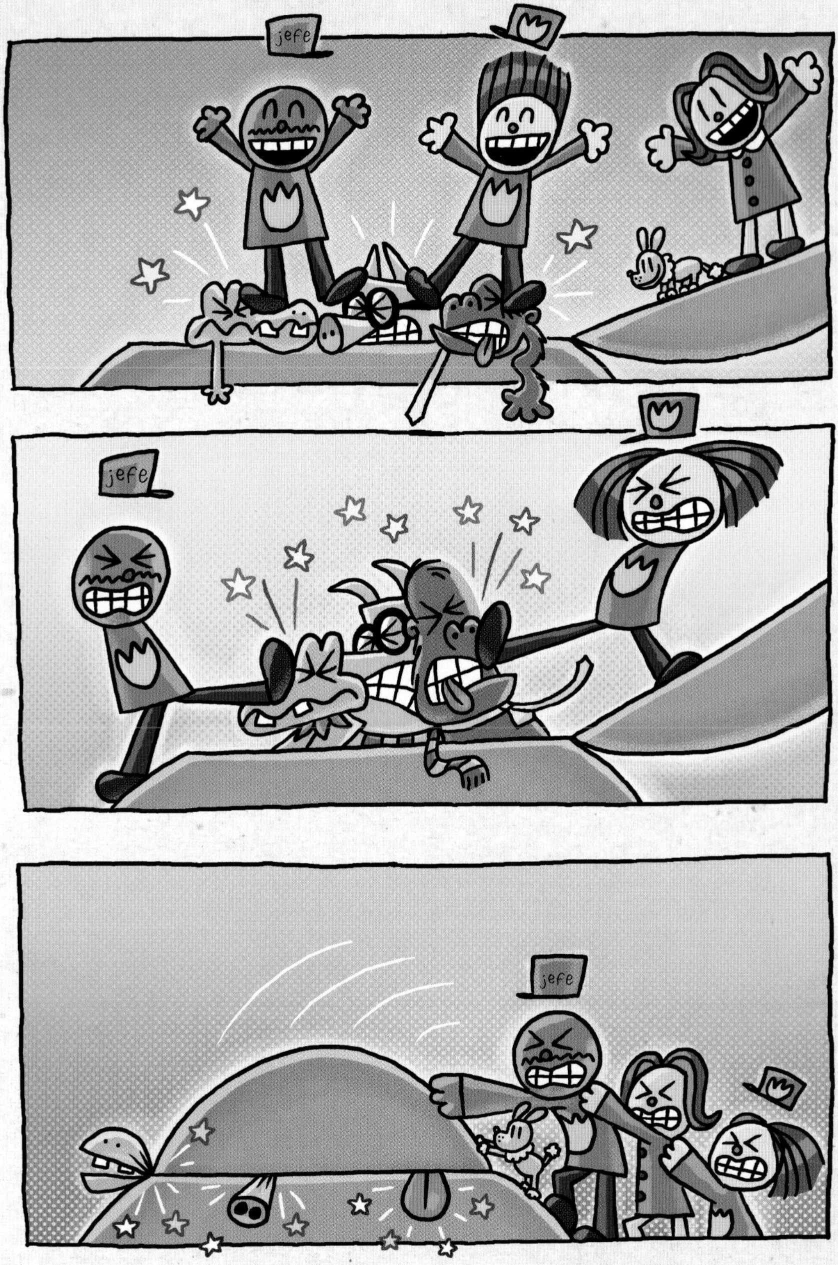
jefe
jefe
jefe

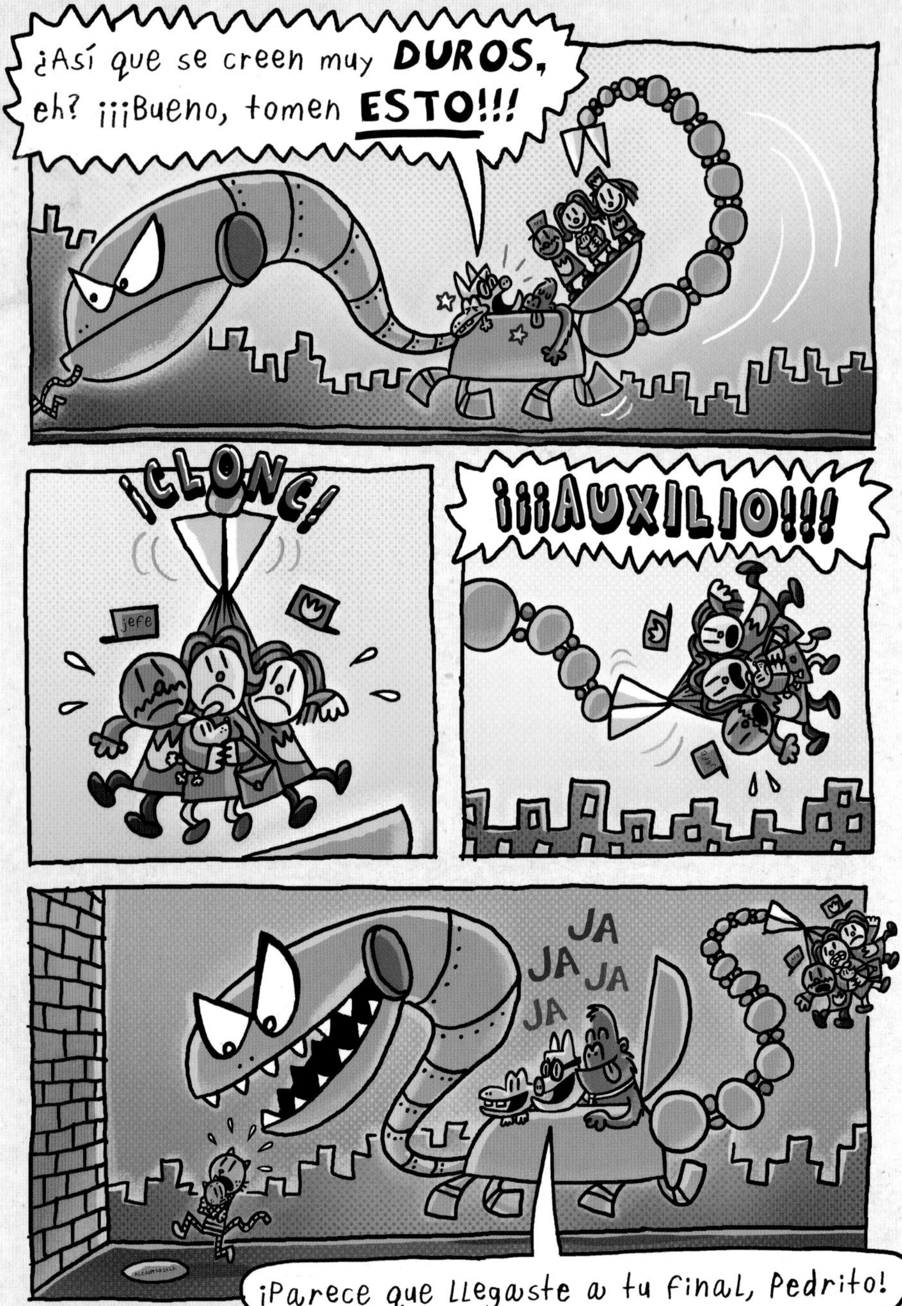
¿Así que se creen muy DUROS, eh? ¡¡¡Bueno, tomen ESTO!!!
¡CLONC!
jefe
¡¡¡AUXILIO!!!
jefe
JA
JA
JA
JA
¡Parece que llegaste a tu final, Pedrito!

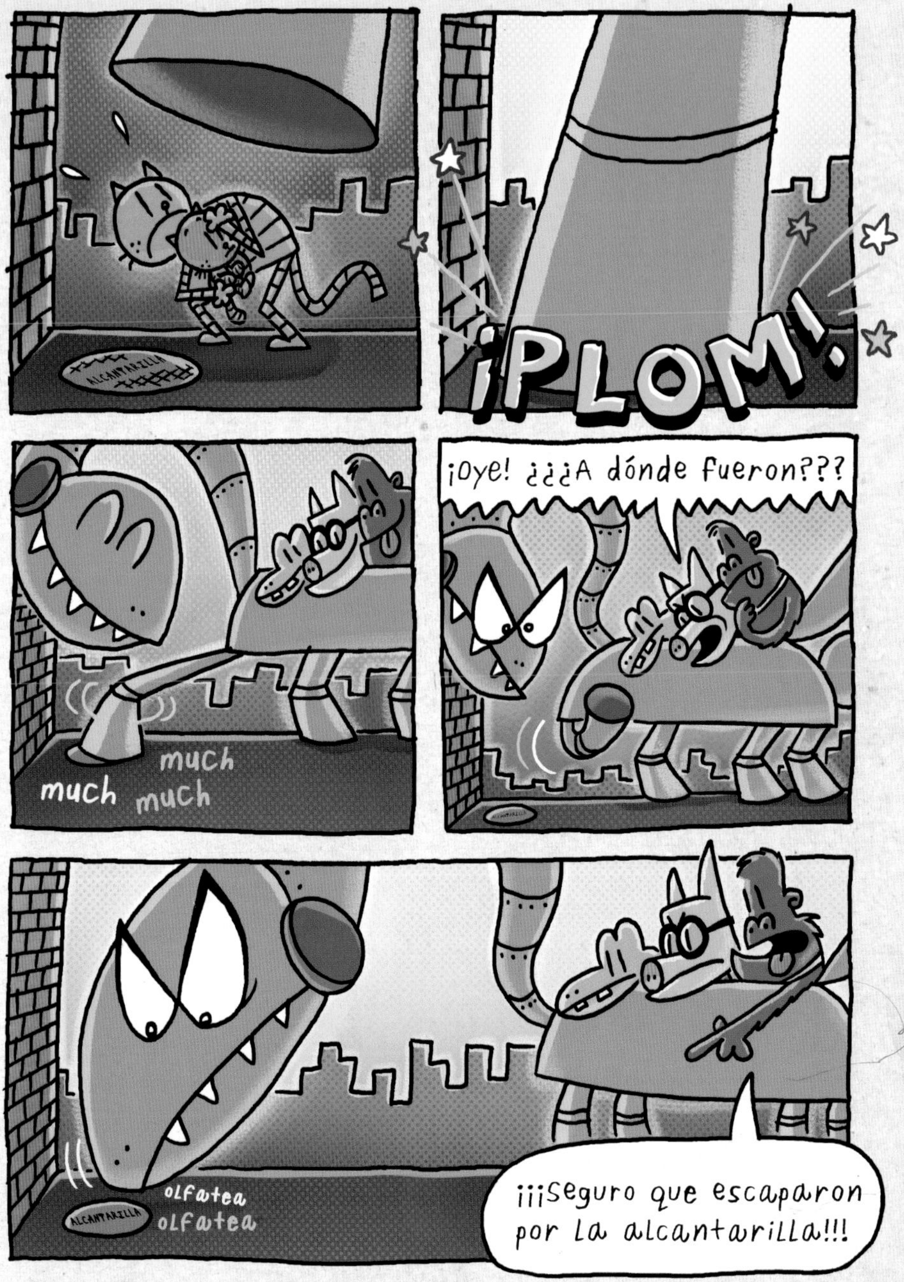
ALCANTARILLA
¡PLOM!
much
much
much
¡Oye! ¿¿¿A dónde fueron???
ALCANTARILLA
olfatea
olfatea
¡¡¡Seguro que escaparon por la alcantarilla!!!

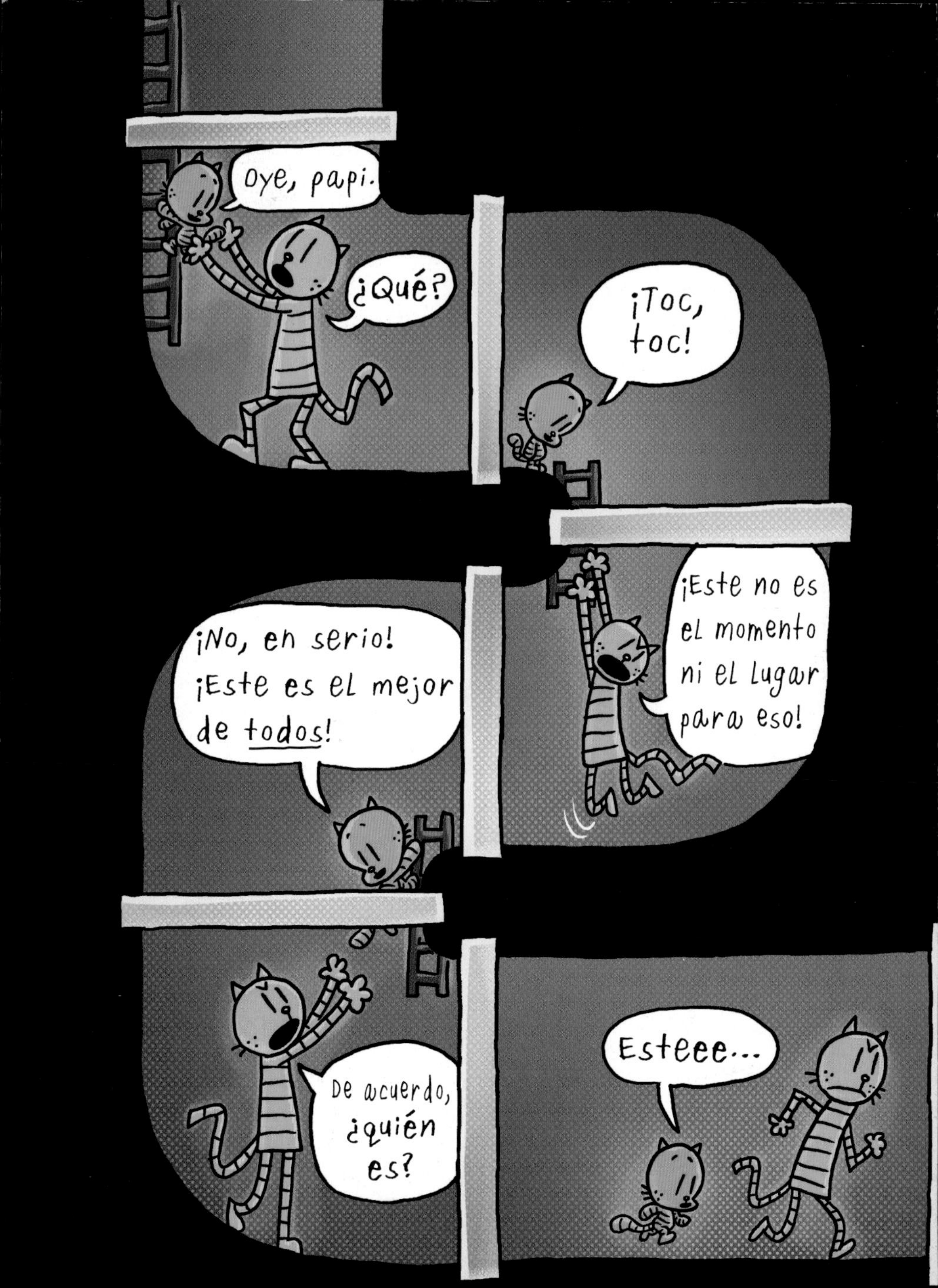
Oye, papi.
¿Qué?
¡Toc, toc!
¡Este no es el momento ni el lugar para eso!
¡No, en serio! ¡Este es el mejor de todos!
De acuerdo, ¿quién es?
Esteee...

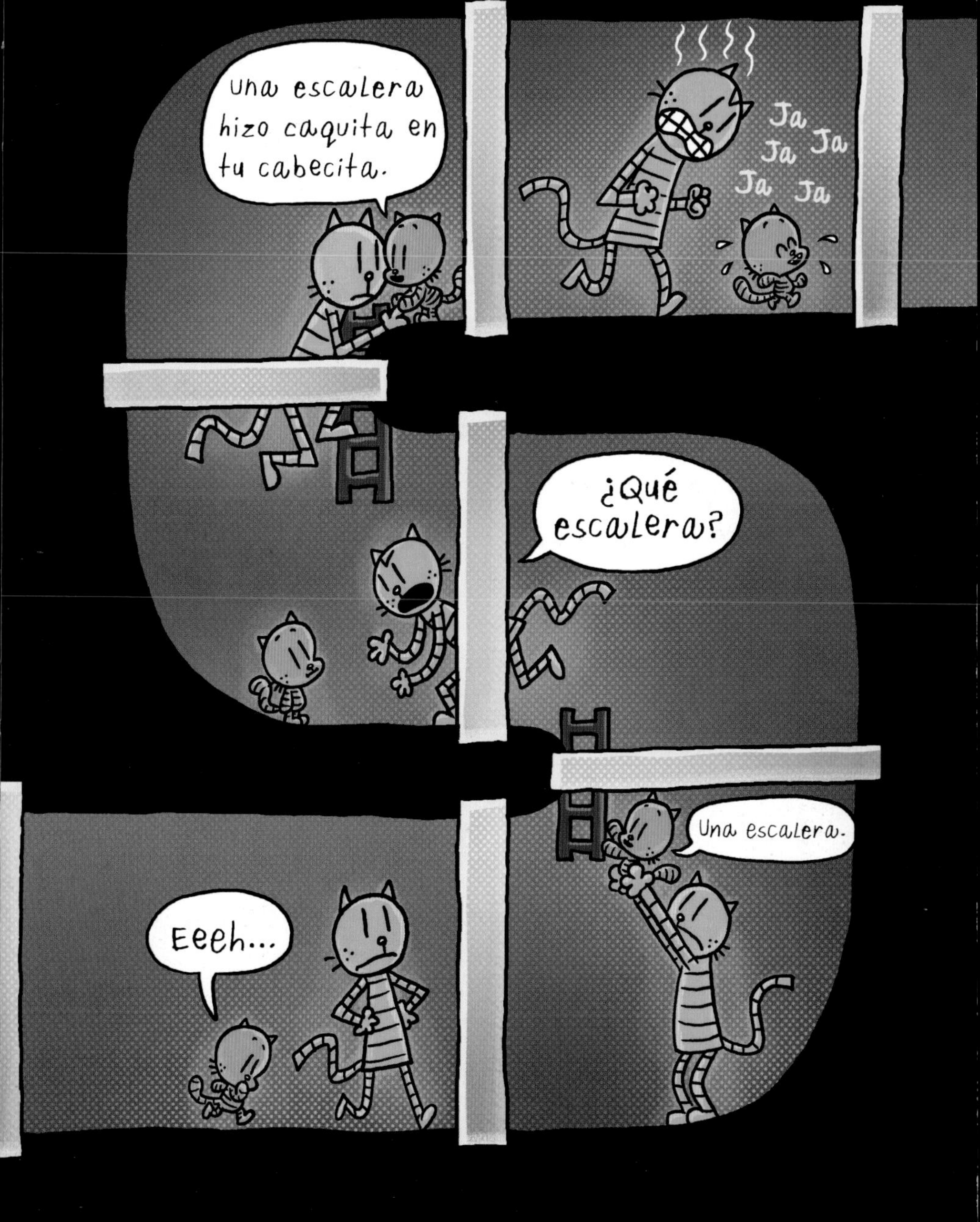
Una escalera hizo caquita en tu cabecita.
Ja Ja Ja Ja Ja
¿Qué escalera?
Eeeh...
Una escalera.

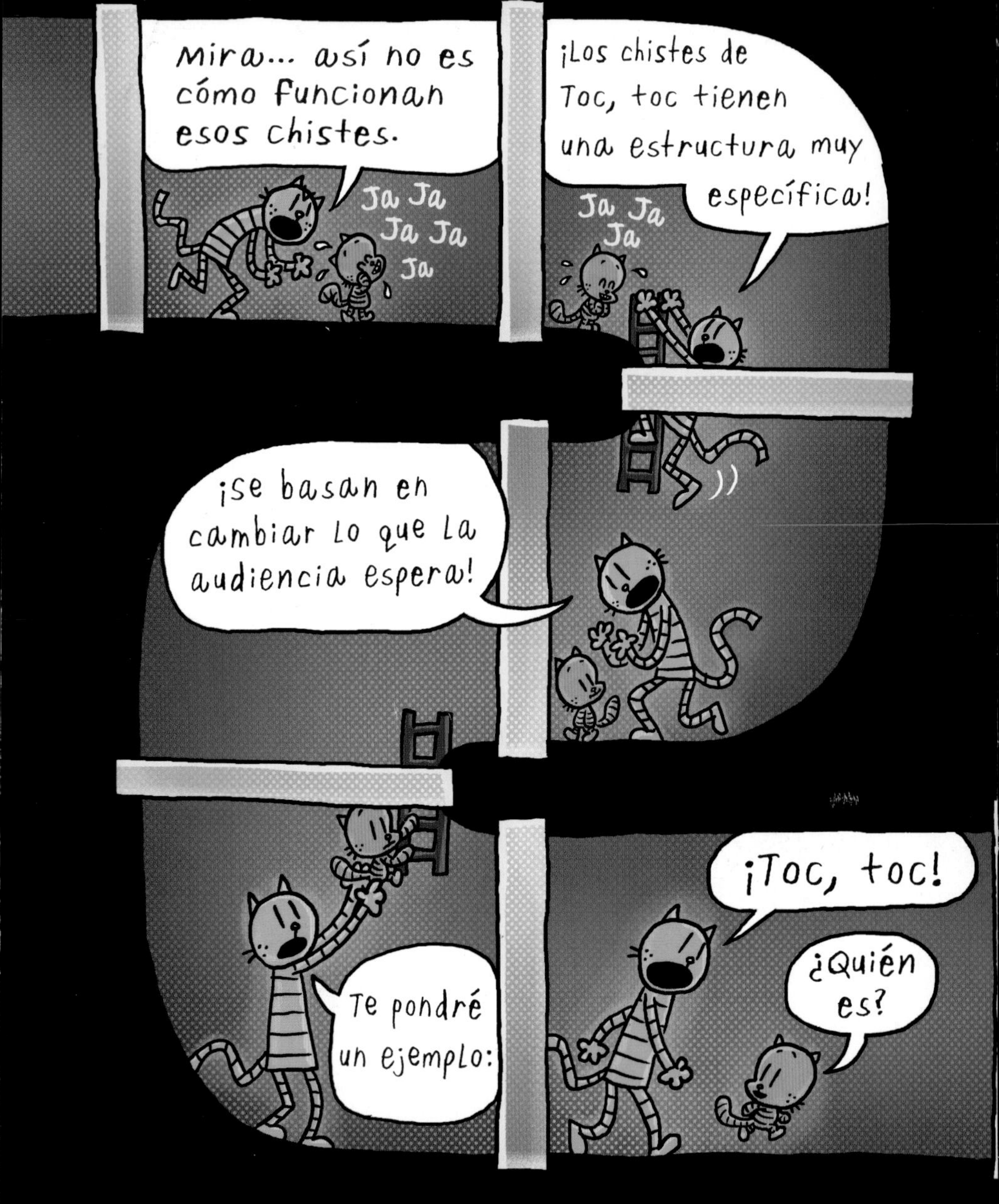
Mira... así no es cómo funcionan esos chistes.
Ja Ja Ja Ja Ja
¡Los chistes de Toc, toc tienen una estructura muy específica!
Ja Ja Ja
¡Se basan en cambiar lo que la audiencia espera!
Te pondré un ejemplo:
¡Toc, toc!
¿Quién es?

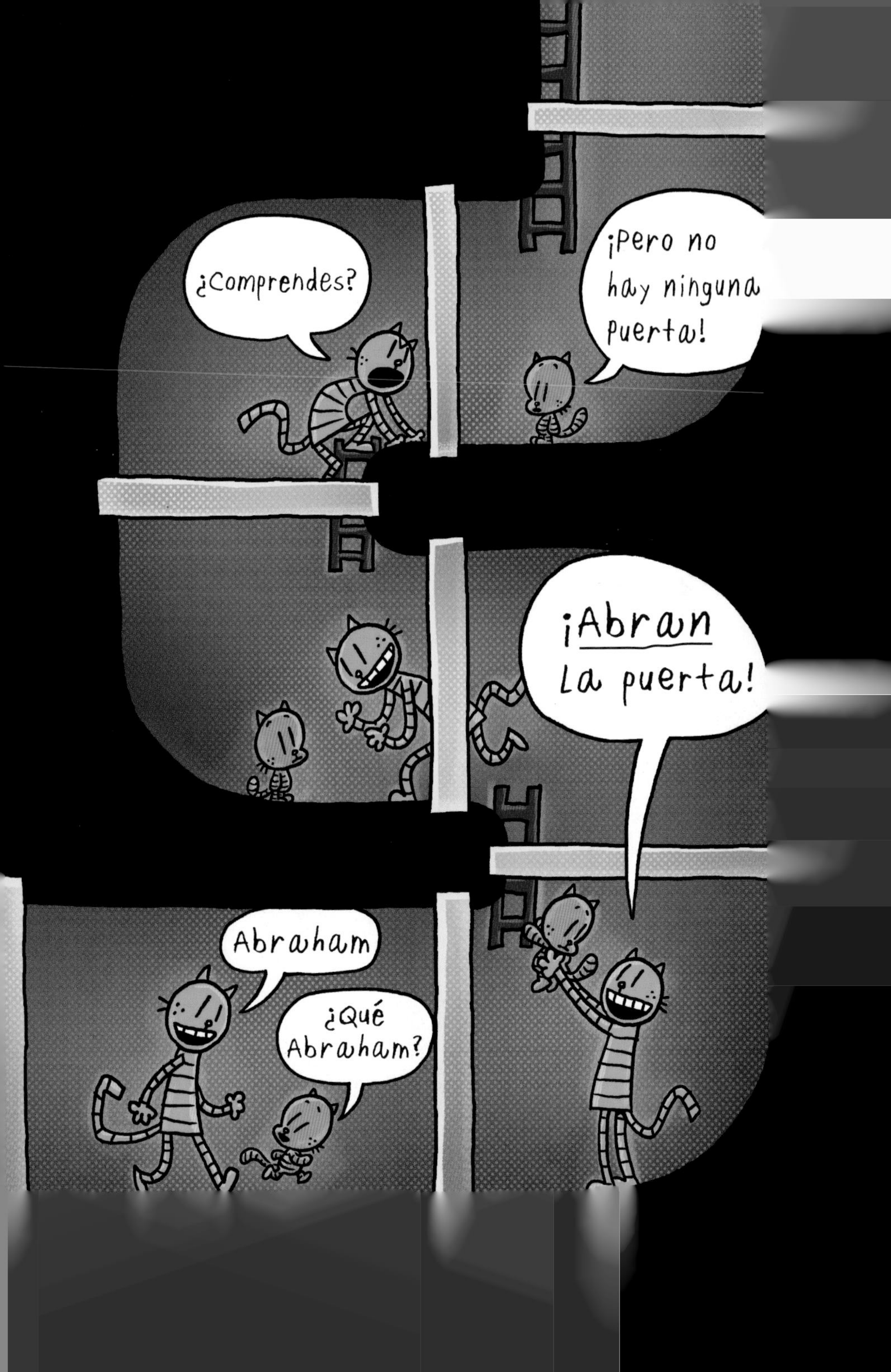
¿Comprendes?
¡Pero no hay ninguna puerta!
¡Abran La puerta!
Abraham
¿Qué Abraham?

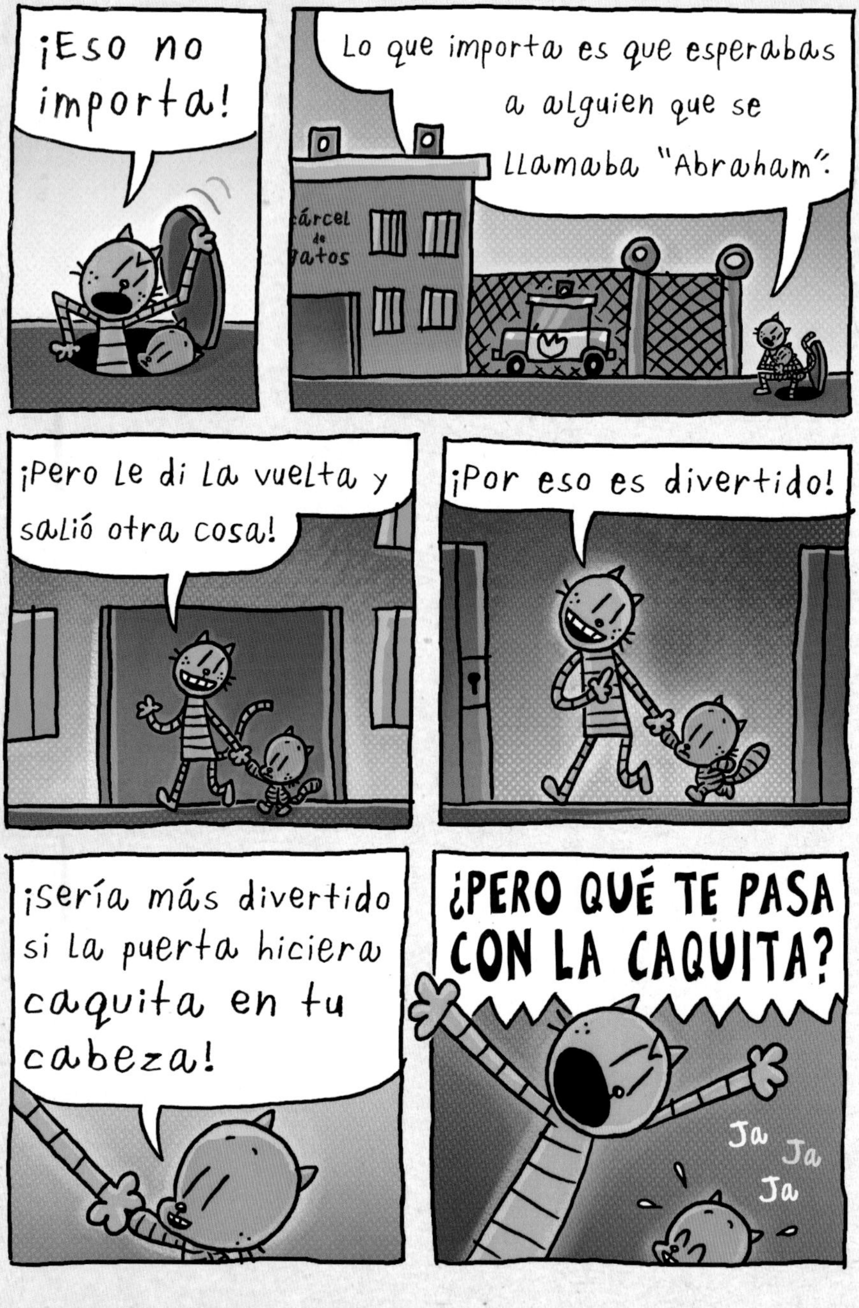
¡Eso no importa!
Lo que importa es que esperabas a alguien que se llamaba "Abraham".
Cárcel de gatos
¡Pero le di la vuelta y salió otra cosa!
¡Por eso es divertido!
¡Sería más divertido si la puerta hiciera caquita en tu cabeza!
¿PERO QUÉ TE PASA CON LA CAQUITA?
Ja Ja Ja

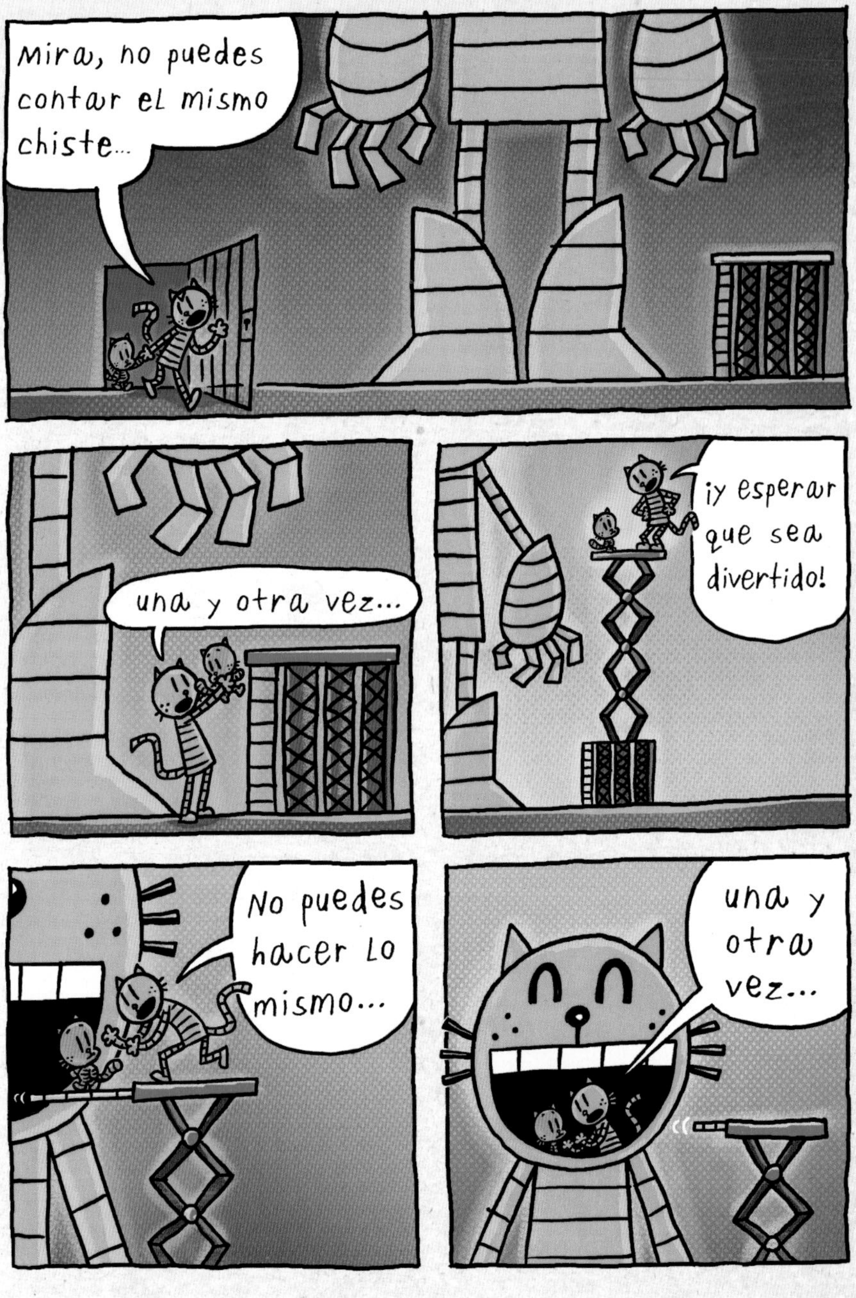
Mira, no puedes contar el mismo chiste...
una y otra vez...
¡y esperar que sea divertido!
No puedes hacer lo mismo...
una y otra vez...

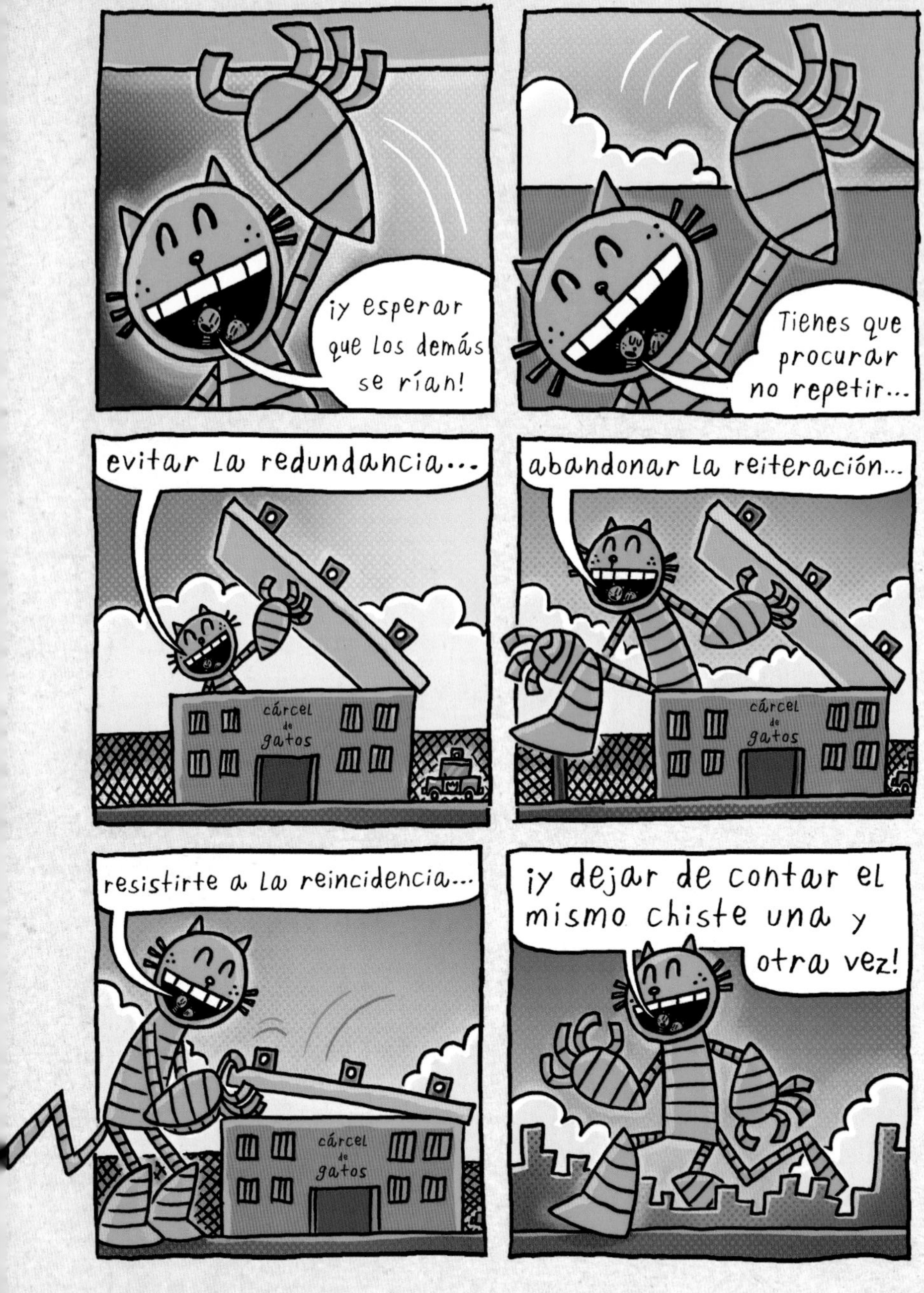
Tienes que procurar no repetir...
¡y esperar que los demás se rían!
evitar la redundancia...
cárcel de gatos
abandonar la reiteración...
cárcel de gatos
resistirte a la reincidencia...
cárcel de gatos
¡y dejar de contar el mismo chiste una y otra vez!

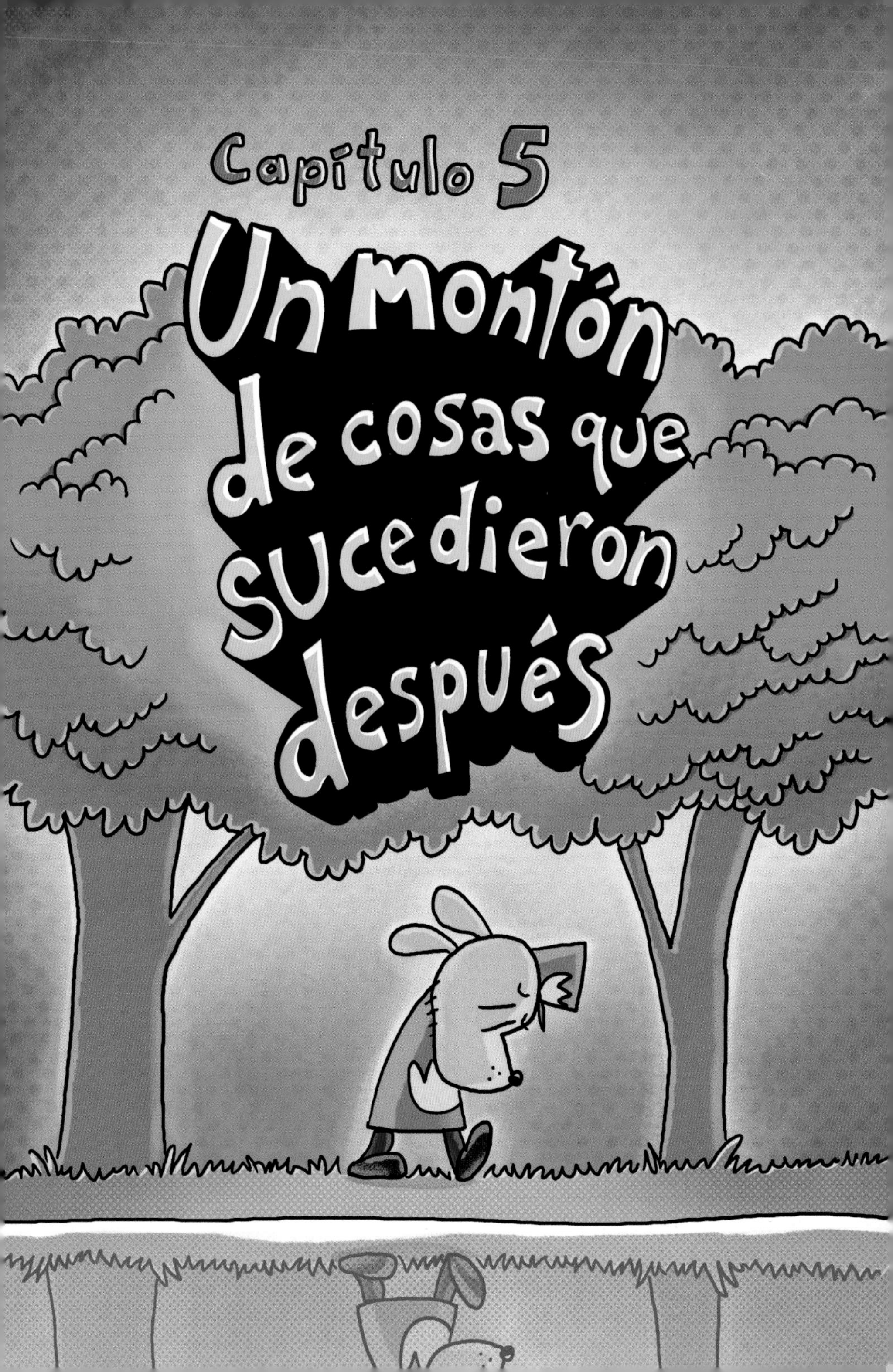
Capítulo 5
Un montón de cosas que sucedieron después

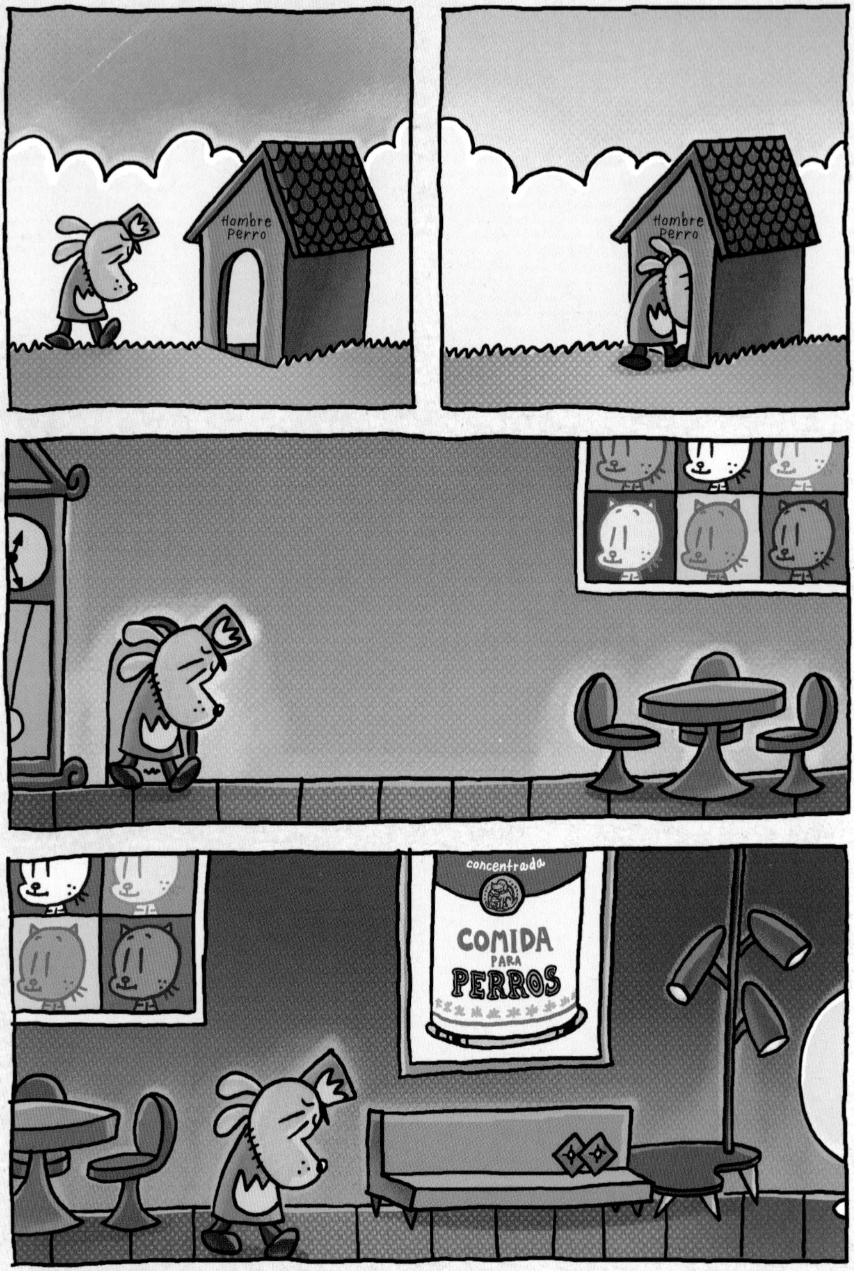
Hombre Perro
Hombre Perro
concentrada
COMIDA PARA PERROS

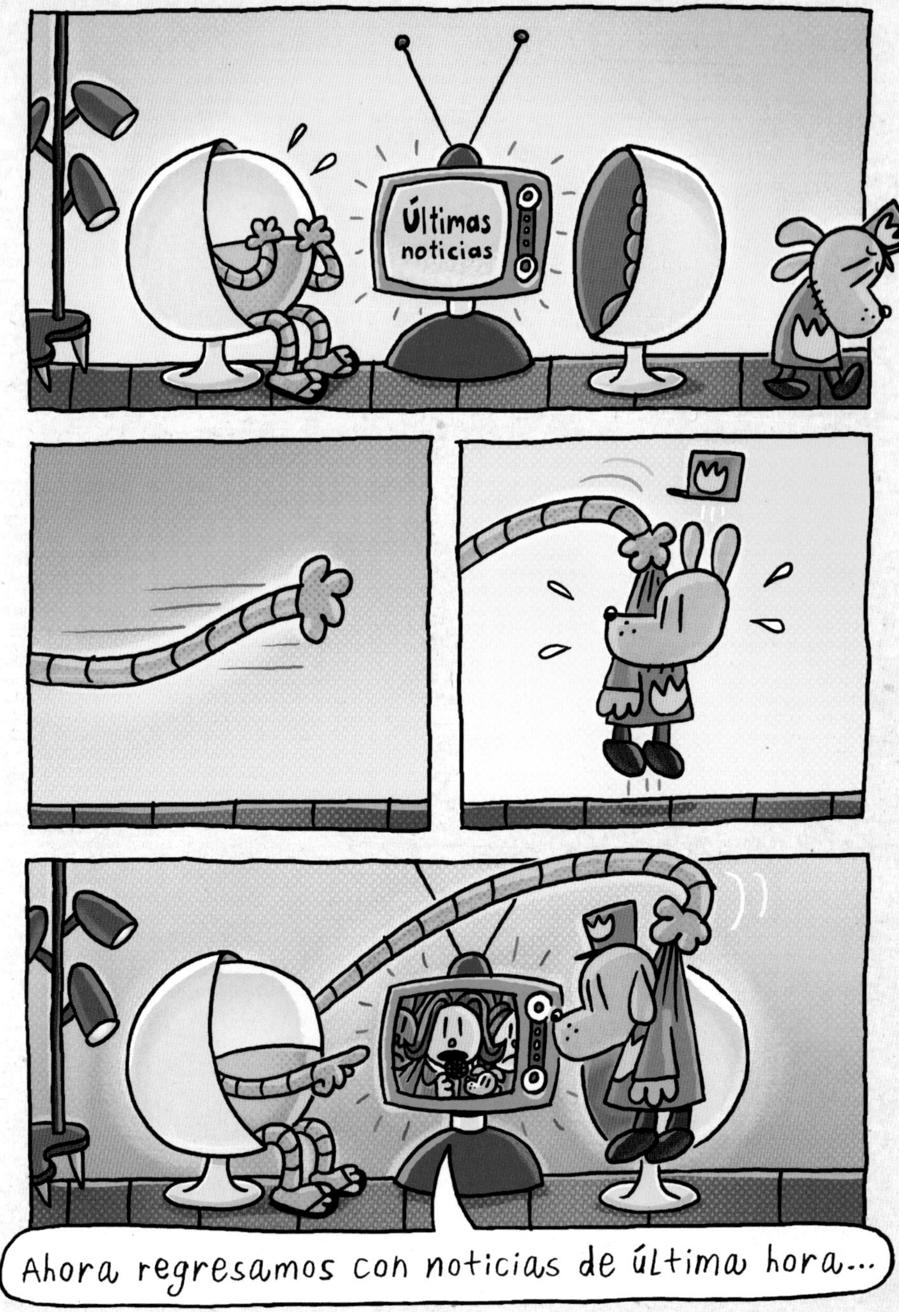
Últimas noticias
Ahora regresamos con noticias de última hora...

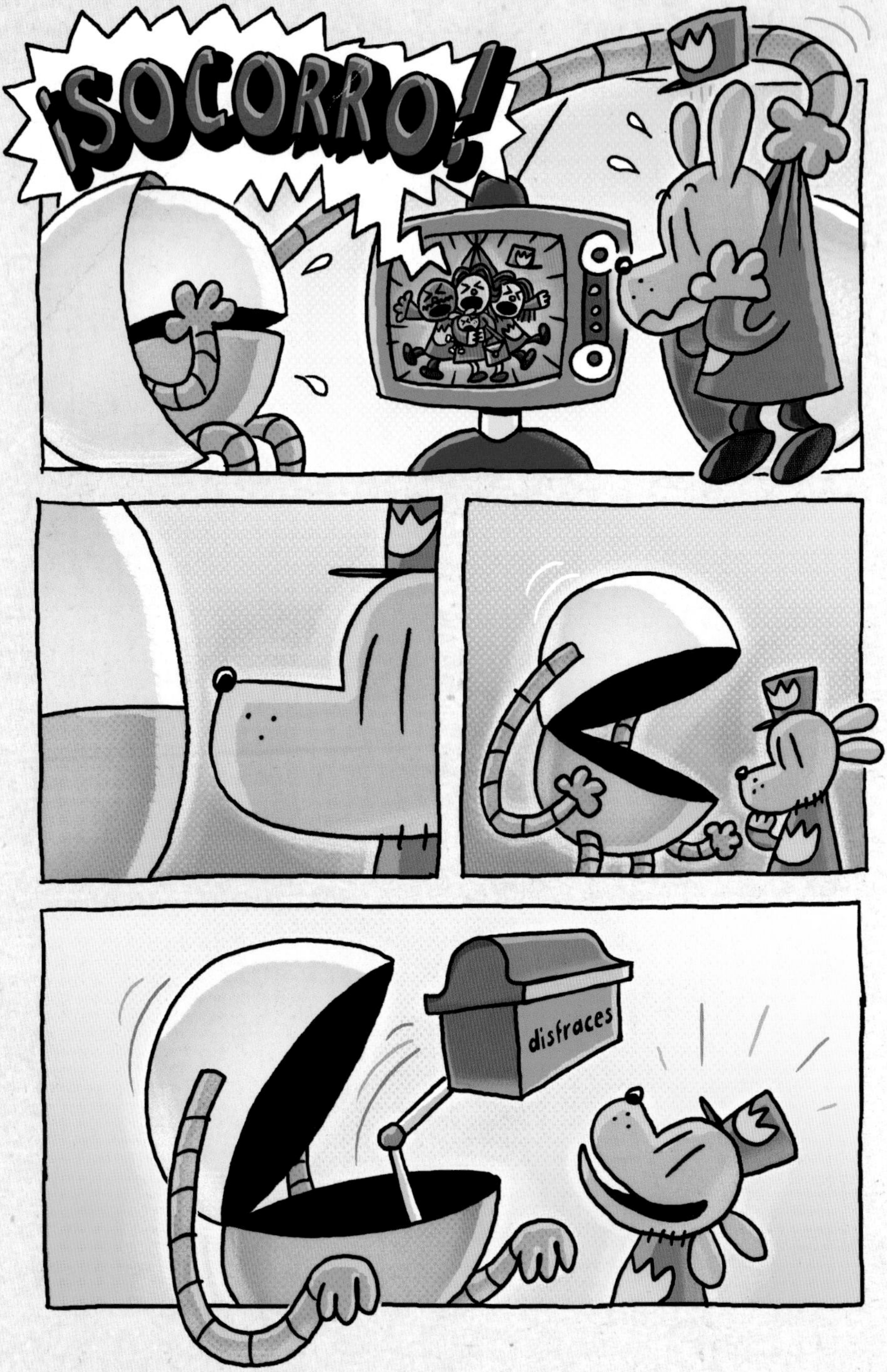
¡SOCORRO!
disfraces

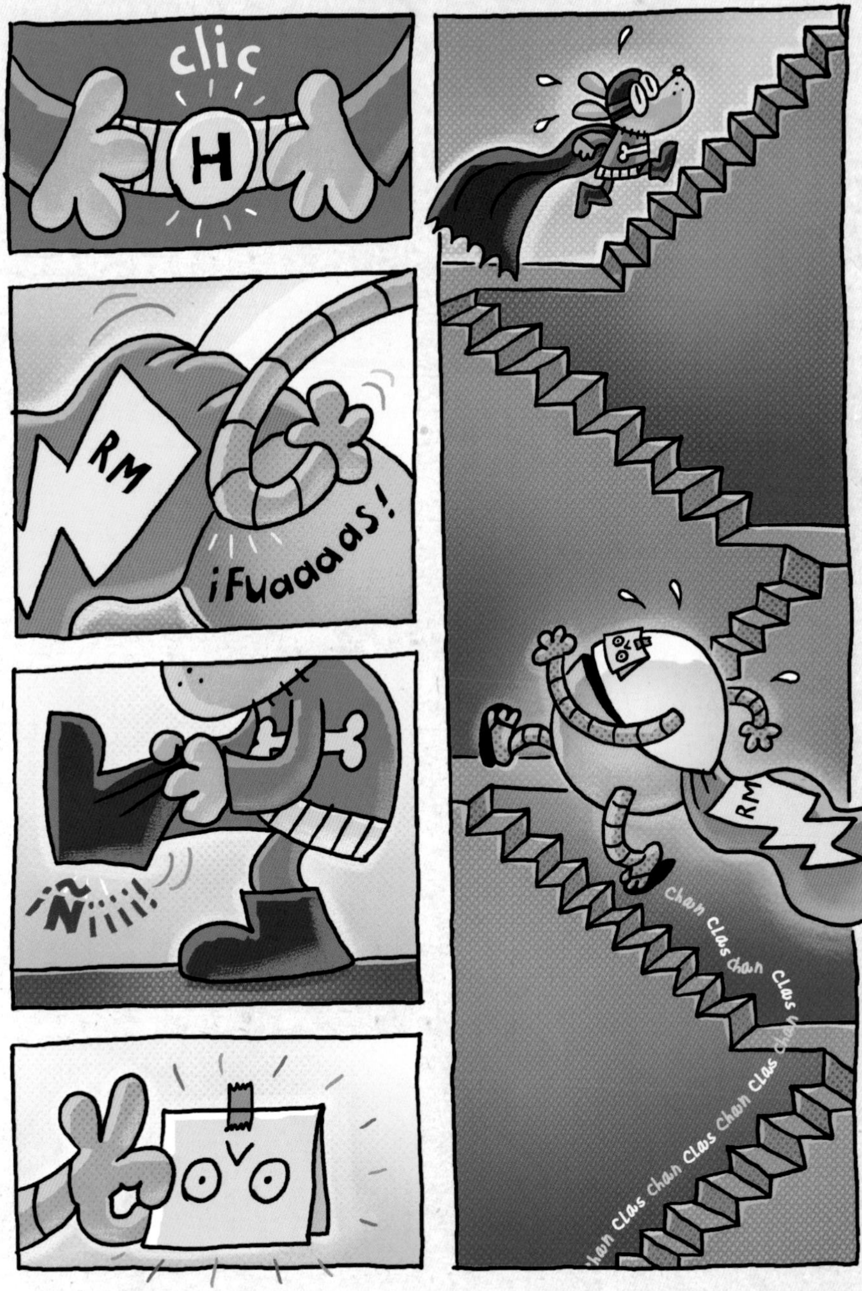
clic
H
RM
¡Fuaaaas!
¡Ñiiii!
¡Plooop!
chan clas chan clas
chan clas chan clas chan clas chan
RM

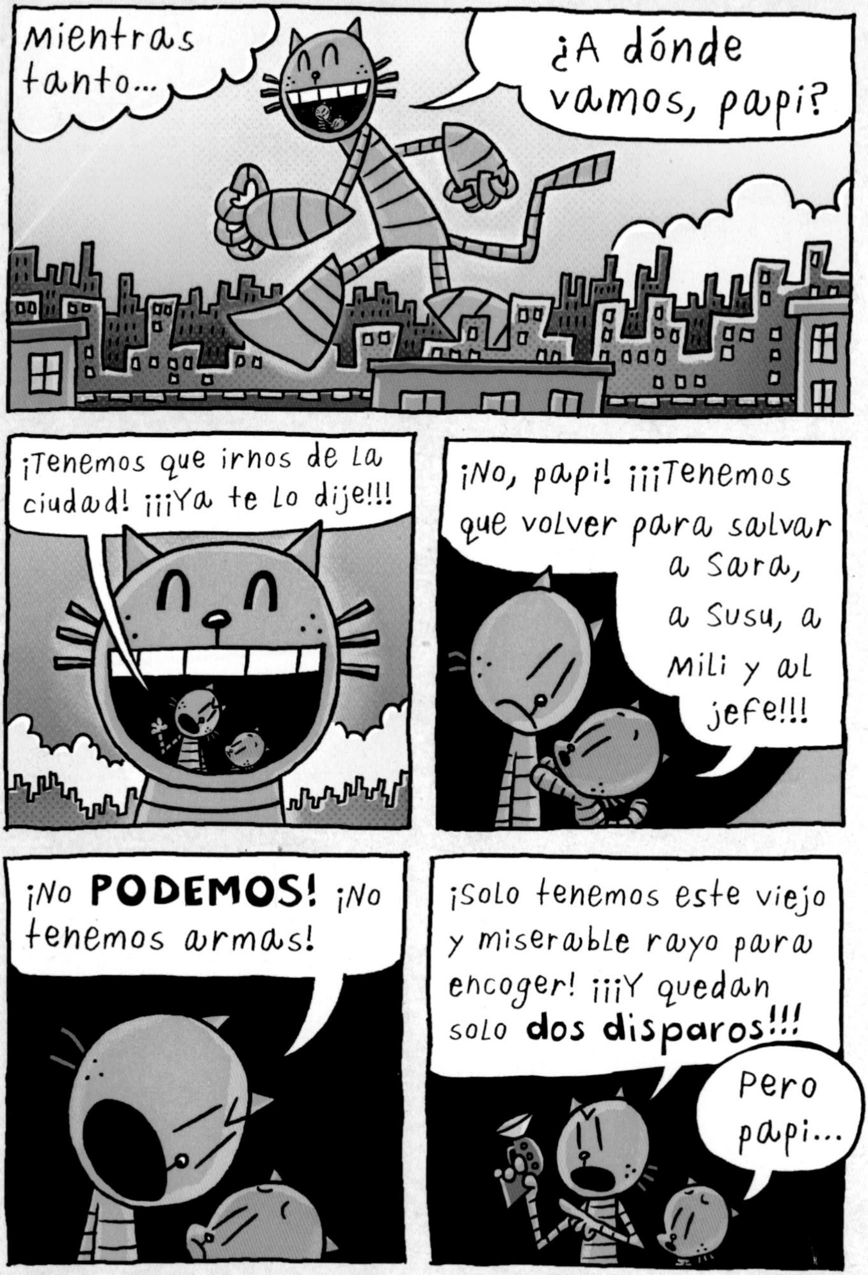
Mientras tanto...
¿A dónde vamos, papi?
¡Tenemos que irnos de la ciudad! ¡¡¡Ya te lo dije!!!
¡No, papi! ¡¡¡Tenemos que volver para salvar a Sara, a Susu, a Mili y al jefe!!!
¡No **PODEMOS!** ¡No tenemos armas!
¡Solo tenemos este viejo y miserable rayo para encoger! ¡¡¡Y quedan solo **dos disparos!!!**
Pero papi...

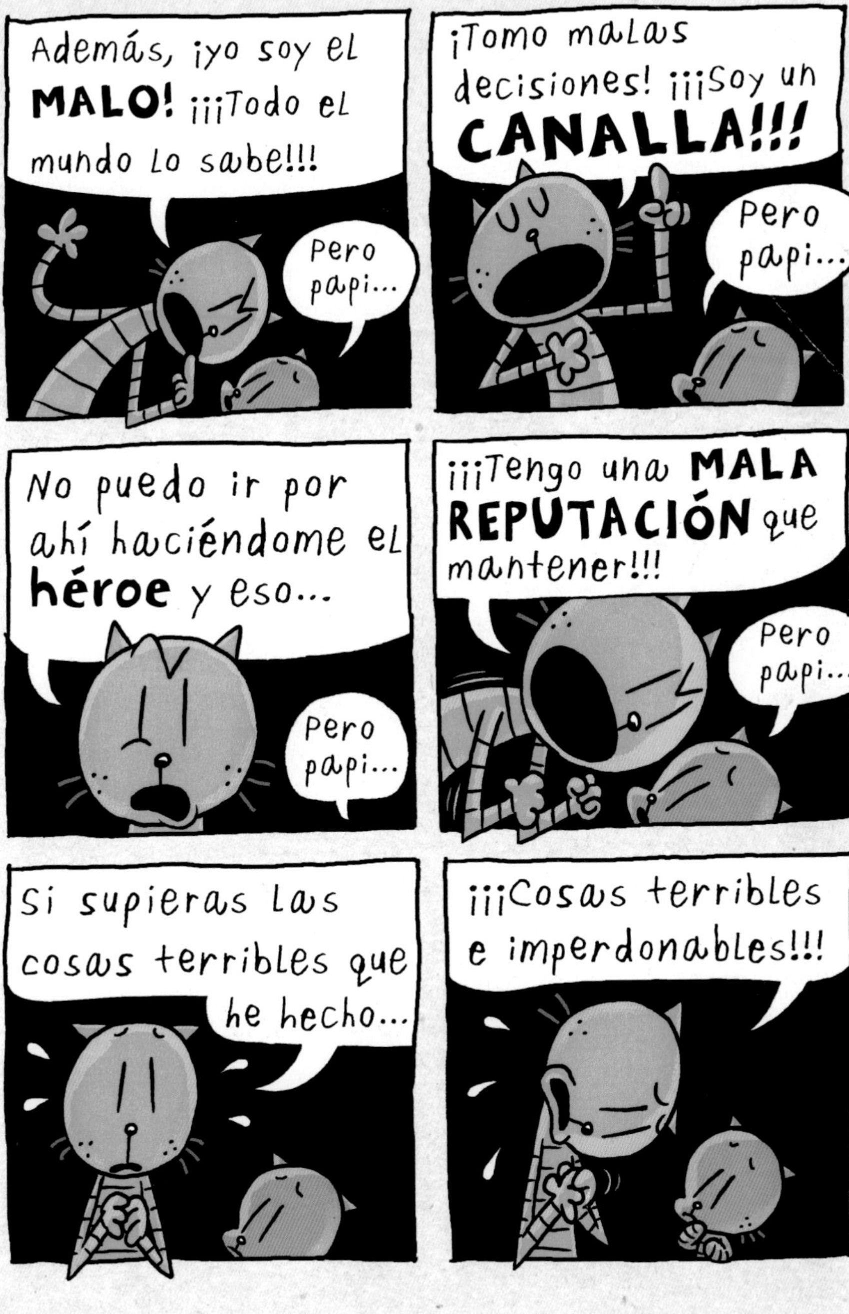

Además, ¡yo soy el MALO! ¡¡¡Todo el mundo lo sabe!!!
Pero papi...
¡Tomo malas decisiones! ¡¡¡Soy un CANALLA!!!
Pero papi...
No puedo ir por ahí haciéndome el héroe y eso...
Pero papi...
¡¡¡Tengo una MALA REPUTACIÓN que mantener!!!
Pero papi...
Si supieras las cosas terribles que he hecho...
¡¡¡Cosas terribles e imperdonables!!!

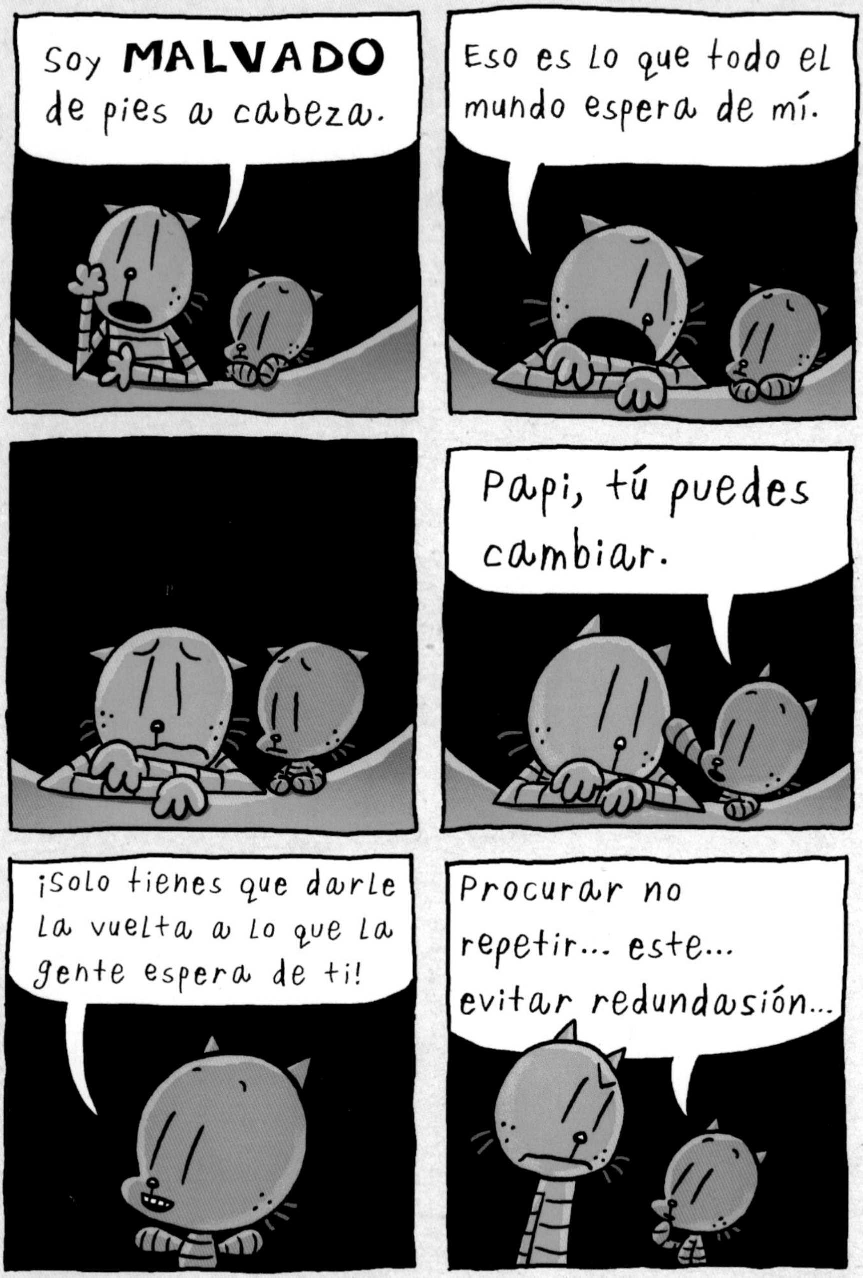
Soy **MALVADO** de pies a cabeza.
Eso es lo que todo el mundo espera de mí.
Papi, tú puedes cambiar.
¡Solo tienes que darle la vuelta a lo que la gente espera de ti!
Procurar no repetir... este... evitar redundasión...

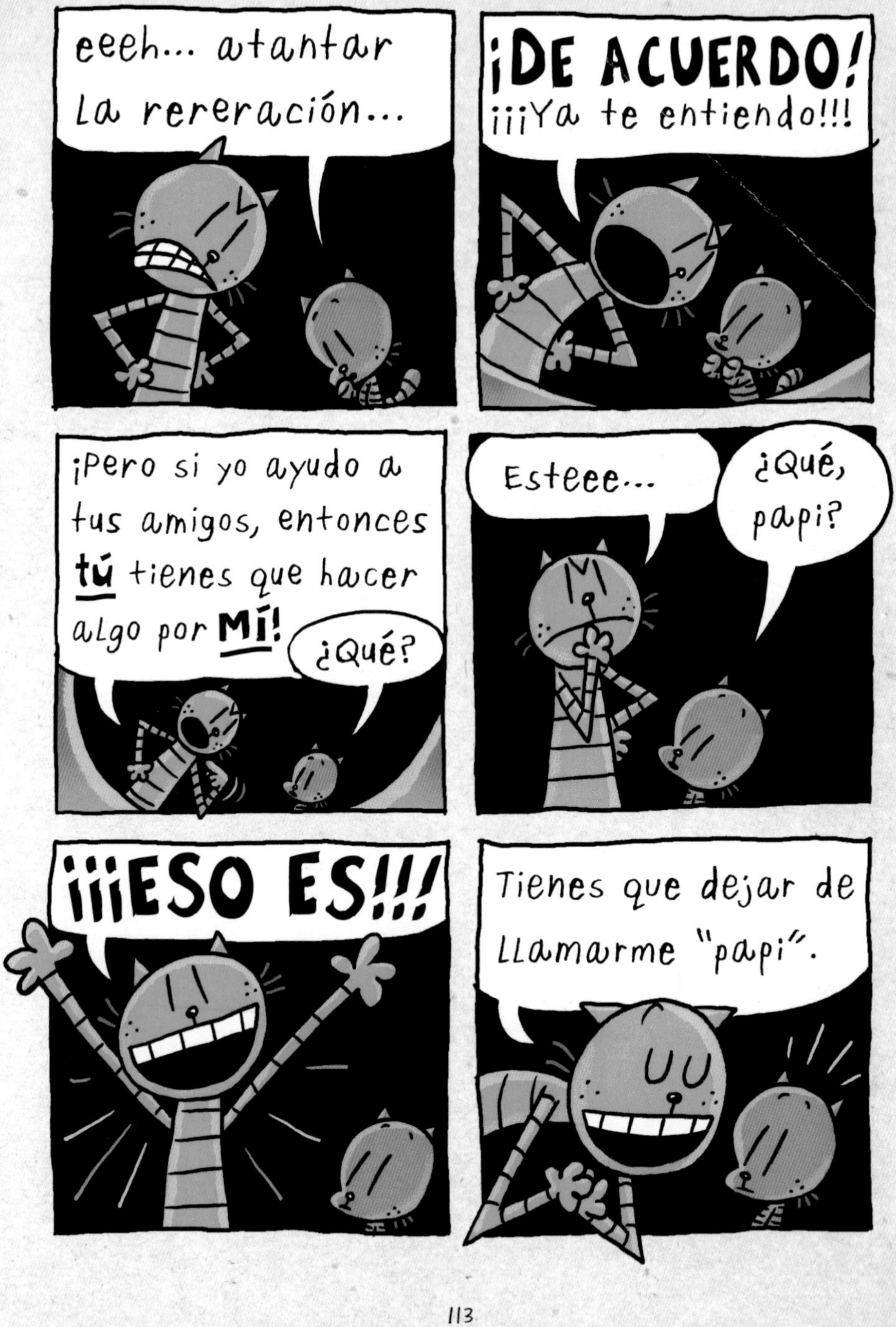
eeeh... atantar La rereración...
¡DE ACUERDO!
¡¡¡Ya te entiendo!!!
¡Pero si yo ayudo a tus amigos, entonces tú tienes que hacer algo por MÍ!
¿Qué?
Esteee...
¿Qué, papi?
¡¡¡ESO ES!!!
Tienes que dejar de LLamarme "papi".

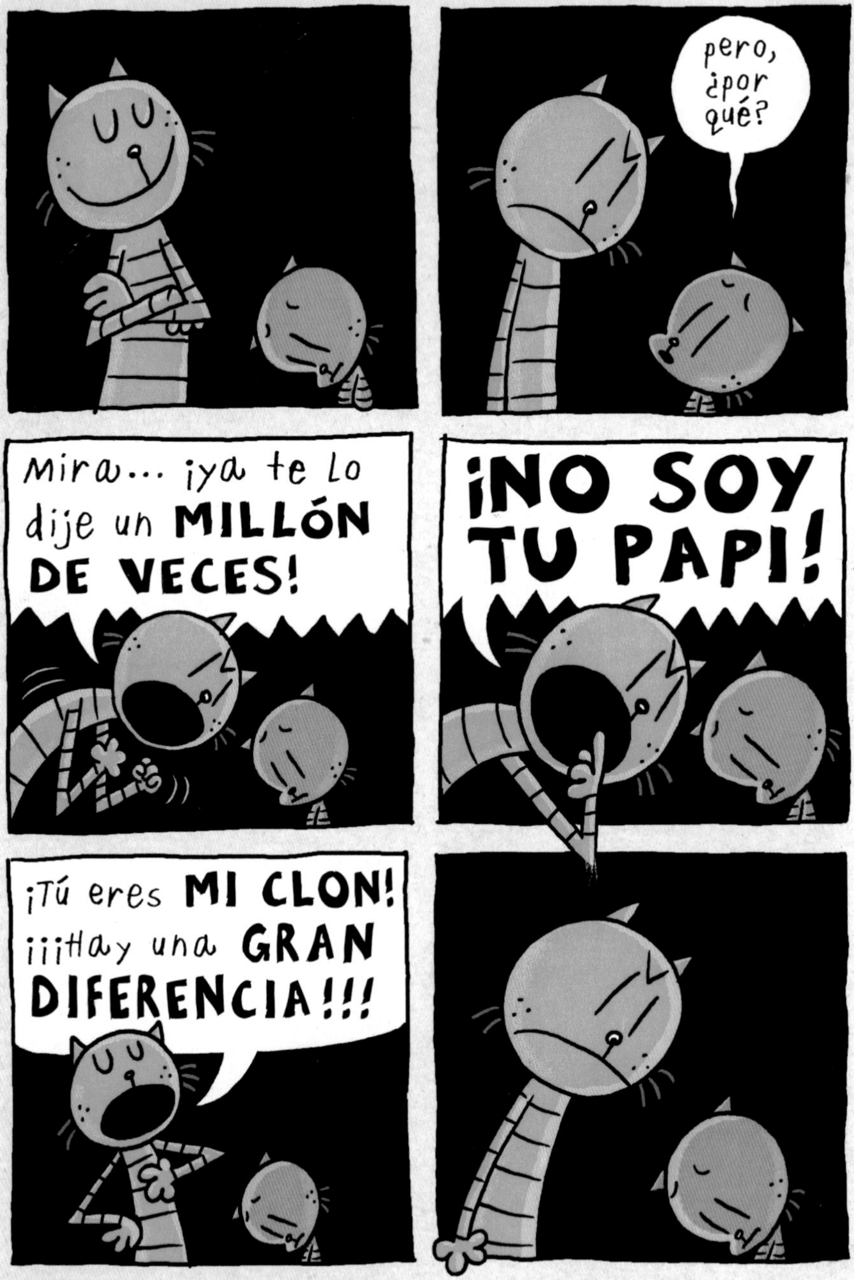
pero, ¿por qué?
Mira... ¡ya te lo dije un MILLÓN DE VECES!
¡NO SOY TU PAPI!
¡Tú eres MI CLON! ¡¡¡Hay una GRAN DIFERENCIA!!!

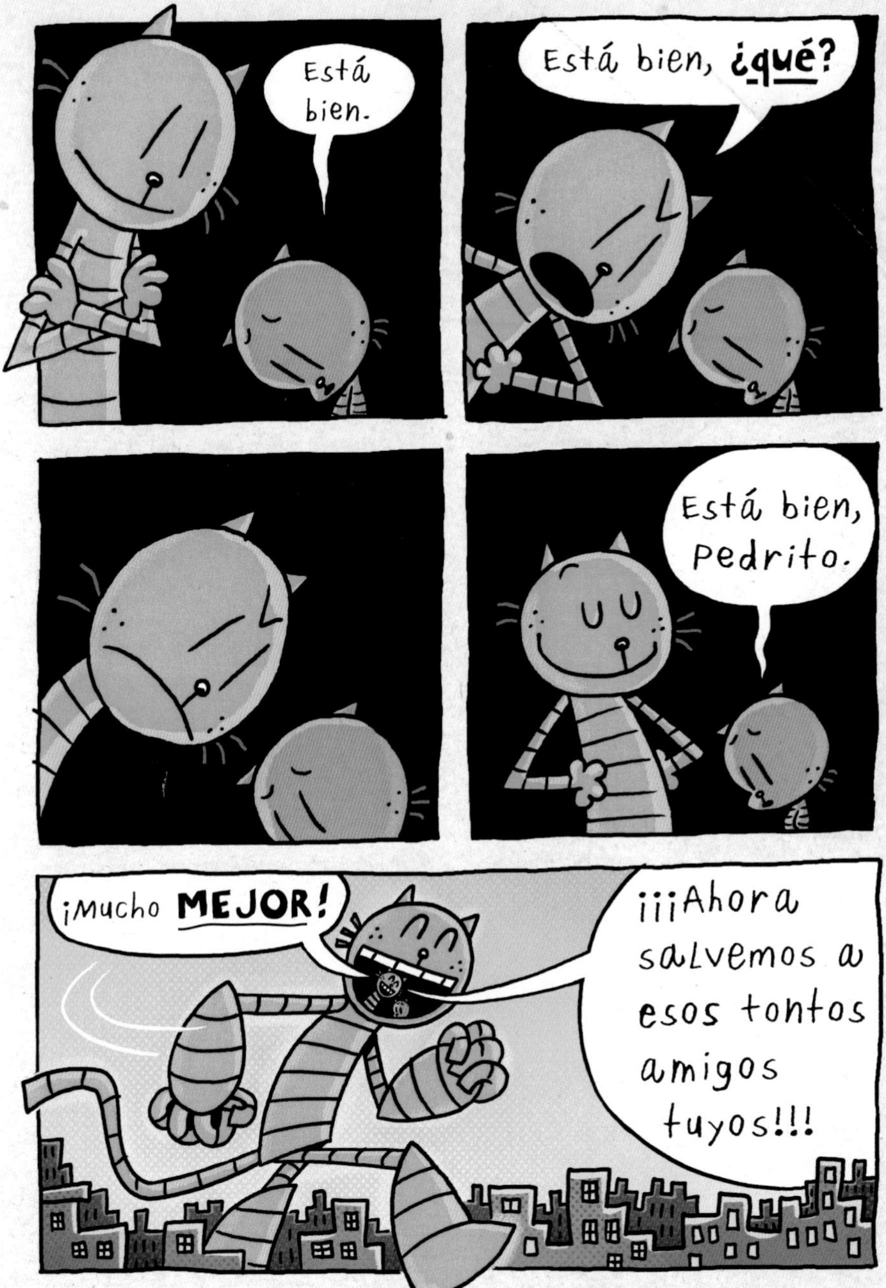
Está bien.
Está bien, ¿qué?
Está bien, Pedrito.
¡Mucho MEJOR!
¡¡¡Ahora salvemos a esos tontos amigos tuyos!!!

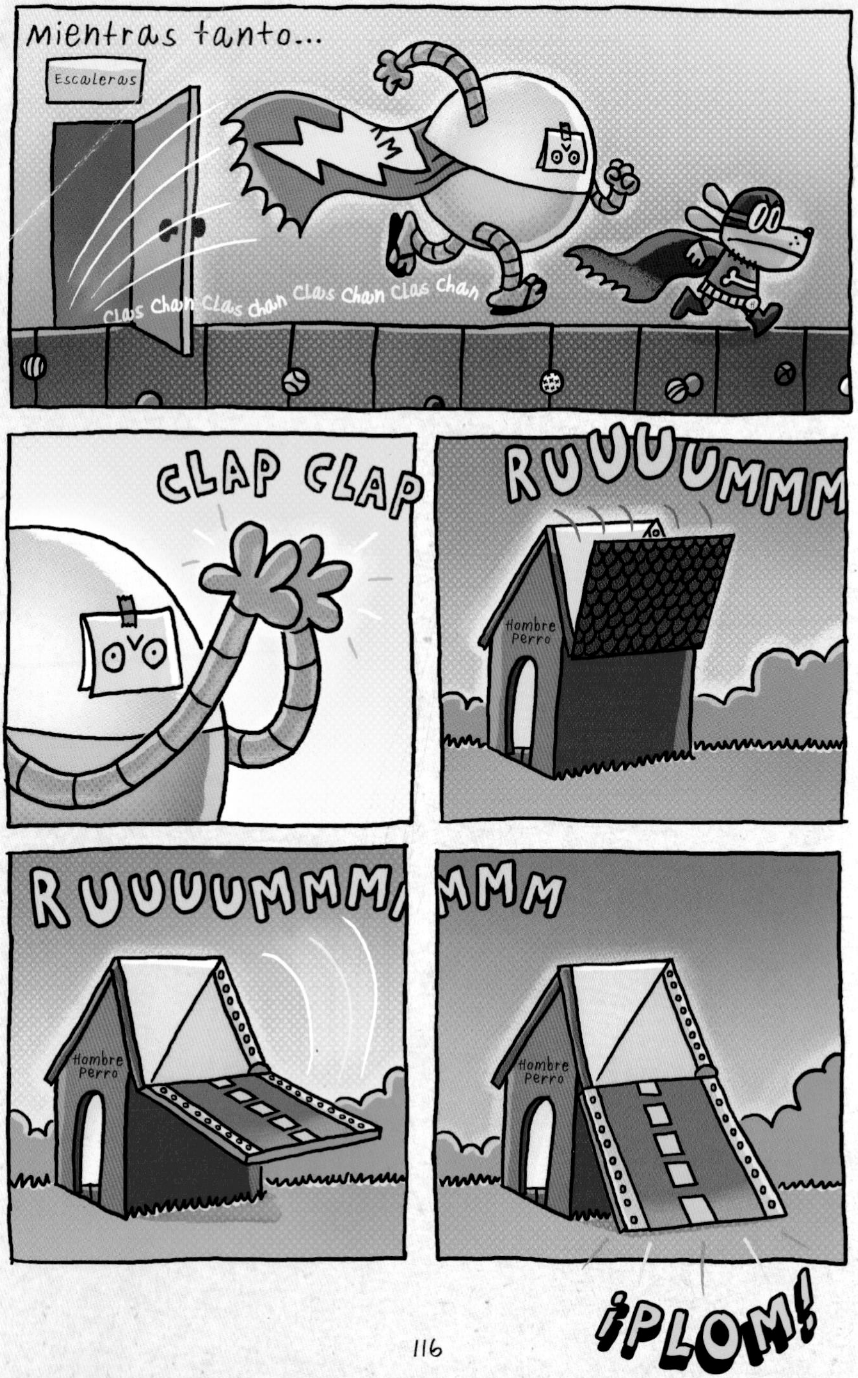
Mientras tanto...
Escaleras
Clas Chan Clas chan Clas Chan Clas chan
CLAP CLAP
RUUUUMMM
Hombre Perro
RUUUUMMMMMMM
Hombre Perro
Hombre Perro
¡PLOM!

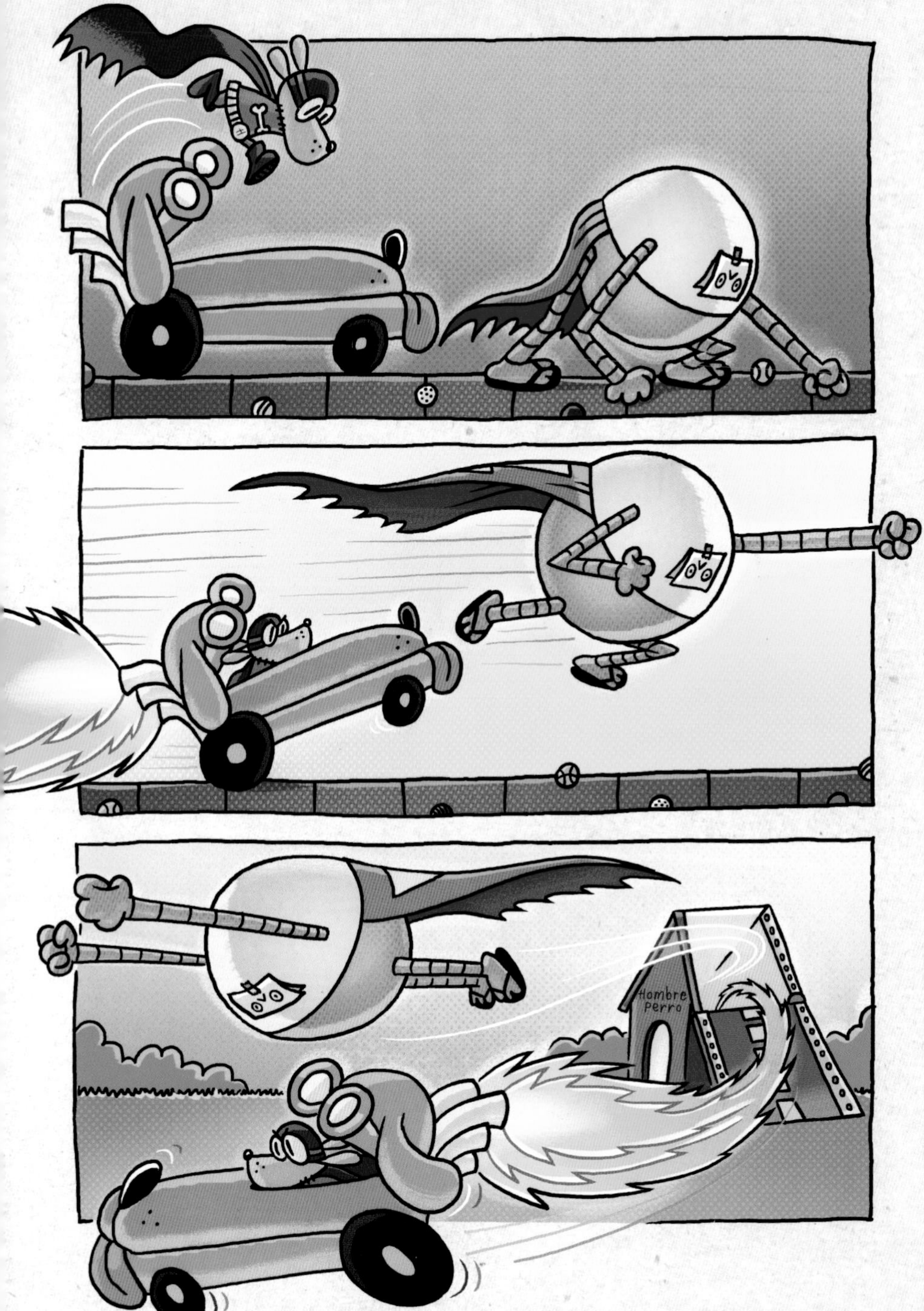
Hombre
Perro

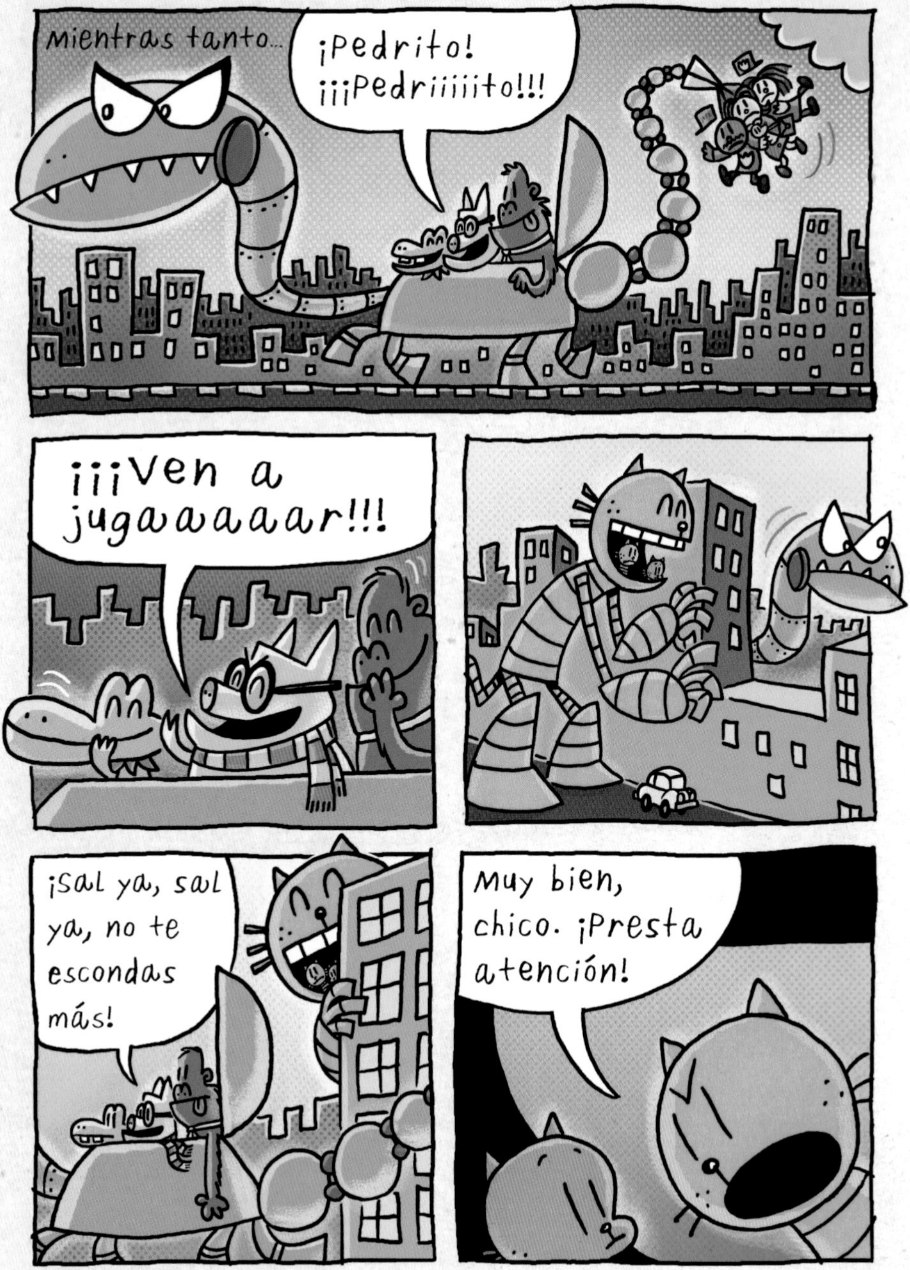
Mientras tanto...
¡Pedrito! ¡¡¡Pedriiiiiito!!!
¡¡¡Ven a jugaaaaar!!!
¡Sal ya, sal ya, no te escondas más!
Muy bien, chico. ¡Presta atención!

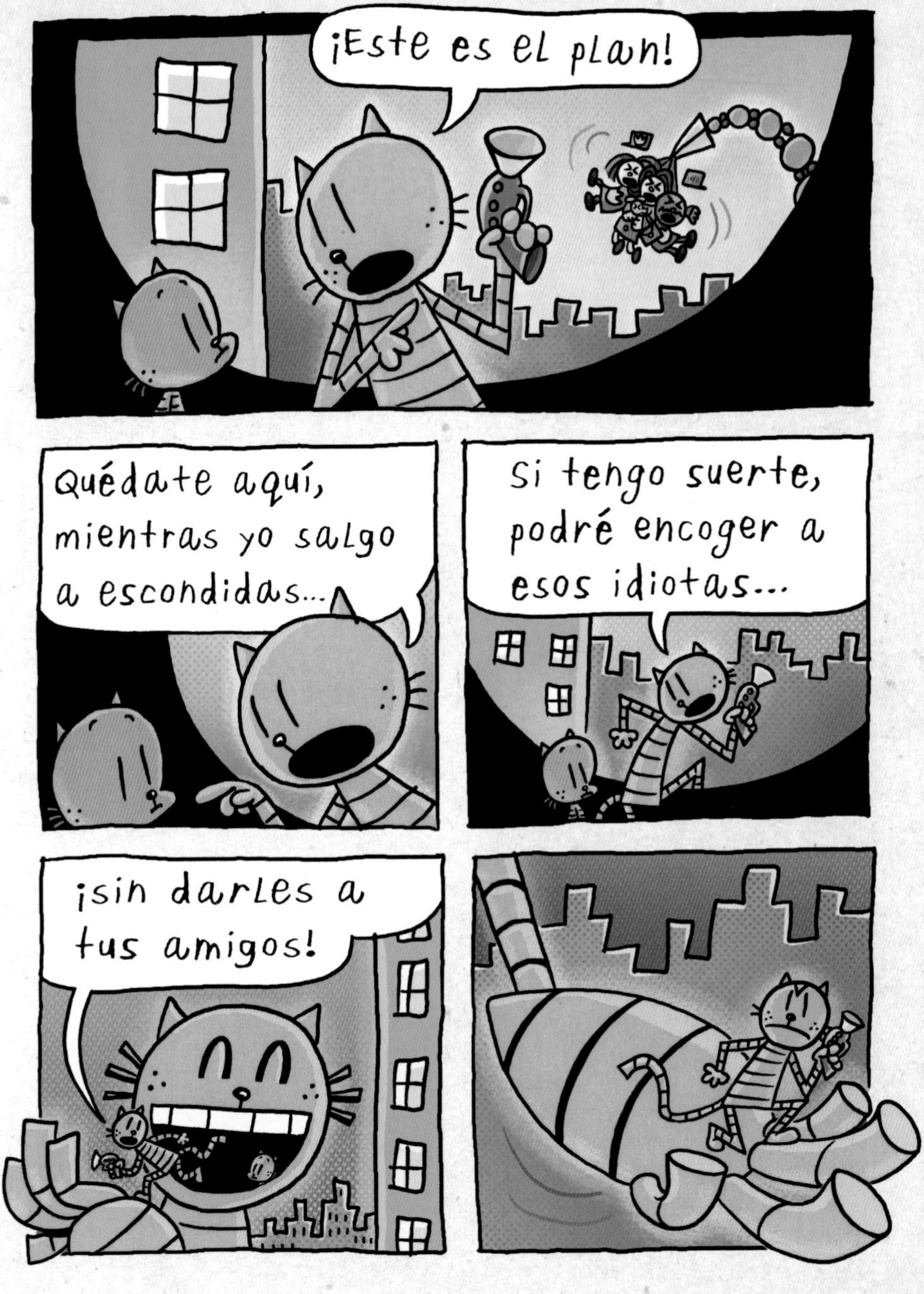
¡Este es el plan!
Quédate aquí, mientras yo salgo a escondidas...
Si tengo suerte, podré encoger a esos idiotas...
¡sin darles a tus amigos!

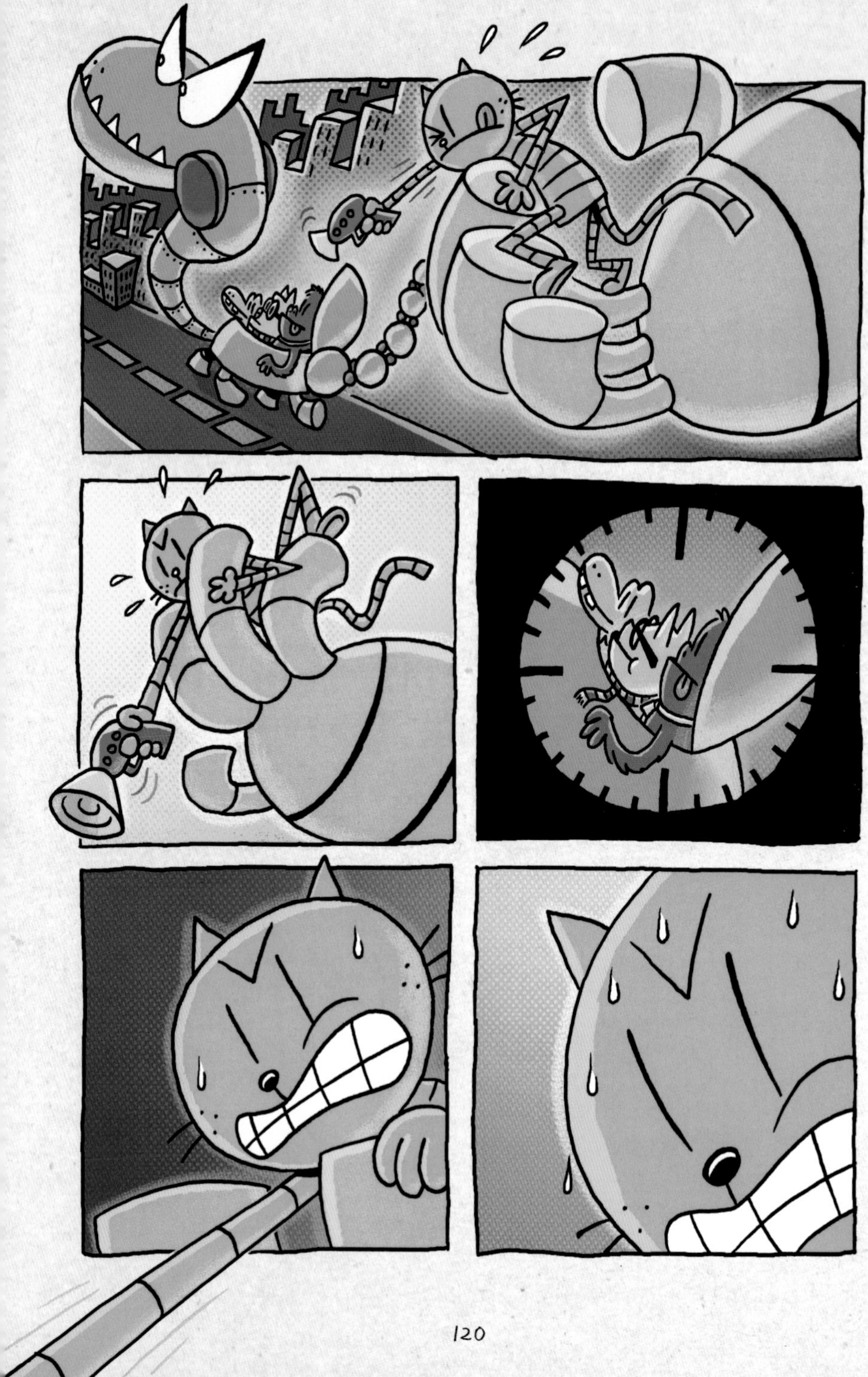

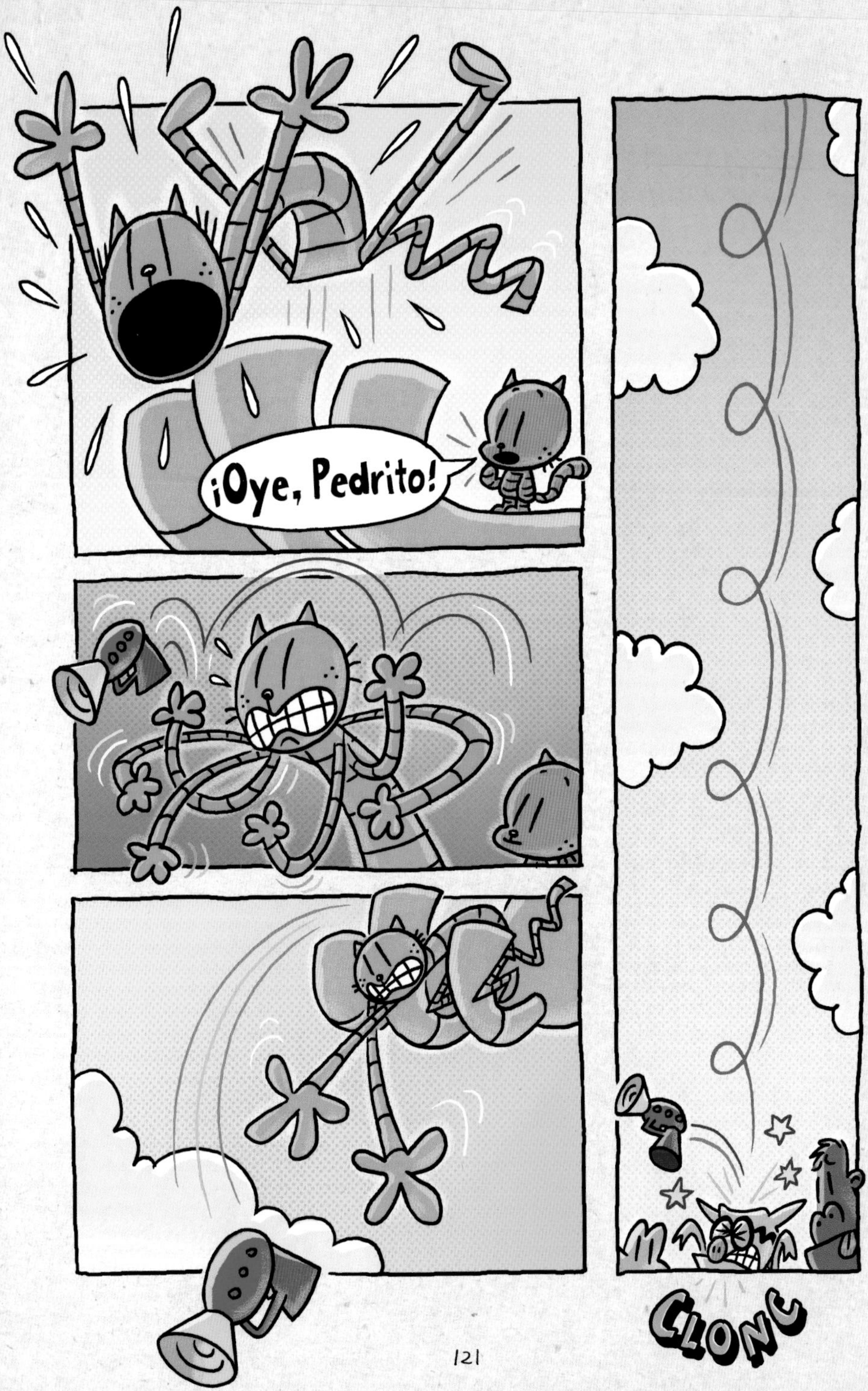
¡Oye, Pedrito!
CLONC

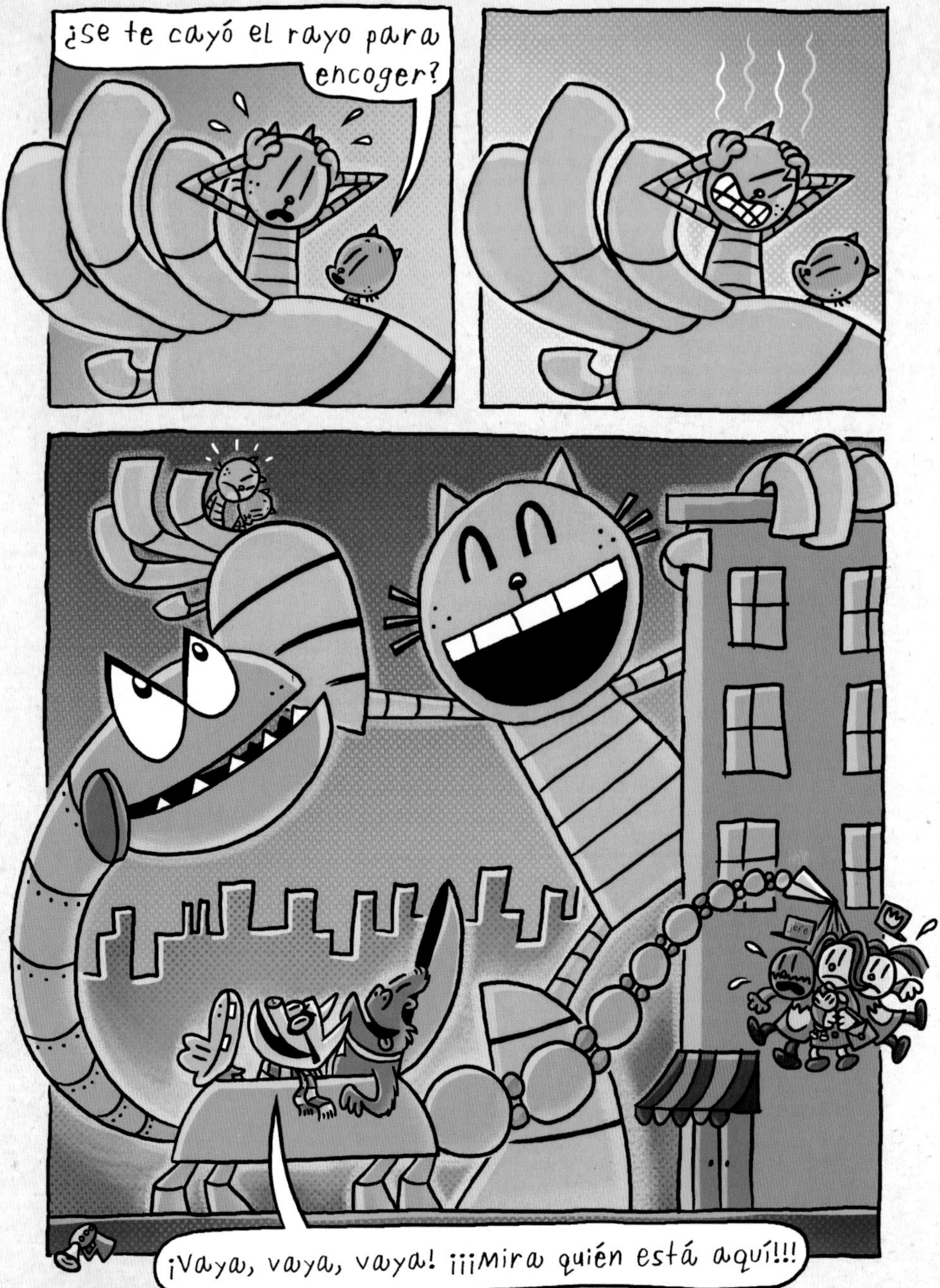
¿Se te cayó el rayo para encoger?
Jefe
¡Vaya, vaya, vaya! ¡¡¡Mira quién está aquí!!!

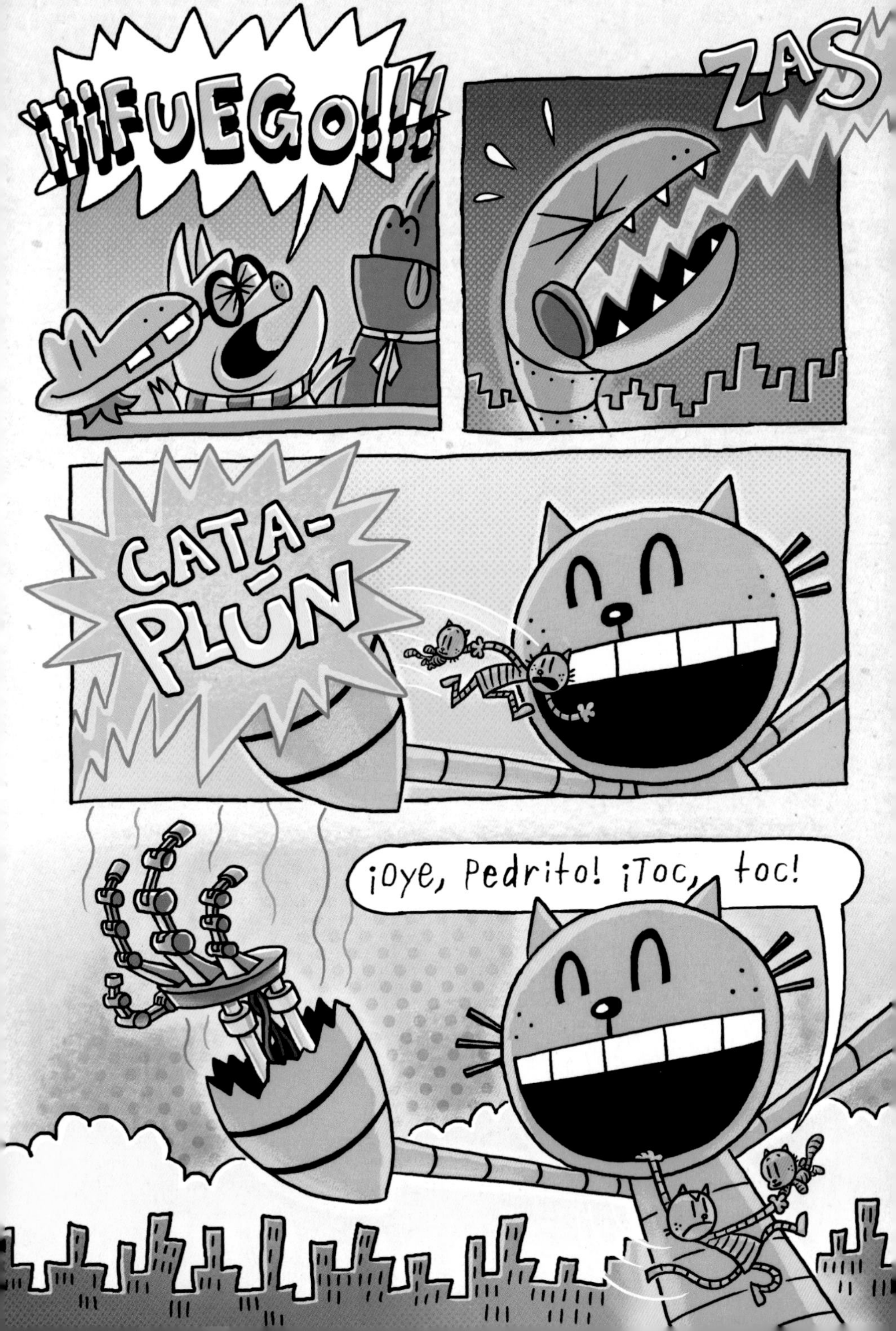
¡¡¡FUEGO!!!
ZAS
CATA-PLÚN
¡Oye, Pedrito! ¡Toc, toc!

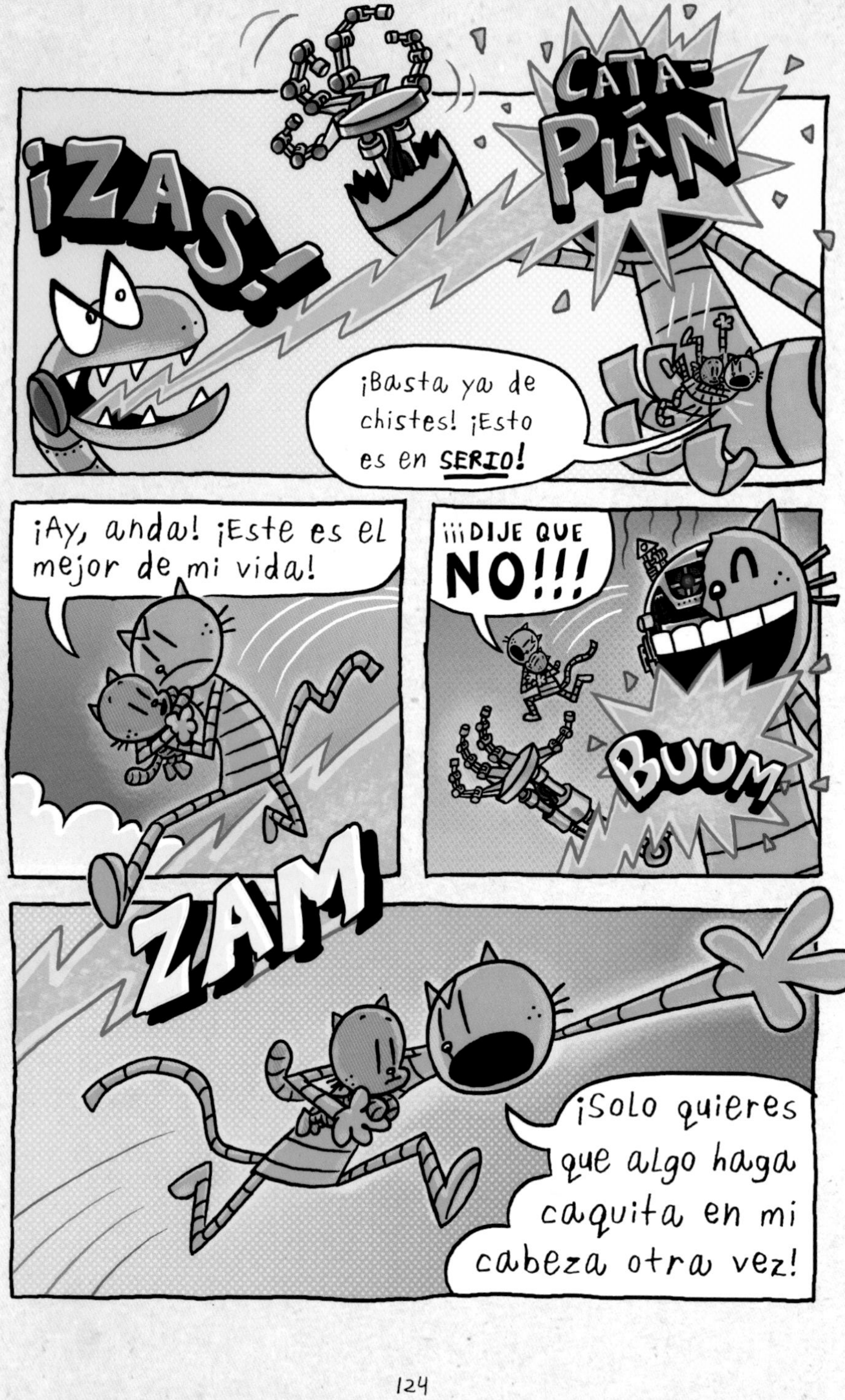
¡ZAS!
CATA-PLÁN
¡Basta ya de chistes! ¡Esto es en SERIO!
¡Ay, anda! ¡Este es el mejor de mi vida!
¡¡¡DIJE QUE NO!!!
BUUM
ZAM
¡Solo quieres que algo haga caquita en mi cabeza otra vez!

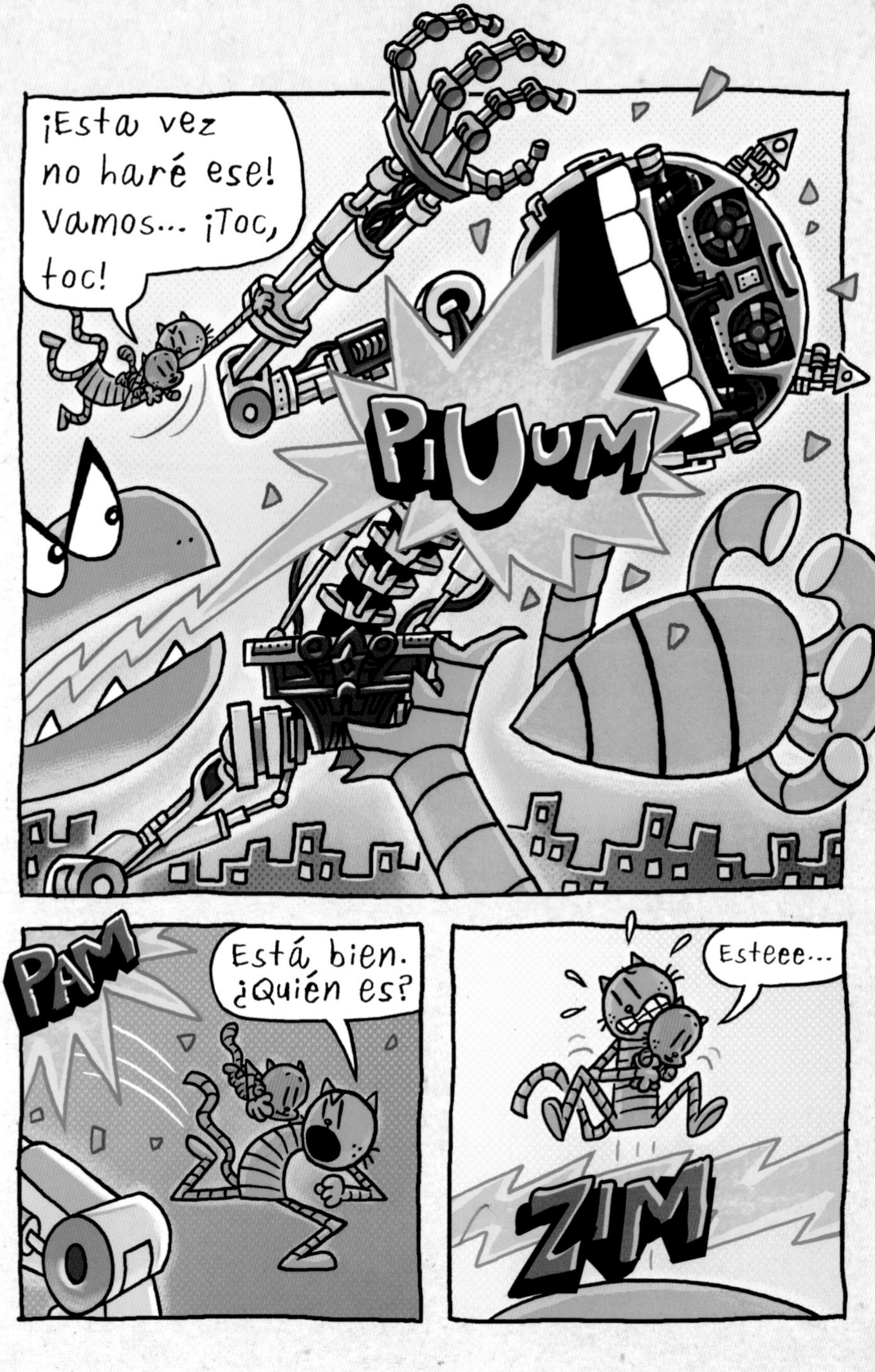
¡Esta vez no haré ese! Vamos... ¡Toc, toc!
PIUUM
PAM
Está bien. ¿Quién es?
Esteee...
ZIM

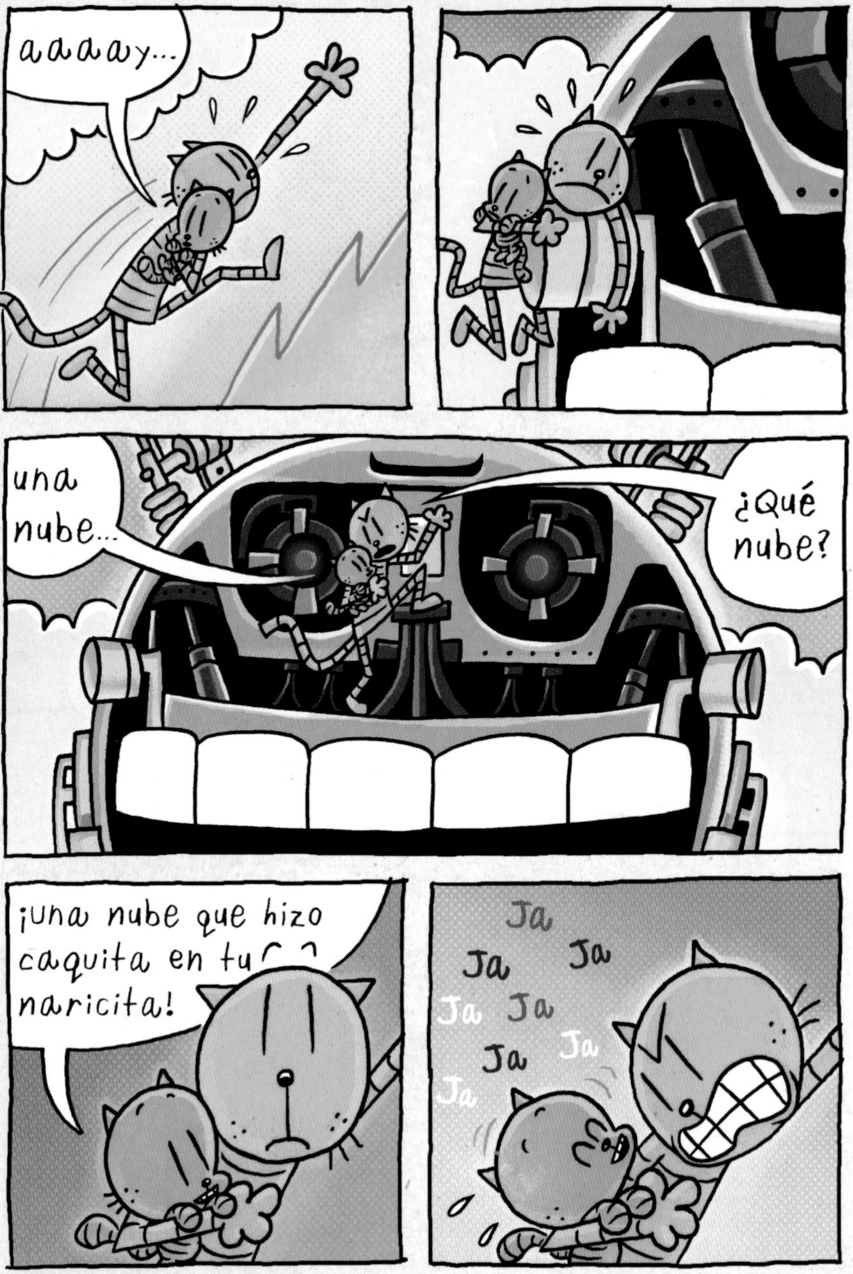
aaaay...
una nube...
¿Qué nube?
¡una nube que hizo caquita en tu naricita!
Ja
Ja Ja
Ja Ja
Ja Ja
Ja

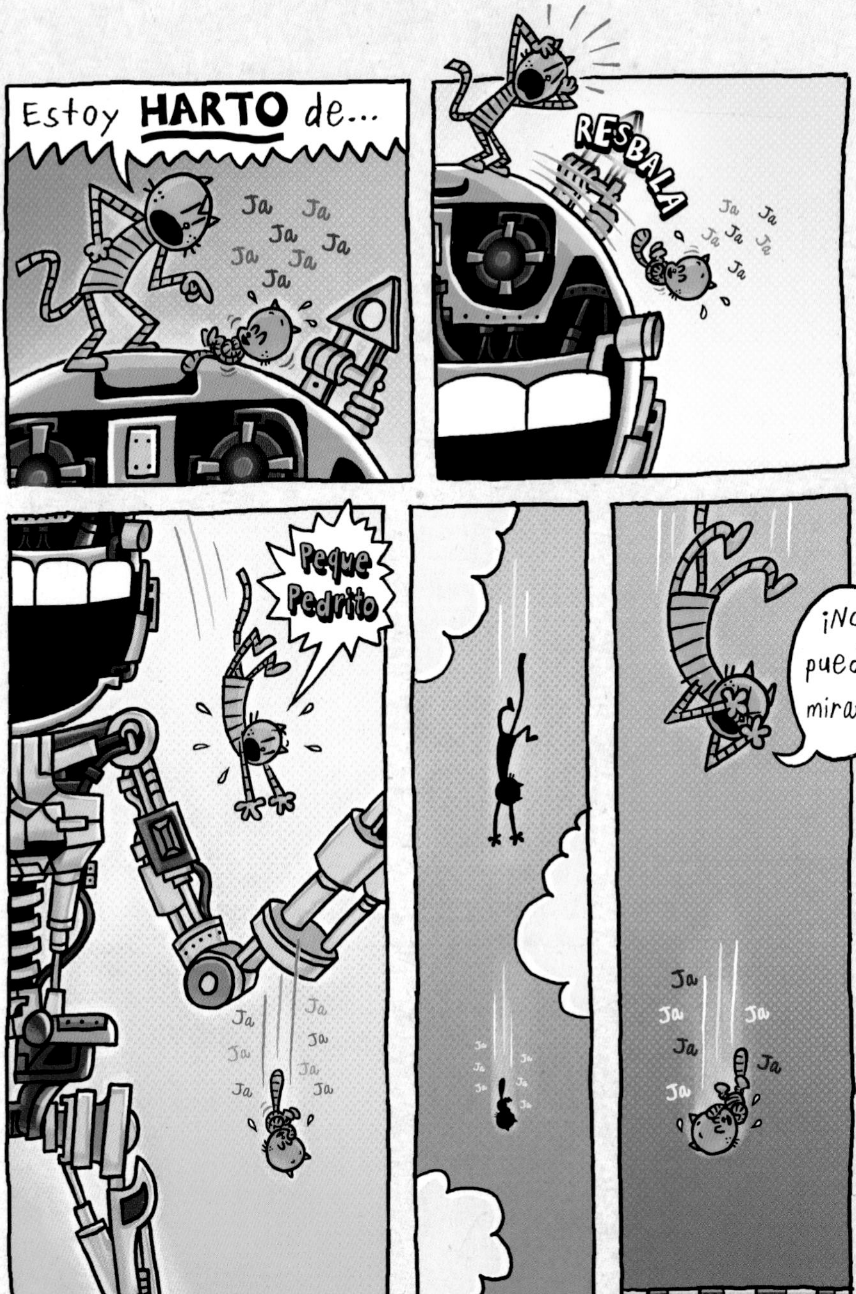
Estoy HARTO de...
Ja Ja Ja Ja Ja Ja Ja
RESBALA
Ja Ja Ja Ja Ja Ja
Peque Pedrito
Ja Ja Ja Ja Ja Ja Ja Ja
¡No puedo mirar!
Ja Ja Ja Ja Ja Ja

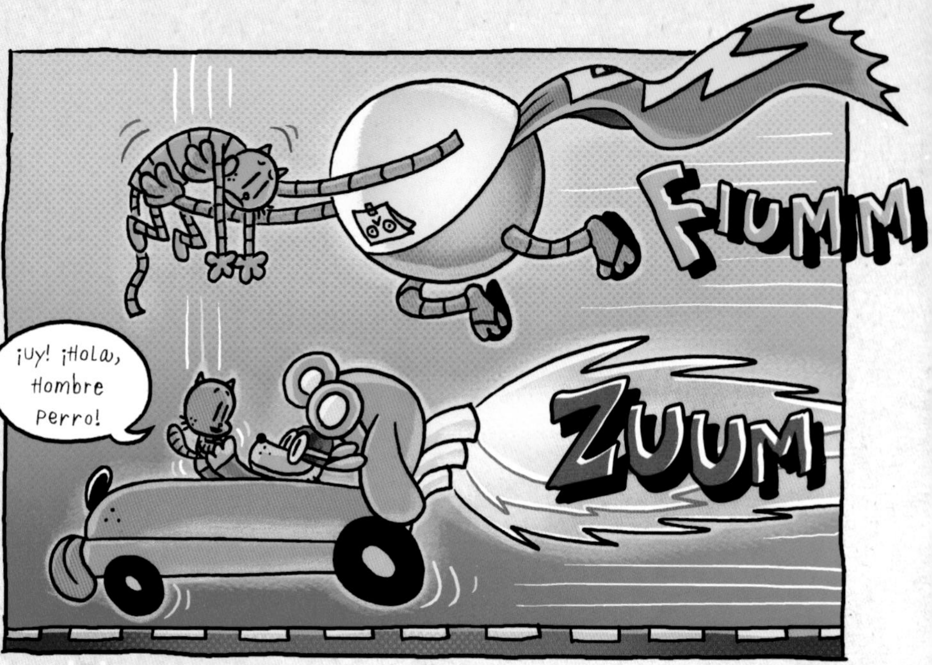
FIUMM
¡Uy! ¡Hola, Hombre Perro!
ZUUM

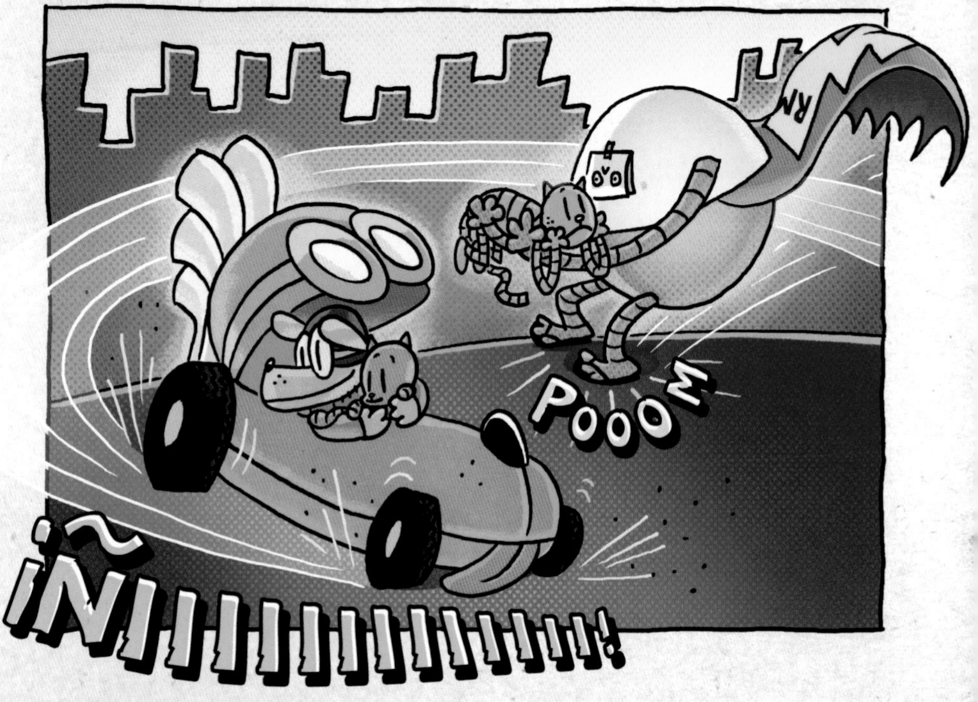
RM
POOOM
¡ÑIIIIIIIIIIIII!

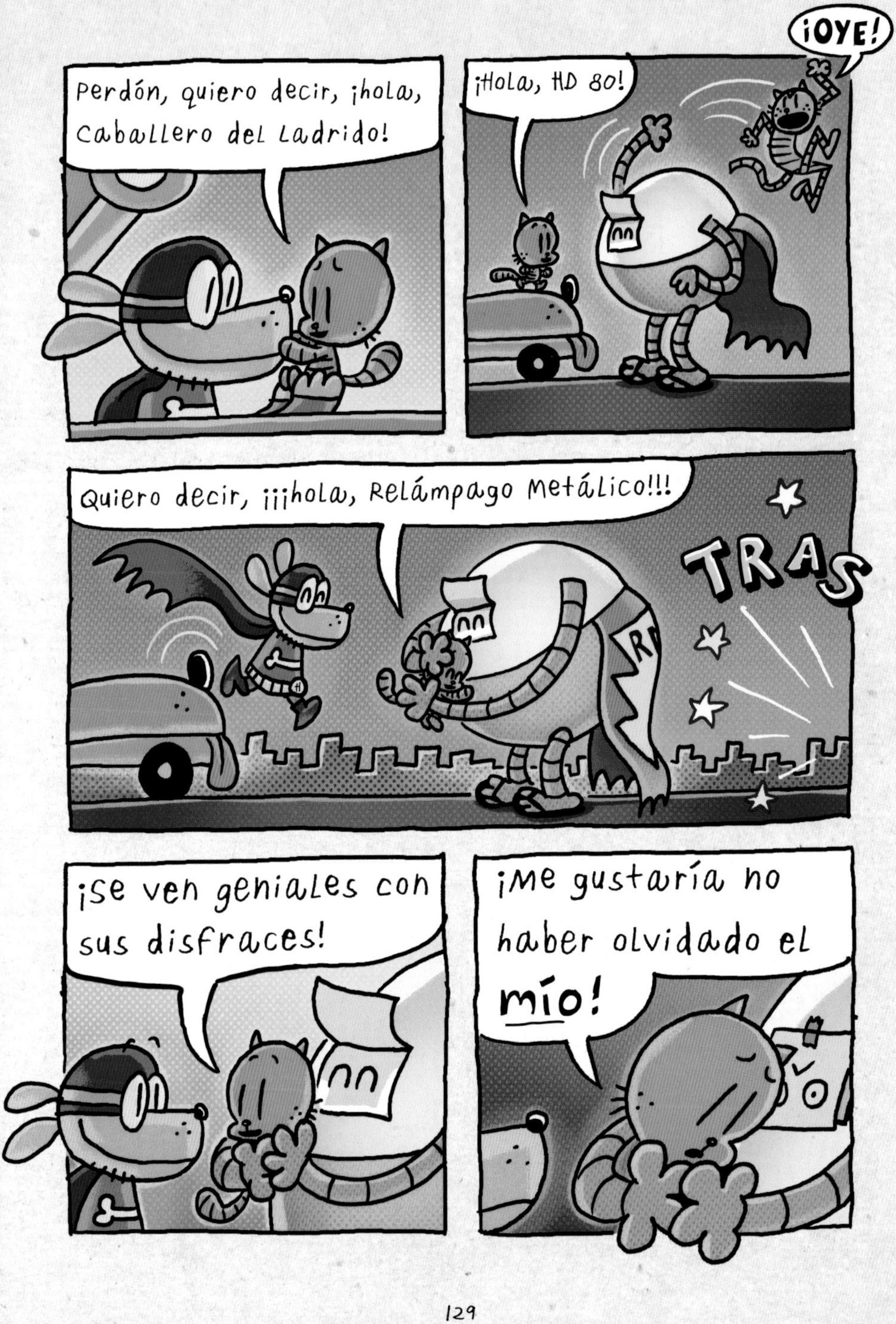
Perdón, quiero decir, ¡hola, Caballero del Ladrido!
¡Hola, HD 80!
¡OYE!
Quiero decir, ¡¡¡hola, Relámpago Metálico!!!
TRAS
¡Se ven geniales con sus disfraces!
¡Me gustaría no haber olvidado el mío!

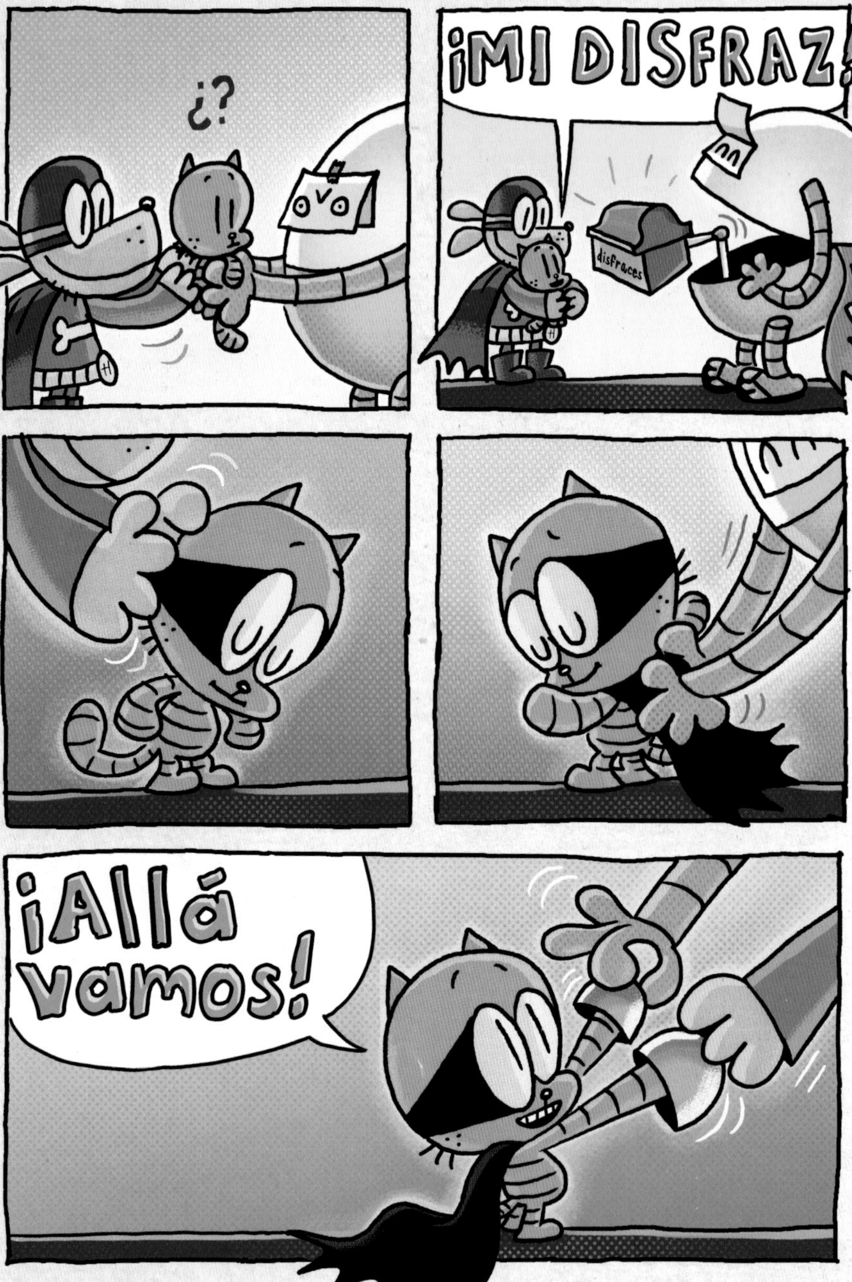
¿?
OVO
¡MI DISFRAZ!
disfraces
RD
¡Allá vamos!

CAPÍTULO 6

Super amigos

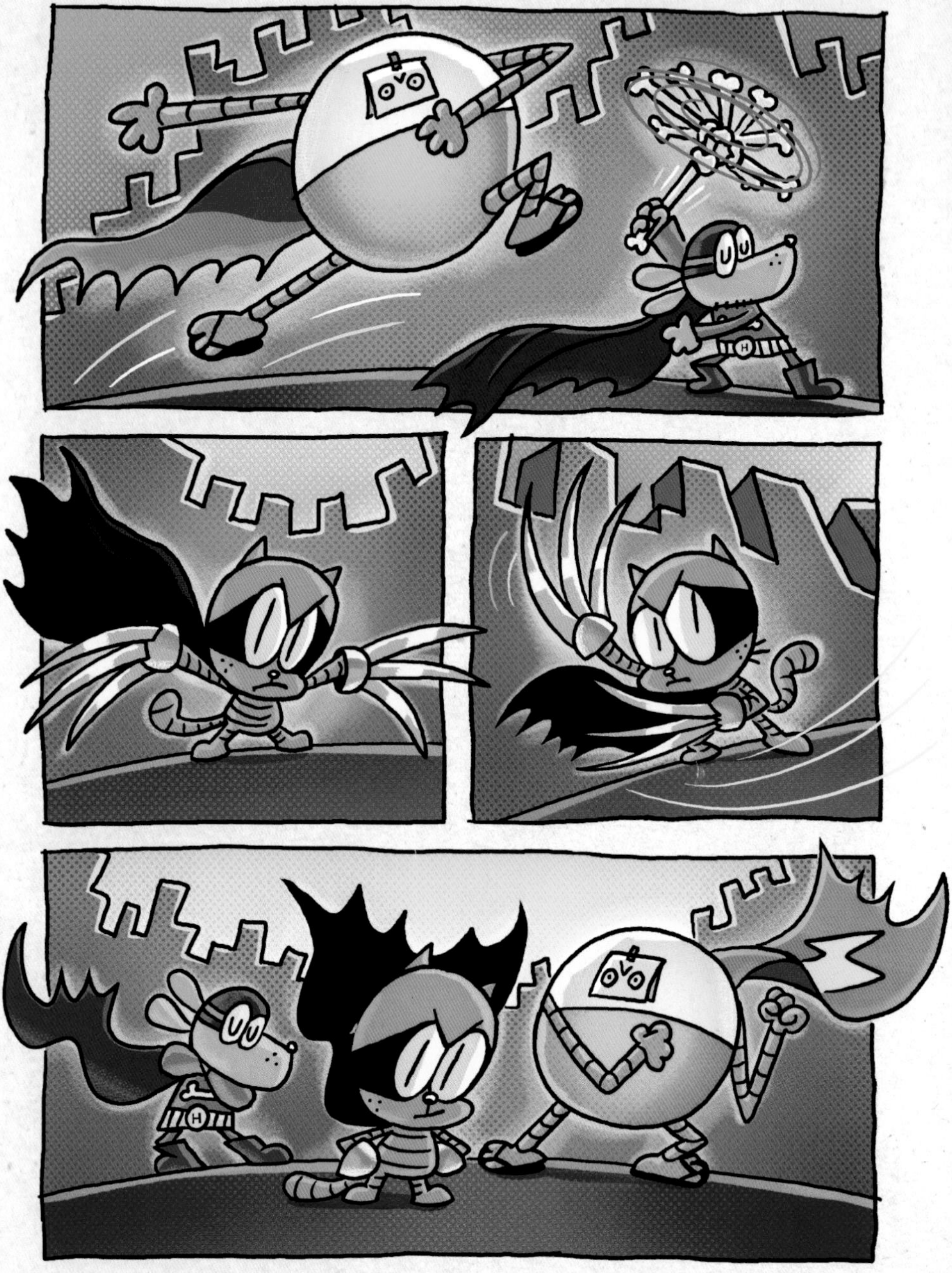

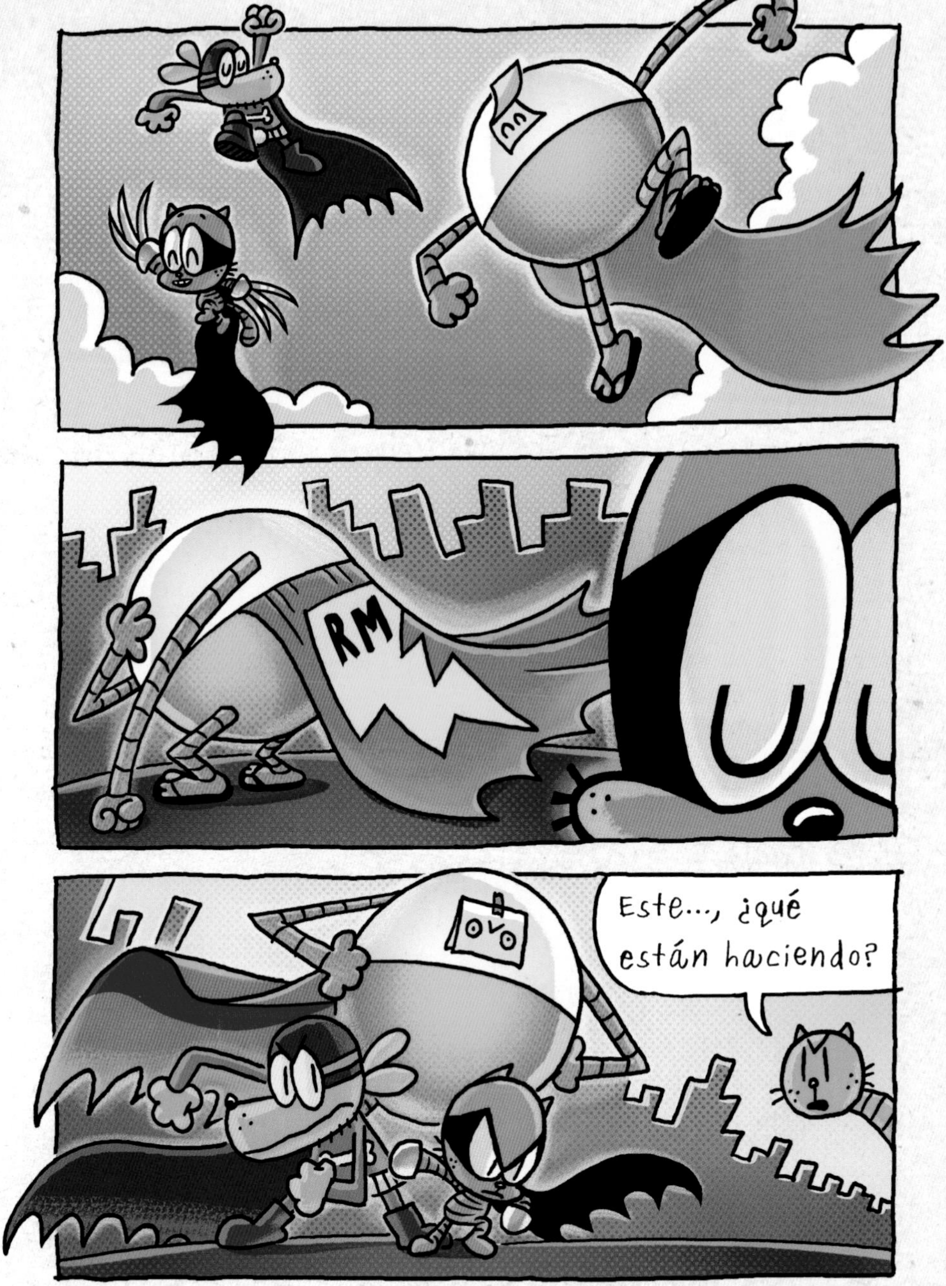
RM
Este..., ¿qué están haciendo?

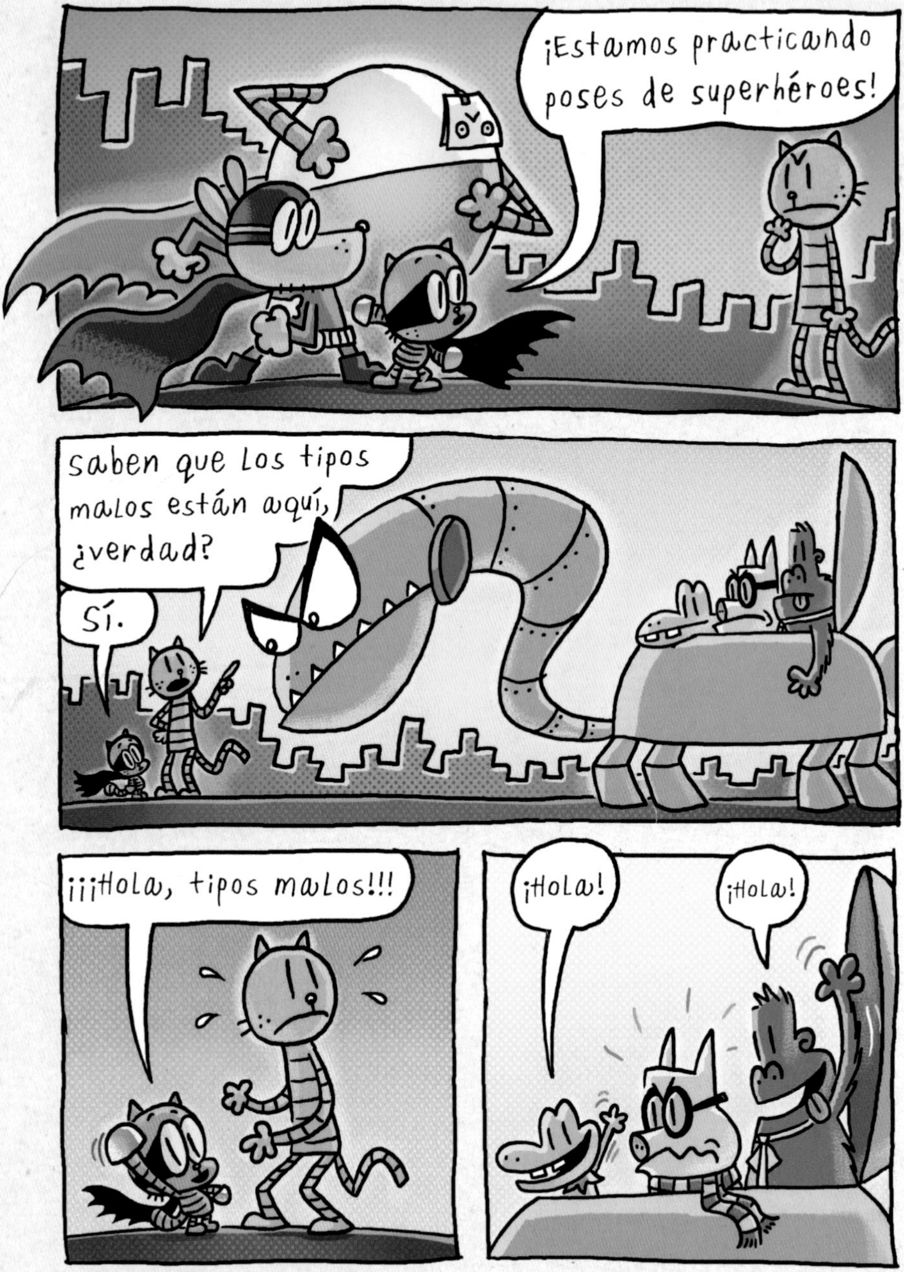
¡Estamos practicando poses de superhéroes!
saben que los tipos malos están aquí, ¿verdad?
Sí.
¡¡¡Hola, tipos malos!!!
¡Hola!
¡Hola!

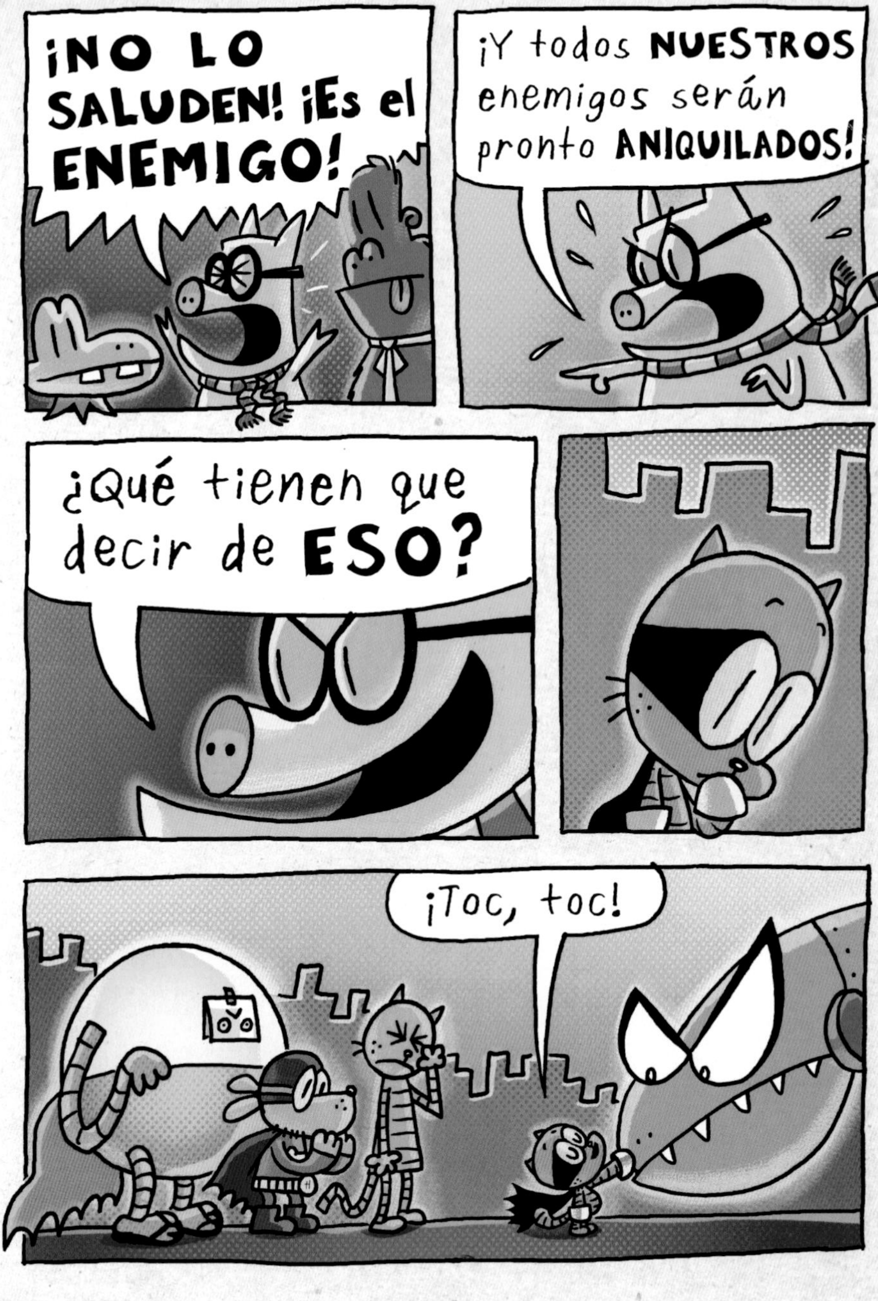
¡NO LO SALUDEN! ¡Es el ENEMIGO!
¡Y todos NUESTROS enemigos serán pronto ANIQUILADOS!
¿Qué tienen que decir de ESO?
¡Toc, toc!

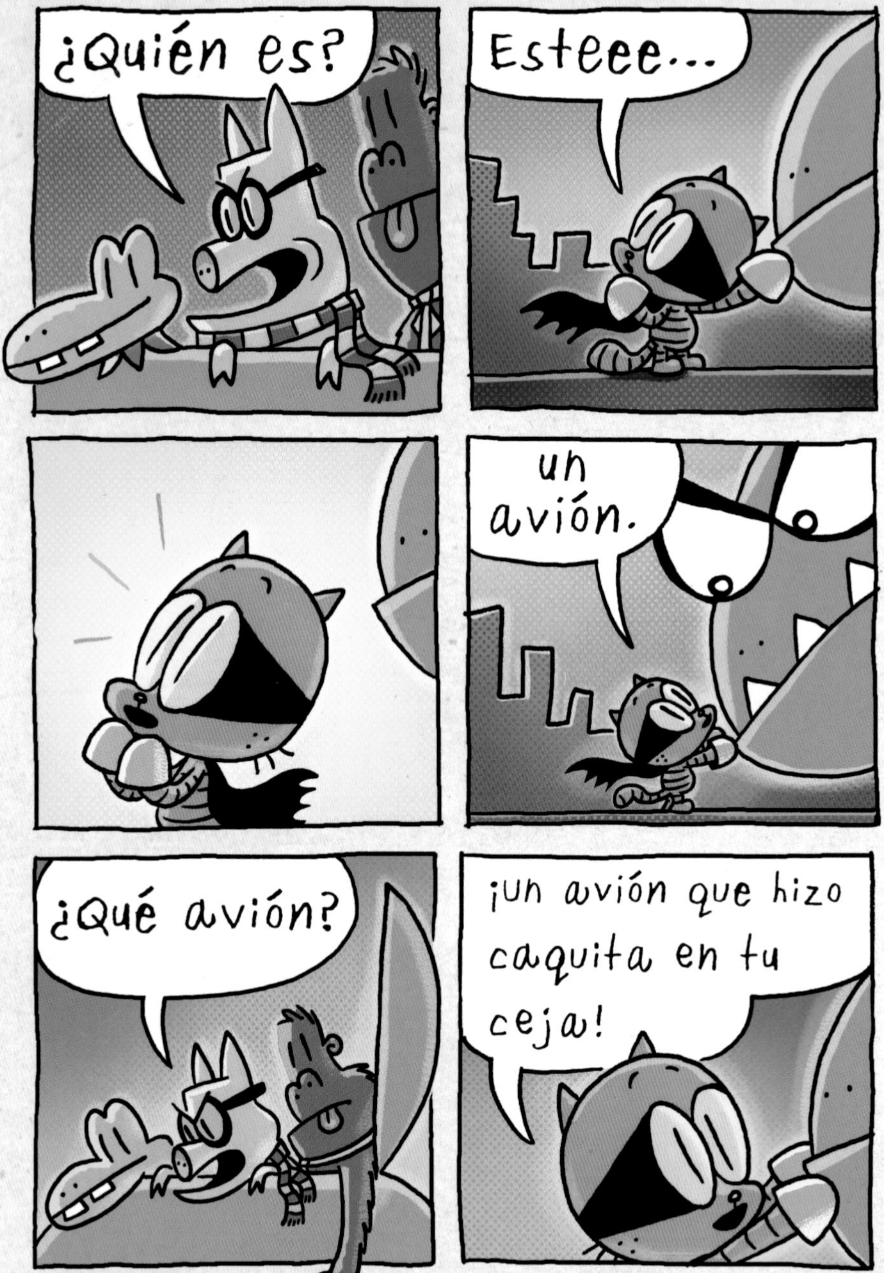
¿Quién es?
Esteee...
un avión.
¿Qué avión?
¡Un avión que hizo caquita en tu ceja!

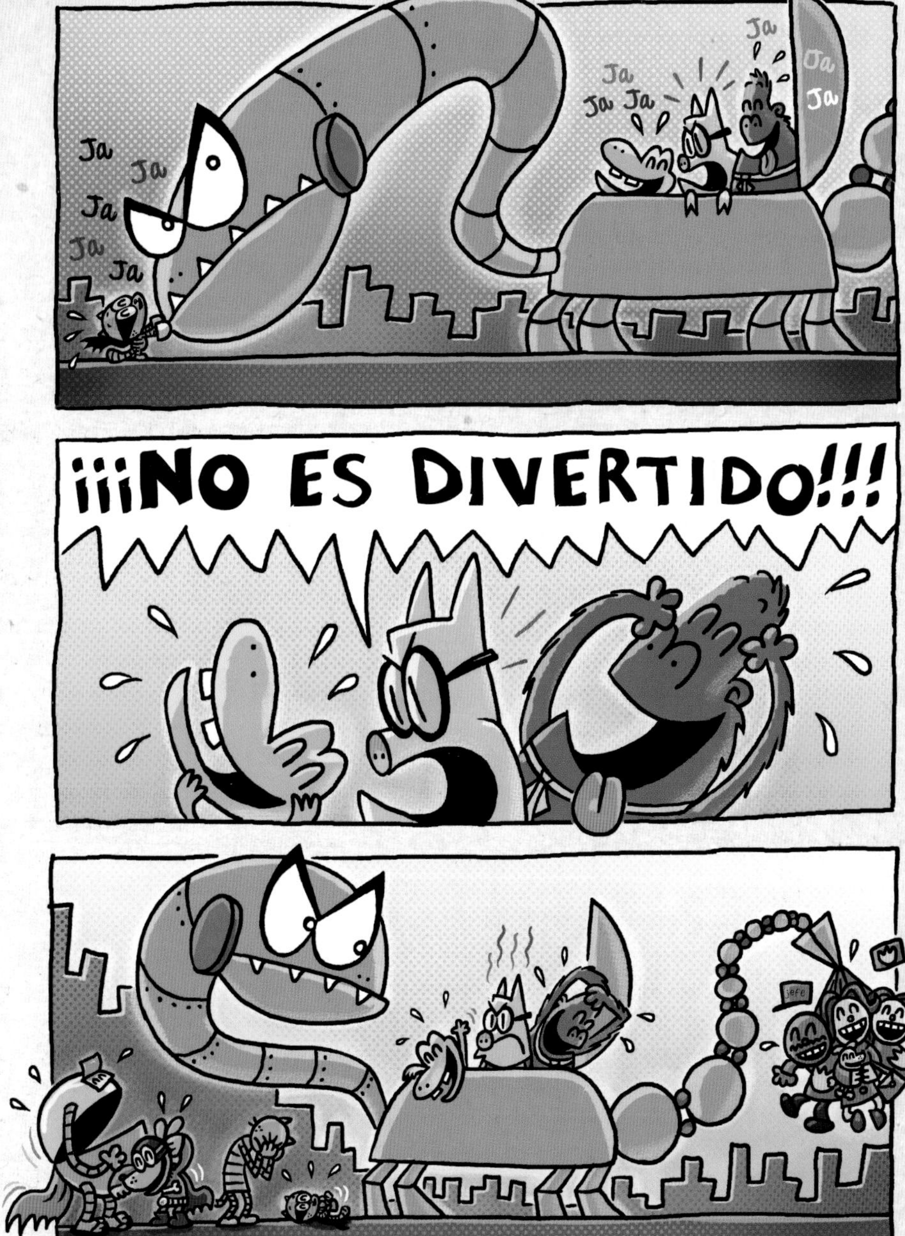

Ja
Ja
Ja
Ja
Ja
Ja
Ja Ja
Ja
Ja
Ja
¡¡¡NO ES DIVERTIDO!!!
Jefe

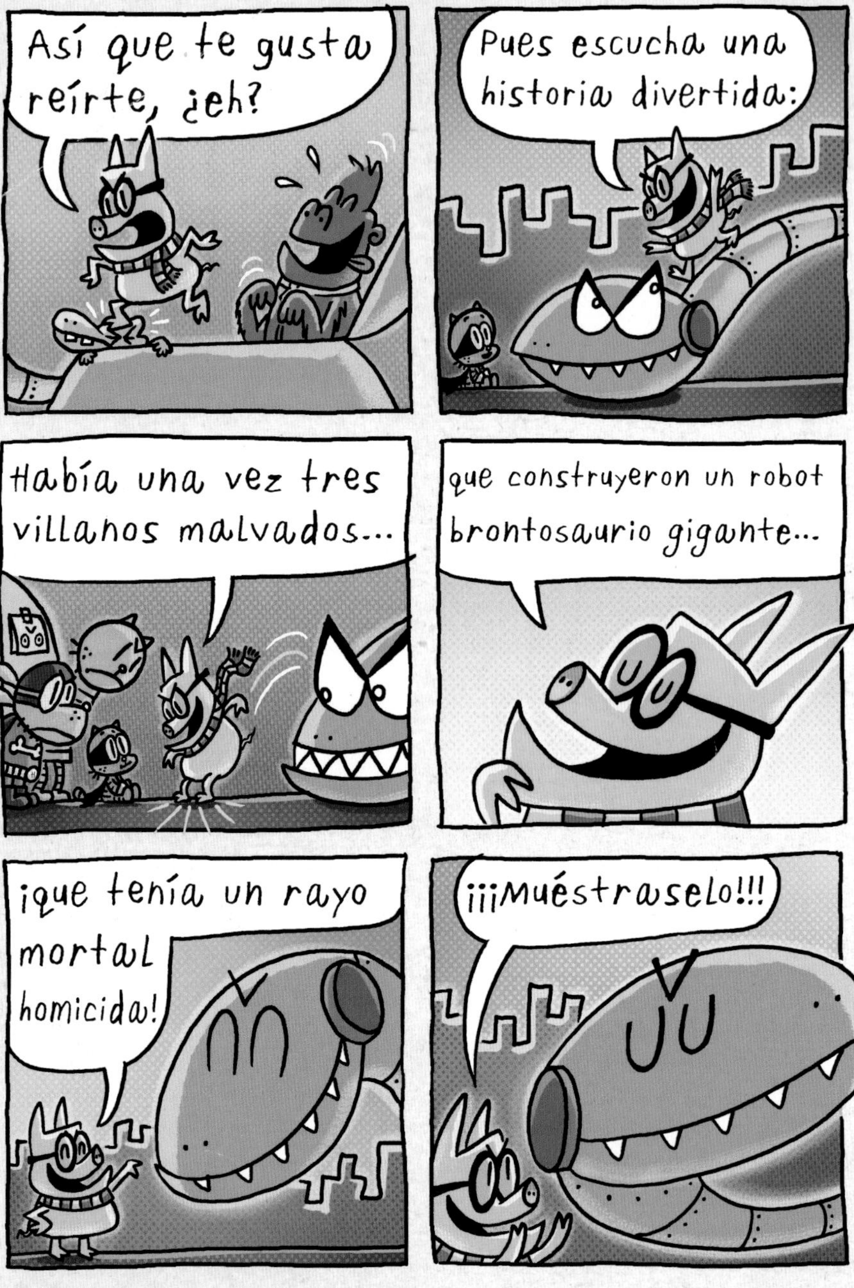
Así que te gusta reírte, ¿eh?
Pues escucha una historia divertida:
Había una vez tres villanos malvados...
que construyeron un robot brontosaurio gigante...
¡que tenía un rayo mortal homicida!
¡¡¡Muéstraselo!!!

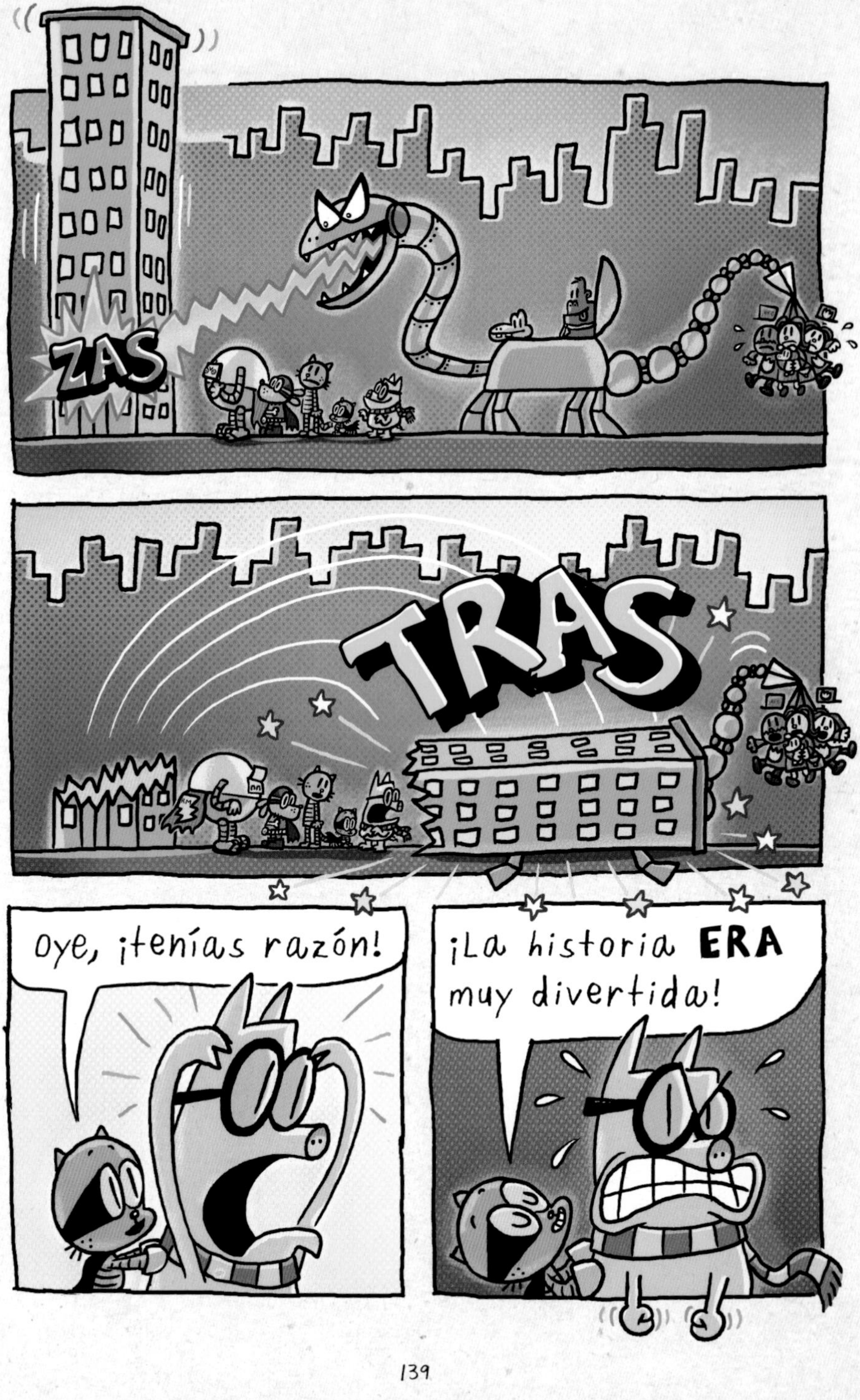
ZAS
TRAS
Oye, ¡tenías razón!
¡La historia ERA muy divertida!

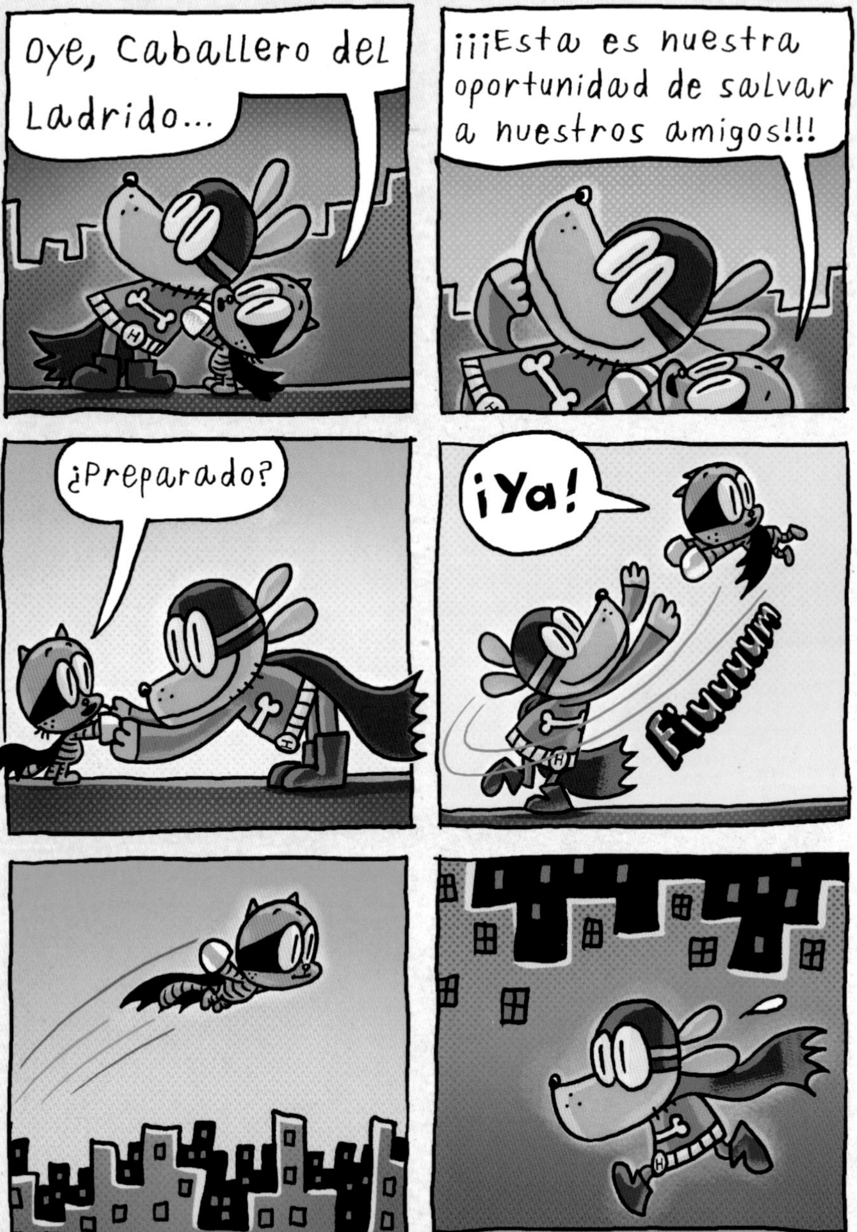
Oye, Caballero del Ladrido...
¡¡¡Esta es nuestra oportunidad de salvar a nuestros amigos!!!
¿Preparado?
¡Ya!
Fiuuuum

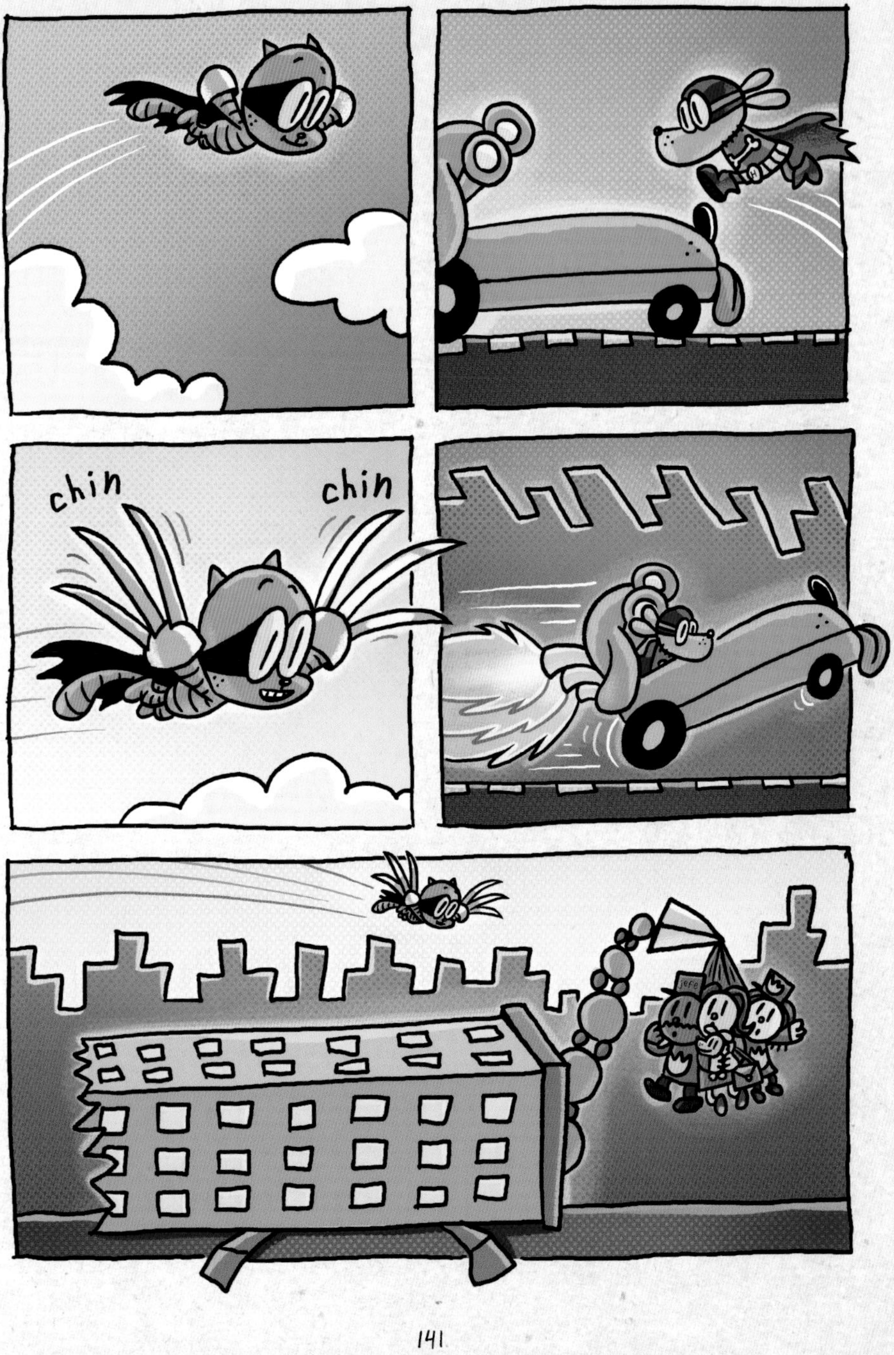
chin
chin

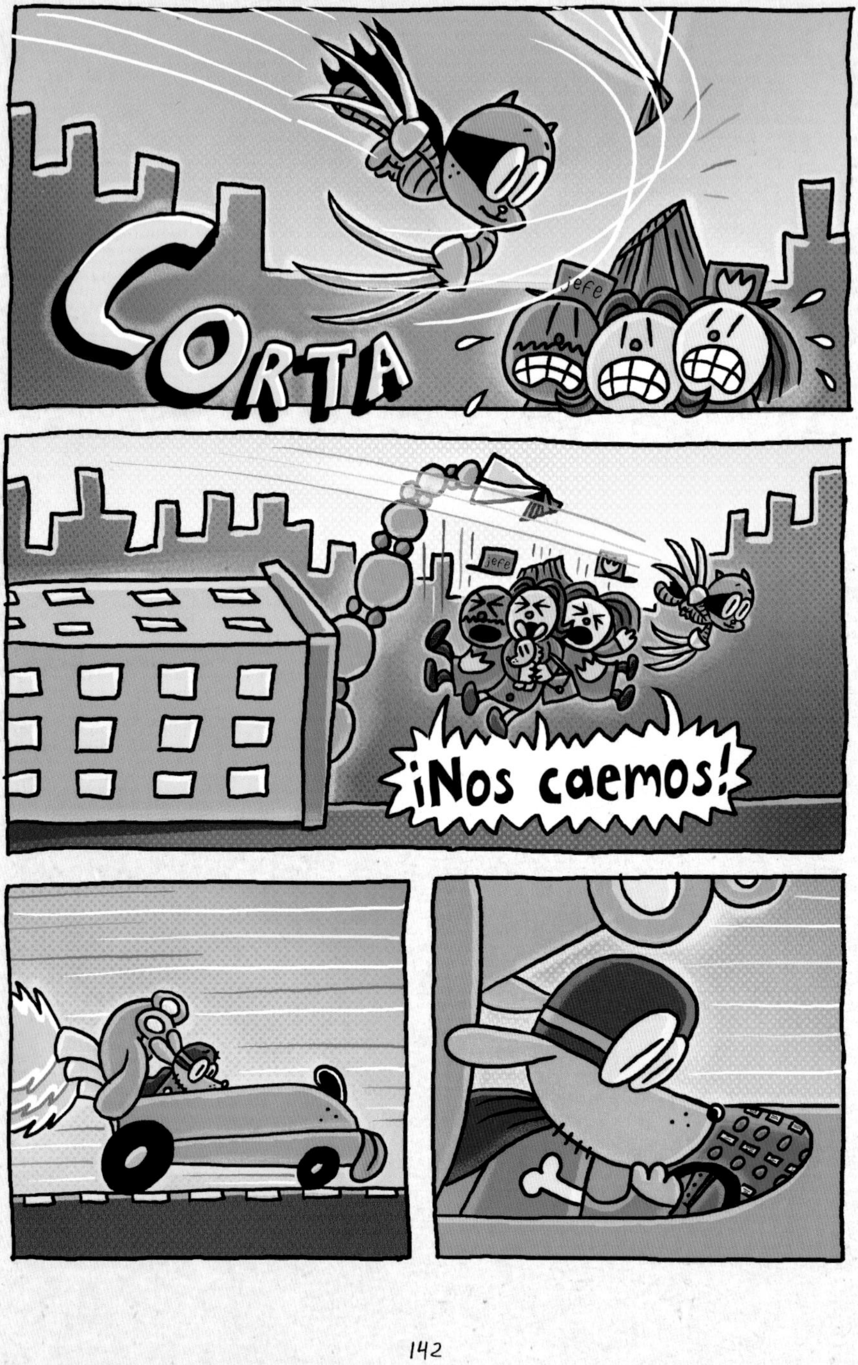
CORTA
jefe
jefe
¡Nos caemos!

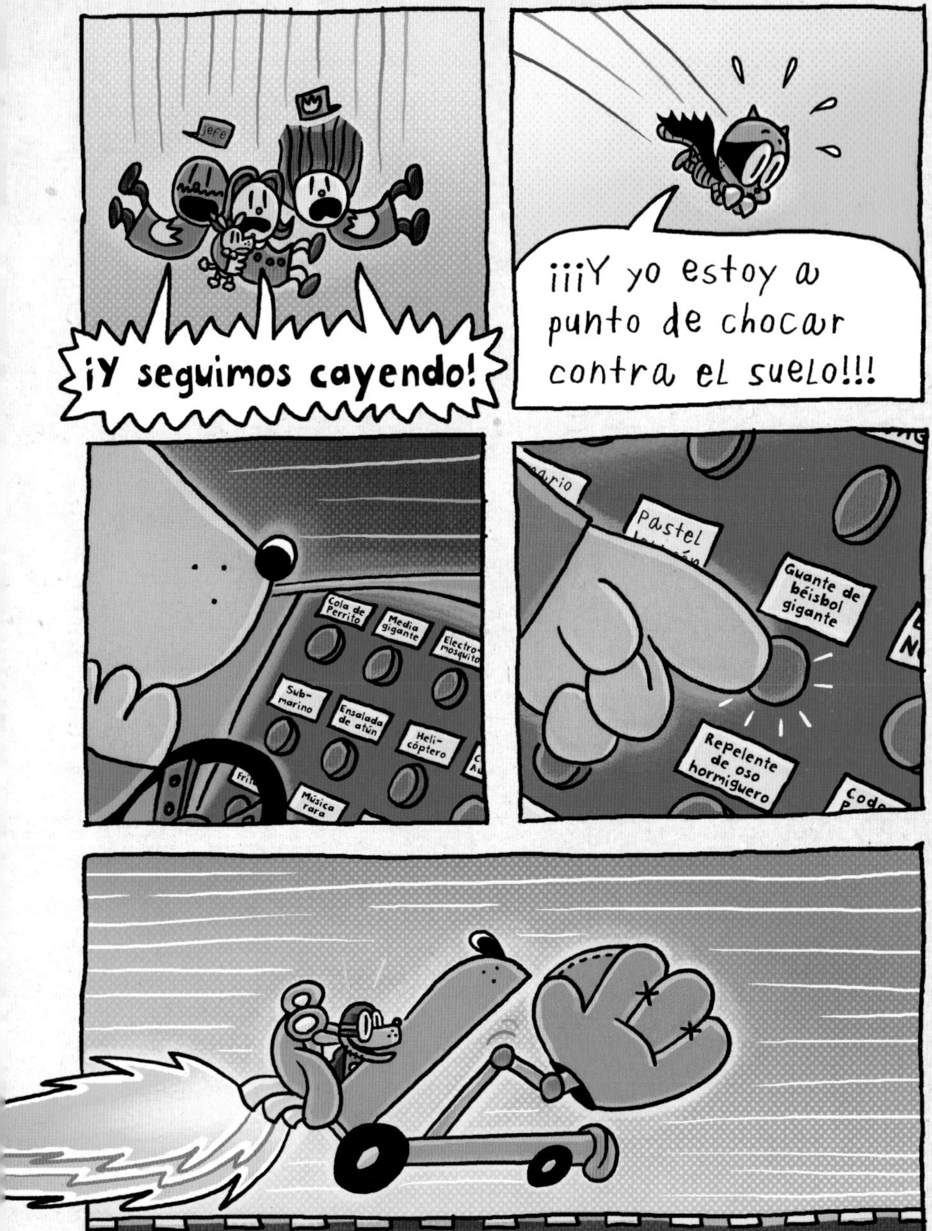
jefe
¡Y seguimos cayendo!
¡¡¡Y yo estoy a punto de chocar contra el suelo!!!
Cola de Perrito
Media gigante
Electro-mosquito
Sub-marino
Ensalada de atún
Heli-cóptero
Música rara
Pastel
Guante de béisbol gigante
Repelente de oso hormiguero

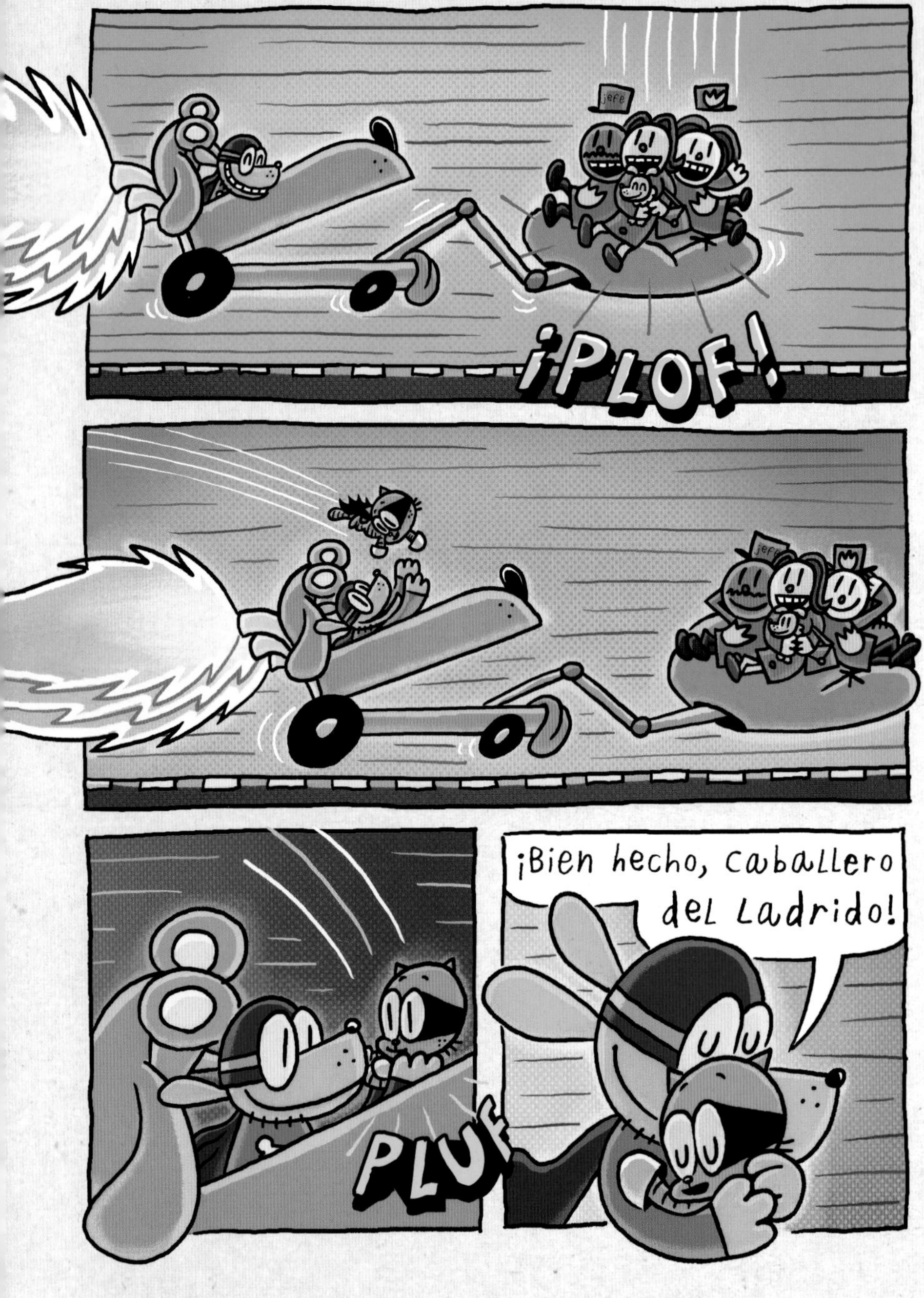

¡PLOF!
PLUF
¡Bien hecho, caballero del Ladrido!

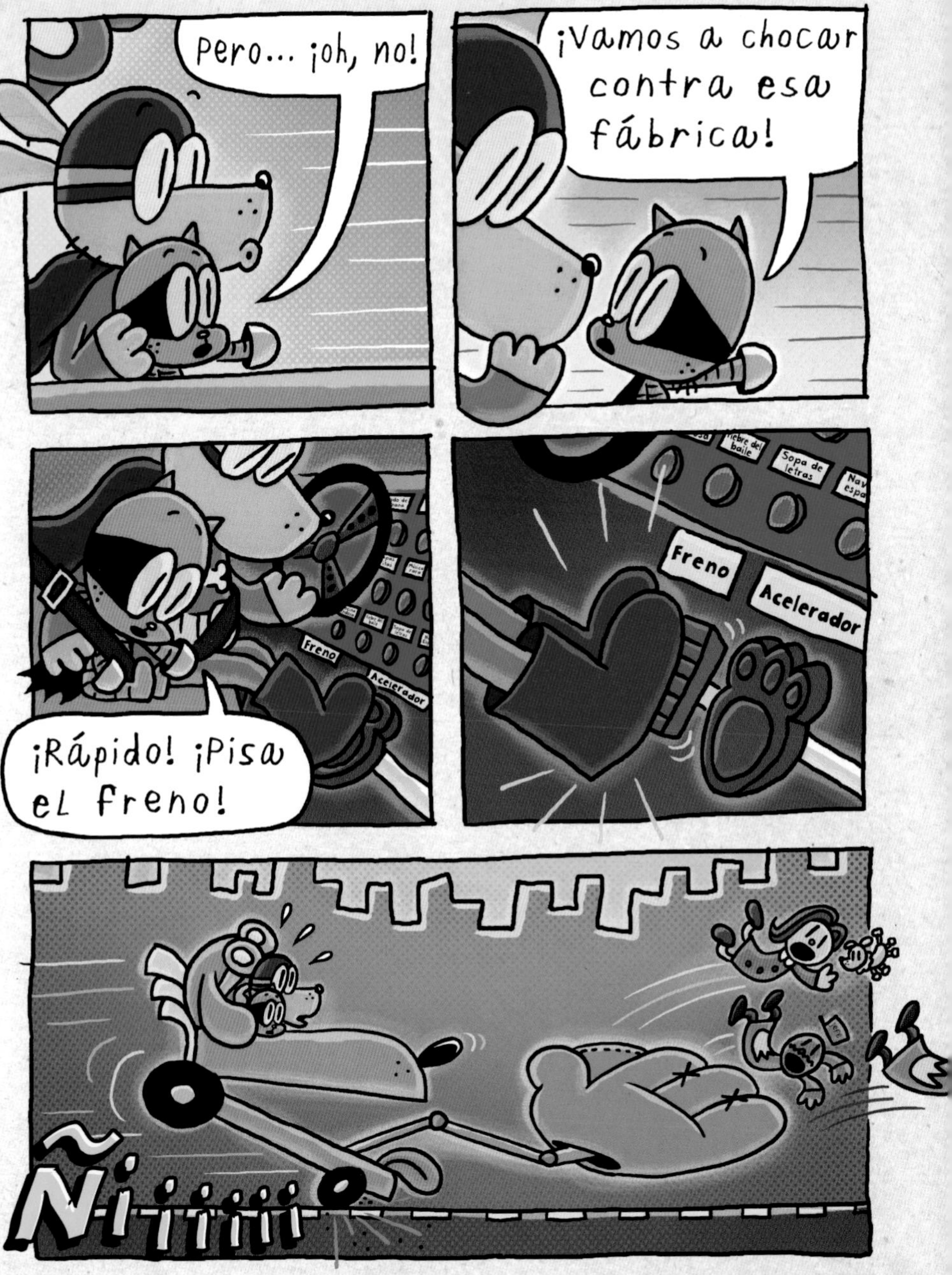
Pero... ¡oh, no!
¡Vamos a chocar contra esa fábrica!
Freno
Acelerador
¡Rápido! ¡Pisa el freno!
Sopa de letras
Freno
Acelerador
Ñiiiiiii

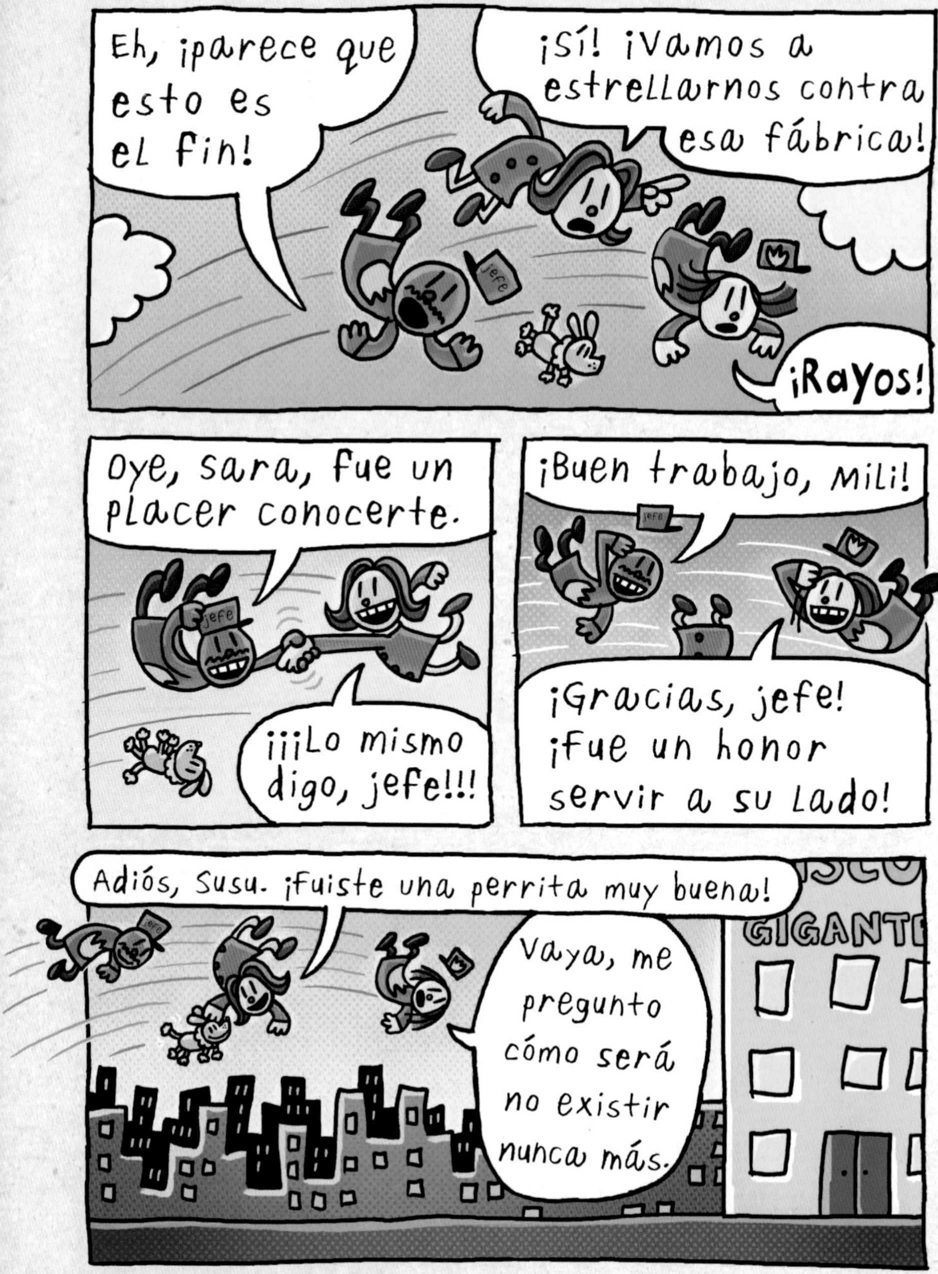
Eh, ¡parece que esto es el fin!
¡Sí! ¡Vamos a estrellarnos contra esa fábrica!
jefe
¡Rayos!
Oye, Sara, fue un placer conocerte.
jefe
¡¡¡Lo mismo digo, jefe!!!
¡Buen trabajo, Mili!
jefe
¡Gracias, jefe! ¡Fue un honor servir a su lado!
Adiós, Susu. ¡Fuiste una perrita muy buena!
jefe
Vaya, me pregunto cómo será no existir nunca más.
GIGANT

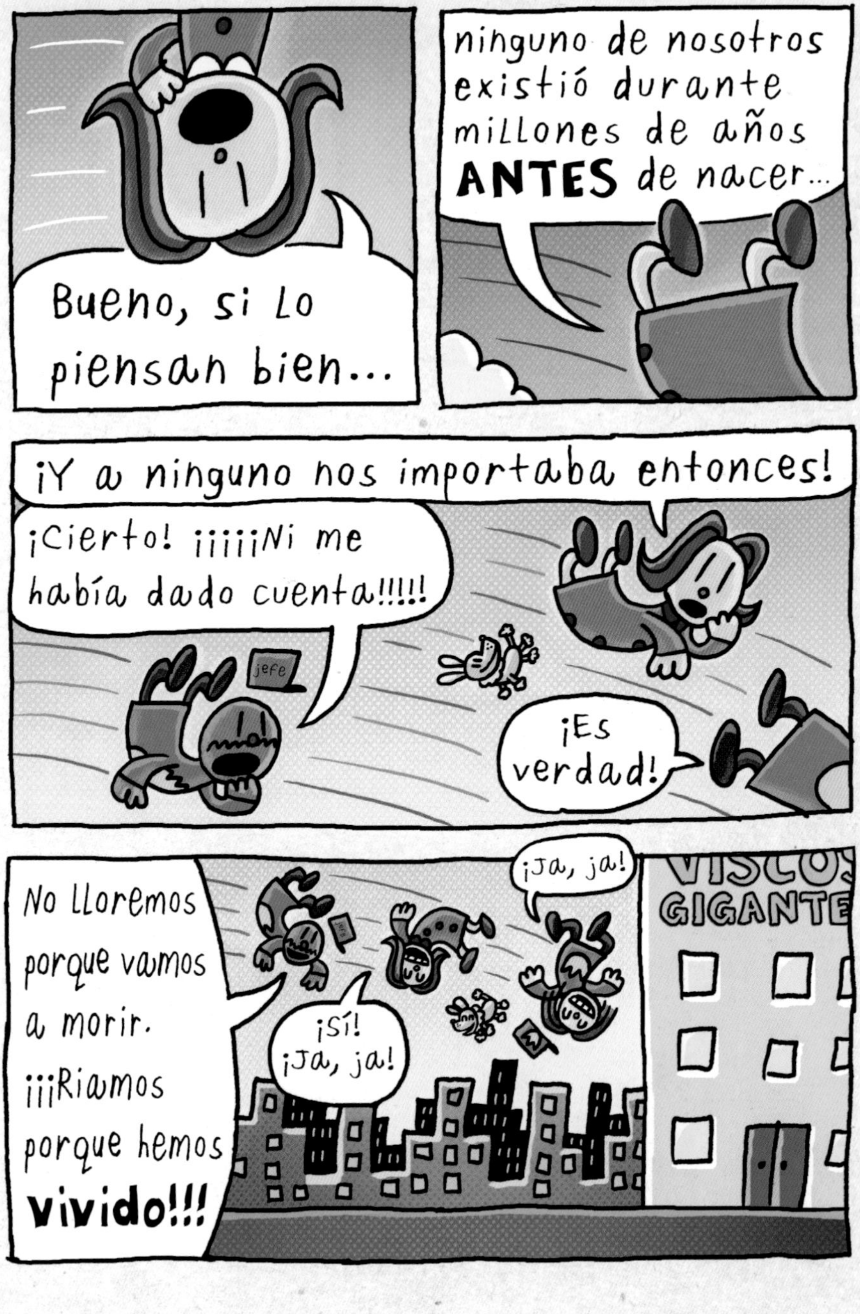
Bueno, si lo piensan bien...
ninguno de nosotros existió durante millones de años **ANTES** de nacer...
¡Y a ninguno nos importaba entonces!
¡Cierto! ¡¡¡¡¡Ni me había dado cuenta!!!!!
jefe
¡Es verdad!
No lloremos porque vamos a morir. ¡¡¡Riamos porque hemos **vivido**!!!
¡Ja, ja!
¡Sí! ¡Ja, ja!
VISCOS
GIGANTE

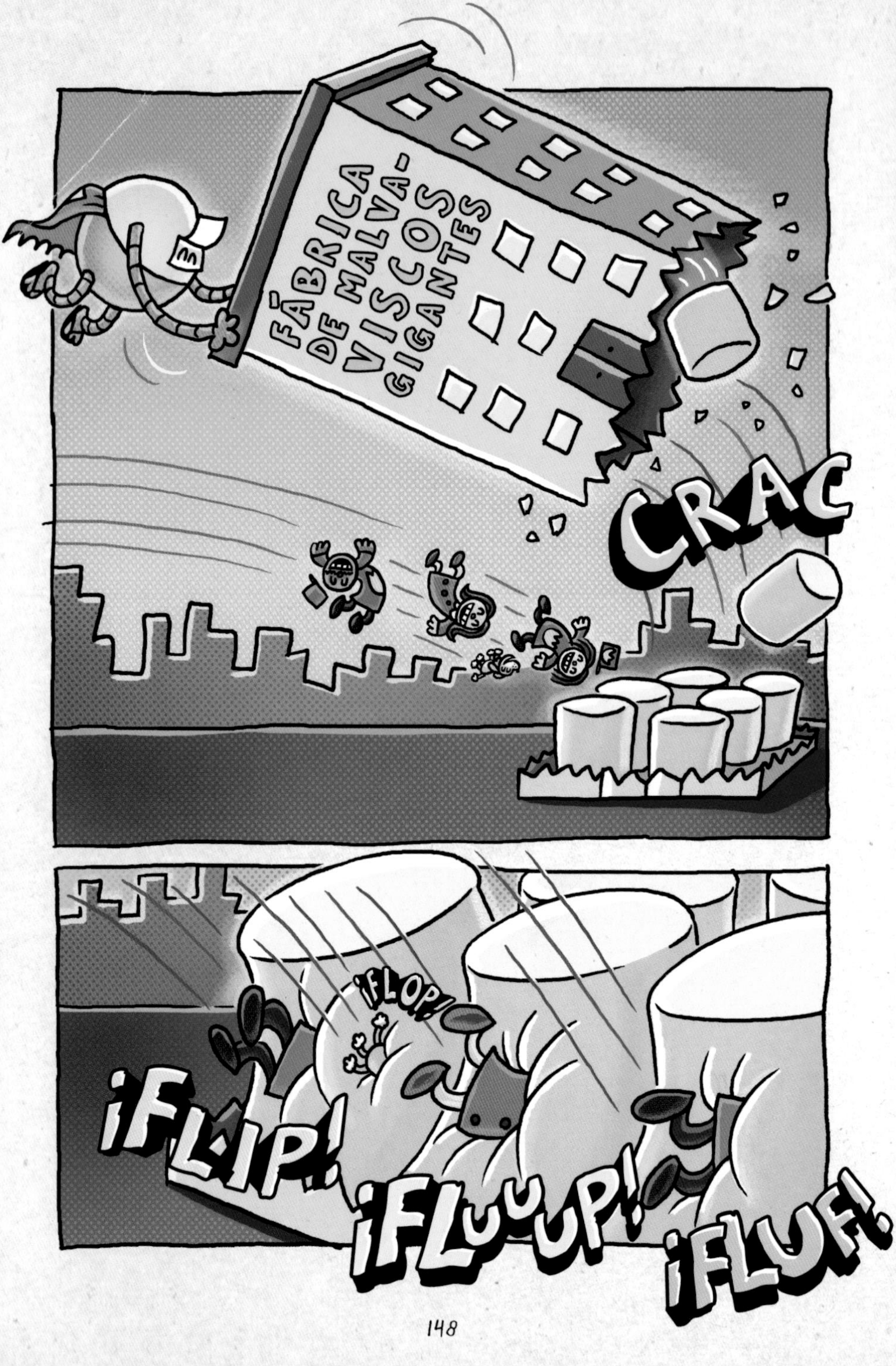
FÁBRICA
DE MALVA-
VISCOS
GIGANTES
CRAC
¡FLOP!
¡FLIP!
¡FLUUUP!
¡FLUF!

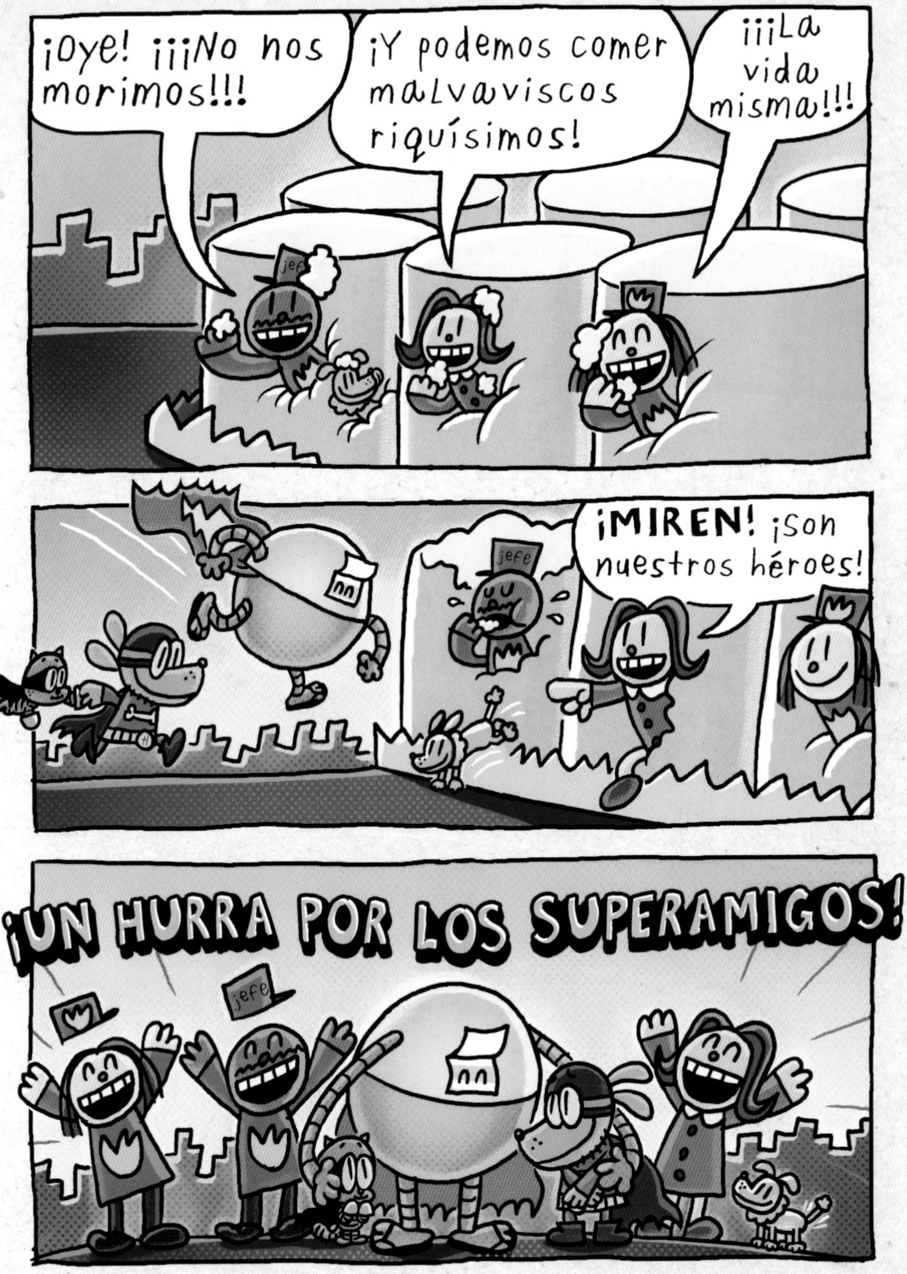

¡Oye! ¡¡¡No nos morimos!!!
¡Y podemos comer malvaviscos riquísimos!
¡¡¡La vida misma!!!
jefe
¡MIREN! ¡Son nuestros héroes!
jefe
¡UN HURRA POR LOS SUPERAMIGOS!
jefe

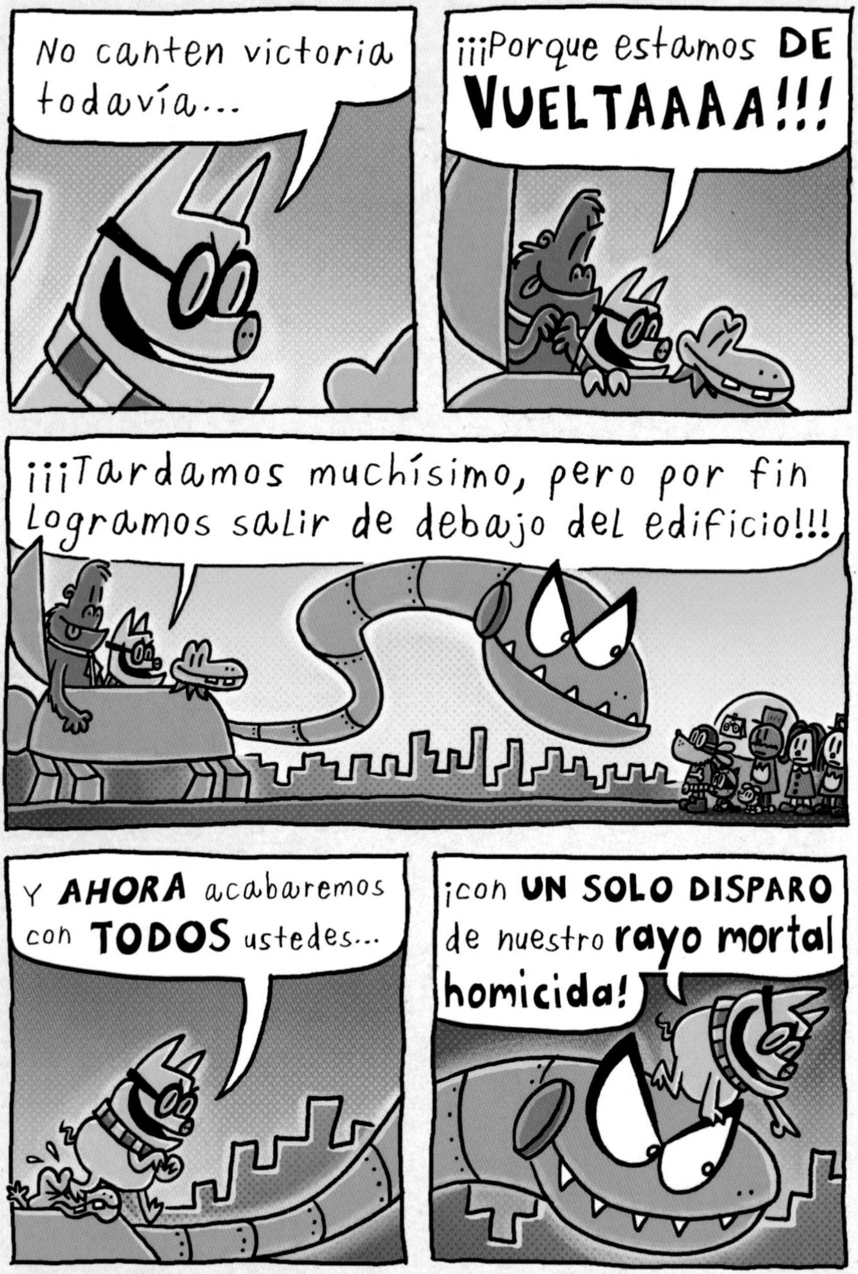
No canten victoria todavía...
¡¡¡Porque estamos DE VUELTAAAA!!!
¡¡¡Tardamos muchísimo, pero por fin logramos salir de debajo del edificio!!!
Y AHORA acabaremos con TODOS ustedes...
¡con UN SOLO DISPARO de nuestro rayo mortal homicida!

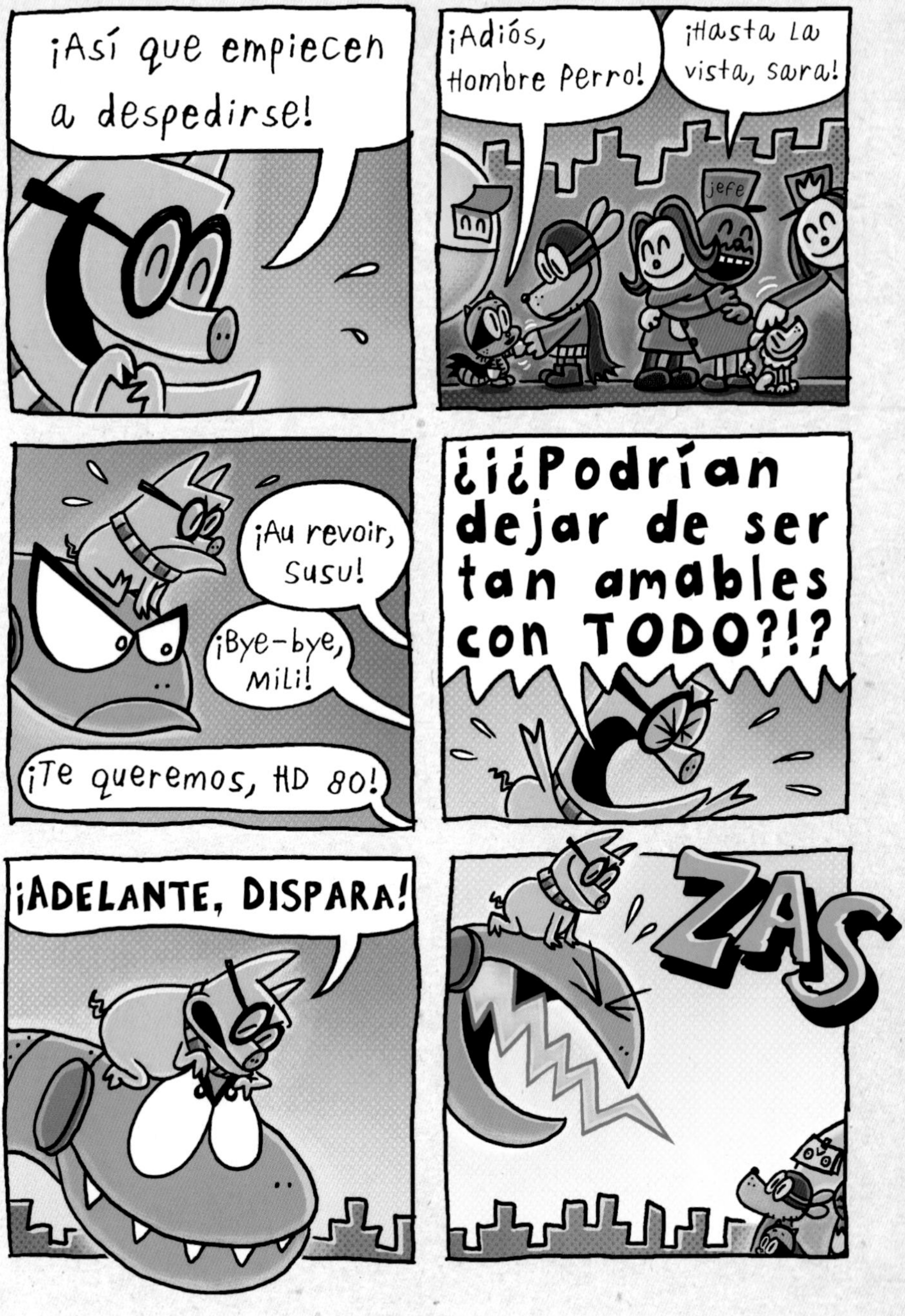
¡Así que empiecen a despedirse!
¡Adiós, Hombre Perro!
¡Hasta la vista, Sara!
jefe
¡Au revoir, Susu!
¡Bye-bye, Mili!
¡Te queremos, HD 80!
¿¡¿Podrían dejar de ser tan amables con TODO?!?
¡ADELANTE, DISPARA!
ZAS

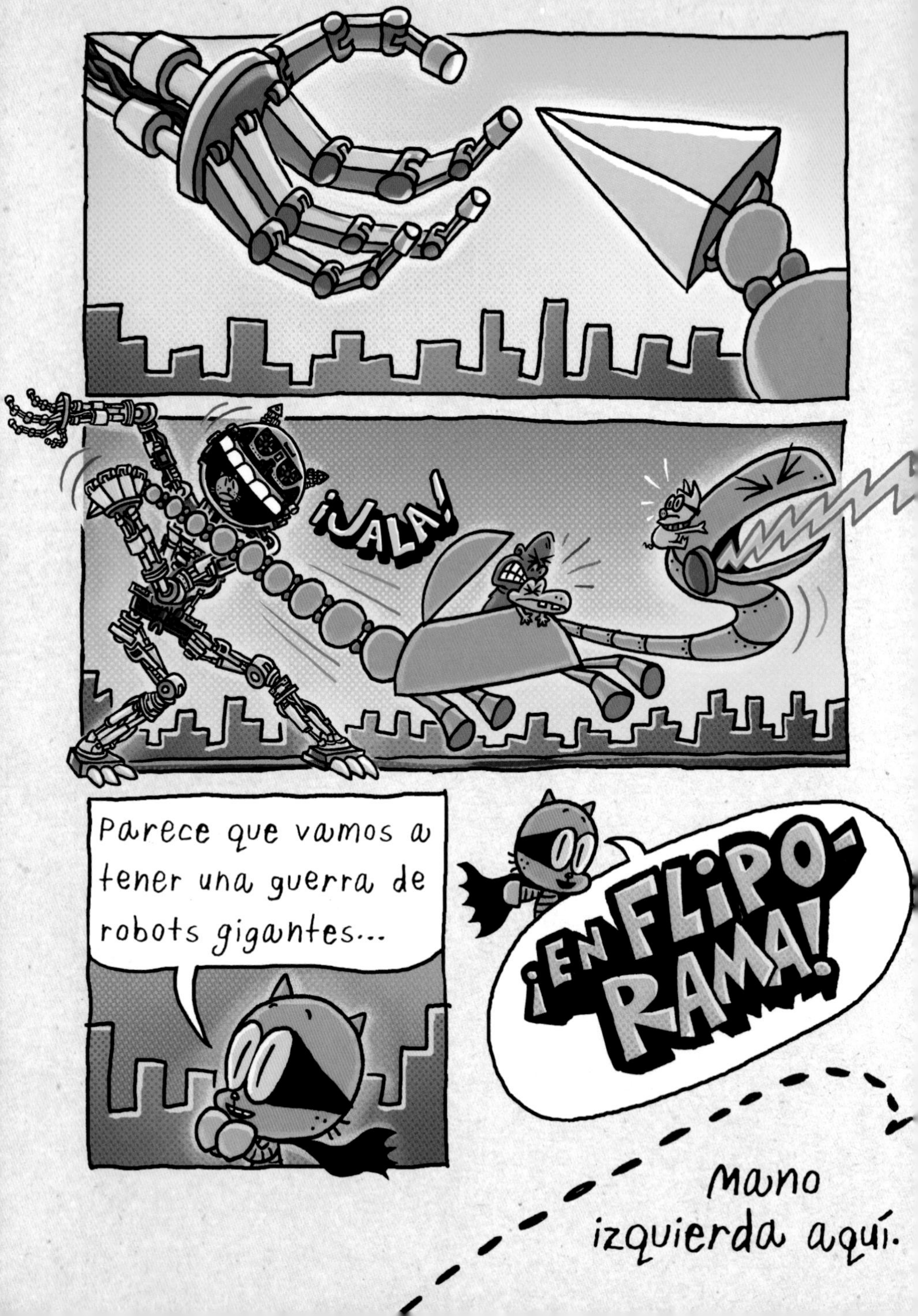
¡JALA!
Parece que vamos a tener una guerra de robots gigantes...
¡EN FLIPO-RAMA!
Mano izquierda aquí.

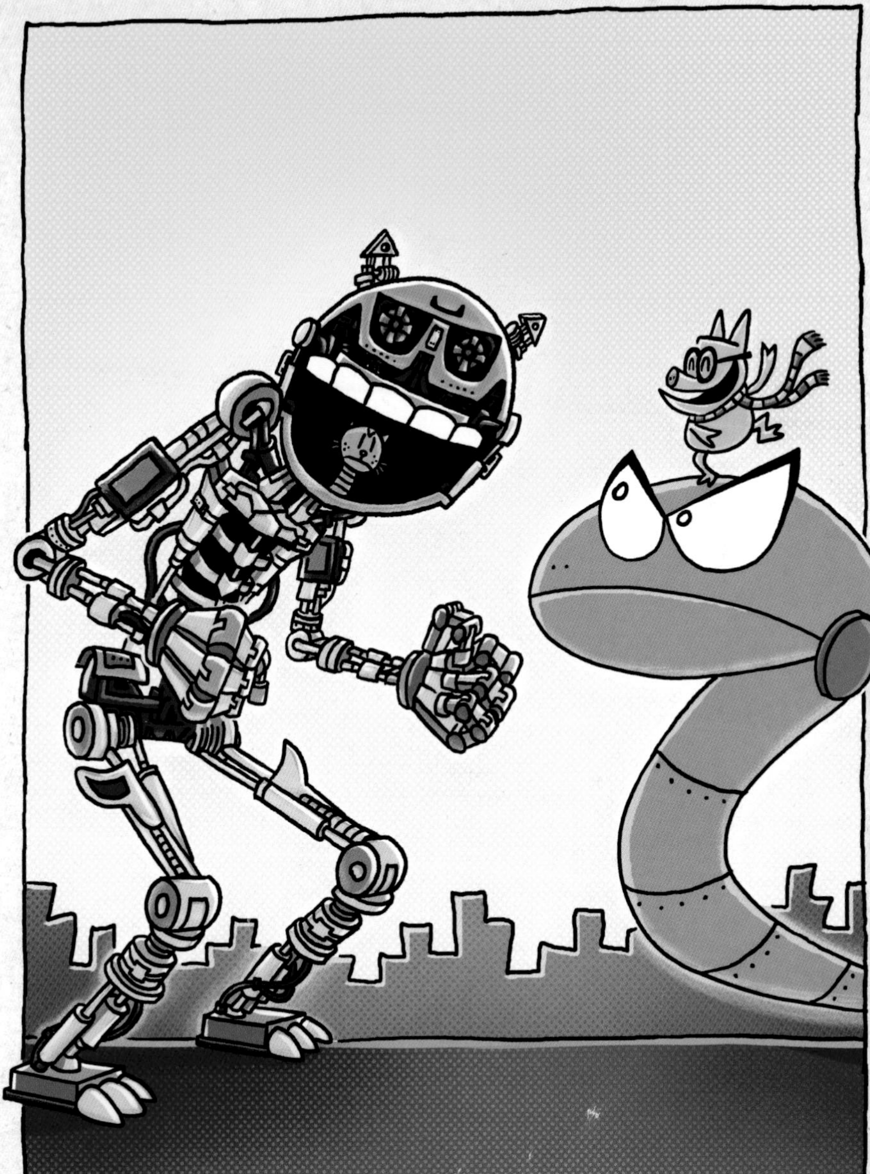

Pulgar
derecho
aquí.

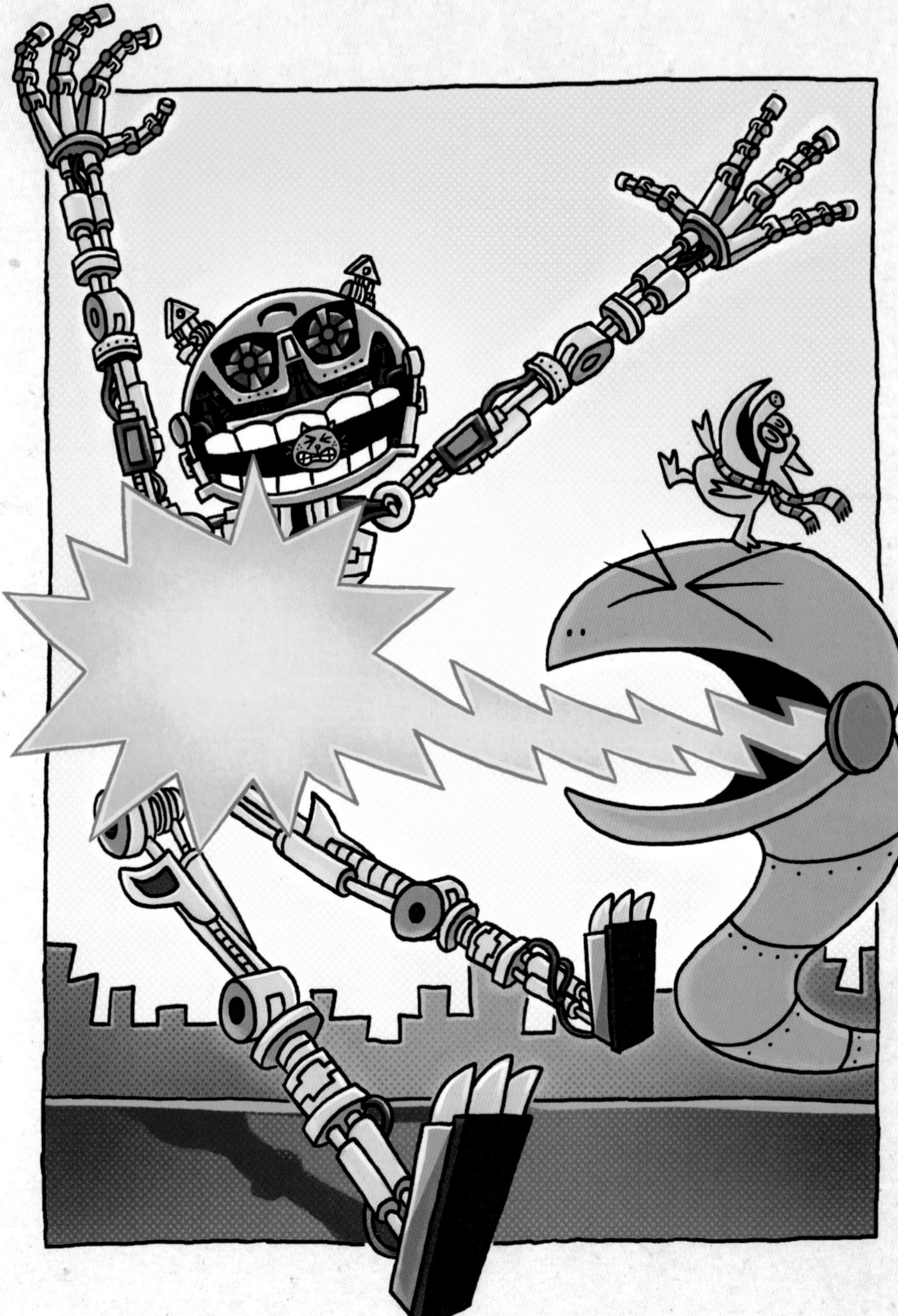

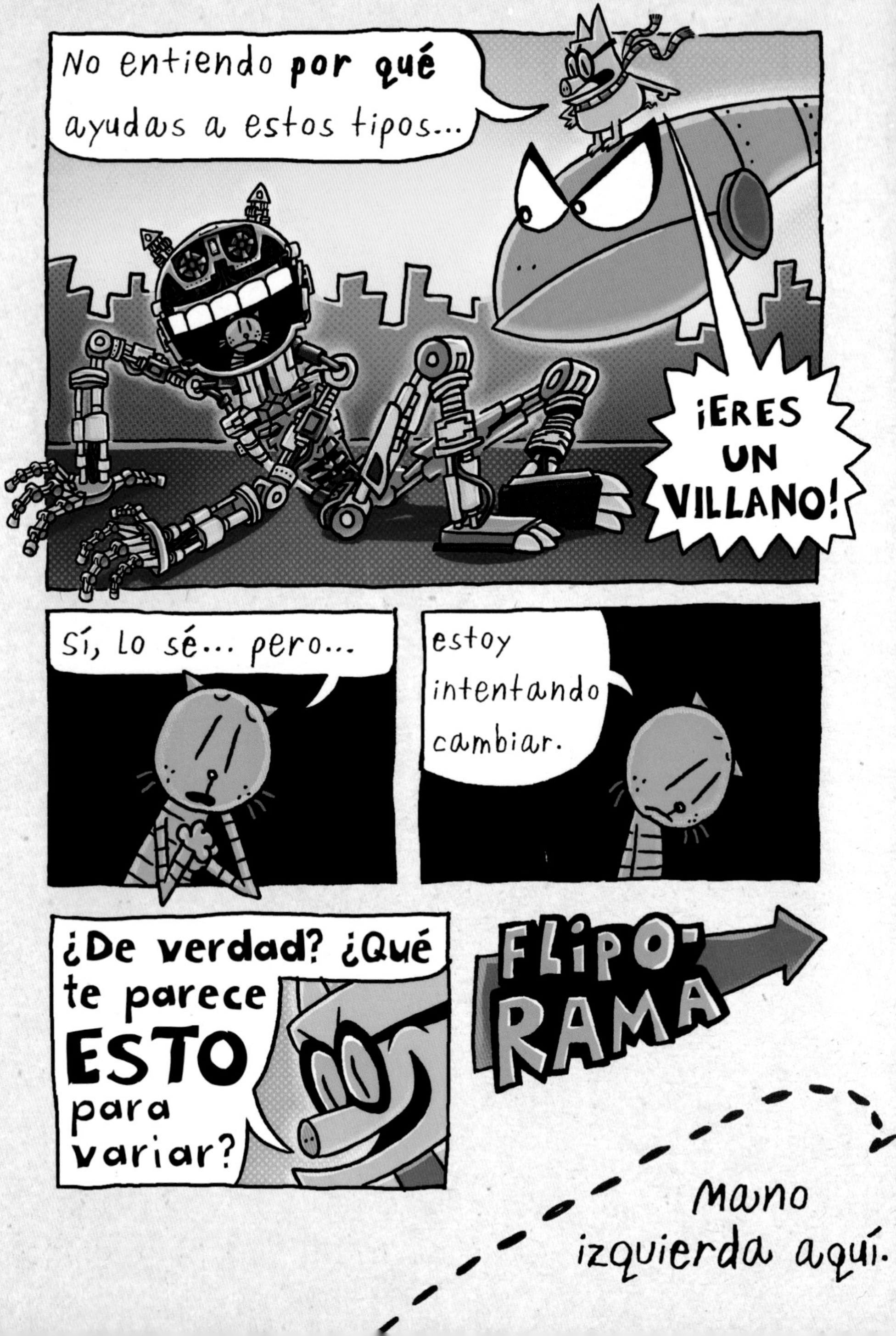
No entiendo **por qué** ayudas a estos tipos...
¡ERES UN VILLANO!
Sí, lo sé... pero...
estoy intentando cambiar.
¿De verdad? ¿Qué te parece **ESTO** para variar?
FLIPO-RAMA
Mano izquierda aquí.

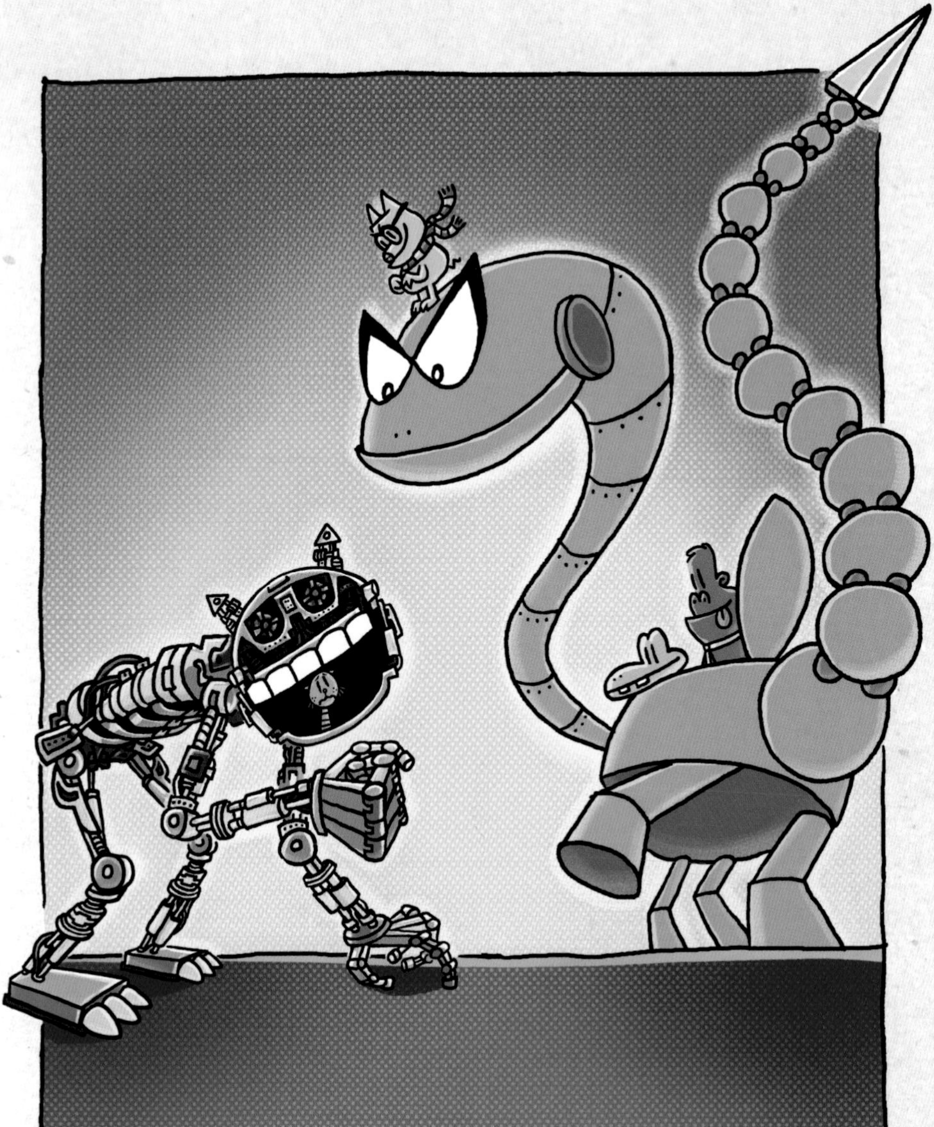

Pulgar derecho aquí.

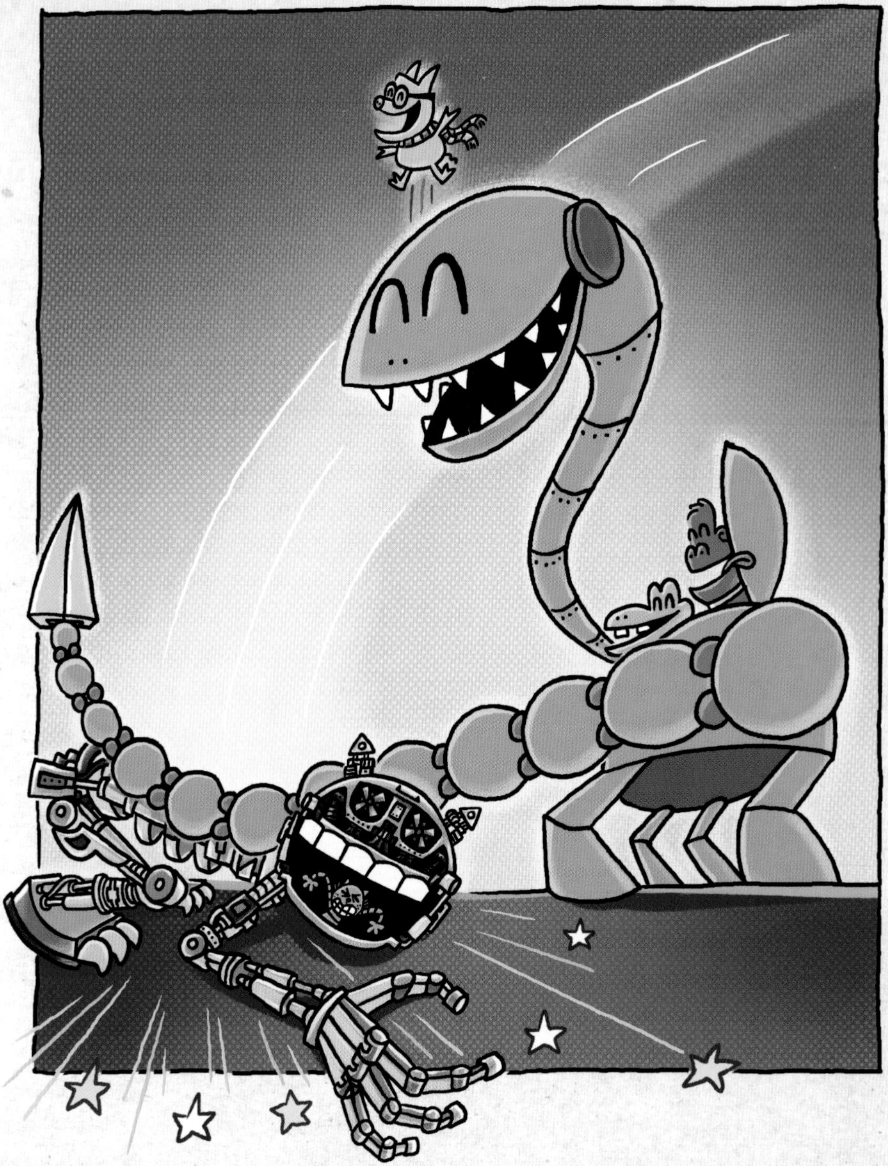

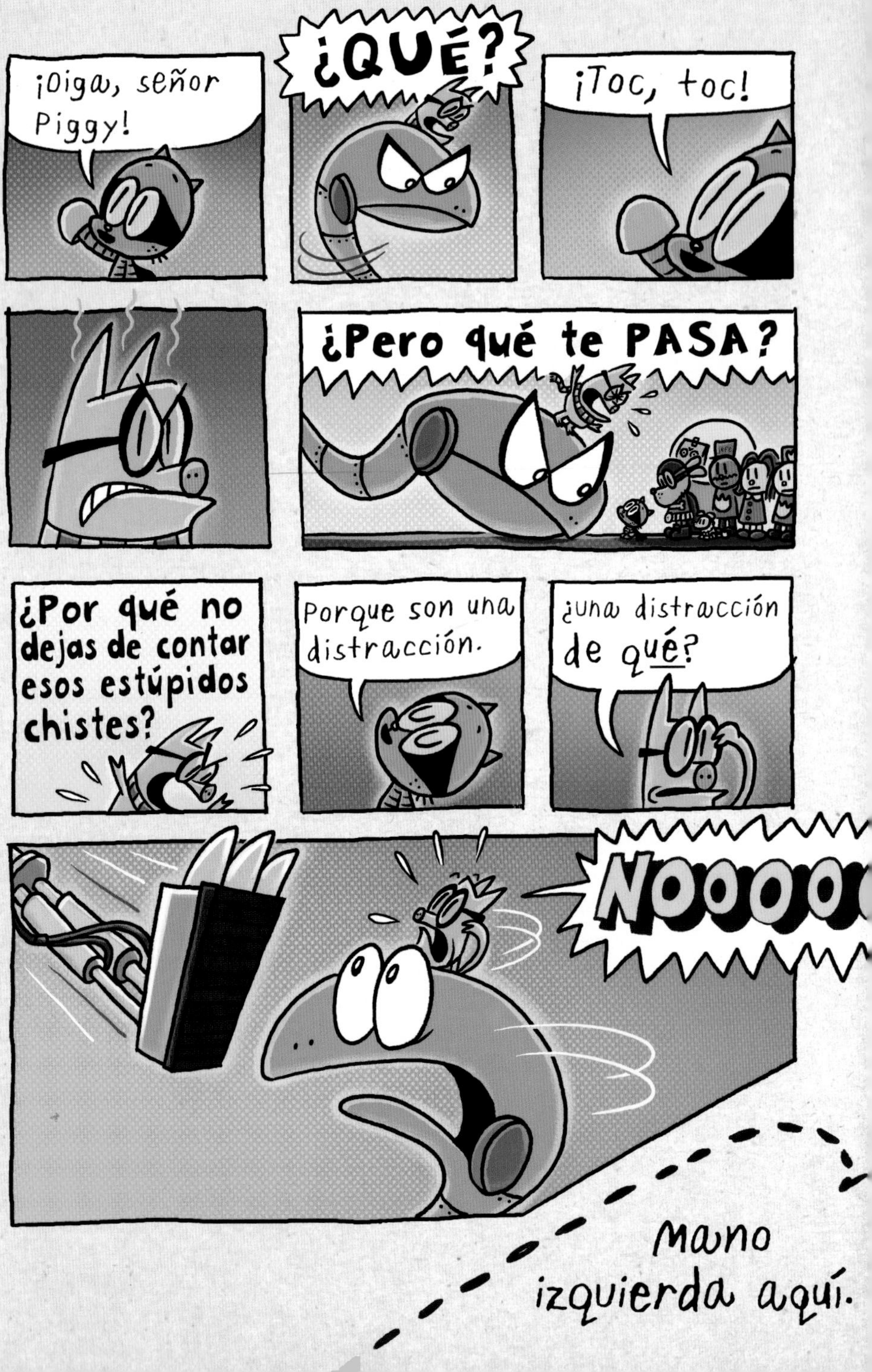
¡Oiga, señor Piggy!
¿QUÉ?
¡Toc, toc!
¿Pero qué te PASA?
¿Por qué no dejas de contar esos estúpidos chistes?
Porque son una distracción.
¿Una distracción de qué?
NOOOOO
Mano izquierda aquí.

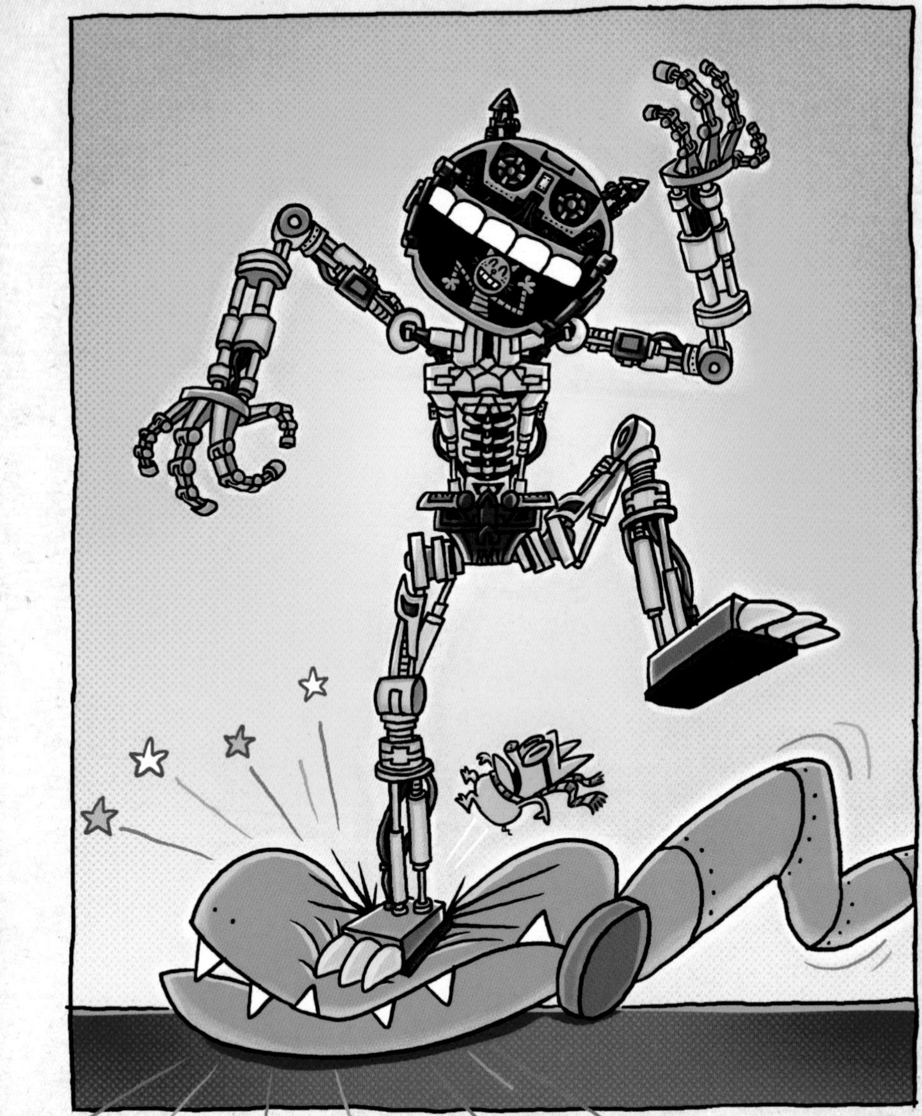

Pulgar derecho aquí.

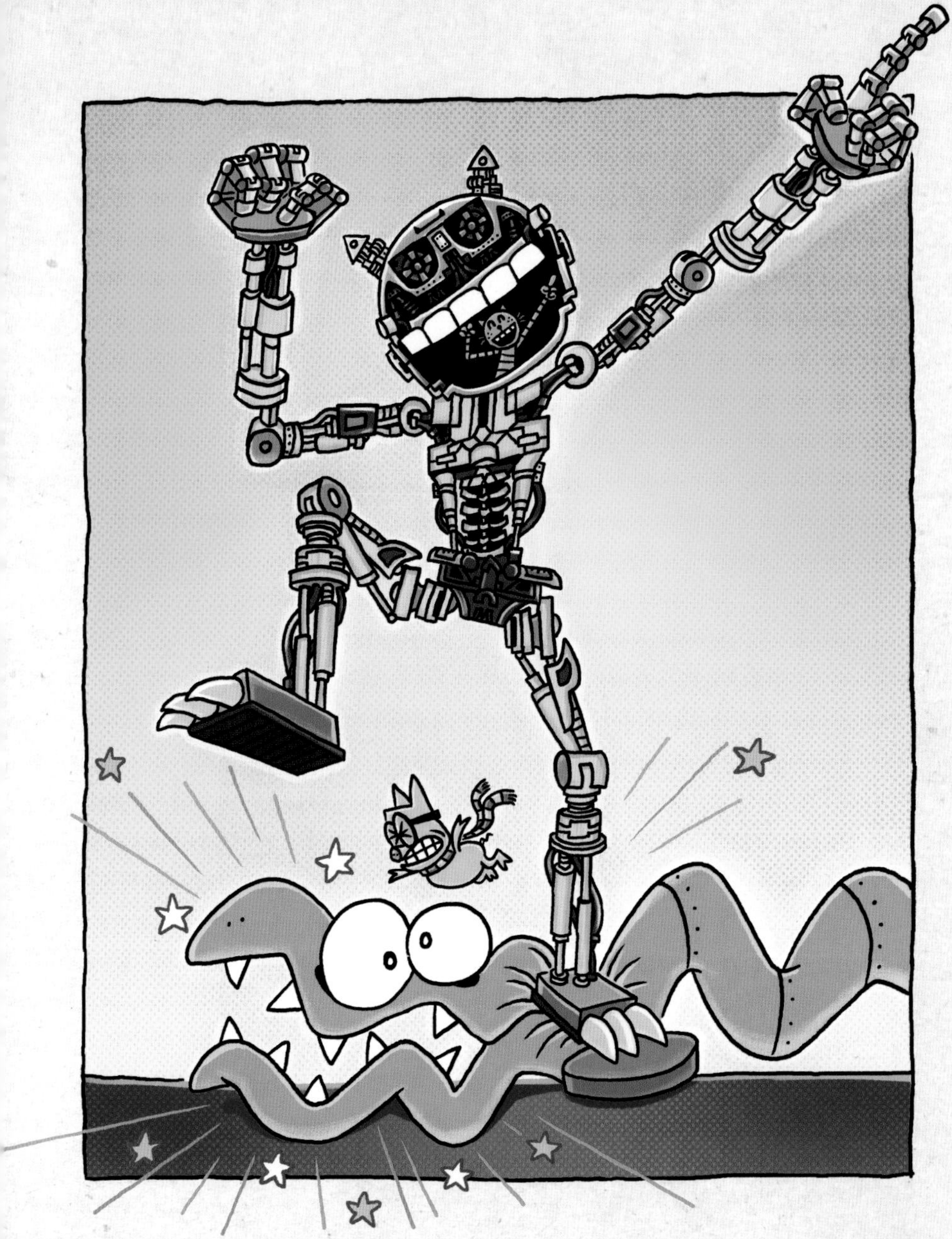

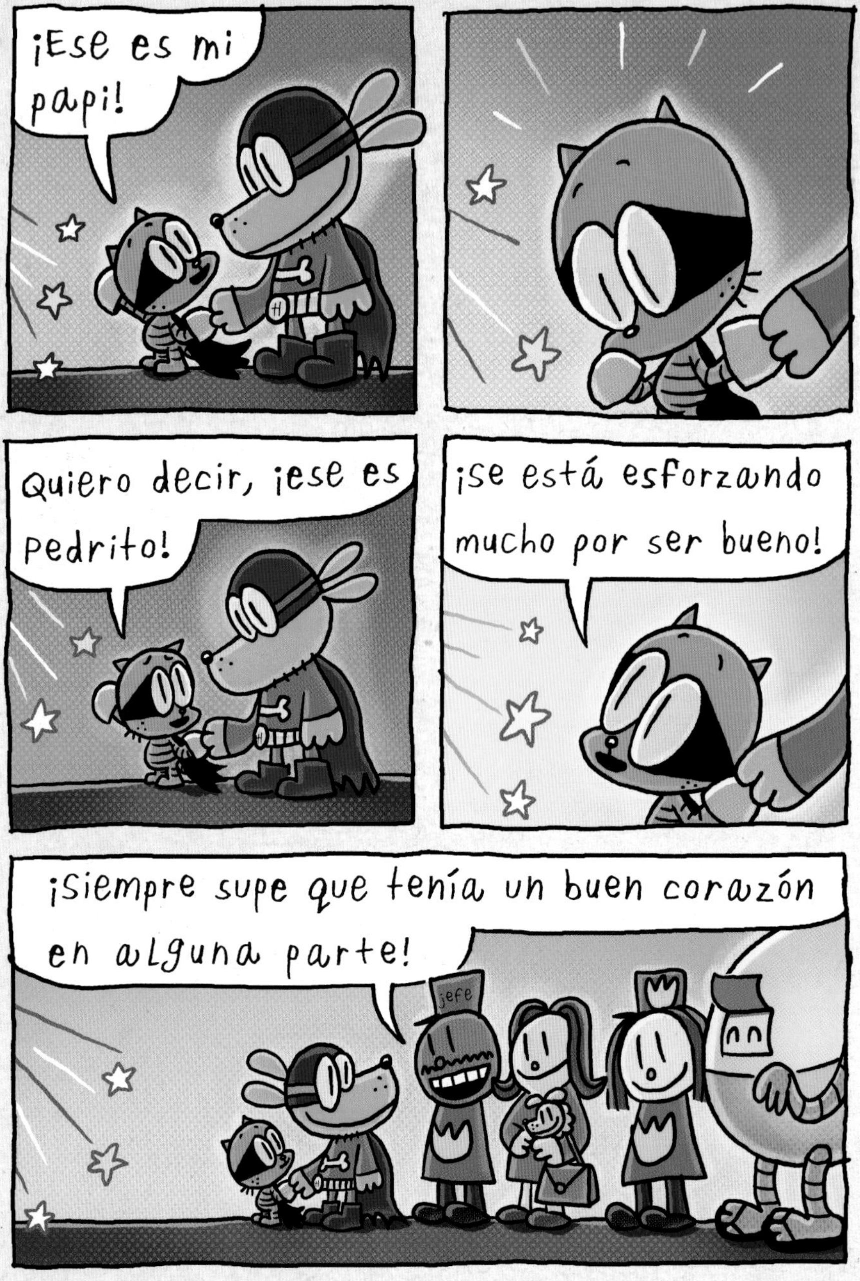
¡Ese es mi papi!
Quiero decir, ¡ese es pedrito!
¡Se está esforzando mucho por ser bueno!
¡Siempre supe que tenía un buen corazón en alguna parte!
jefe

CAPÍTULO 7

EL MAL

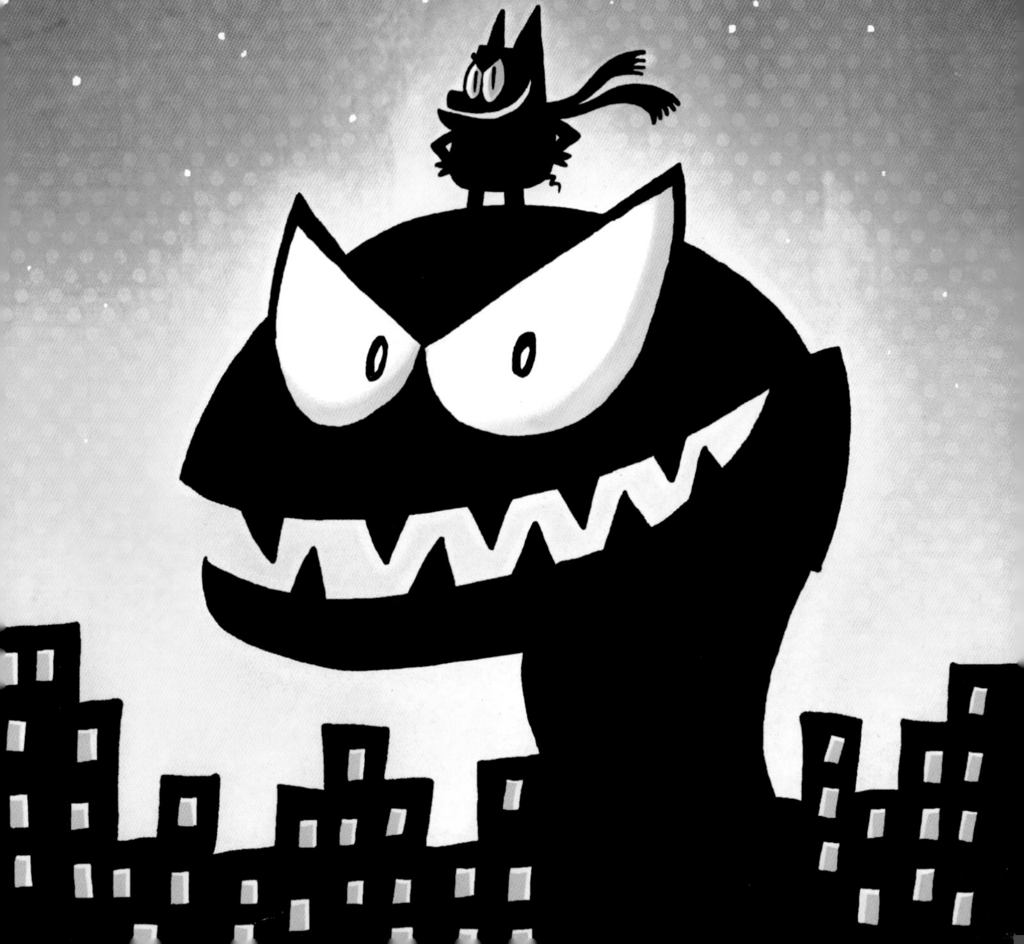

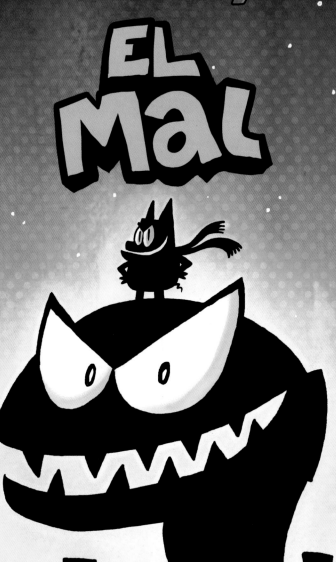

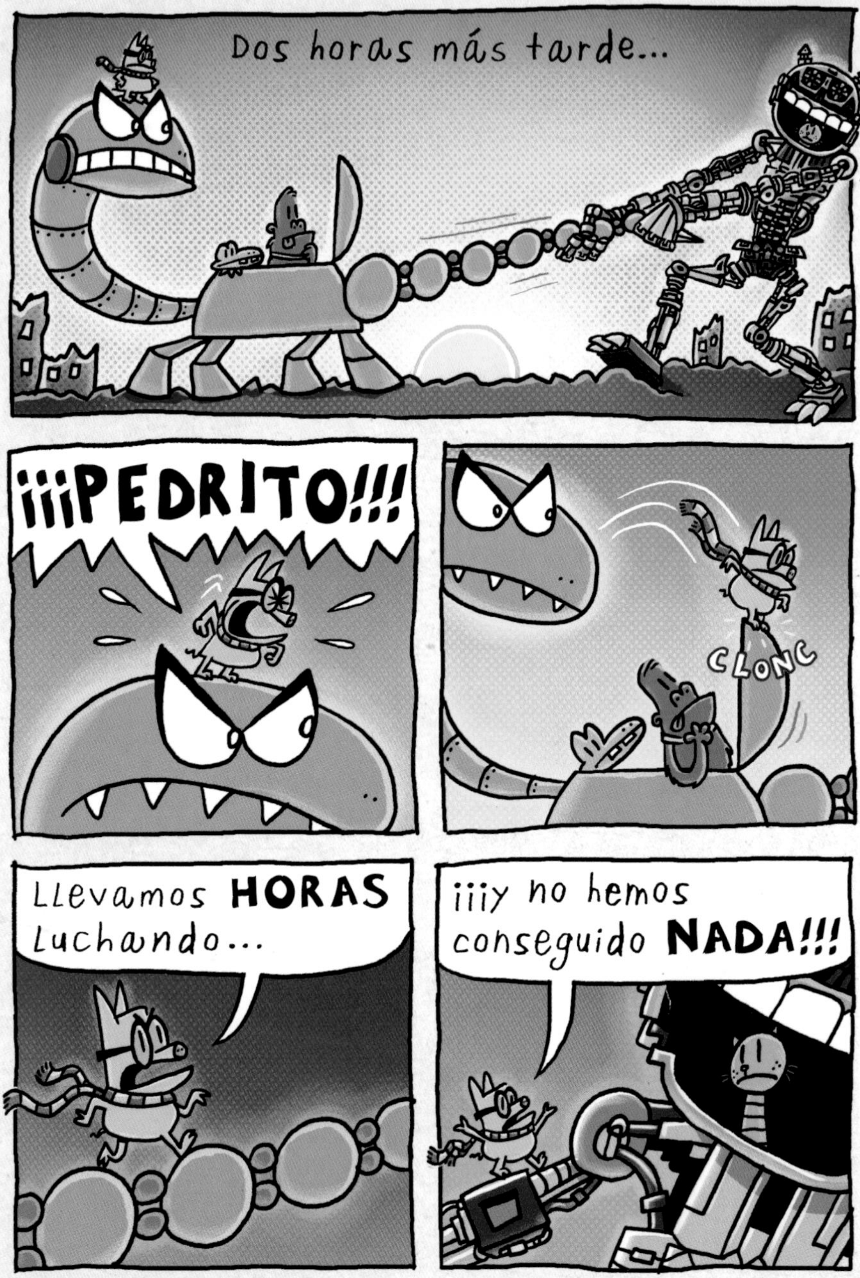
Dos horas más tarde...
¡¡¡PEDRITO!!!
CLONC
Llevamos HORAS luchando...
¡¡¡y no hemos conseguido NADA!!!

Así que estaba pensando...

¿Por qué peleamos entre **nosotros?**

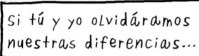

Si tú y yo olvidáramos nuestras diferencias...

y trabajáramos **juntos...**

¡seríamos **invencibles!**

O sea, **de verdad...**

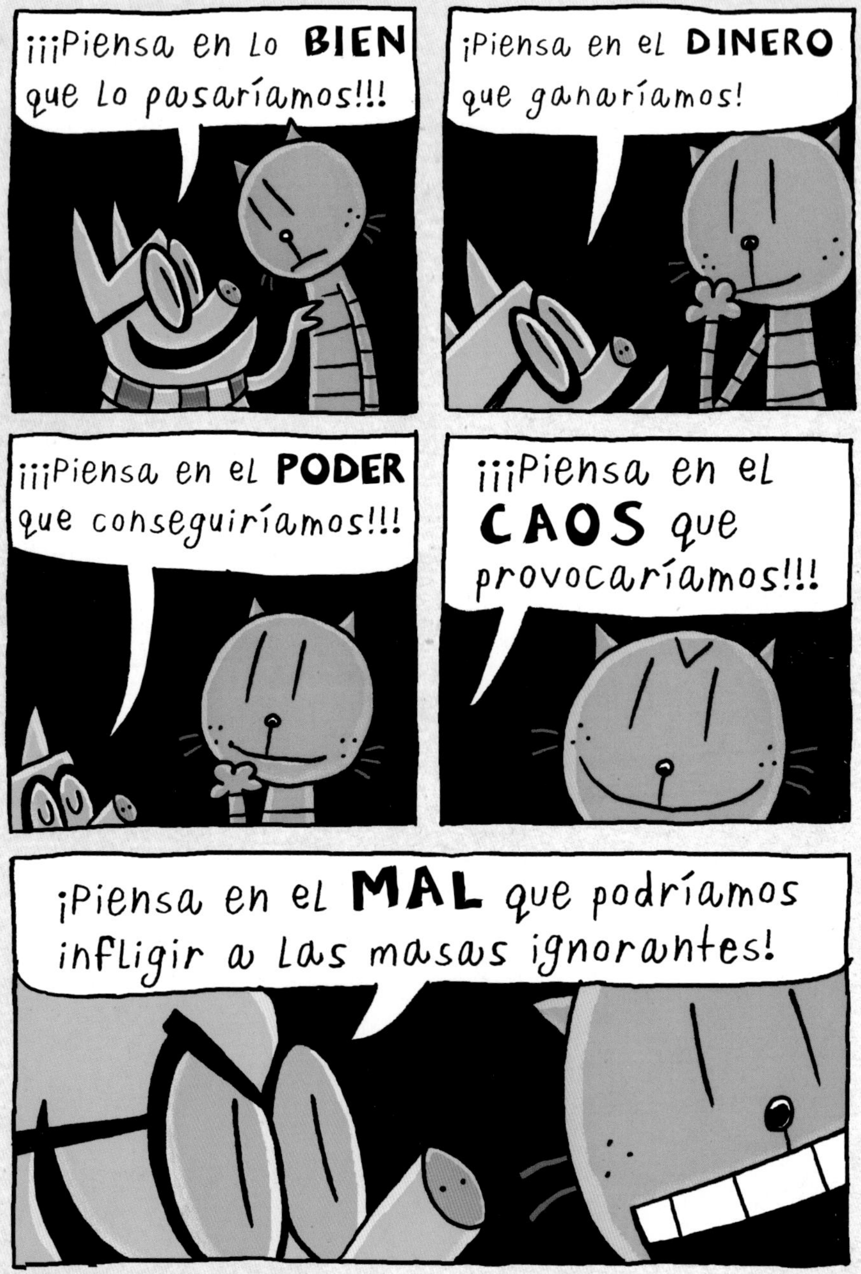
¡¡¡Piensa en lo BIEN que lo pasaríamos!!!
¡Piensa en el DINERO que ganaríamos!
¡¡¡Piensa en el PODER que conseguiríamos!!!
¡¡¡Piensa en el CAOS que provocaríamos!!!
¡Piensa en el MAL que podríamos infligir a las masas ignorantes!

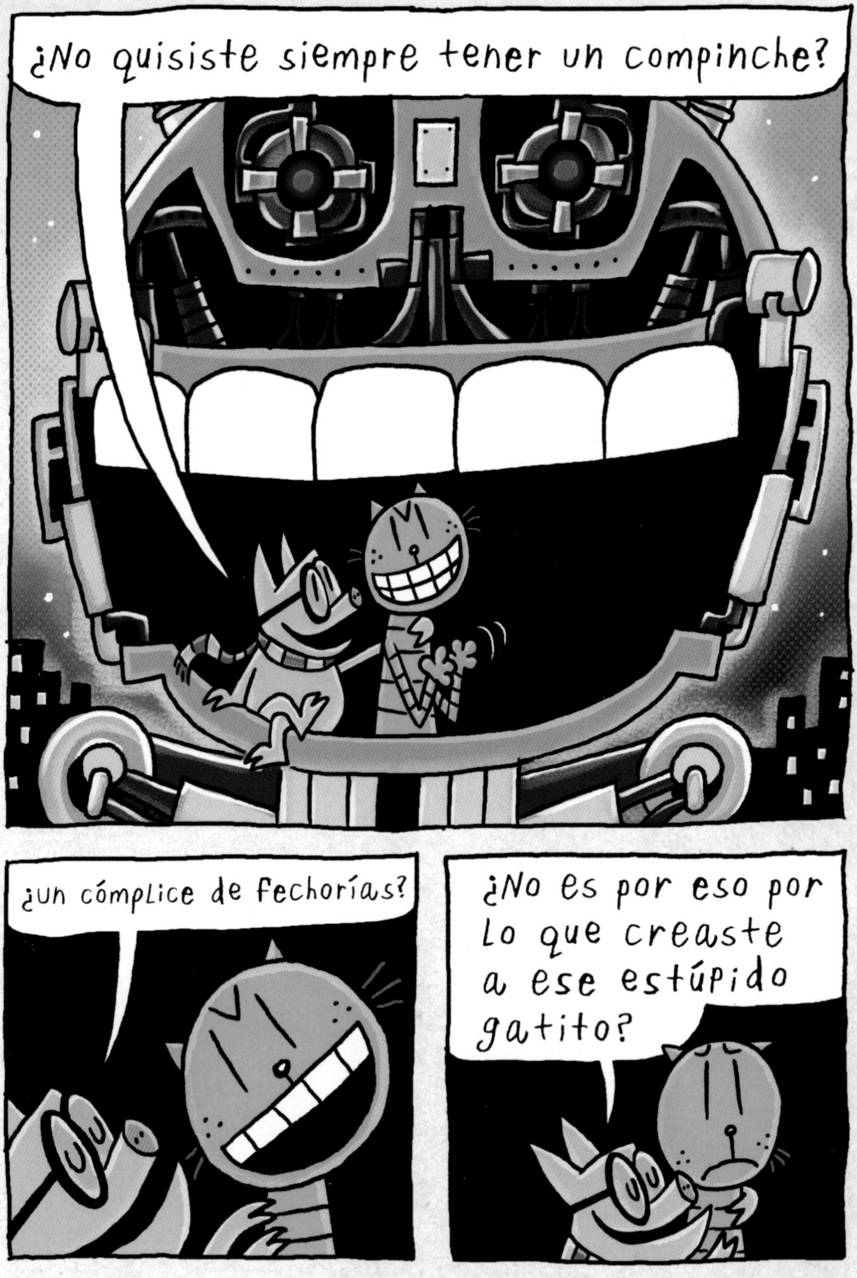
¿No quisiste siempre tener un compinche?
¿un cómplice de fechorías?
¿No es por eso por lo que creaste a ese estúpido gatito?

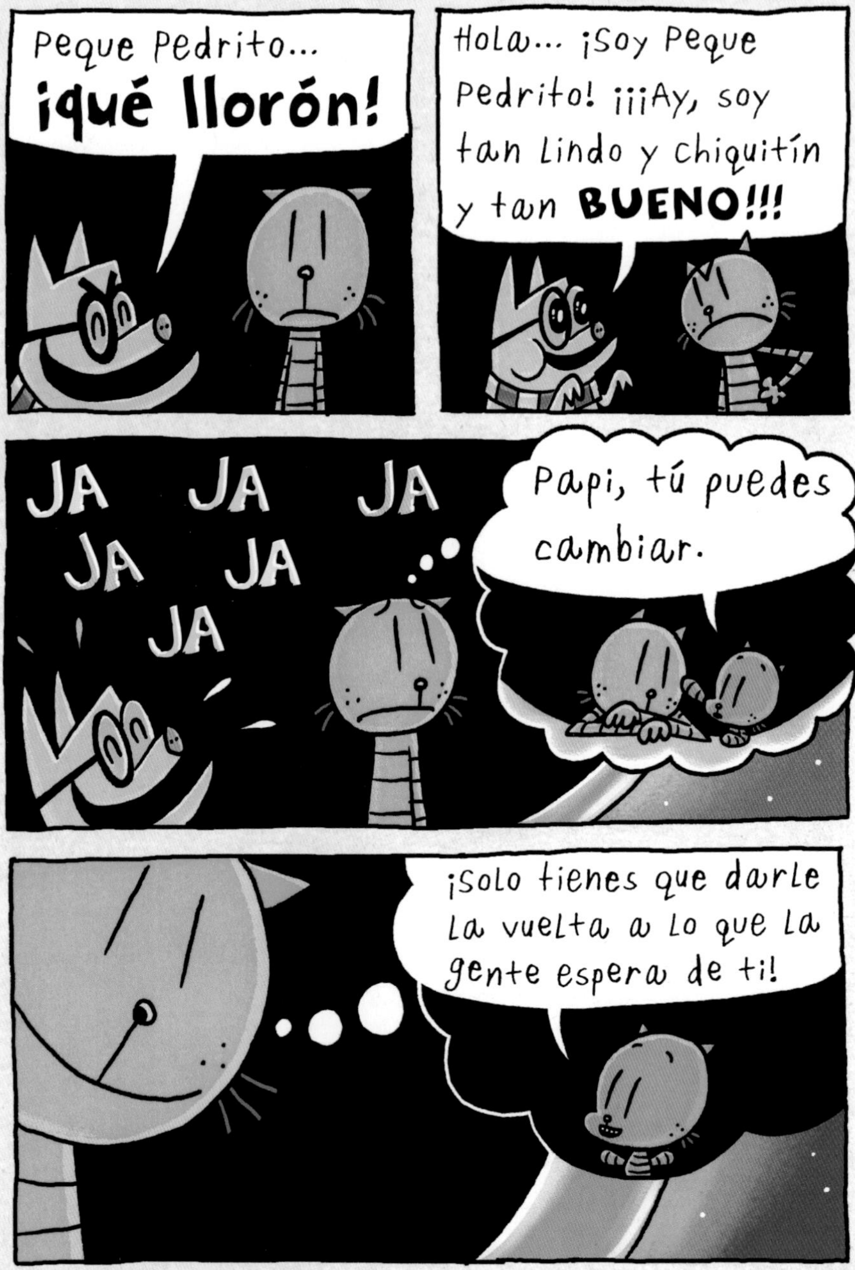
Peque Pedrito... ¡qué llorón!
Hola... ¡Soy Peque Pedrito! ¡¡¡Ay, soy tan lindo y chiquitín y tan BUENO!!!
JA JA JA JA JA JA
Papi, tú puedes cambiar.
¡Solo tienes que darle la vuelta a lo que la gente espera de ti!

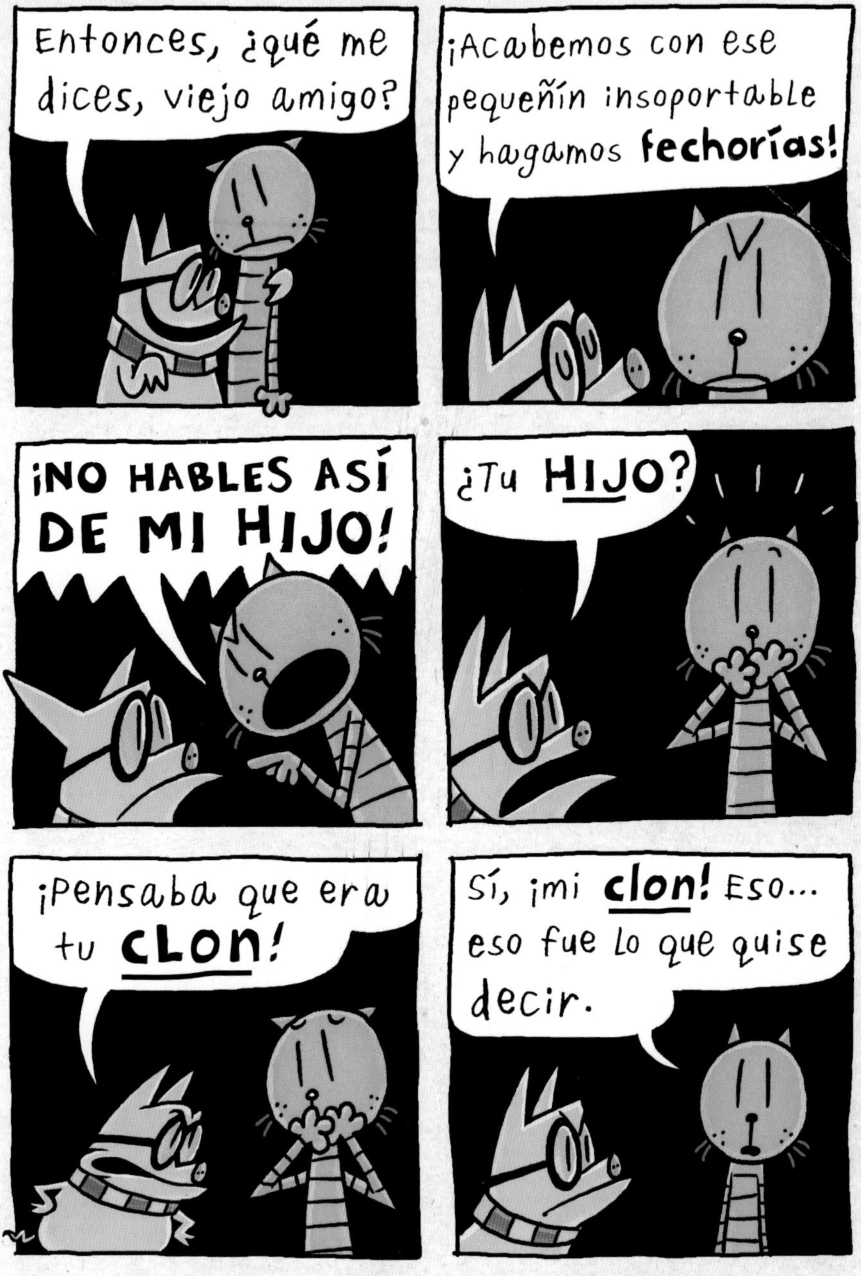
Entonces, ¿qué me dices, viejo amigo?
¡Acabemos con ese pequeñín insoportable y hagamos **fechorías**!
¡NO HABLES ASÍ DE MI HIJO!
¿Tu **HIJO**?
¡Pensaba que era tu **CLON**!
Sí, ¡mi **clon**! Eso... eso fue lo que quise decir.

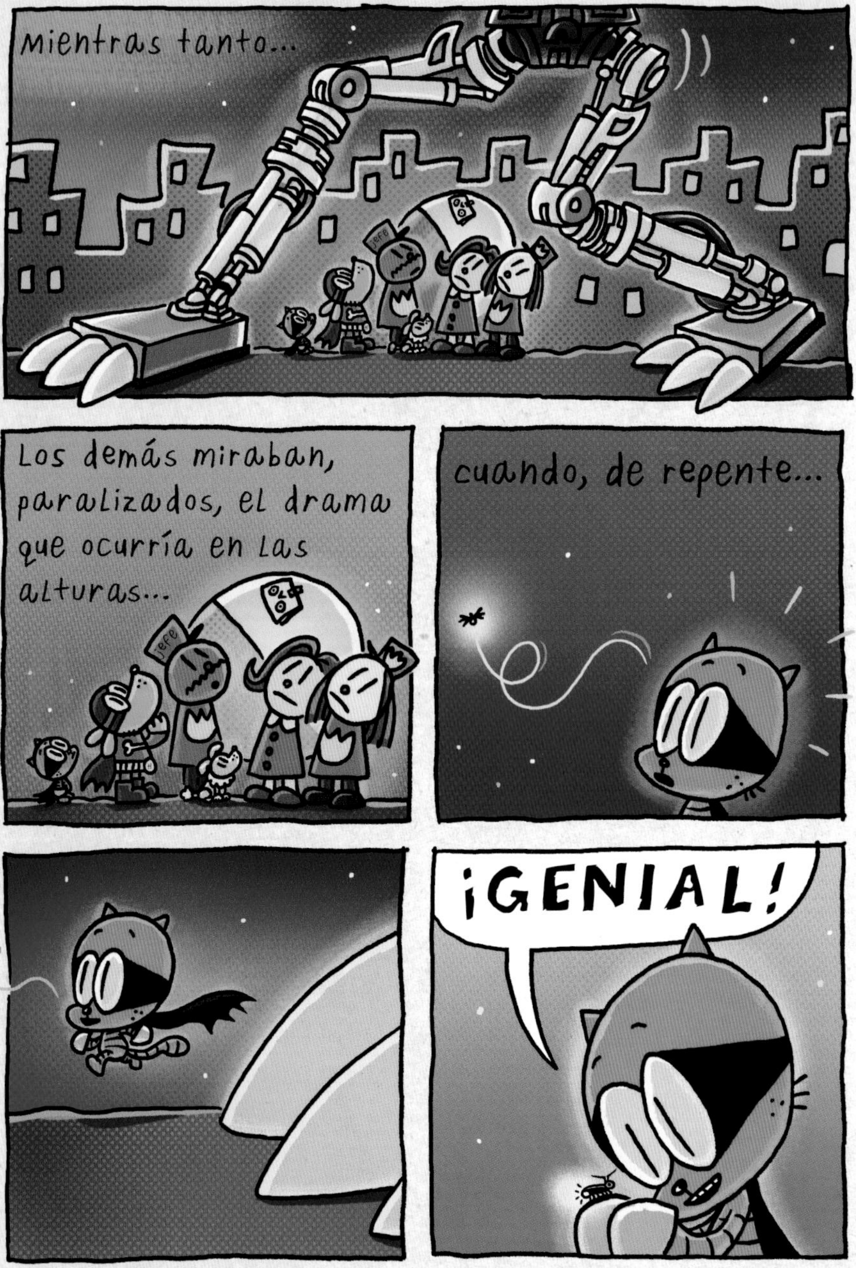
Mientras tanto...
jefe
Los demás miraban, paralizados, el drama que ocurría en las alturas...
jefe
cuando, de repente...
¡GENIAL!

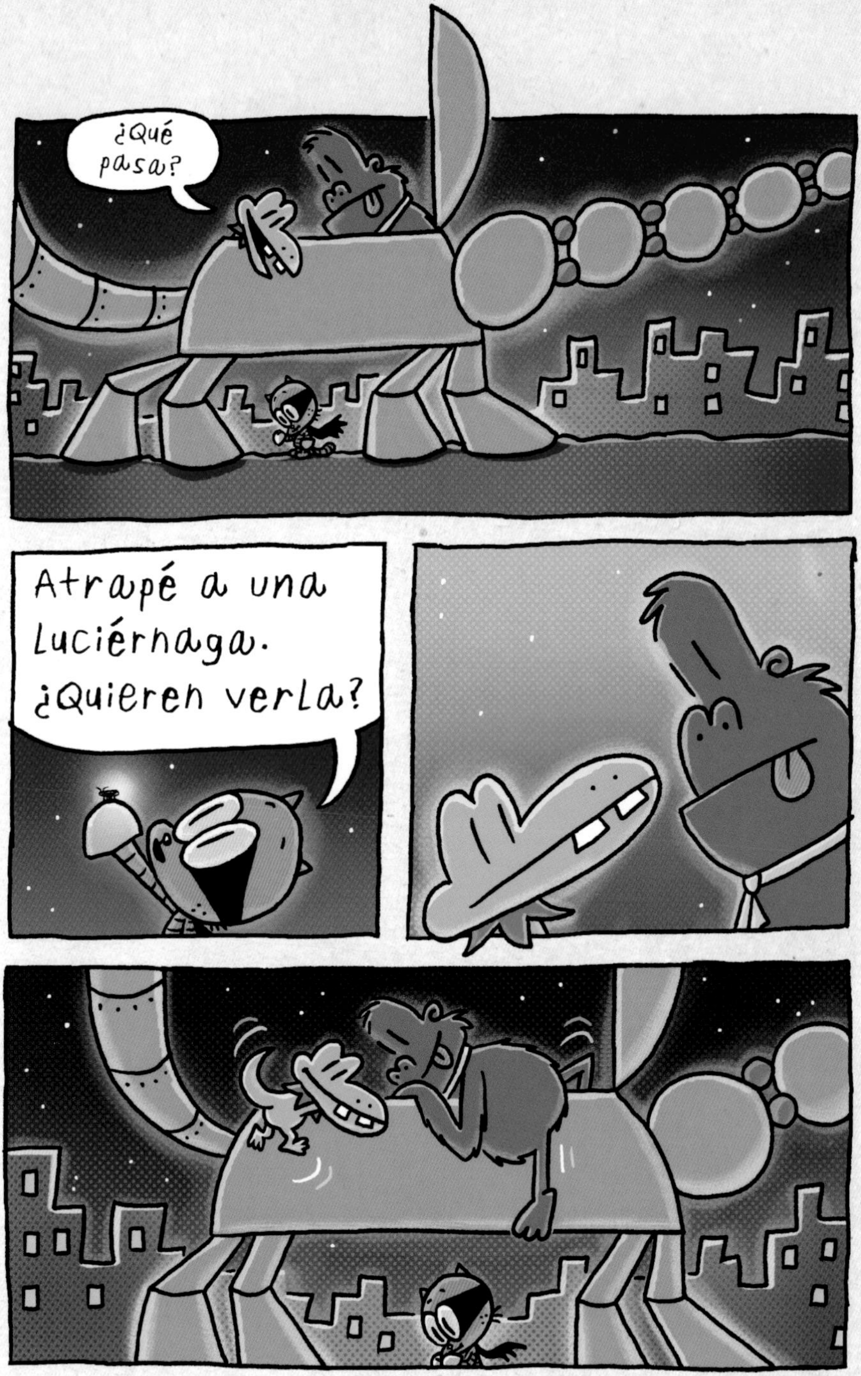
¿Qué pasa?
Atrapé a una luciérnaga. ¿Quieren verla?

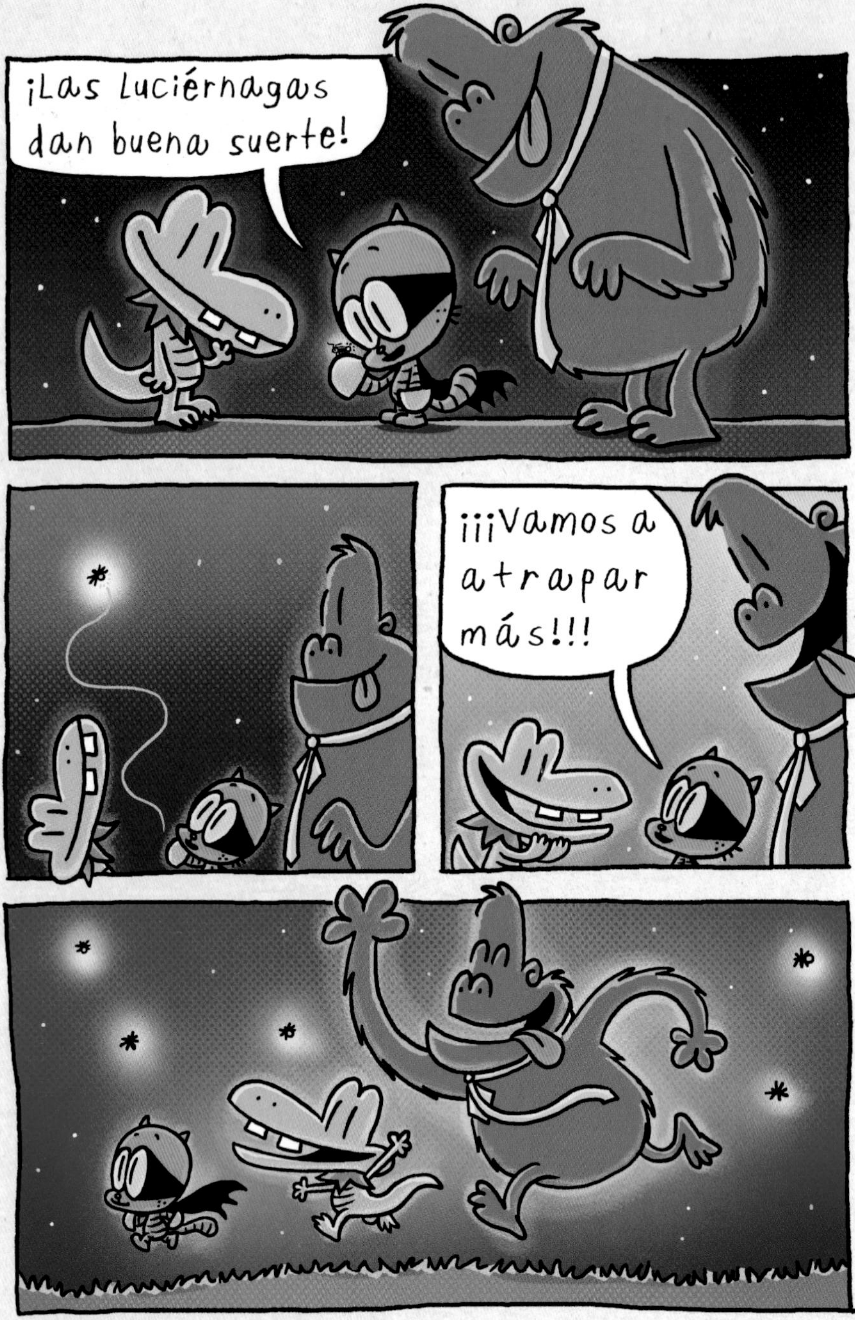
¡Las luciérnagas dan buena suerte!
¡¡¡Vamos a atrapar más!!!

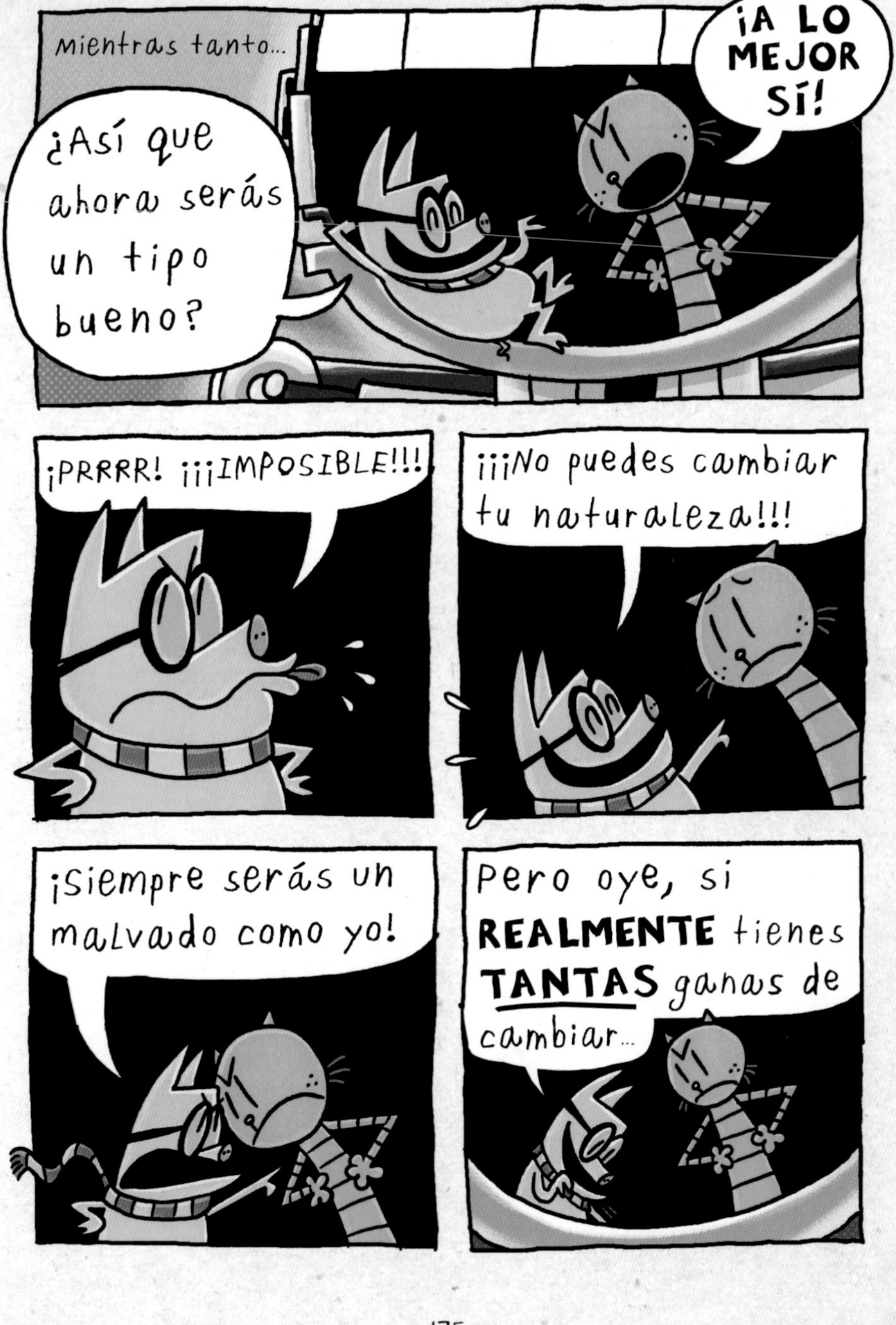
Mientras tanto...
¿Así que ahora serás un tipo bueno?
¡A LO MEJOR SÍ!
¡PRRRR! ¡¡¡IMPOSIBLE!!!
¡¡¡No puedes cambiar tu naturaleza!!!
¡Siempre serás un malvado como yo!
Pero oye, si **REALMENTE** tienes **TANTAS** ganas de cambiar...

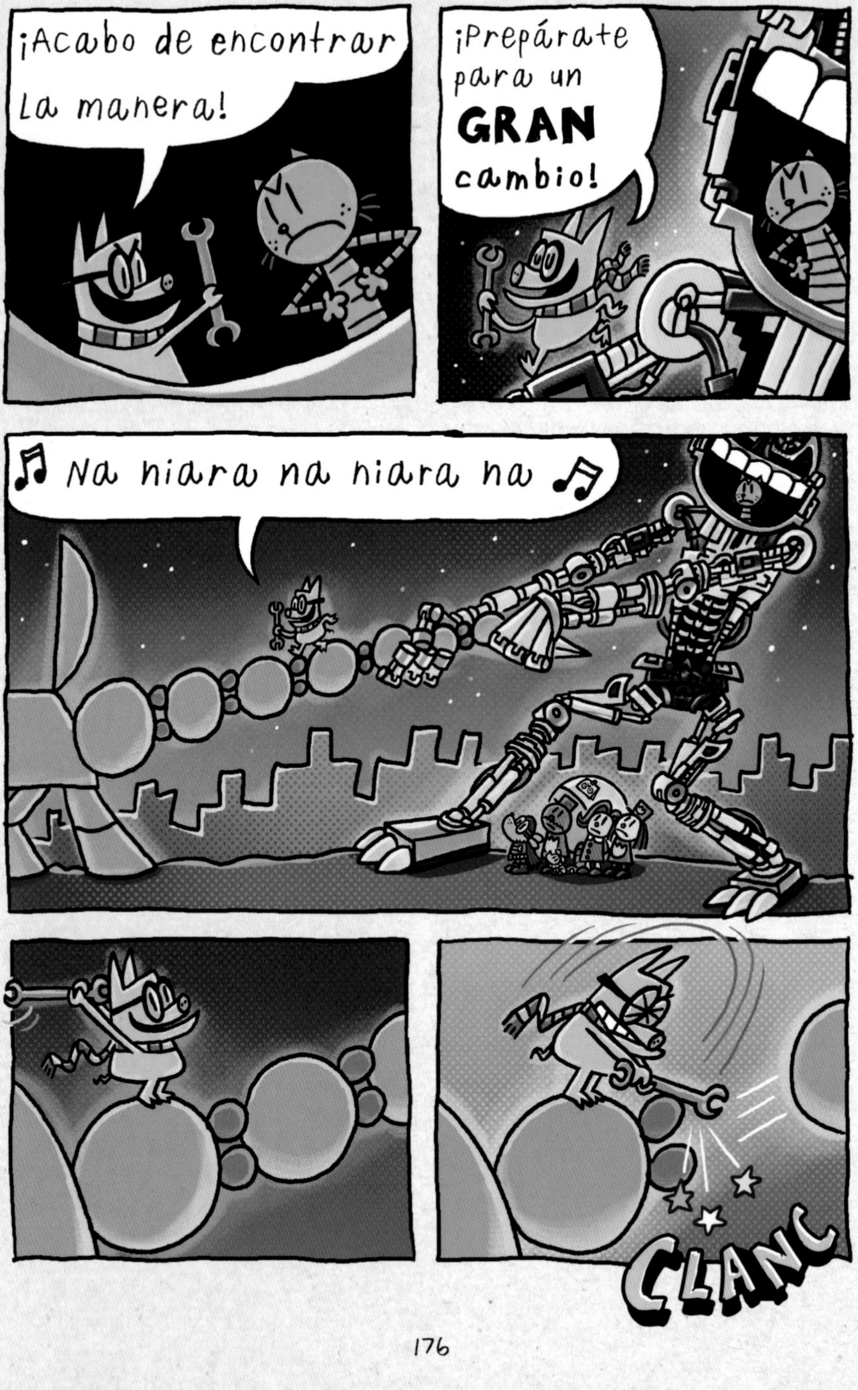
¡Acabo de encontrar la manera!
¡Prepárate para un GRAN cambio!
♫ Na niara na niara na ♫
CLANC

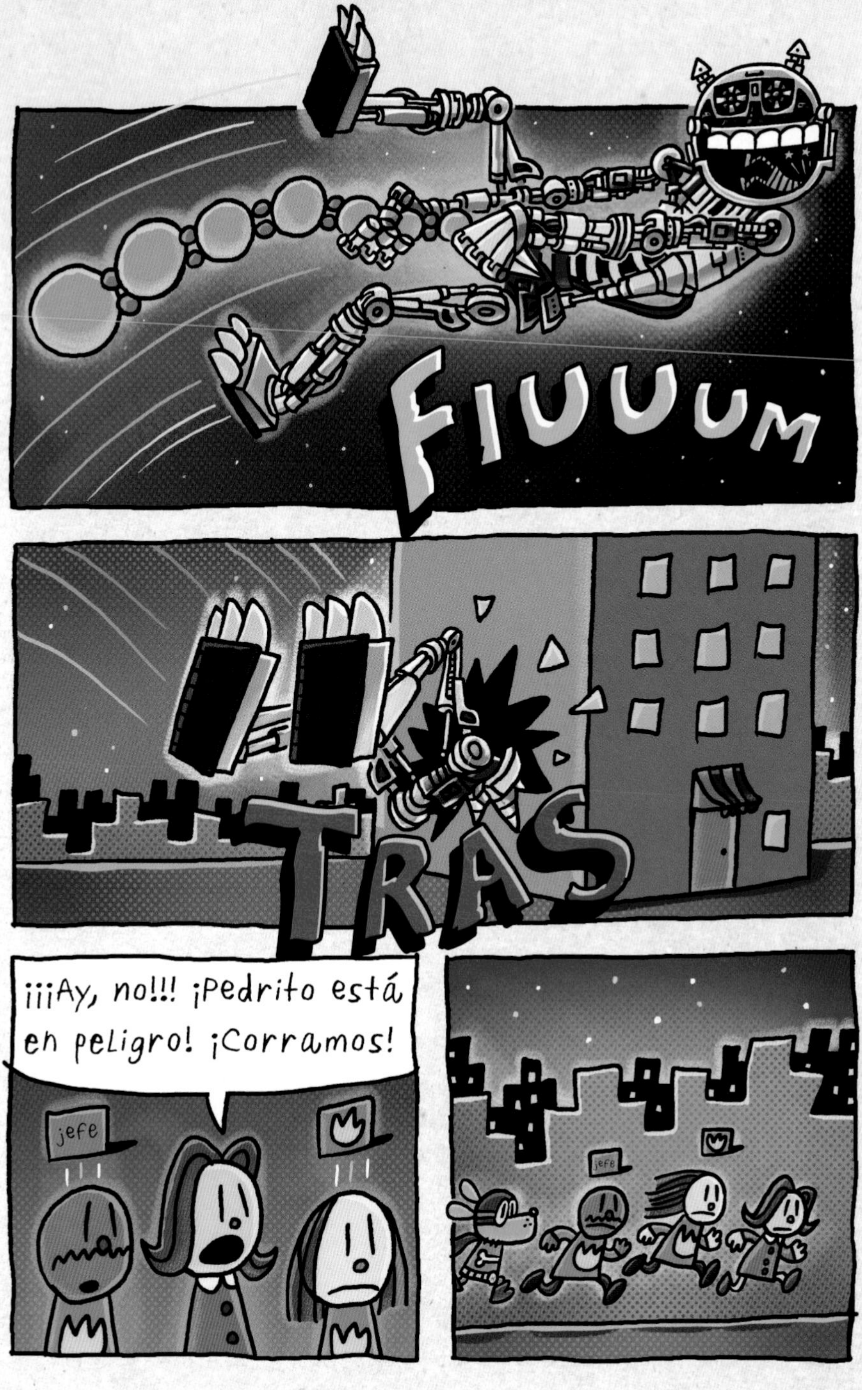
FIUUUM
TRAS
¡¡¡Ay, no!!! ¡Pedrito está en peligro! ¡Corramos!
jefe
jefe

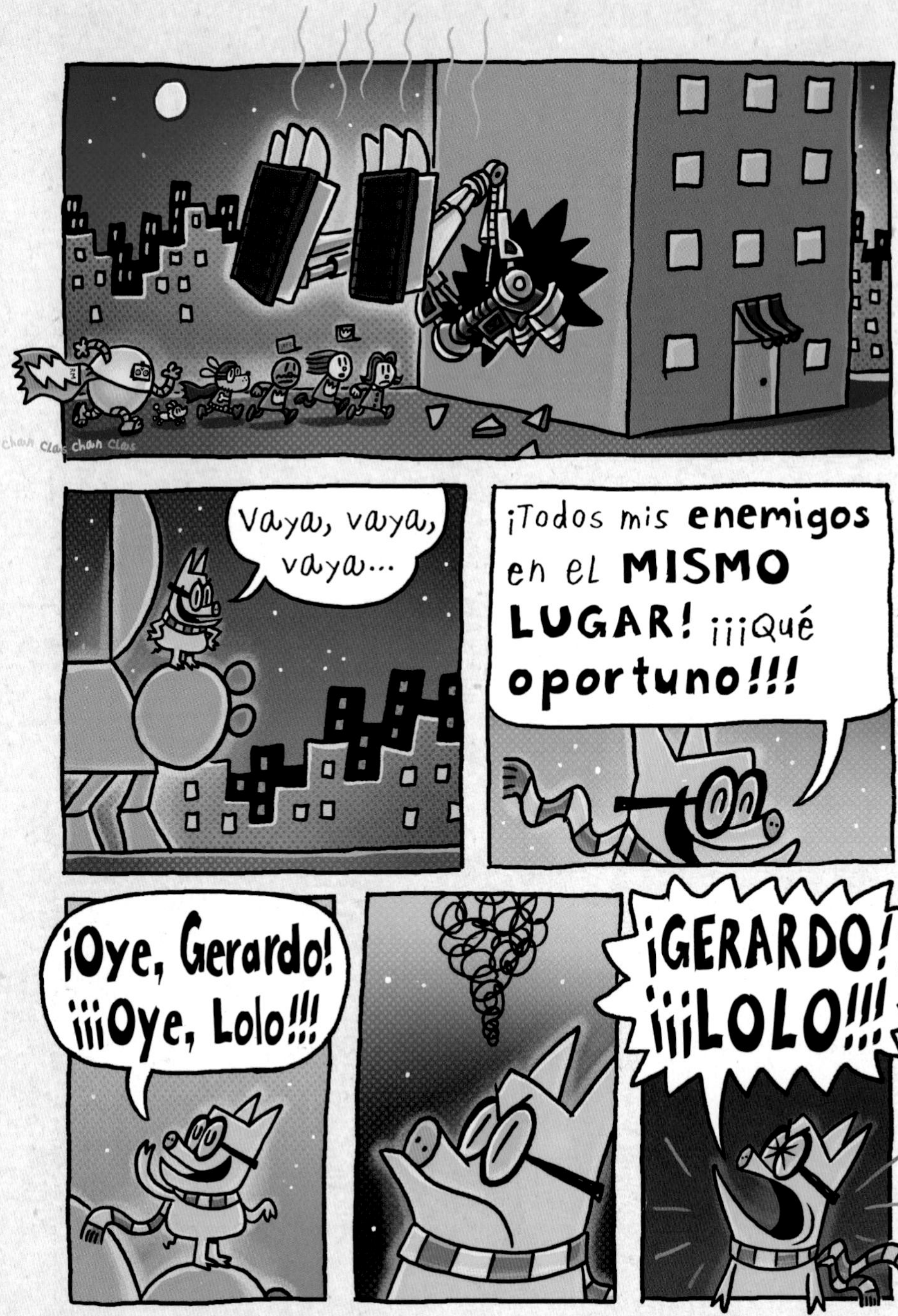
chan clas chan clas
Vaya, vaya, vaya...
¡Todos mis **enemigos** en el **MISMO LUGAR!** ¡¡¡Qué **oportuno!!!**
¡Oye, Gerardo! ¡¡¡Oye, Lolo!!!
¡GERARDO! ¡¡¡LOLO!!!

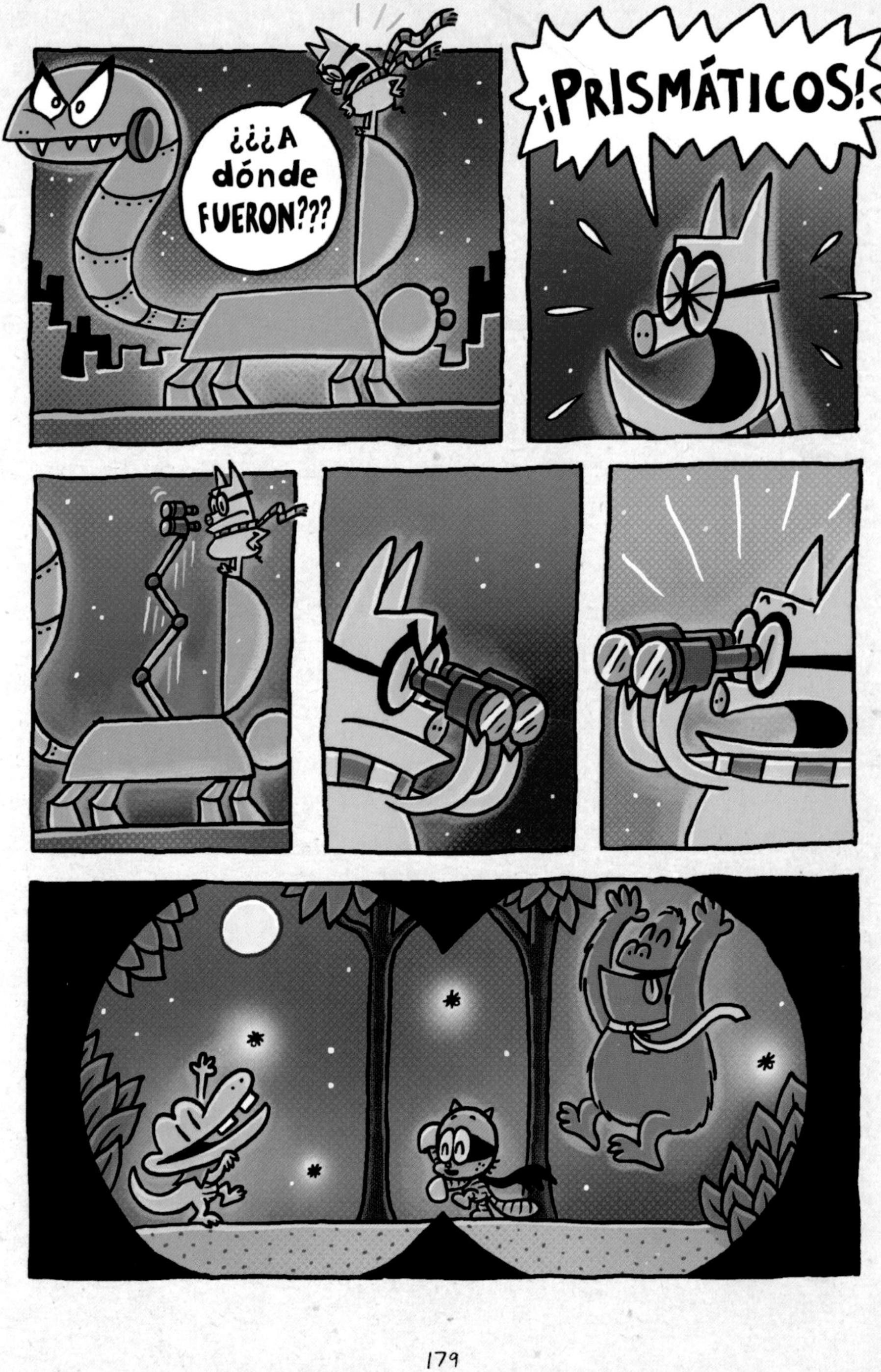
¿¿¿A dónde FUERON???
¡PRISMÁTICOS!

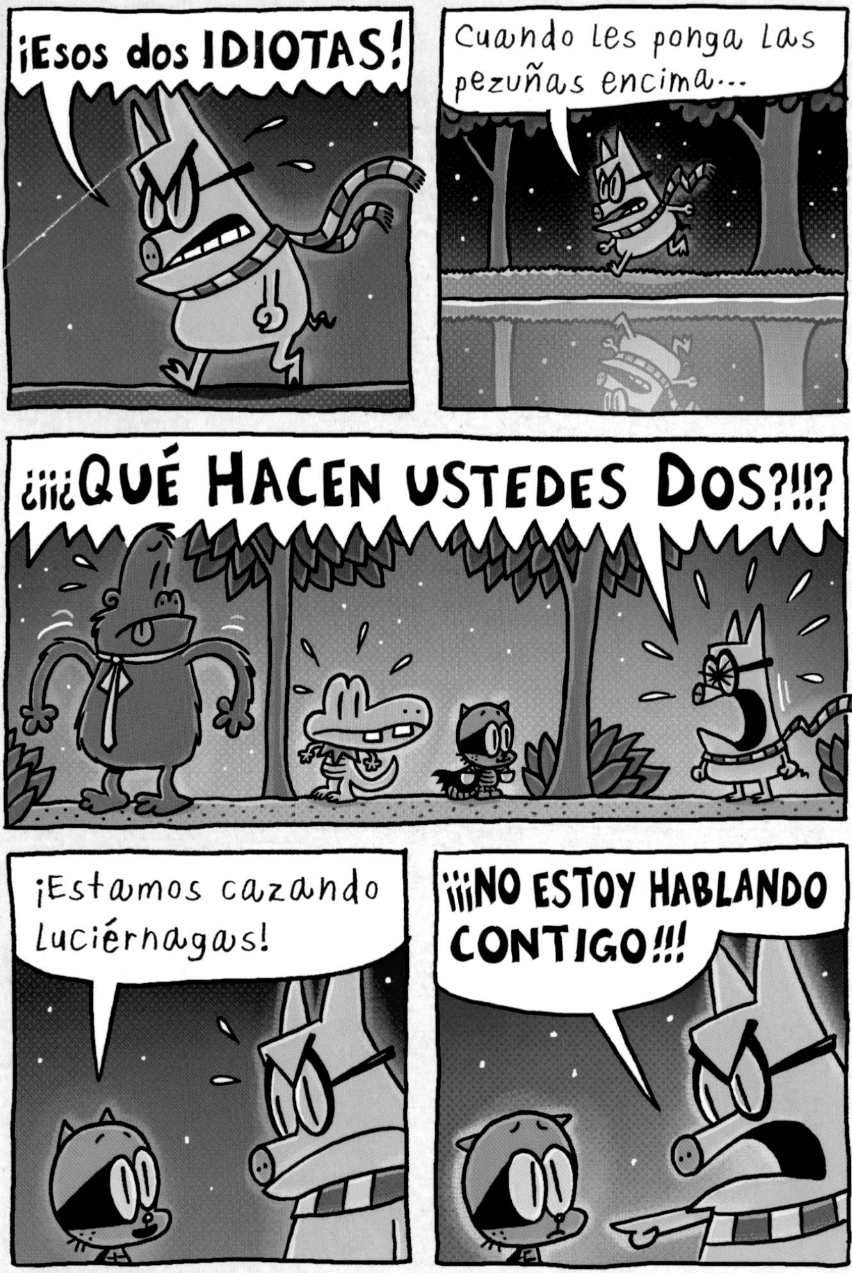
¡Esos dos IDIOTAS!
Cuando les ponga las pezuñas encima...
¡¡¡¿QUÉ HACEN USTEDES DOS?!!?
¡Estamos cazando luciérnagas!
¡¡¡NO ESTOY HABLANDO CONTIGO!!!

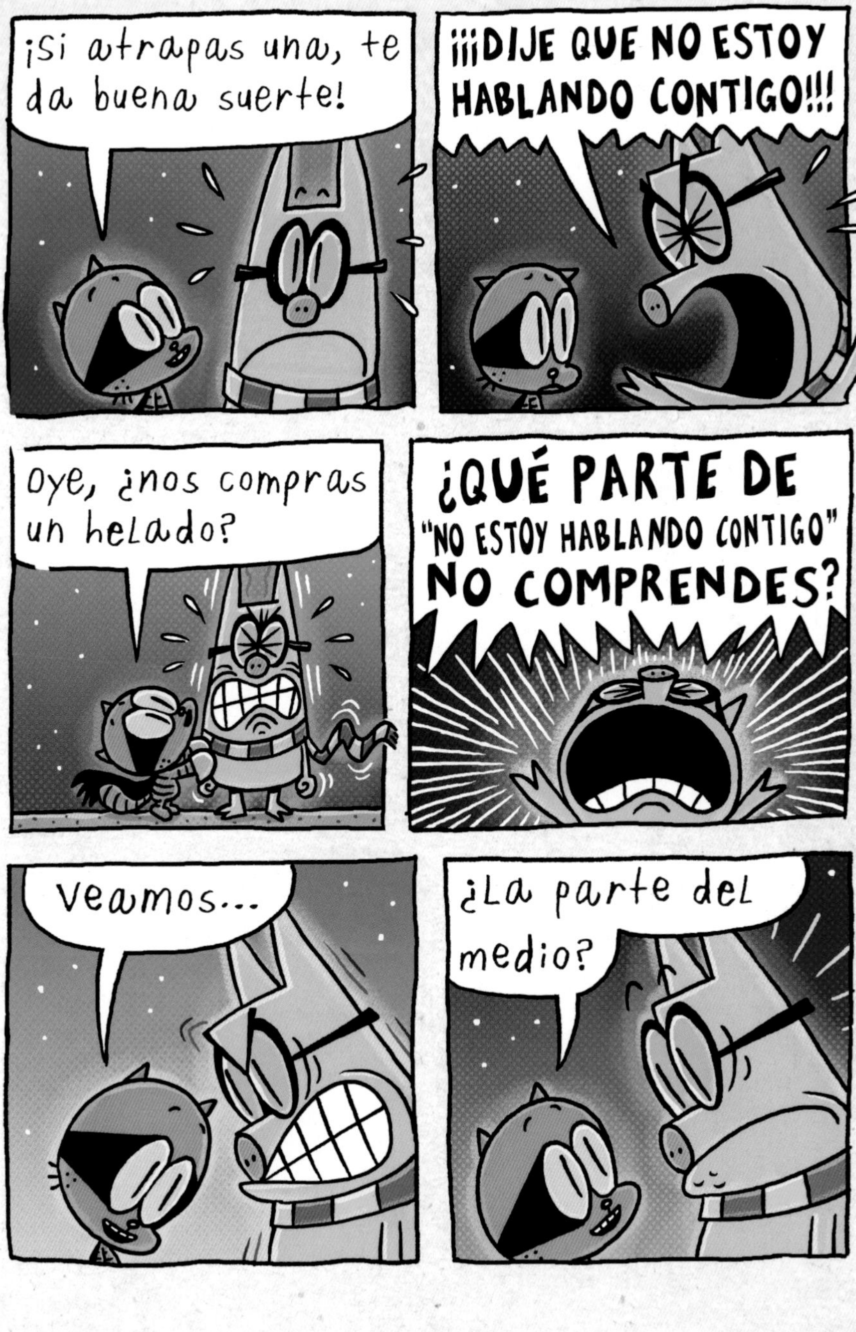
¡Si atrapas una, te da buena suerte!
¡¡¡DIJE QUE NO ESTOY HABLANDO CONTIGO!!!
Oye, ¿nos compras un helado?
¿QUÉ PARTE DE "NO ESTOY HABLANDO CONTIGO" NO COMPRENDES?
Veamos...
¿La parte del medio?

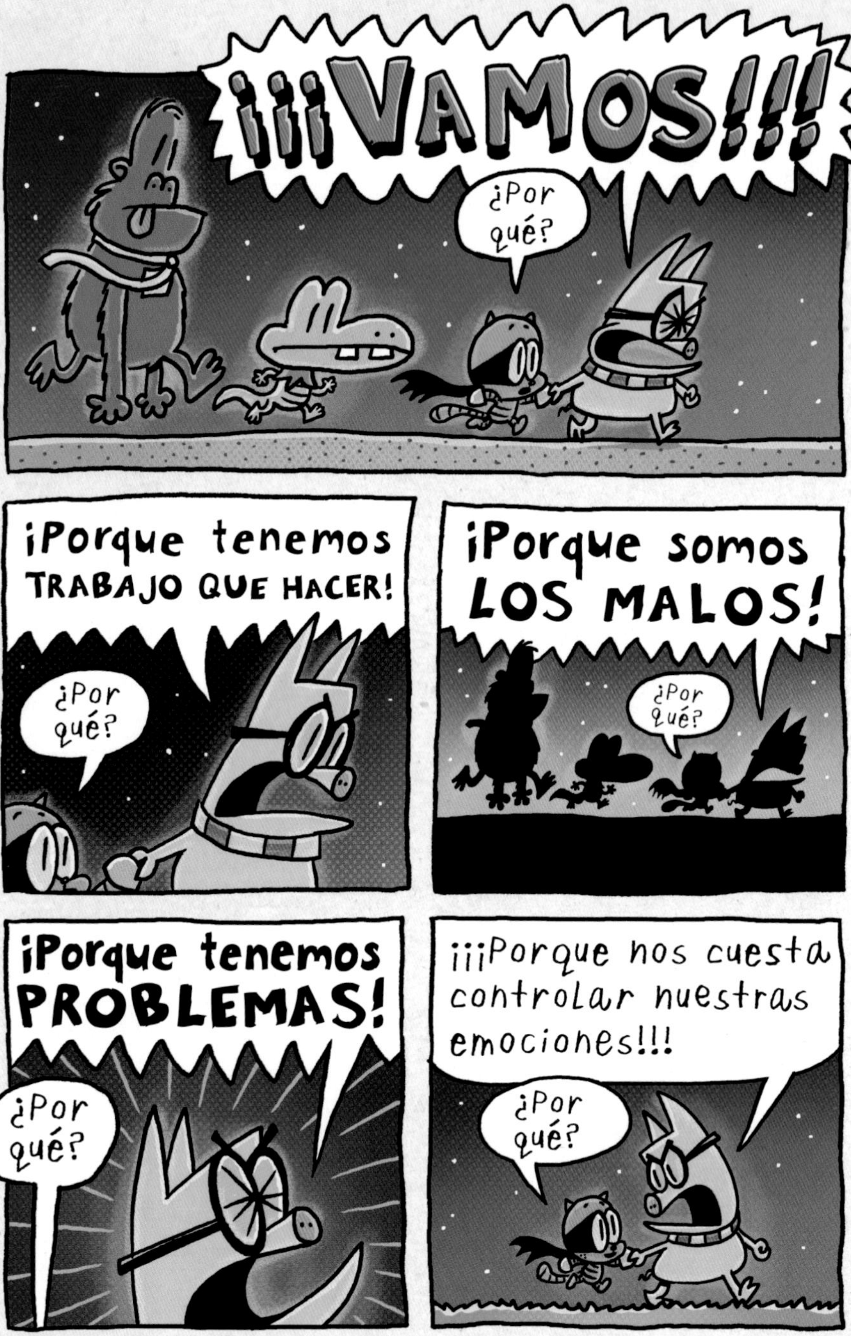
¡¡¡VAMOS!!!
¿Por qué?
¡Porque tenemos TRABAJO QUE HACER!
¿Por qué?
¡Porque somos LOS MALOS!
¿Por qué?
¡Porque tenemos PROBLEMAS!
¿Por qué?
¡¡¡Porque nos cuesta controlar nuestras emociones!!!
¿Por qué?

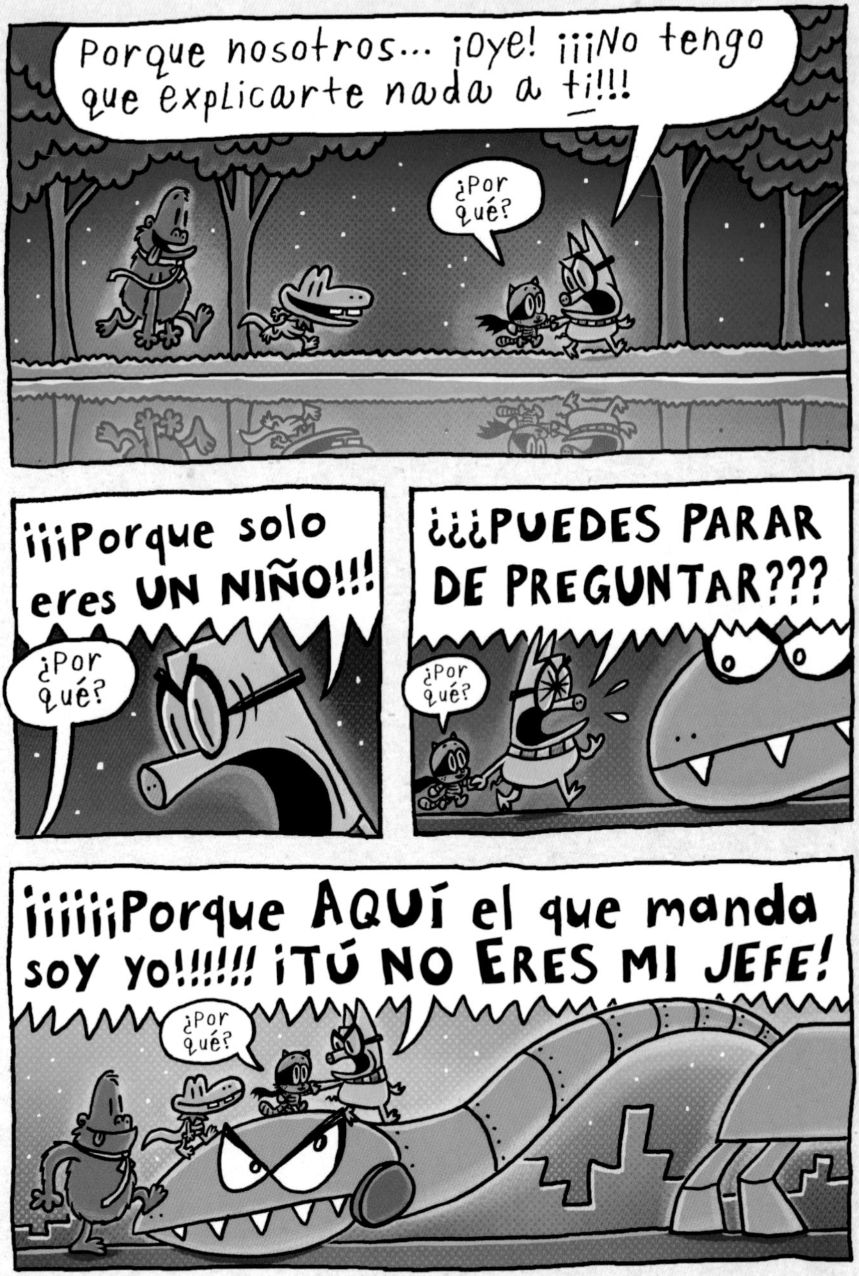
Porque nosotros... ¡Oye! ¡¡¡No tengo que explicarte nada a ti!!!
¿Por qué?
¡¡¡Porque solo eres UN NIÑO!!!
¿Por qué?
¿¿¿PUEDES PARAR DE PREGUNTAR???
¿Por qué?
¡¡¡¡¡¡Porque AQUÍ el que manda soy yo!!!!!! ¡TÚ NO ERES MI JEFE!
¿Por qué?

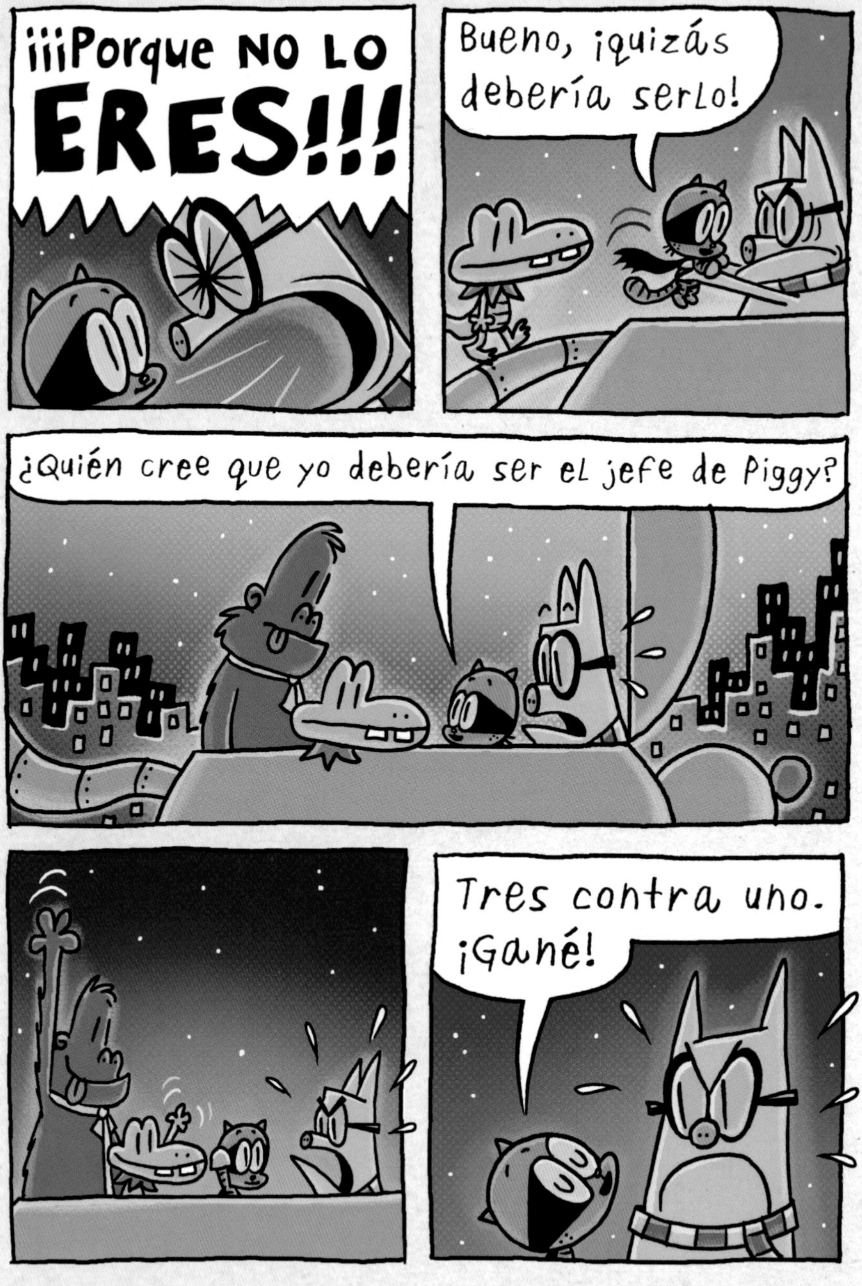
¡¡¡Porque NO LO ERES!!!
Bueno, ¡quizás debería serlo!
¿Quién cree que yo debería ser el jefe de Piggy?
Tres contra uno. ¡Gané!

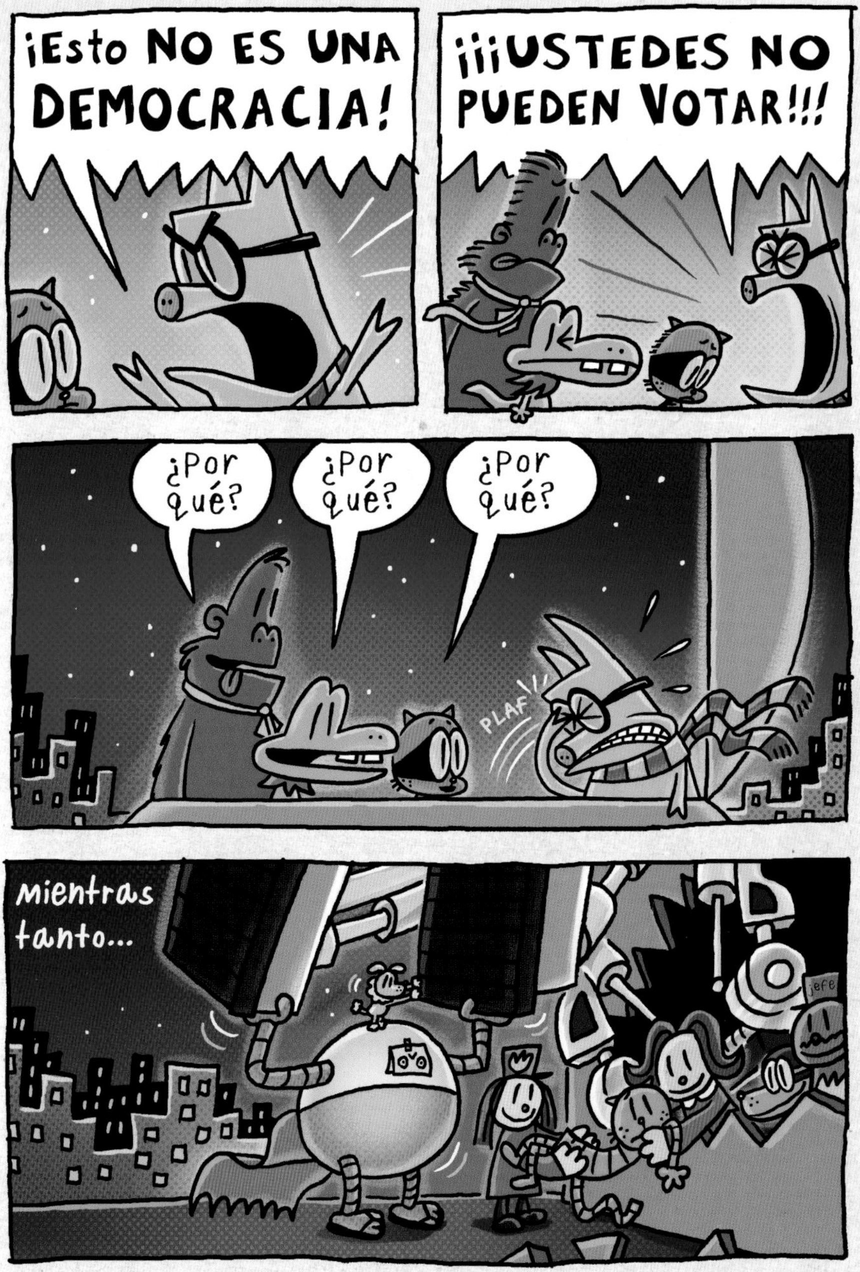
¡Esto NO ES UNA DEMOCRACIA!
¡¡¡USTEDES NO PUEDEN VOTAR!!!
¿Por qué?
¿Por qué?
¿Por qué?
PLAF
Mientras tanto...
jefe

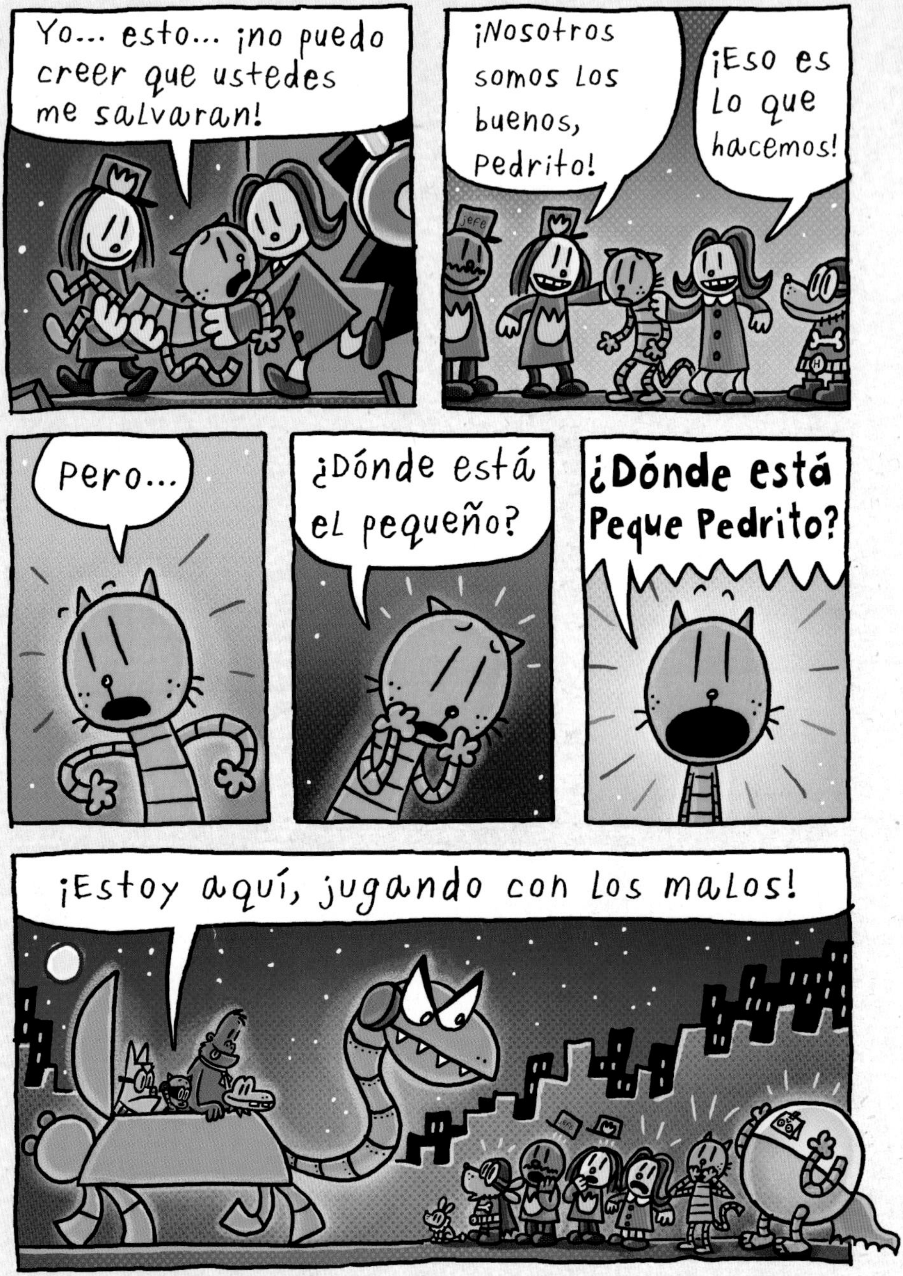
Yo... esto... ¡no puedo creer que ustedes me salvaran!
¡Nosotros somos los buenos, Pedrito!
¡Eso es lo que hacemos!
jefe
Pero...
¿Dónde está el pequeño?
¿Dónde está Peque Pedrito?
¡Estoy aquí, jugando con los malos!

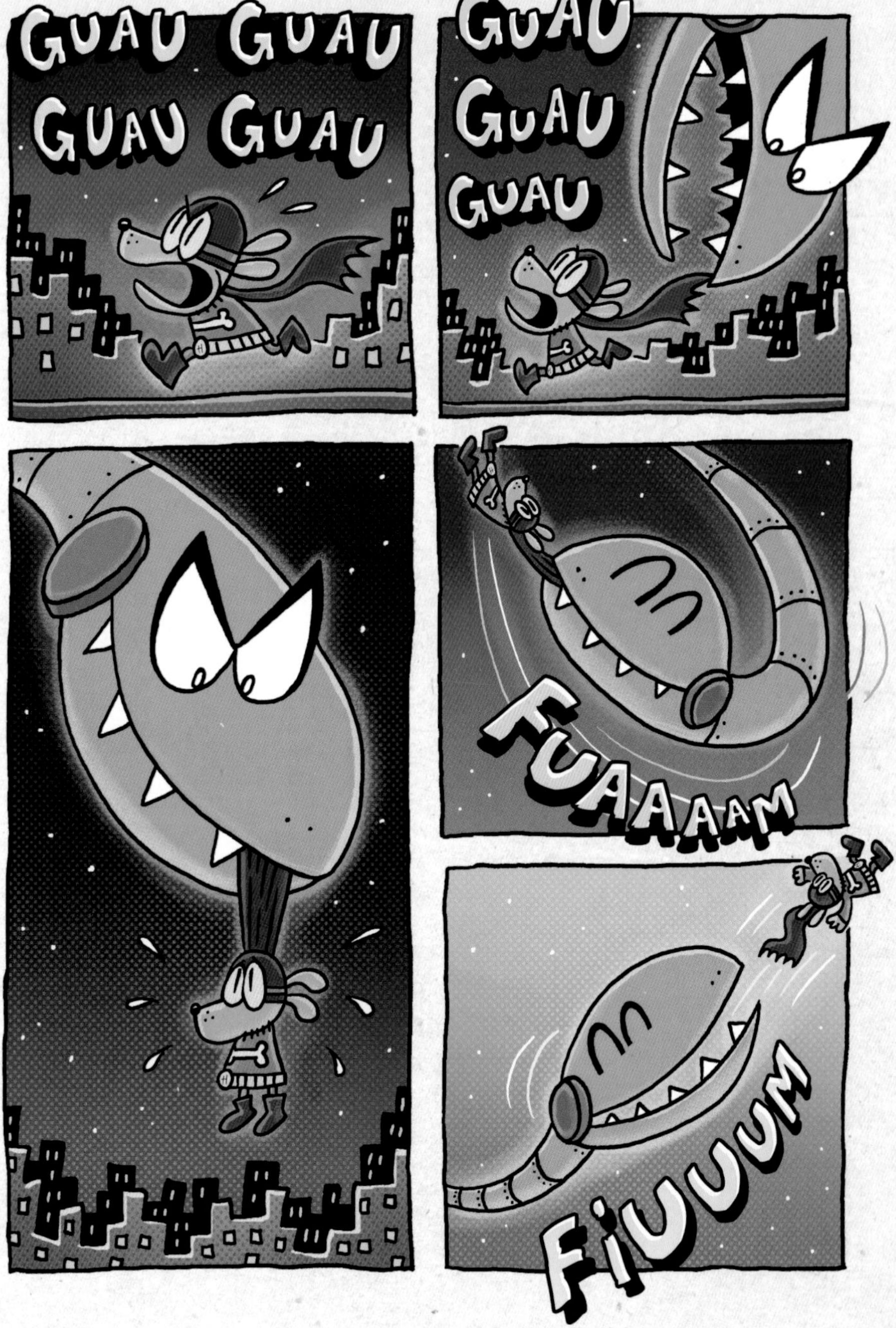
GUAU GUAU
GUAU GUAU
GUAU
GUAU
GUAU
FUAAAAM
FIUUUM

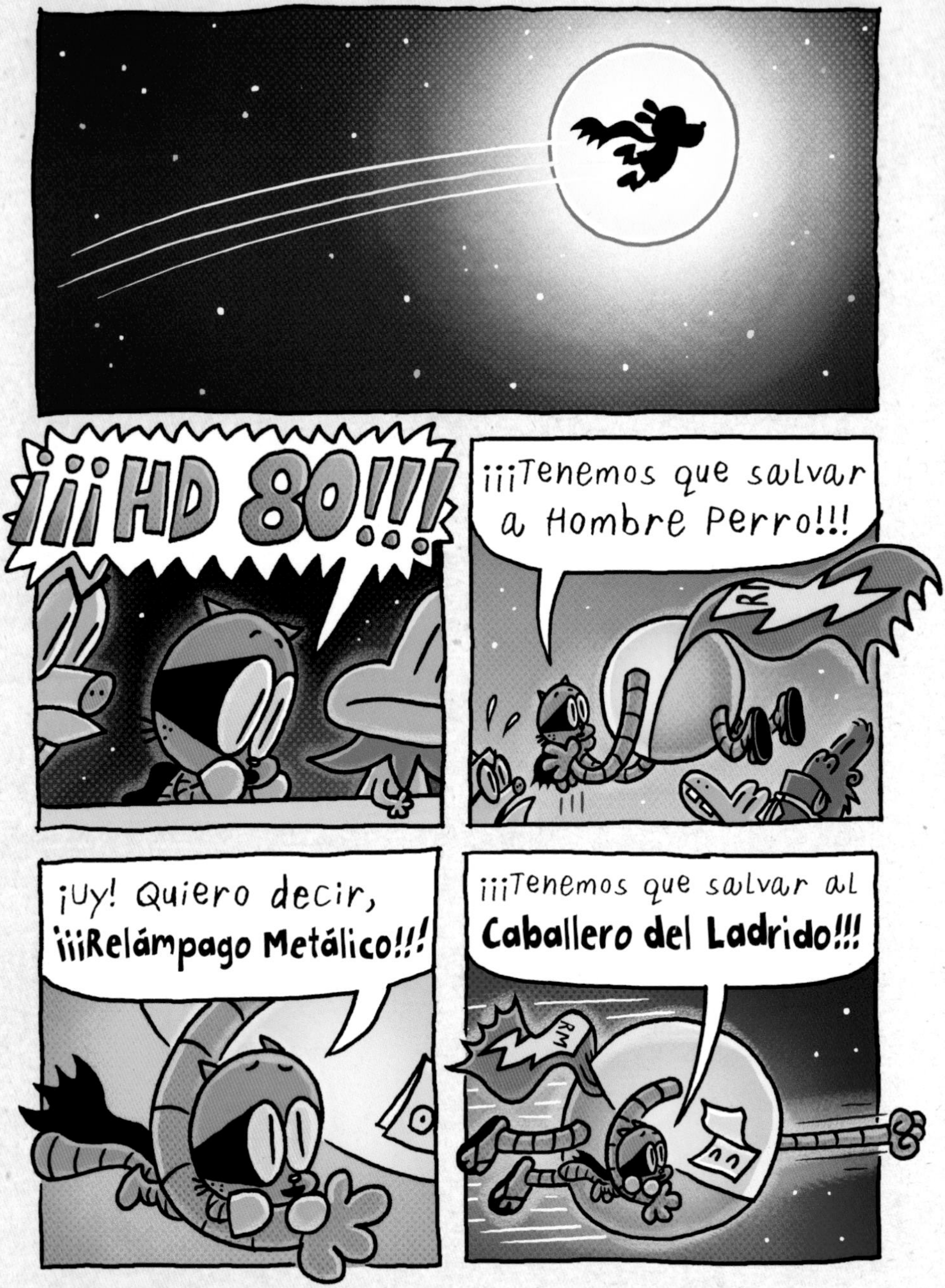
¡¡¡HD 80!!!
¡¡¡Tenemos que salvar a Hombre Perro!!!
¡Uy! Quiero decir, ¡¡¡Relámpago Metálico!!!
¡¡¡Tenemos que salvar al Caballero del Ladrido!!!

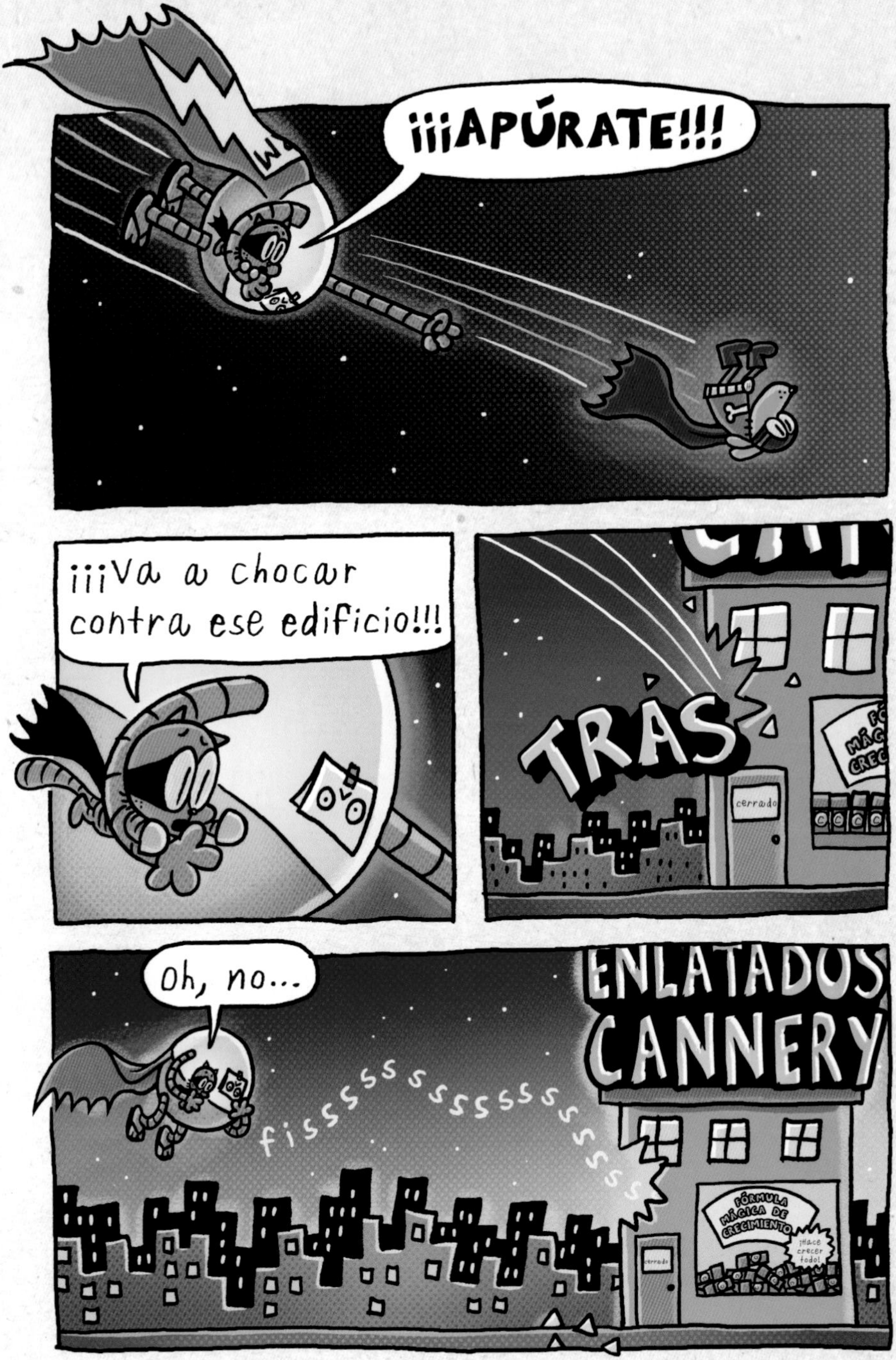
¡¡¡APÚRATE!!!
¡¡¡Va a chocar contra ese edificio!!!
TRÁS
cerrado
Oh, no...
fisssssssssssssssssss
ENLATADOS
CANNERY
FÓRMULA MÁGICA DE CRECIMIENTO
¡Hace crecer todo!
cerrado

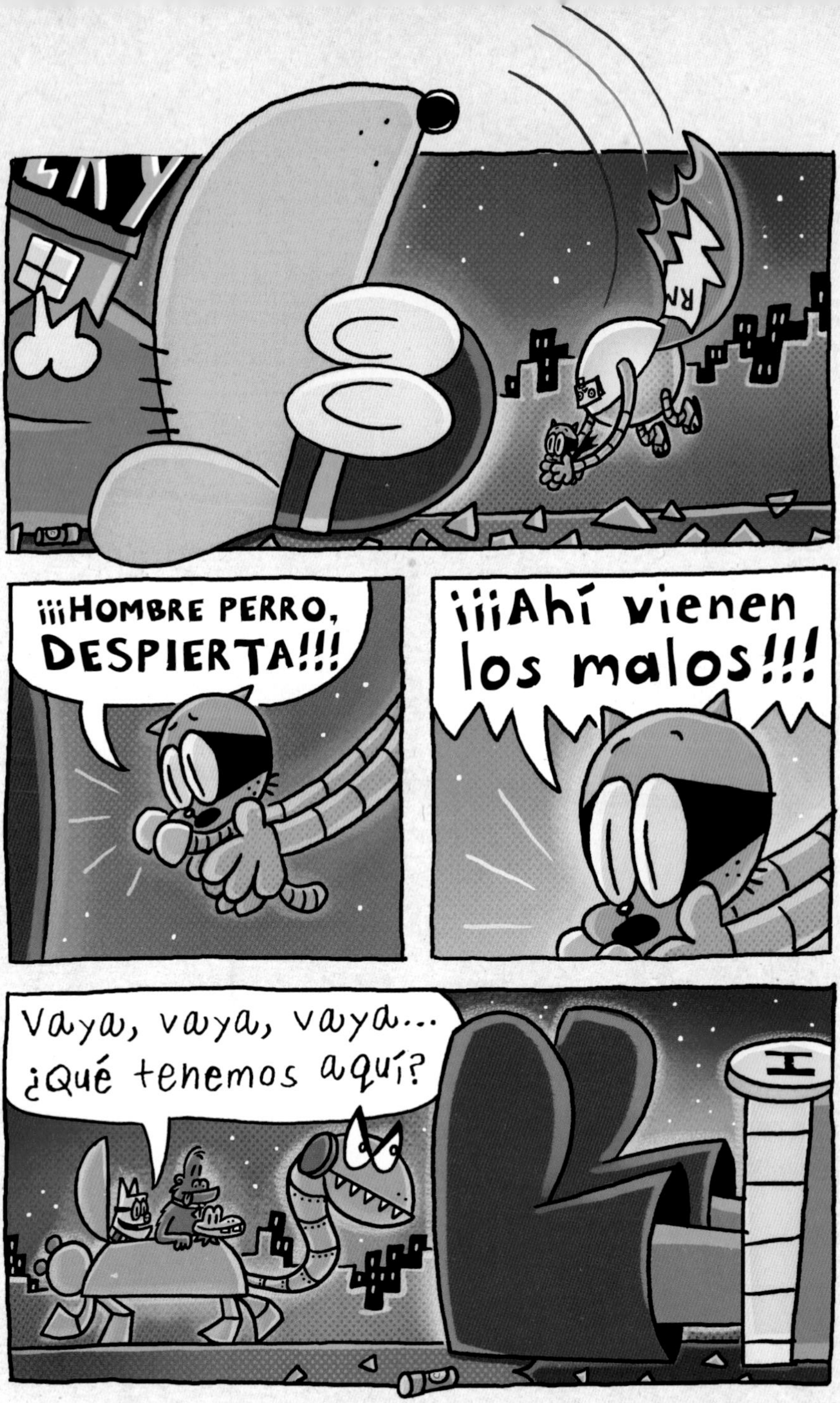
¡¡¡HOMBRE PERRO, DESPIERTA!!!
¡¡¡Ahí vienen los malos!!!
Vaya, vaya, vaya... ¿Qué tenemos aquí?

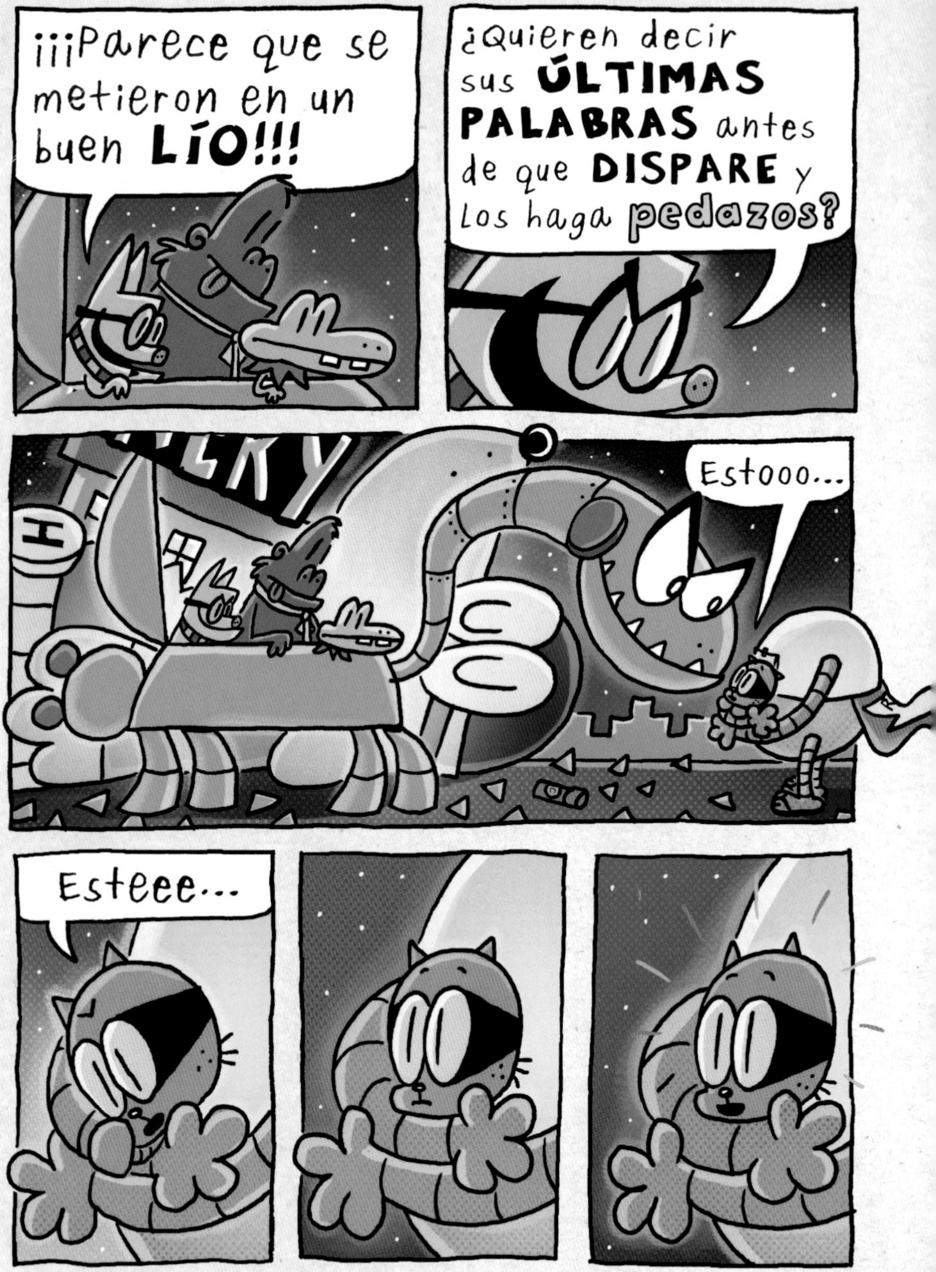
¡¡¡Parece que se metieron en un buen LÍO!!!
¿Quieren decir sus ÚLTIMAS PALABRAS antes de que DISPARE y los haga pedazos?
Estooo...
Esteee...

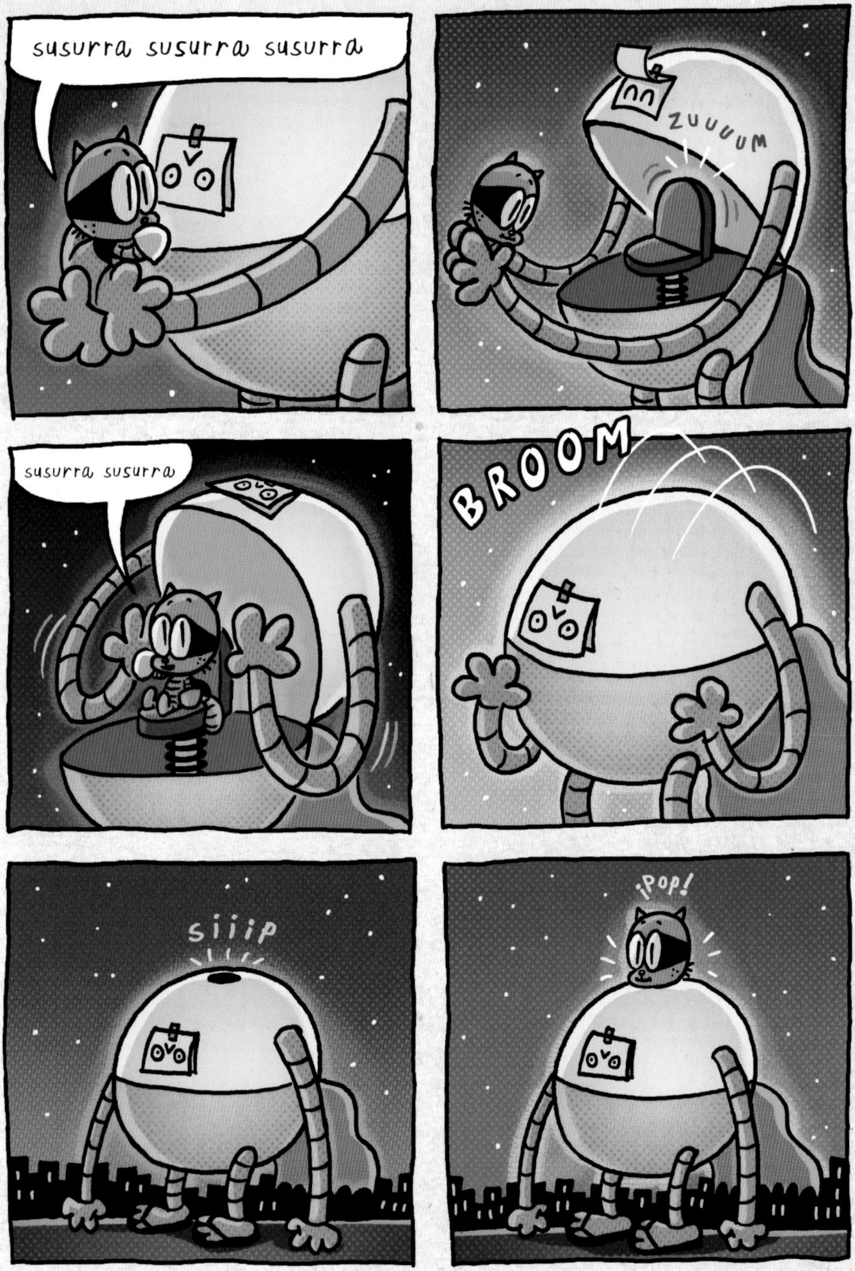
susurra susurra susurra
ZUUUUM
susurra susurra
BROOM
siiip
¡Pop!

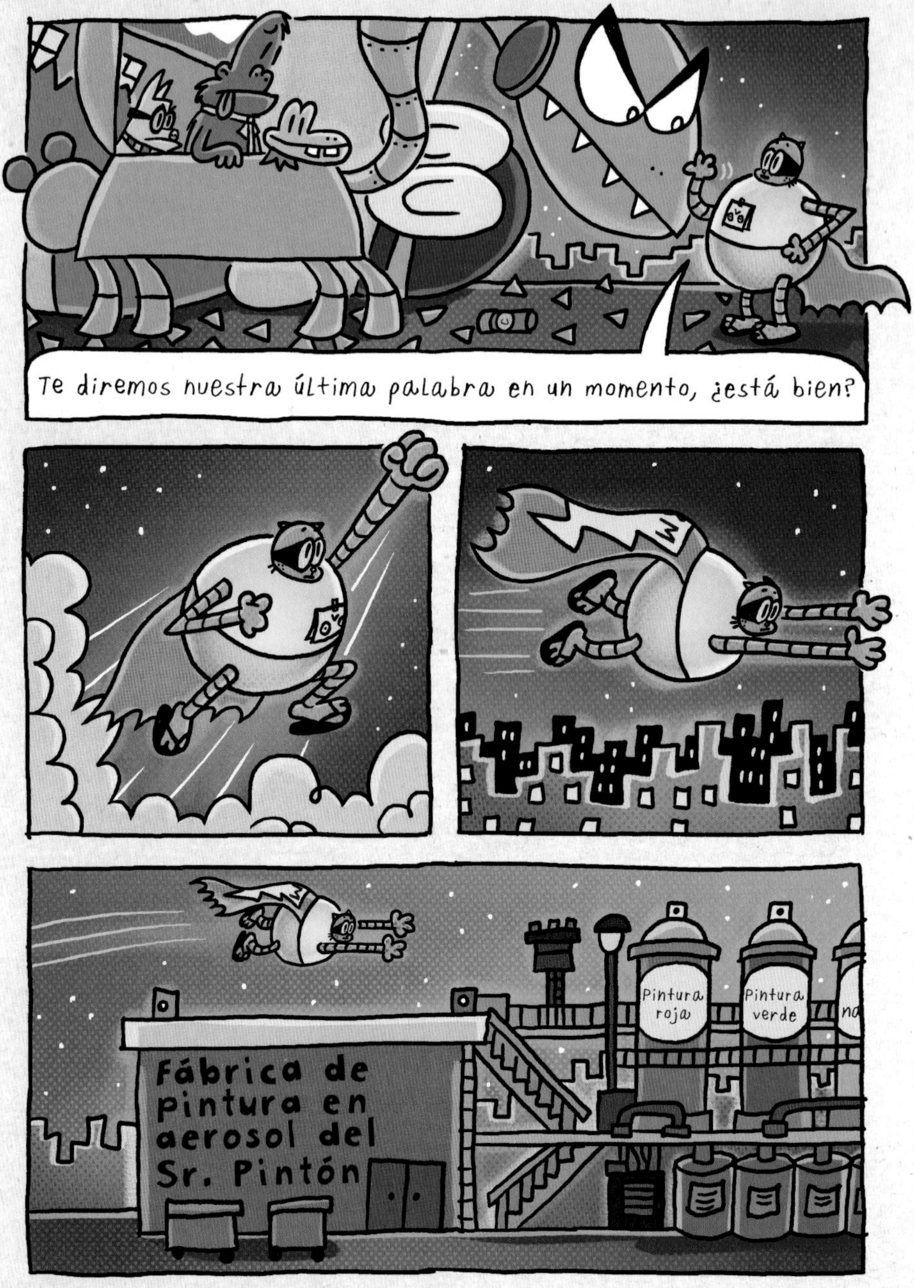
Te diremos nuestra última palabra en un momento, ¿está bien?
Pintura roja
Pintura verde
Fábrica de pintura en aerosol del Sr. Pintón

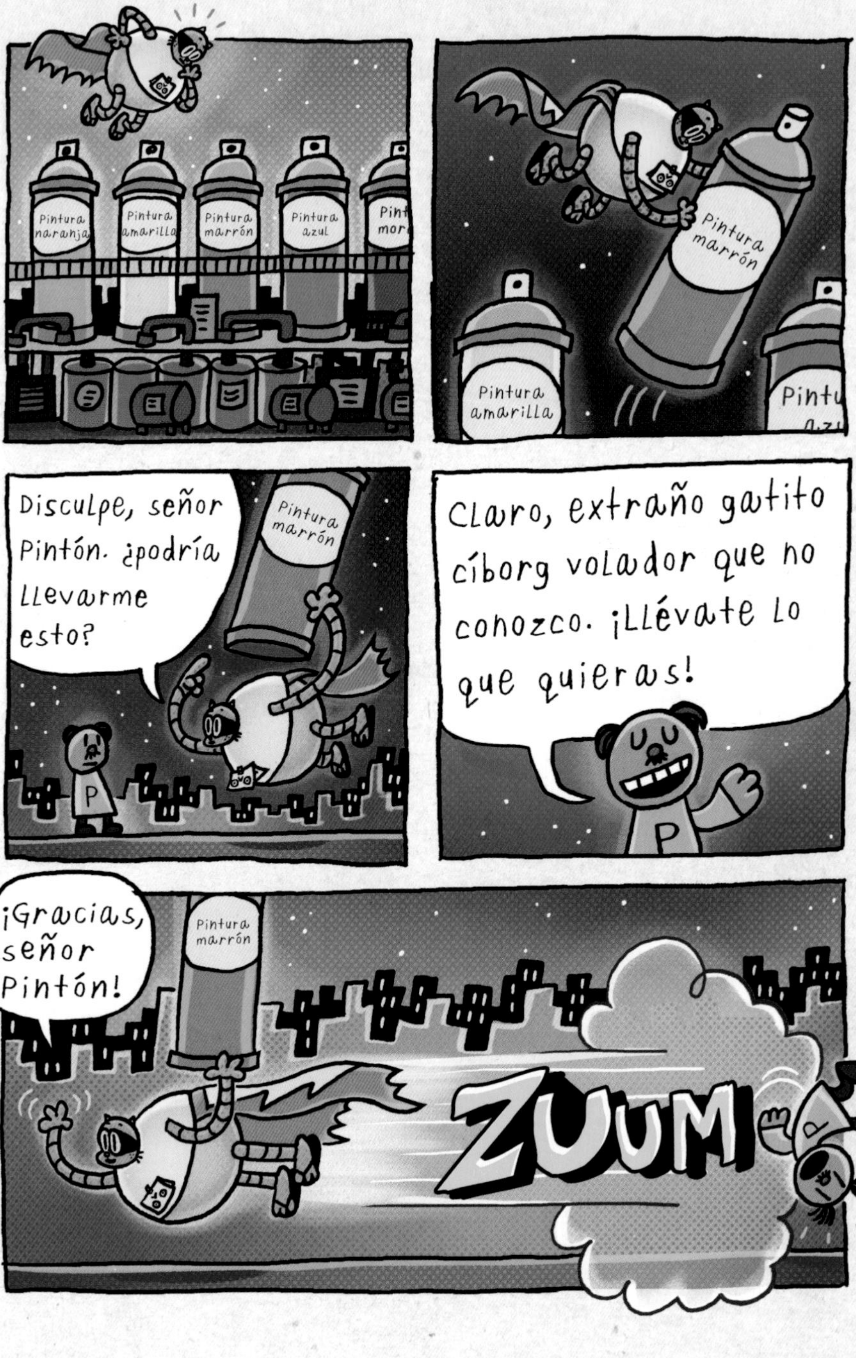
Pintura naranja
Pintura amarilla
Pintura marrón
Pintura azul
Pintura marrón
Pintura amarilla
Disculpe, señor Pintón. ¿podría llevarme esto?
Pintura marrón
Claro, extraño gatito cíborg volador que no conozco. ¡Llévate lo que quieras!
¡Gracias, señor Pintón!
Pintura marrón
ZUUM

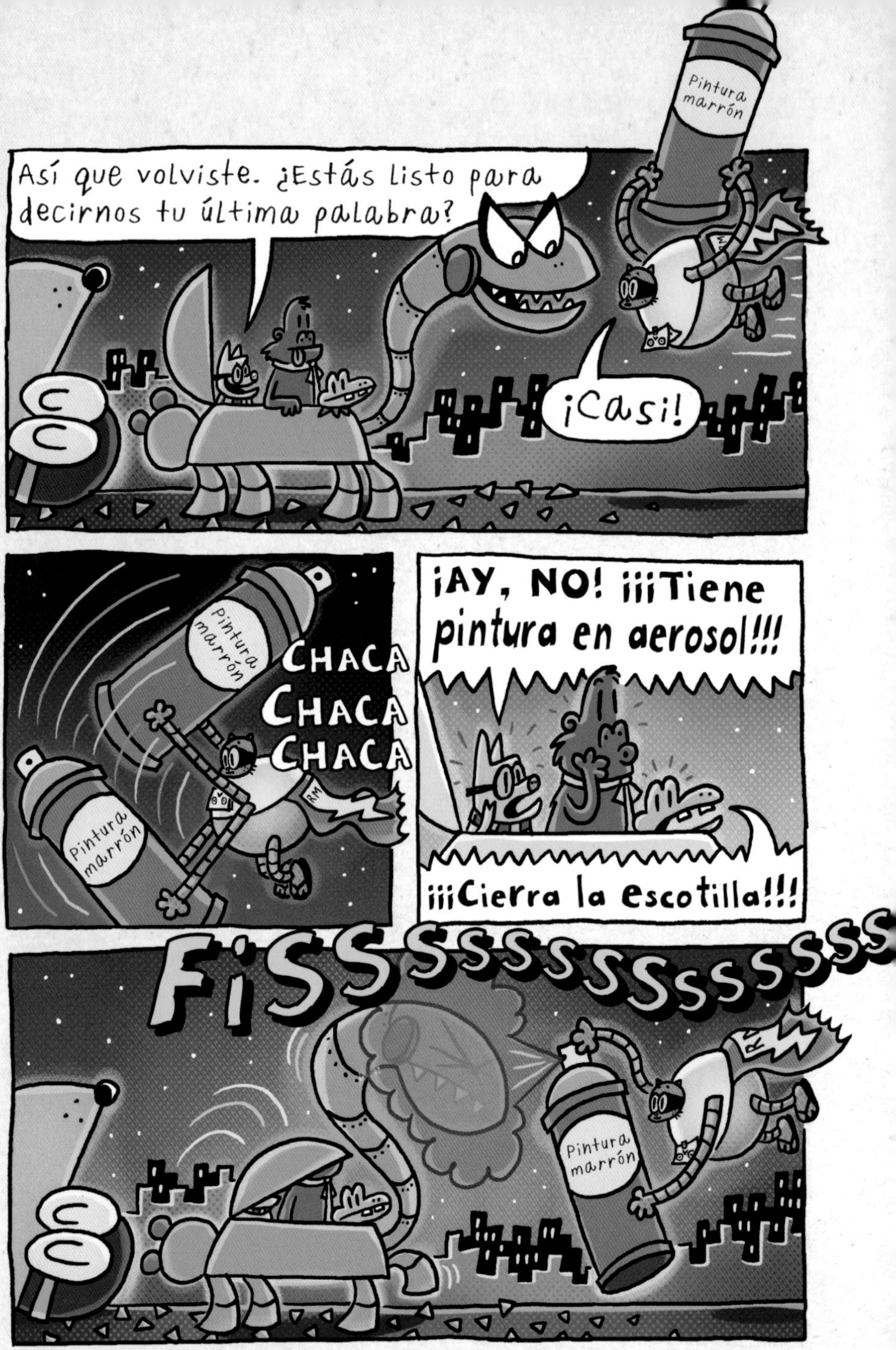
Pintura marrón
Así que volviste. ¿Estás listo para decirnos tu última palabra?
¡Casi!
Pintura marrón
CHACA
CHACA
CHACA
Pintura marrón
¡AY, NO! ¡¡¡Tiene pintura en aerosol!!!
¡¡¡Cierra la escotilla!!!
FiSSSSSSSSSSSSSS
Pintura marrón

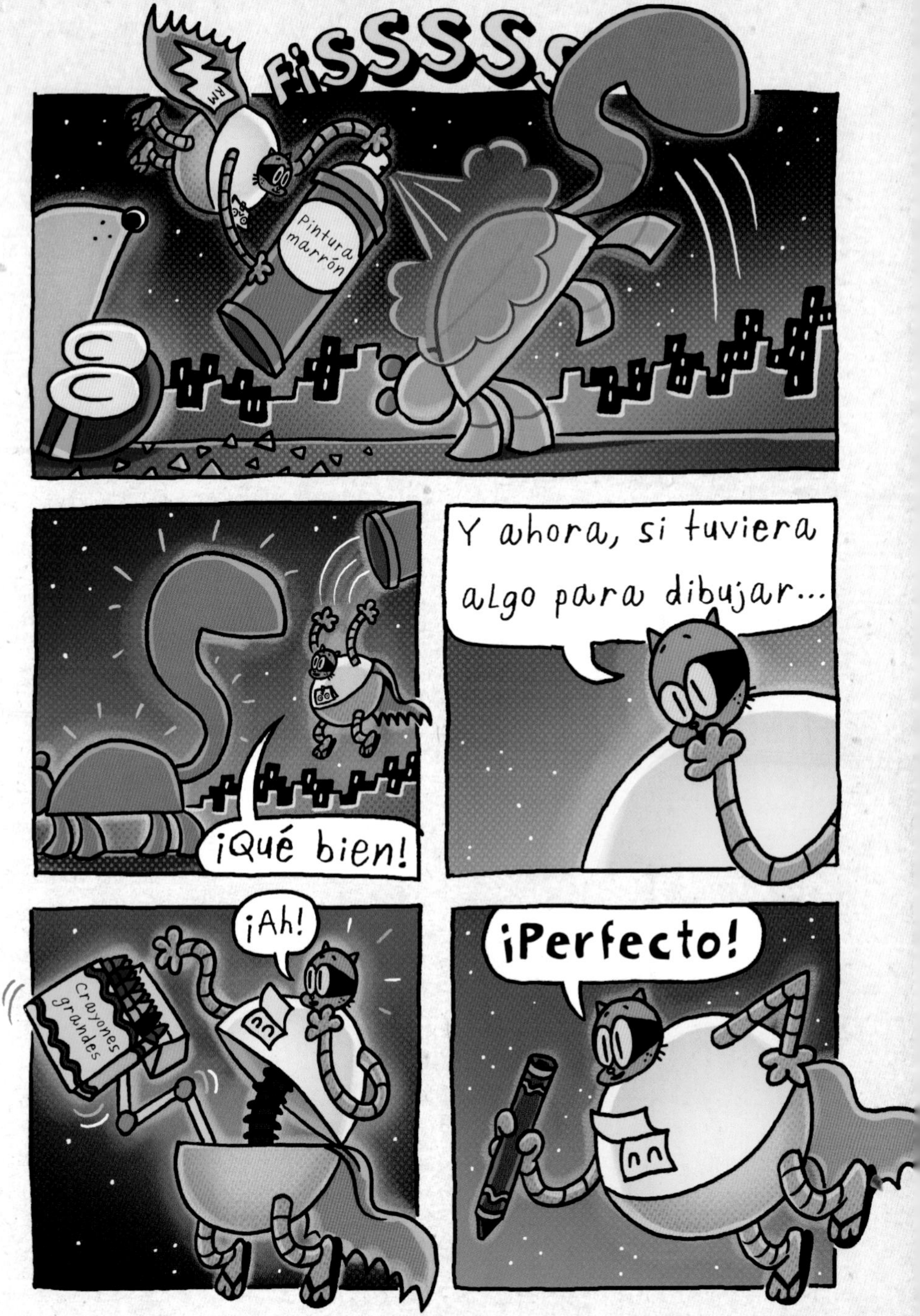
FISSSSS
Pintura marrón
¡Qué bien!
Y ahora, si tuviera algo para dibujar...
¡Ah!
Crayones grandes
¡Perfecto!

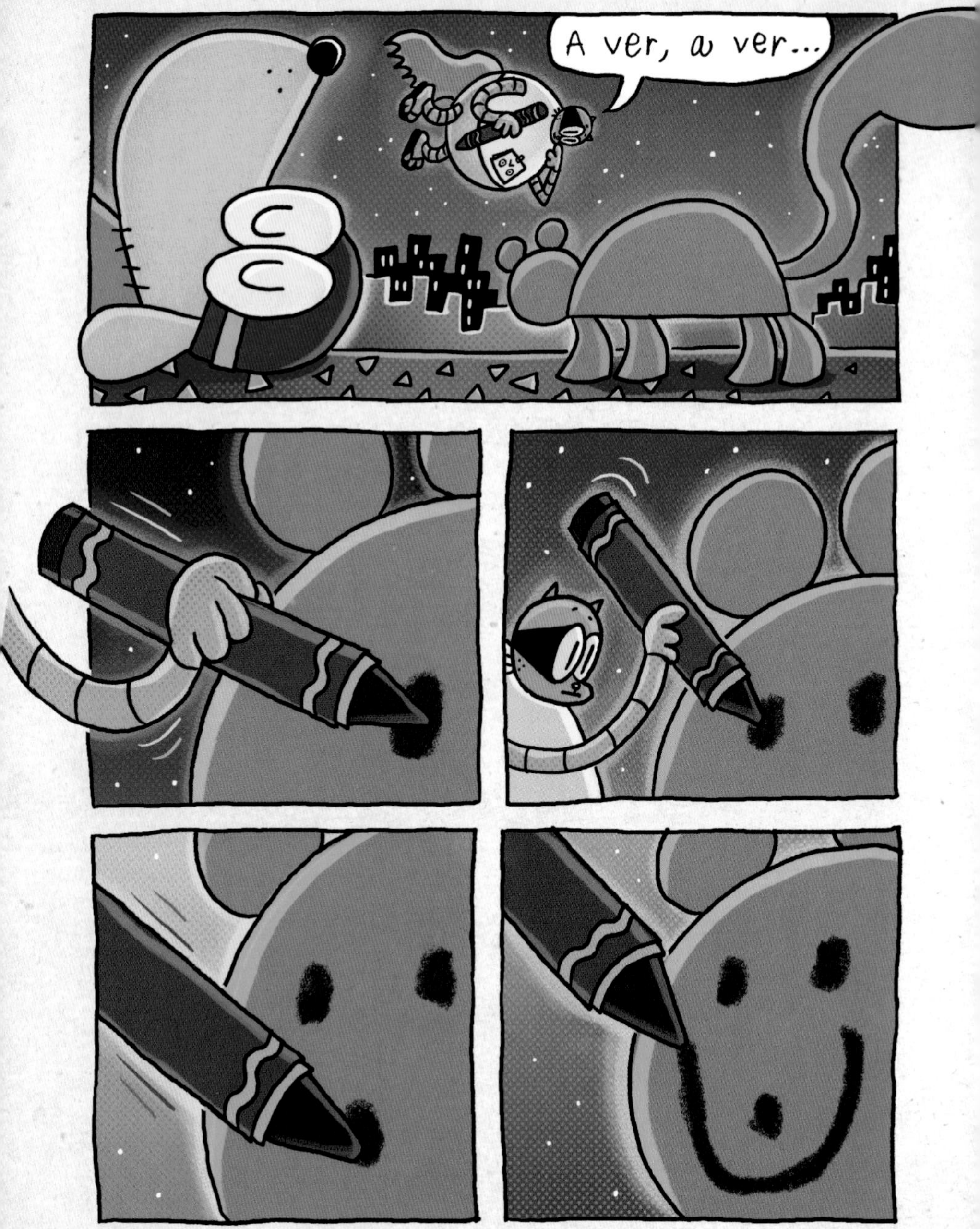
A ver, a ver...

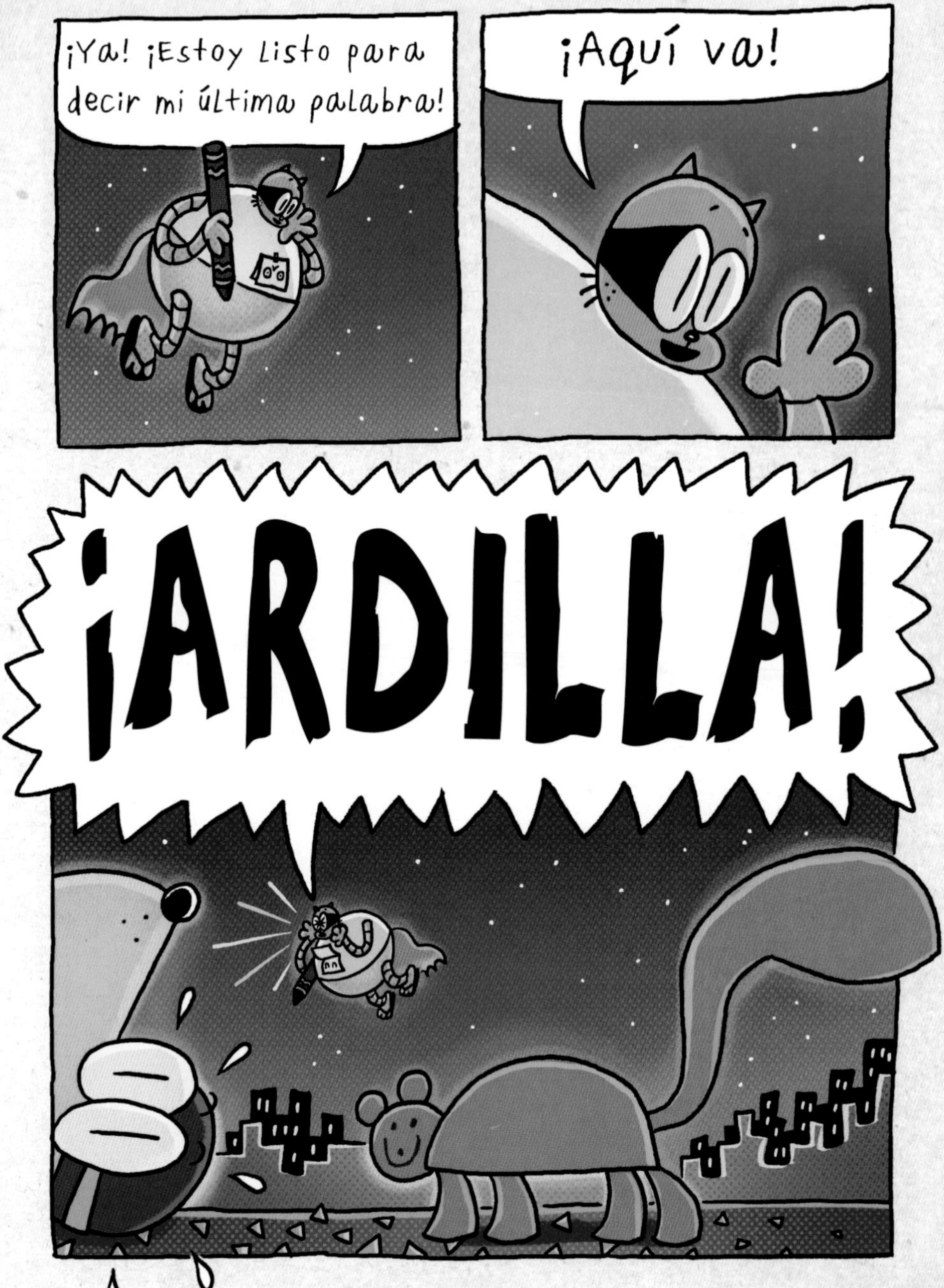
¡Ya! ¡Estoy listo para decir mi última palabra!
¡Aquí va!
¡ARDILLA!

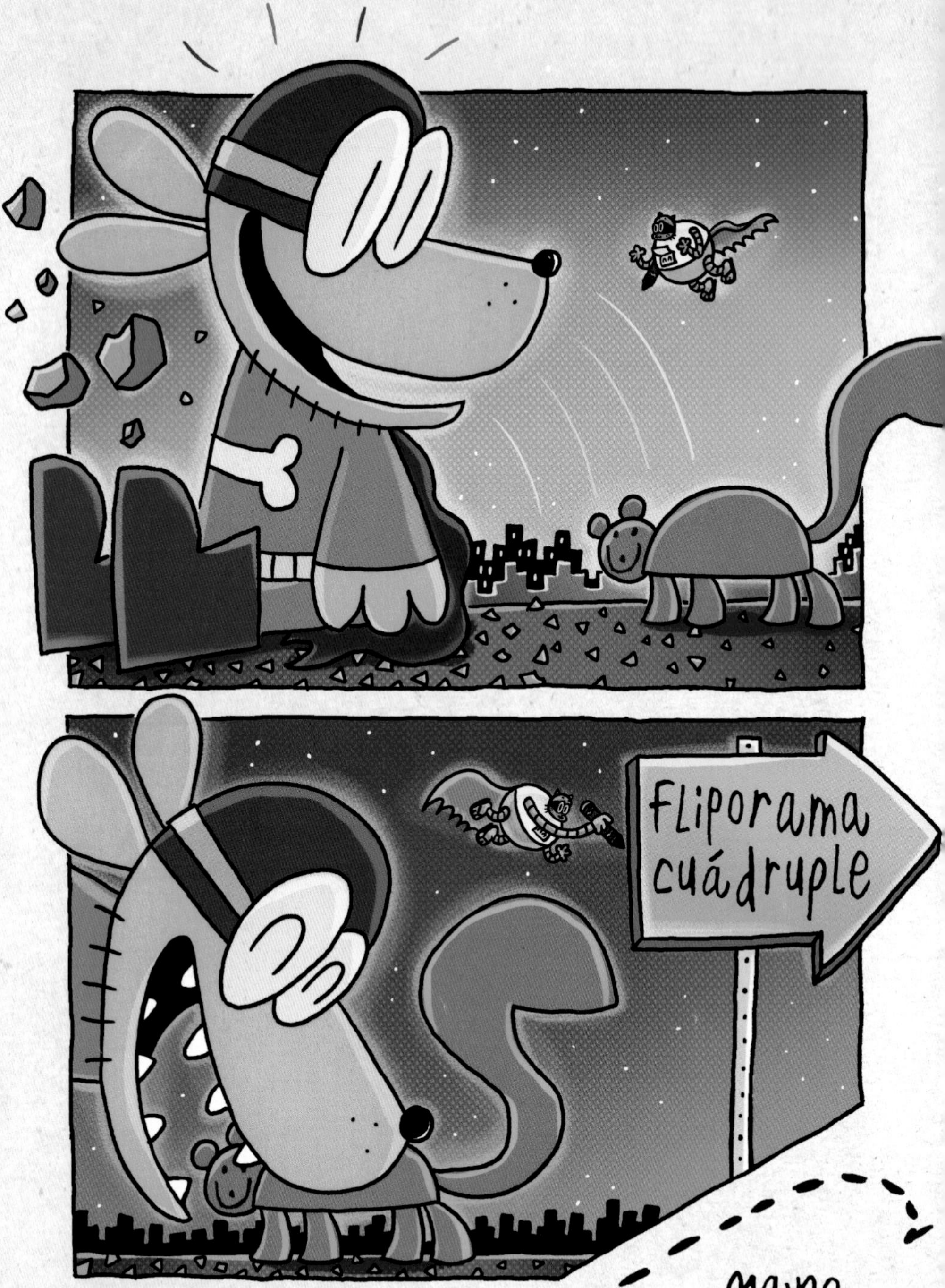
Fliporama cuádruple

Mano izquierda aquí.

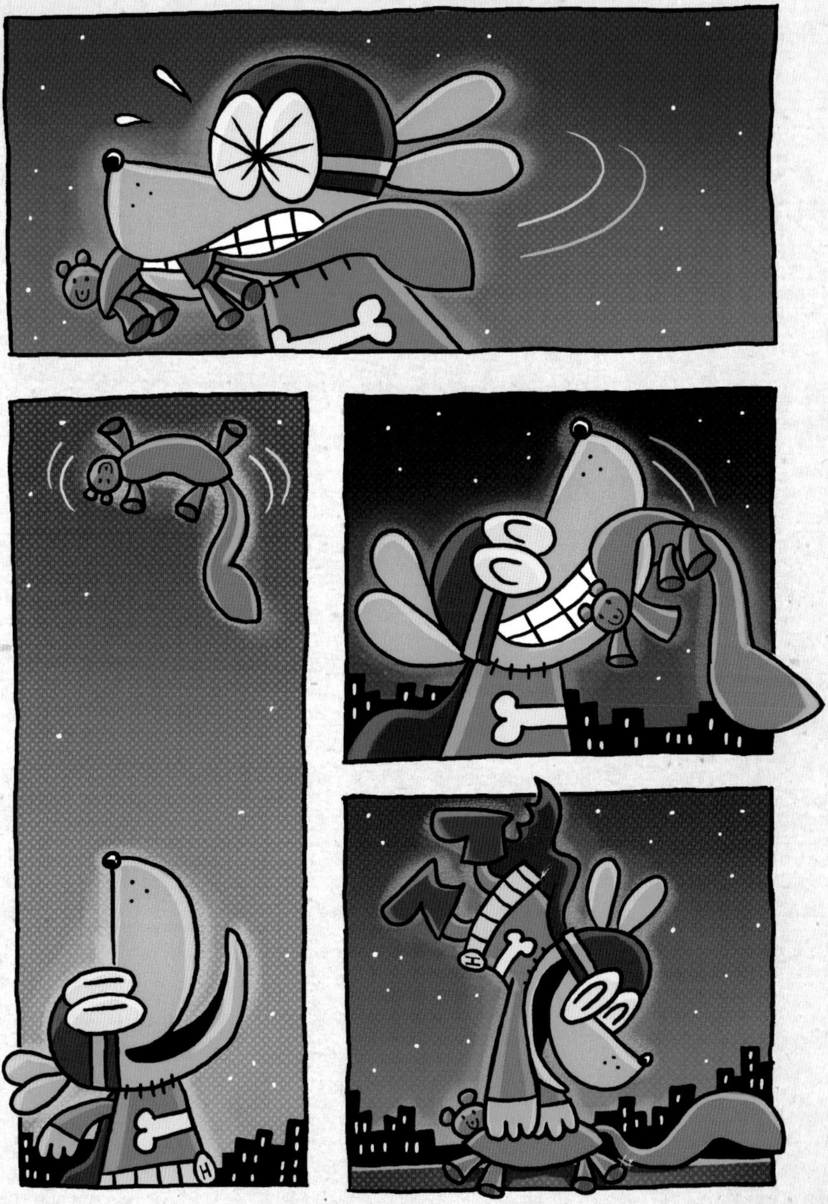

Pulgar derecho aquí.

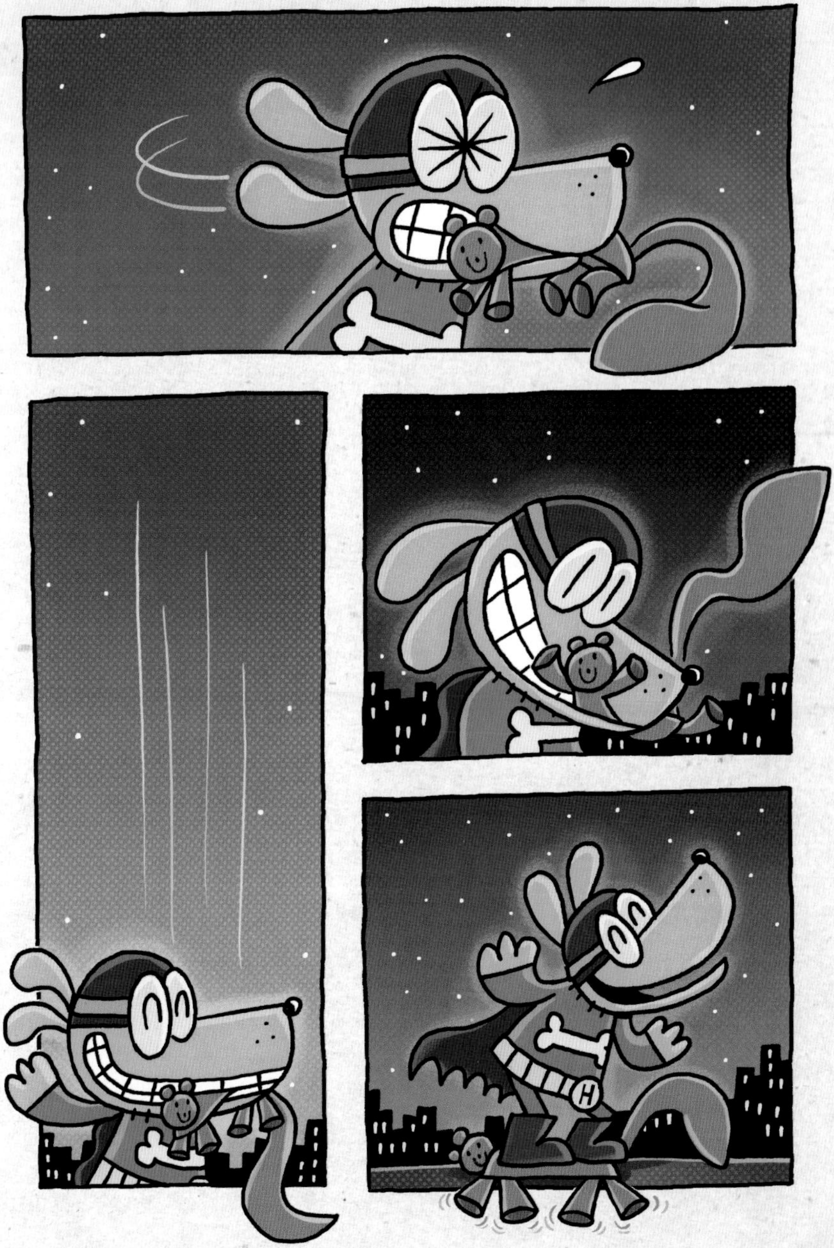

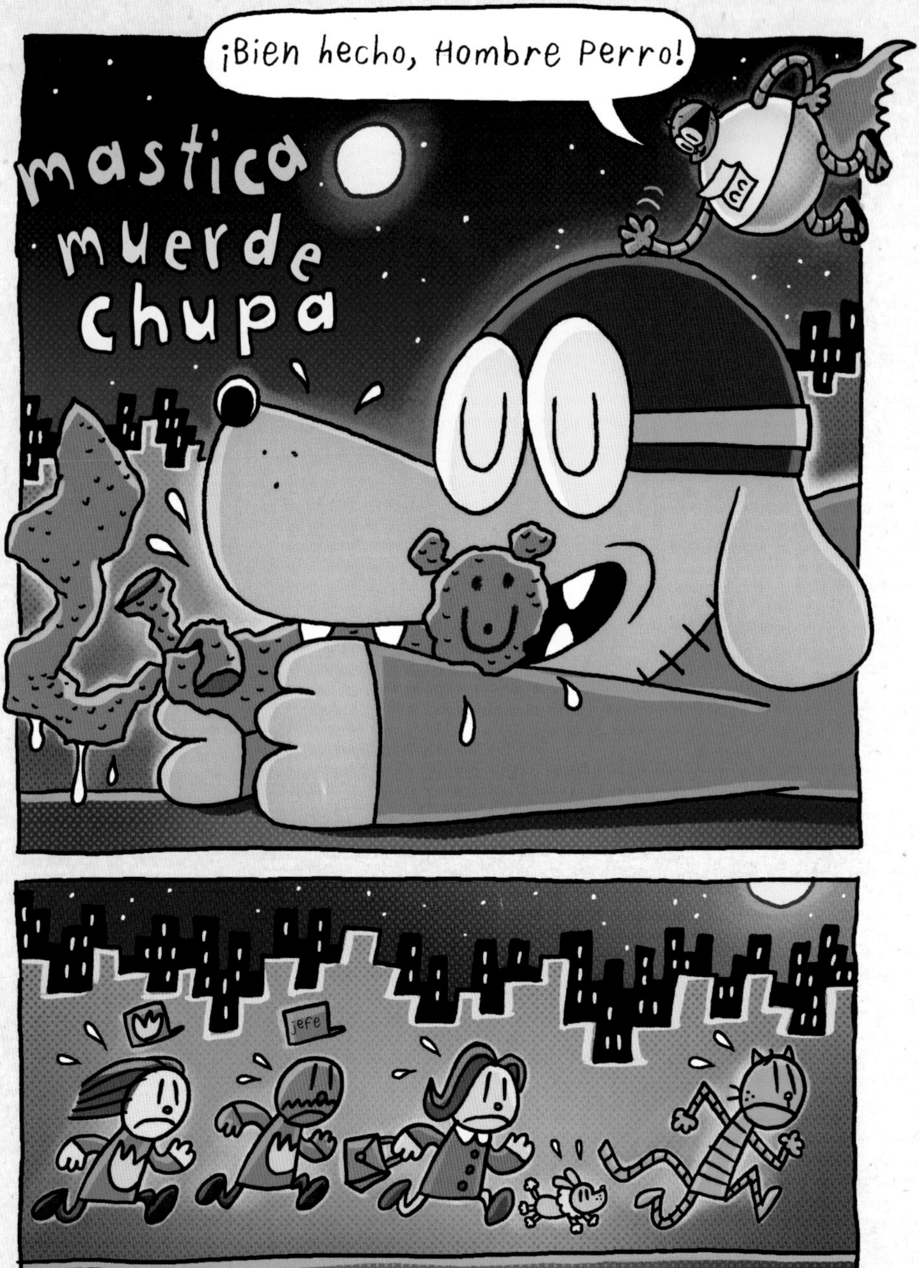
¡Bien hecho, Hombre Perro!
mastica
muerde
chupa
jefe

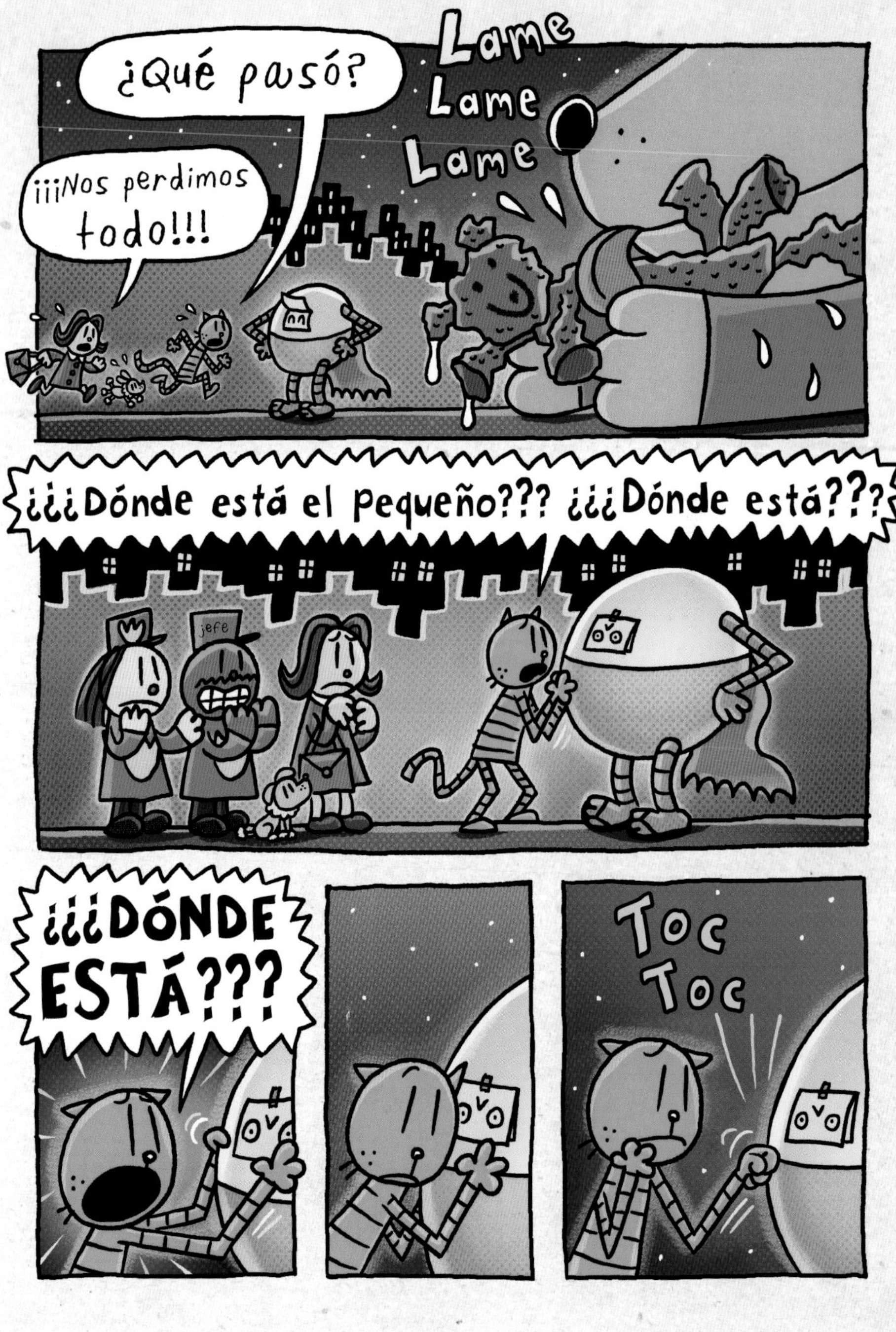

¿Qué pasó?
Lame
Lame
Lame
¡¡¡Nos perdimos todo!!!
¿¿¿Dónde está el pequeño??? ¿¿¿Dónde está???
jefe
¿¿¿DÓNDE ESTÁ???
Toc
Toc

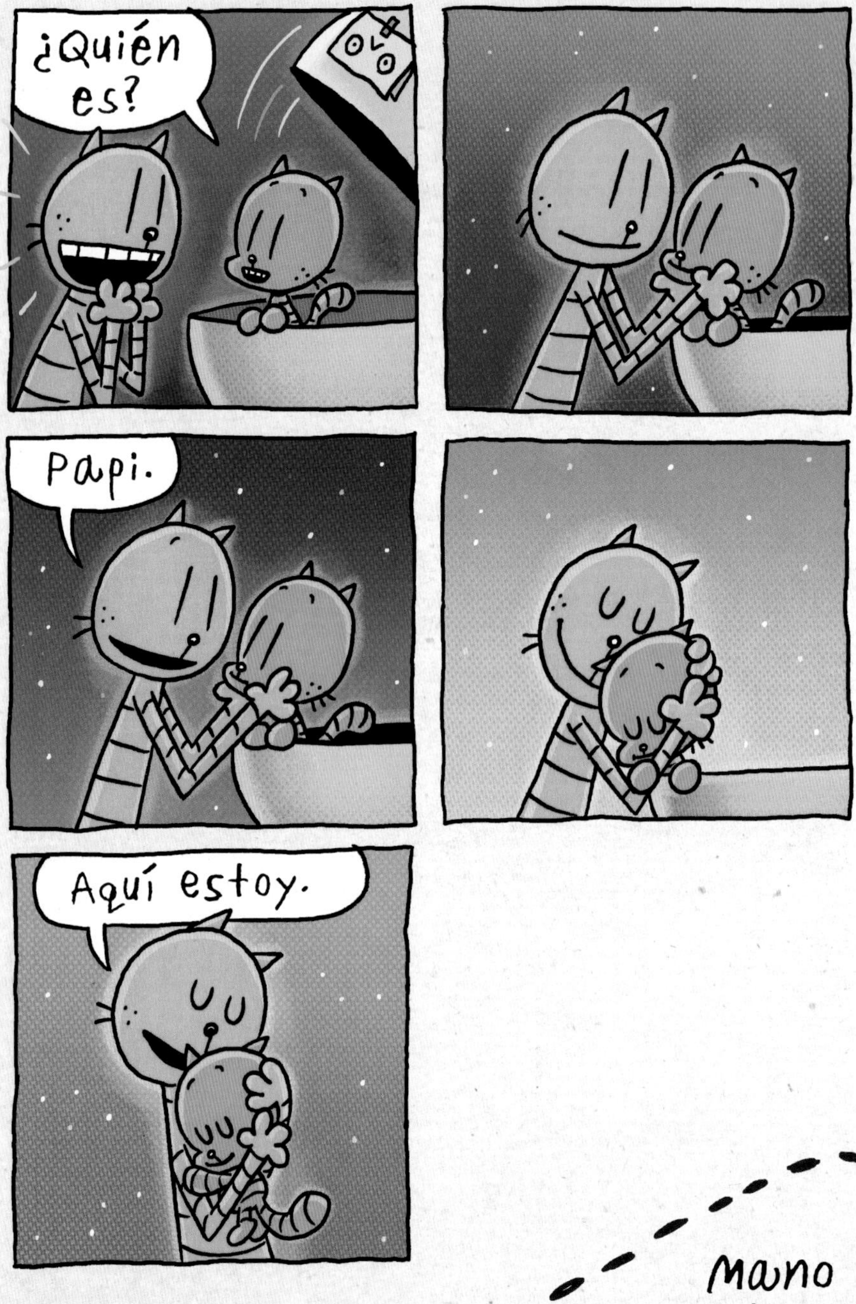

¿Quién es?
Papi.
Aquí estoy.

Mano izquierda aquí.

Amor a lametones

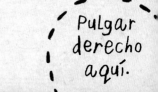

Pulgar
derecho
aquí.

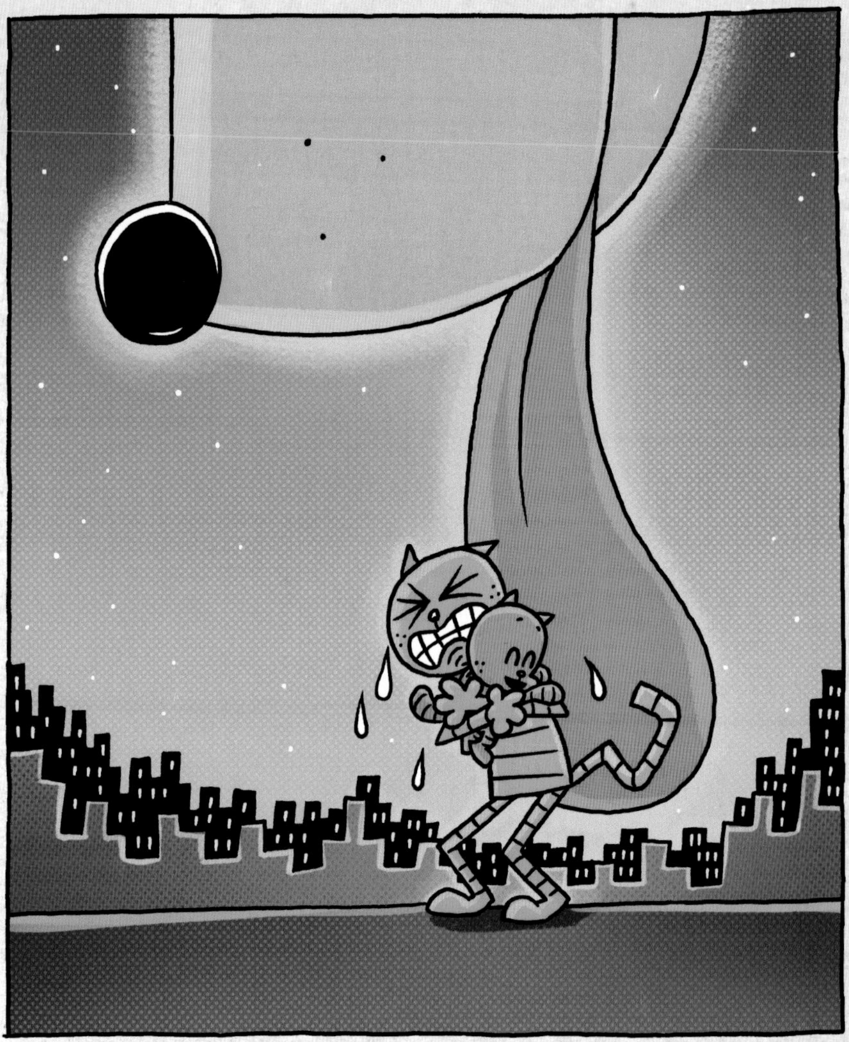

Amor a Lametones

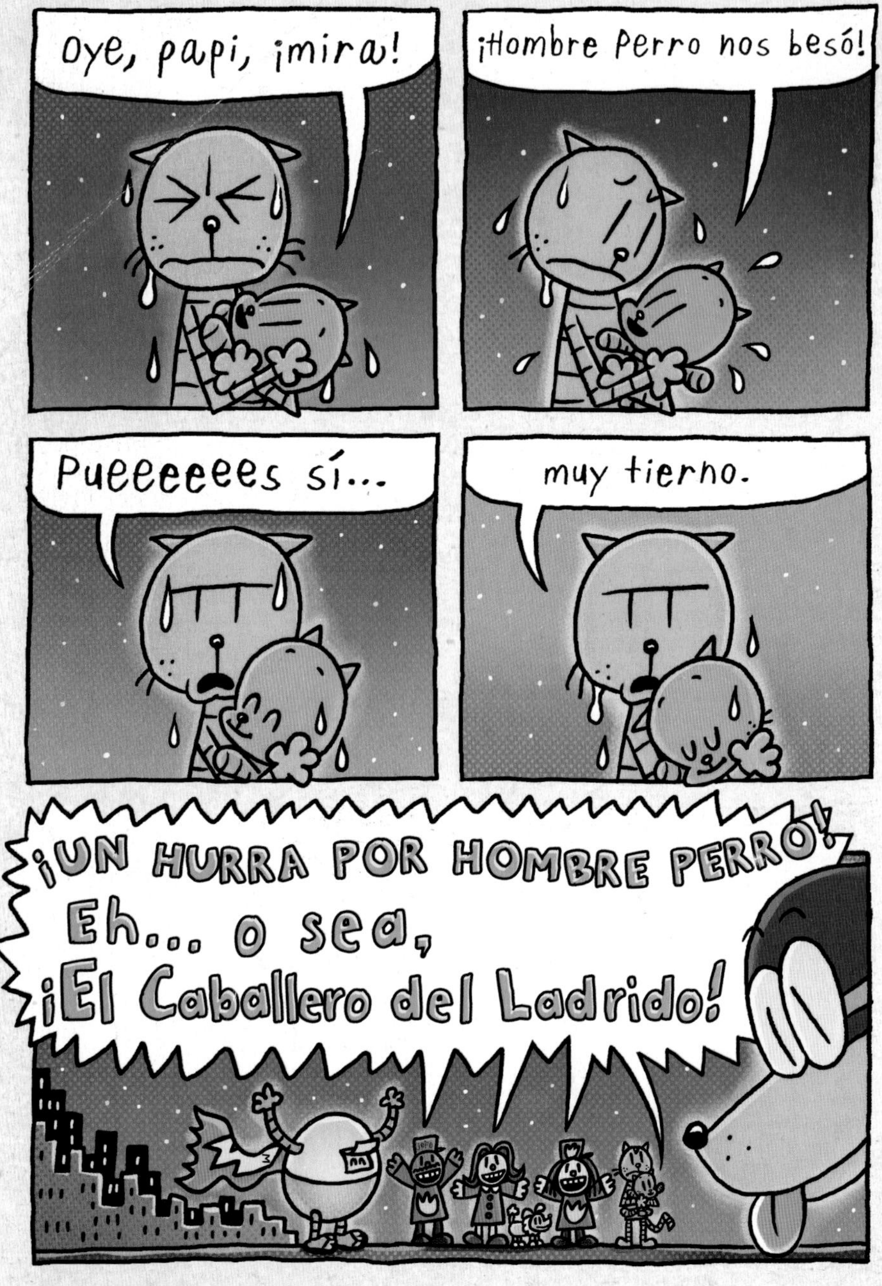
Oye, papi, ¡mira!
¡Hombre Perro nos besó!
Pueeeeees sí...
muy tierno.
¡UN HURRA POR HOMBRE PERRO!
Eh... o sea,
¡El Caballero del Ladrido!

CAPÍTULO 8

¡MI HOMBRE PERRO TIENE PULGAS!

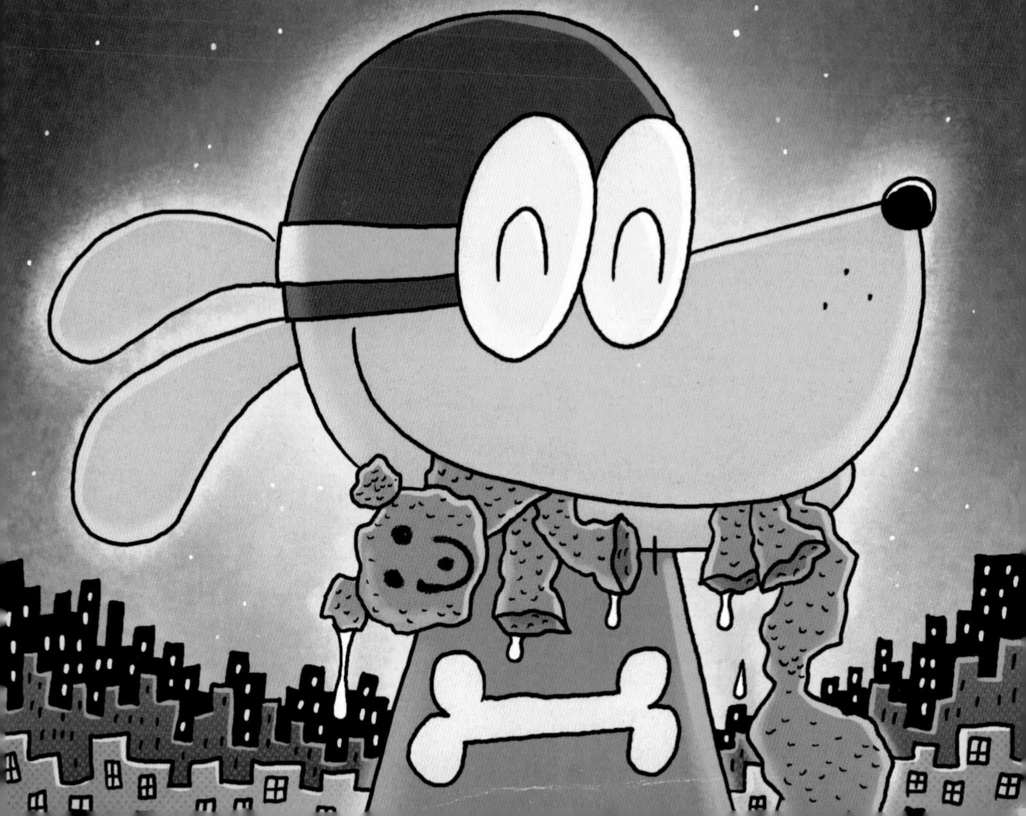

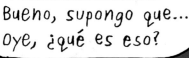

Bueno, supongo que...
Oye, ¿qué es eso?

¿Qué es, papi?

Es el rayo para encoger que se me cayó en el capítulo cinco.

¡Ah, sí!

Me pregunto si todavía funciona.

¡¡¡Vamos a averiguarlo!!!

ZAS

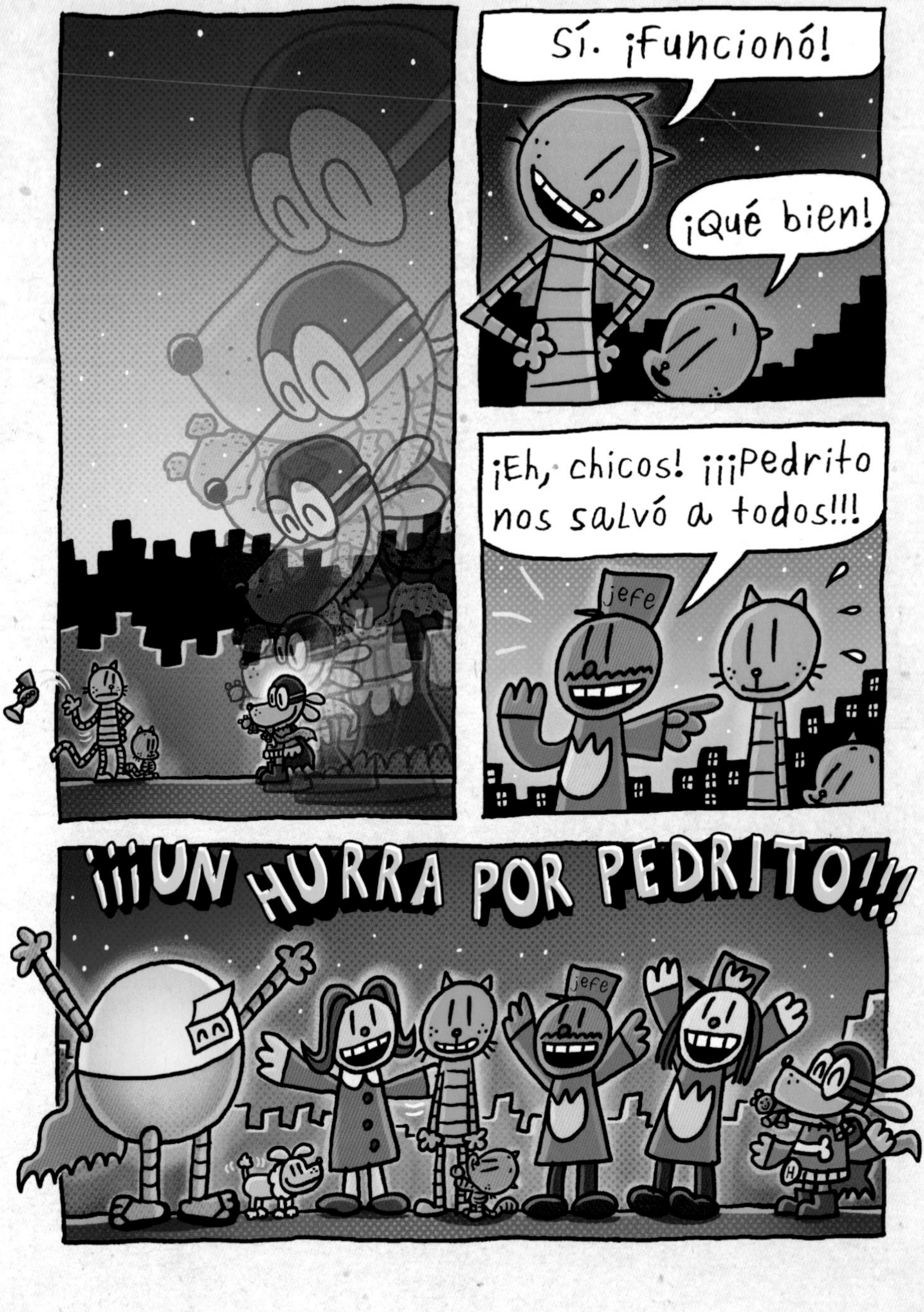
Sí. ¡Funcionó!
¡Qué bien!
¡Eh, chicos! ¡¡¡Pedrito nos salvó a todos!!!
jefe
¡¡¡UN HURRA POR PEDRITO!!!
jefe

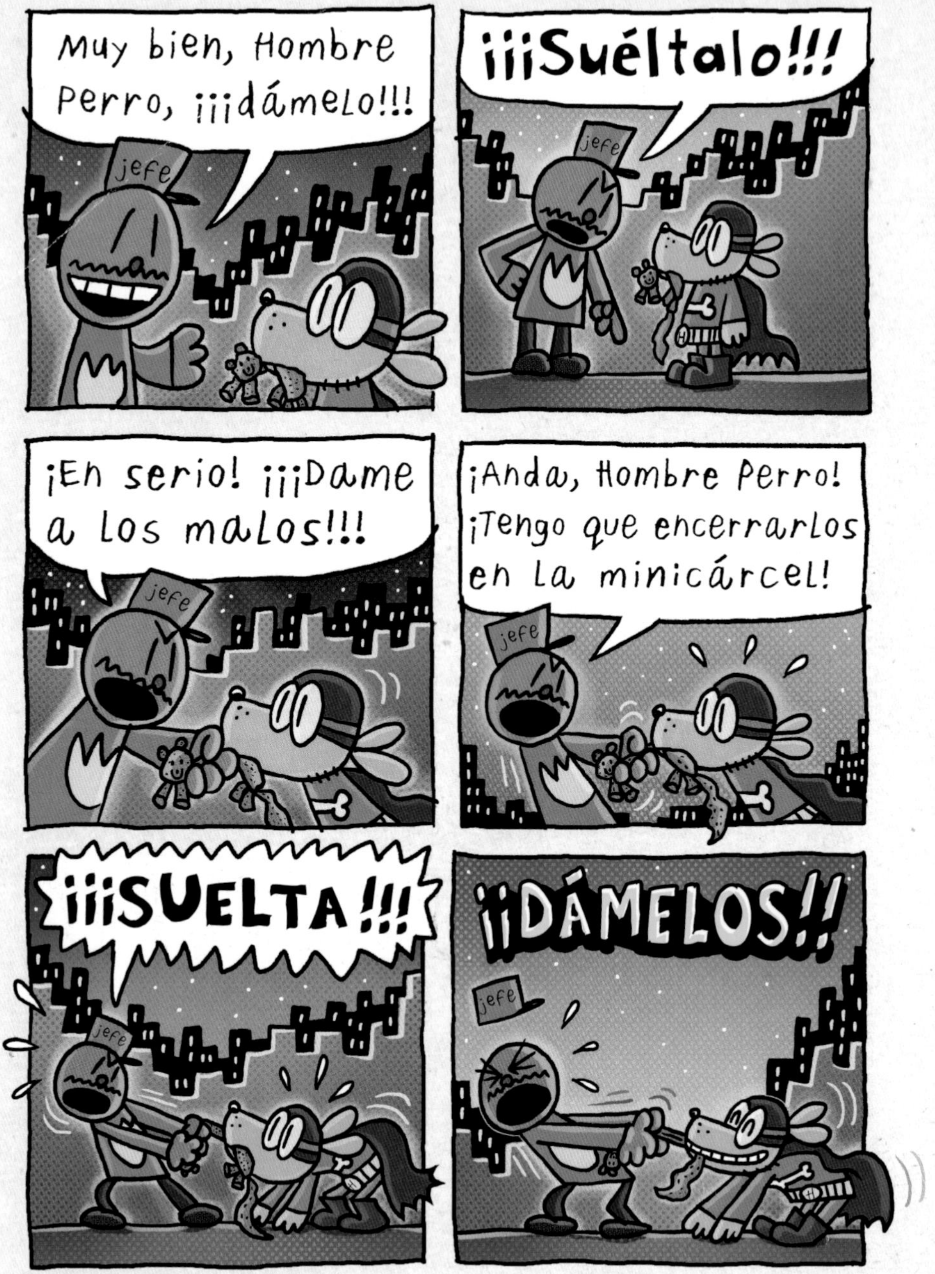
Muy bien, Hombre Perro, ¡¡¡dámelo!!!
jefe
¡¡¡Suéltalo!!!
jefe
¡En serio! ¡¡¡Dame a los malos!!!
jefe
¡Anda, Hombre Perro! ¡Tengo que encerrarlos en la minicárcel!
jefe
¡¡¡SUELTA!!!
jefe
¡¡DÁMELOS!!
jefe

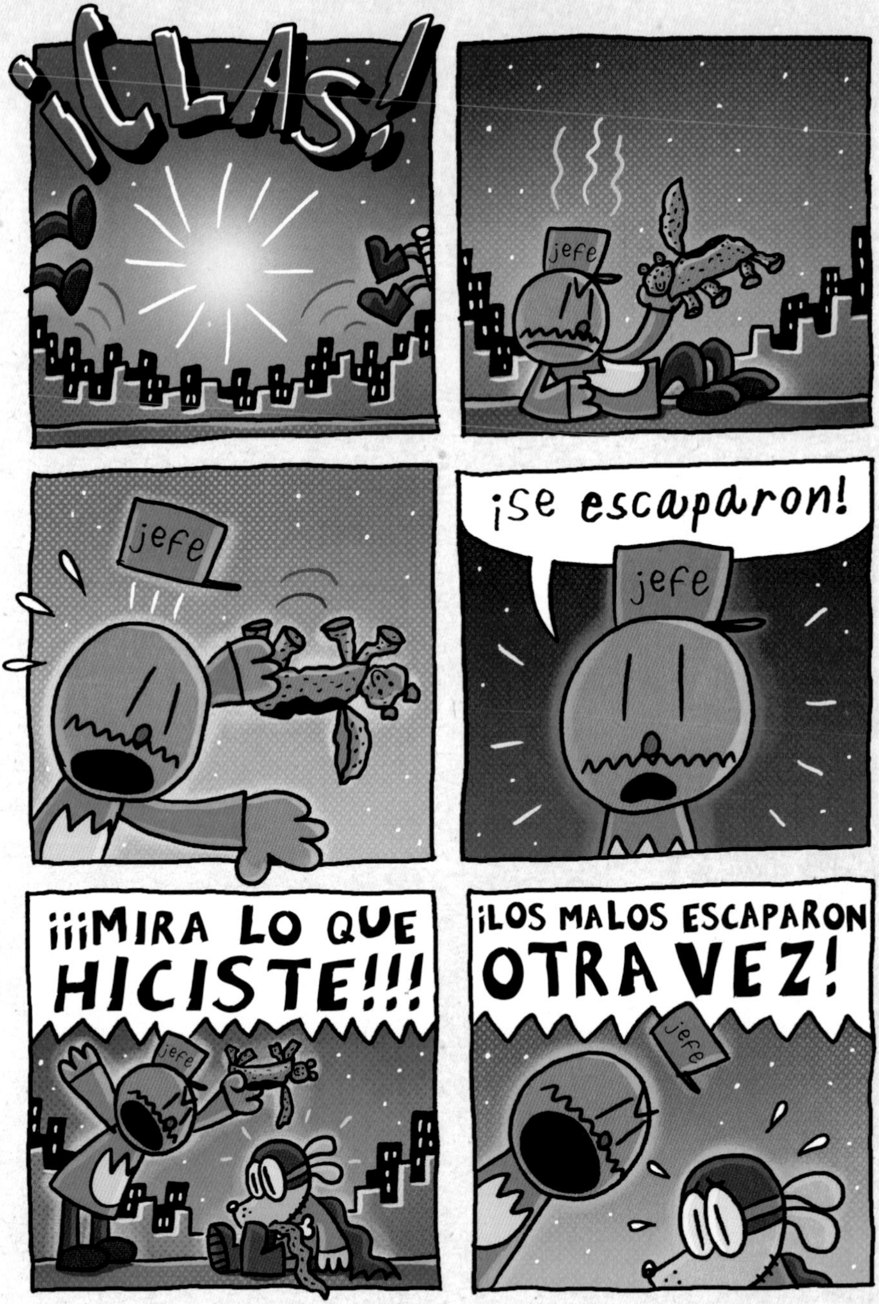
¡CLAS!
jefe
jefe
¡Se escaparon!
jefe
¡¡¡MIRA LO QUE HICISTE!!!
jefe
¡LOS MALOS ESCAPARON OTRA VEZ!
jefe

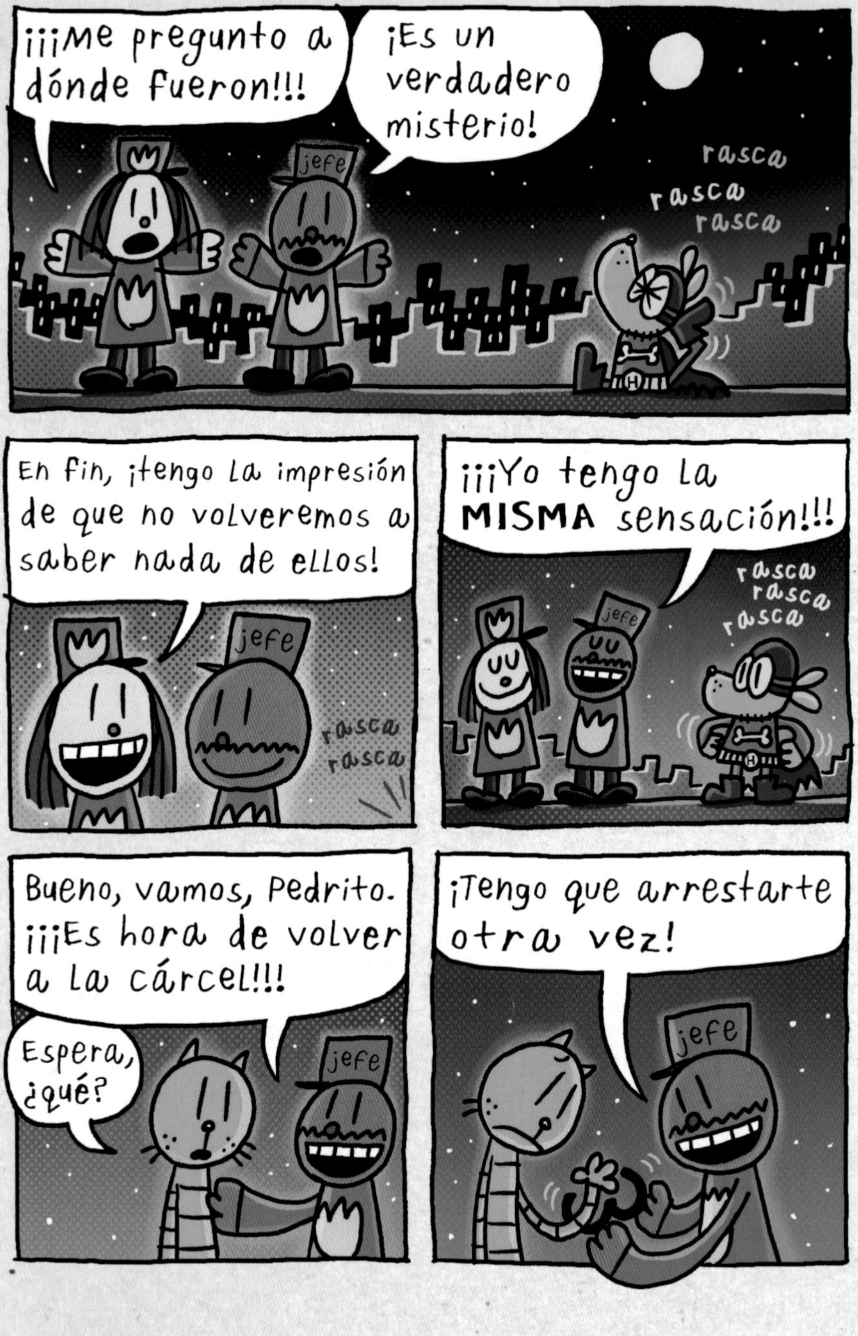
¡¡¡Me pregunto a dónde fueron!!!
¡Es un verdadero misterio!
rasca
rasca
rasca
En fin, ¡tengo la impresión de que no volveremos a saber nada de ellos!
rasca
rasca
¡¡¡Yo tengo la **MISMA** sensación!!!
rasca
rasca
rasca
Bueno, vamos, Pedrito. ¡¡¡Es hora de volver a la cárcel!!!
Espera, ¿qué?
¡Tengo que arrestarte otra vez!

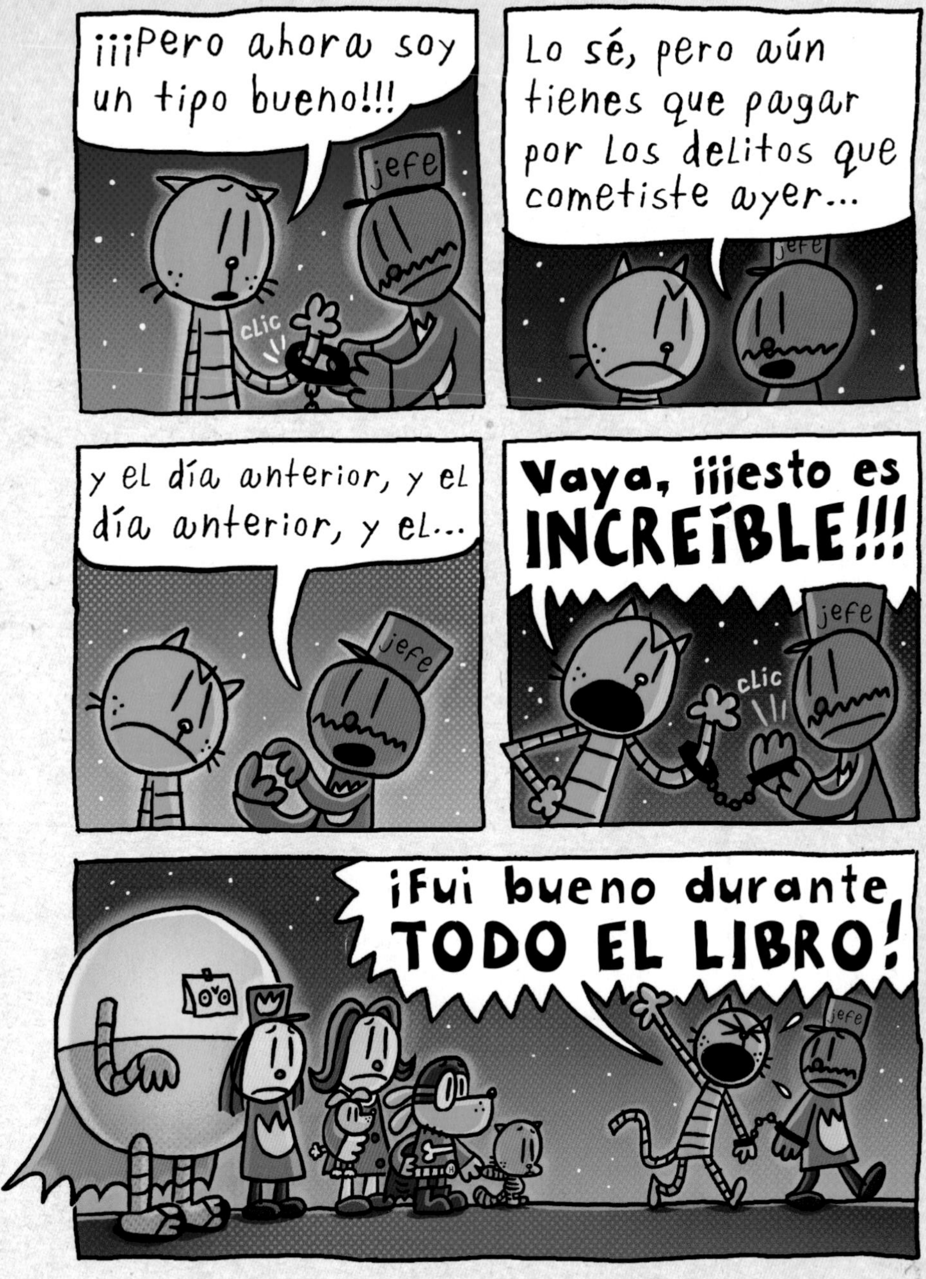
¡¡¡Pero ahora soy un tipo bueno!!!
jefe
CLIC
Lo sé, pero aún tienes que pagar por los delitos que cometiste ayer...
jefe
y el día anterior, y el día anterior, y el...
jefe
Vaya, ¡¡¡esto es INCREÍBLE!!!
jefe
CLIC
¡Fui bueno durante TODO EL LIBRO!
jefe

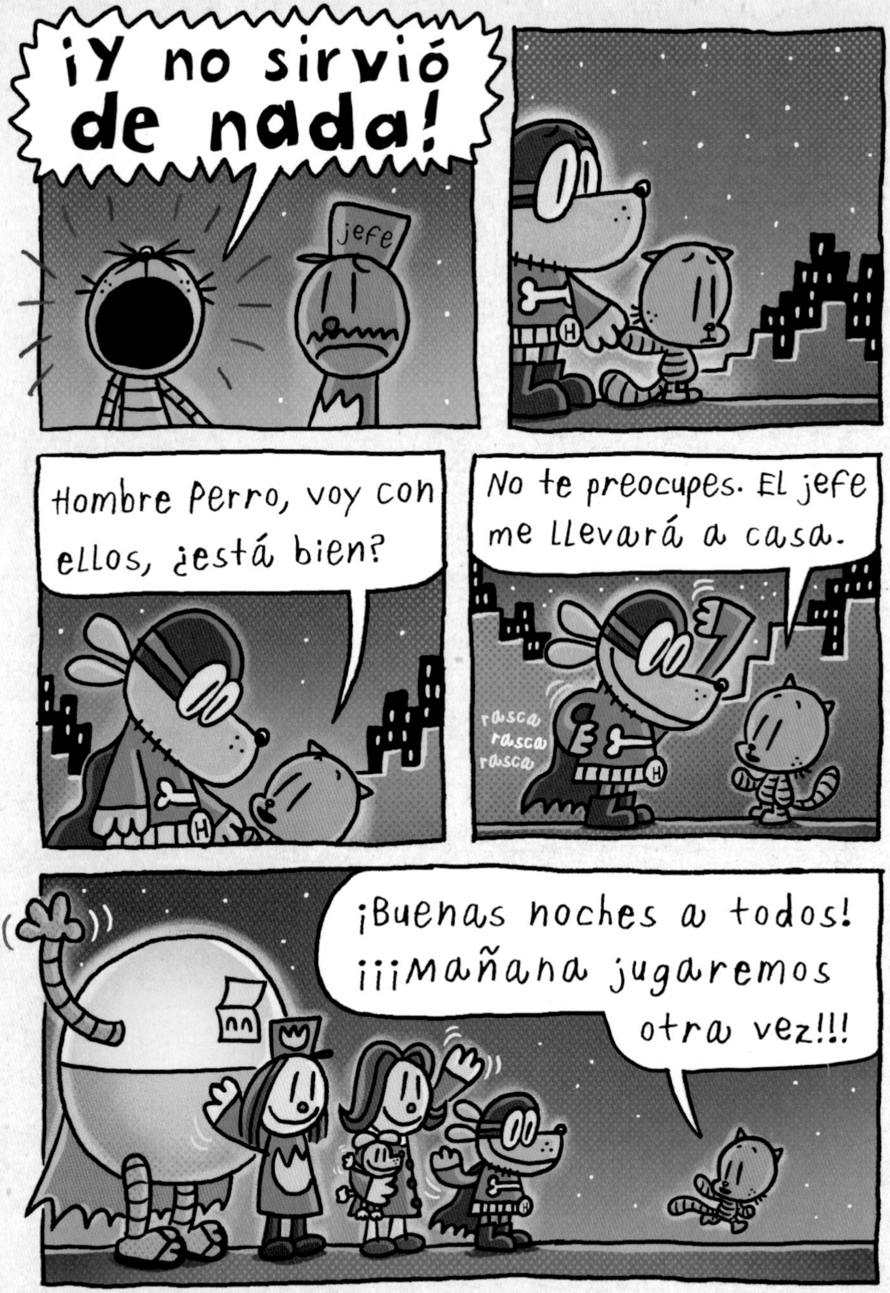
¡Y no sirvió de nada!
jefe
Hombre Perro, voy con ellos, ¿está bien?
No te preocupes. El jefe me llevará a casa.
rasca rasca rasca
¡Buenas noches a todos! ¡¡¡Mañana jugaremos otra vez!!!

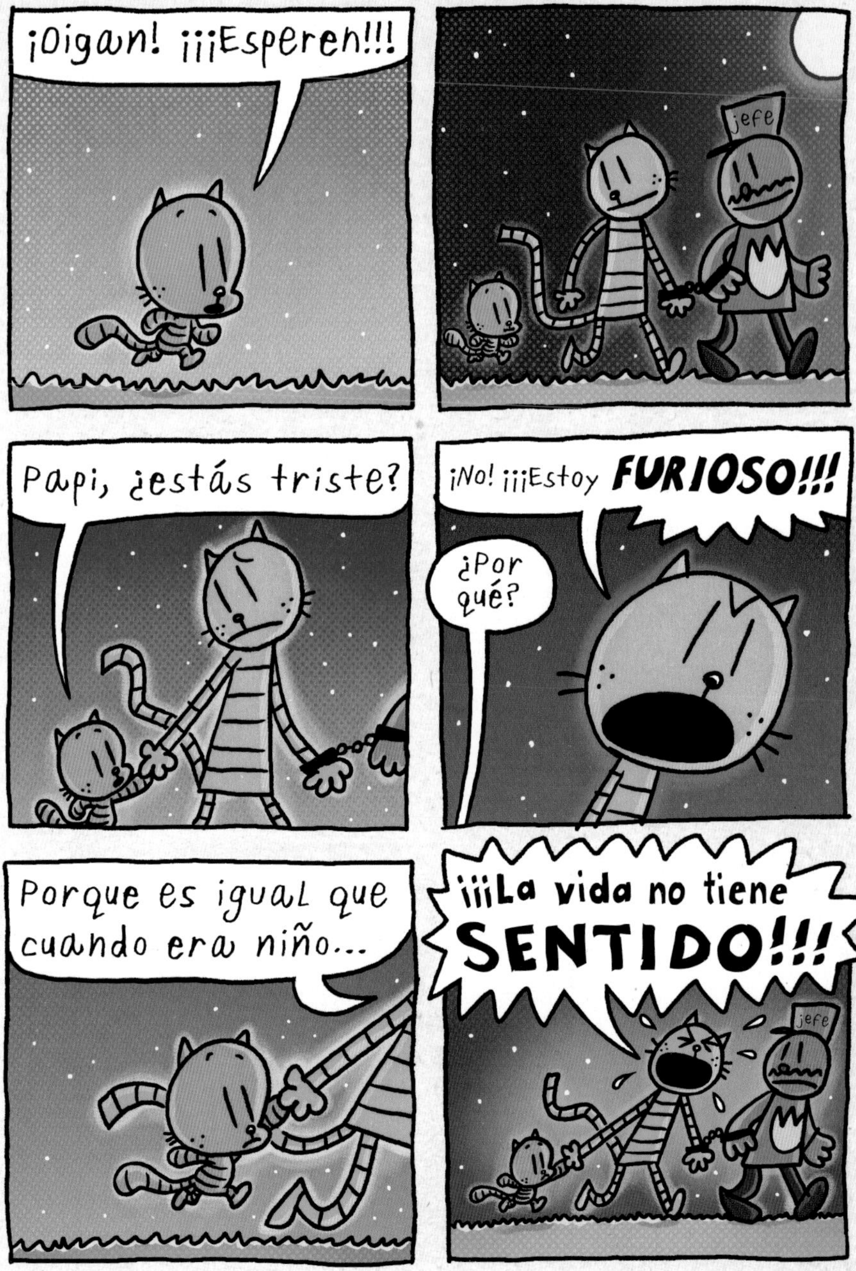
¡Oigan! ¡¡¡Esperen!!!
jefe
Papi, ¿estás triste?
¡No! ¡¡¡Estoy FURIOSO!!!
¿Por qué?
Porque es igual que cuando era niño...
¡¡¡La vida no tiene SENTIDO!!!
jefe

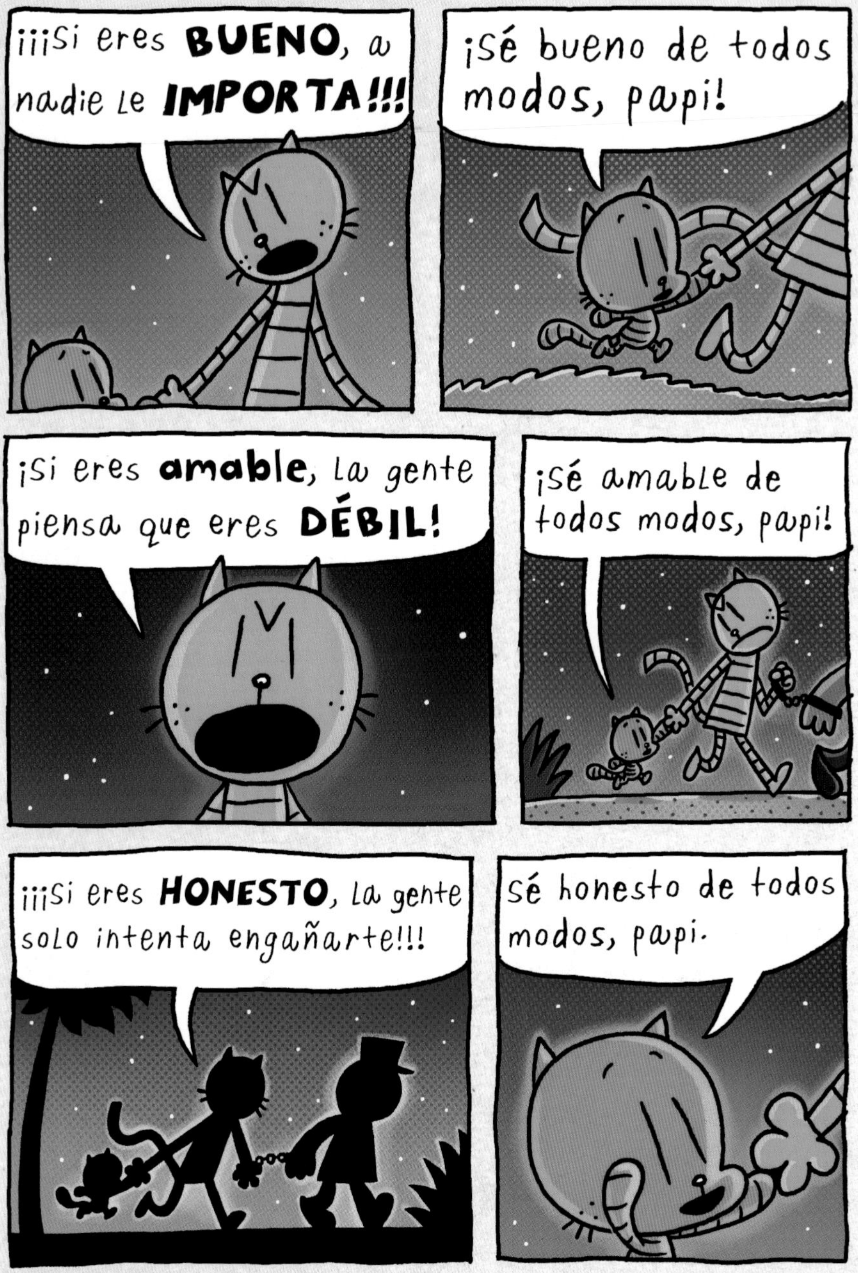
¡¡¡Si eres **BUENO**, a nadie le **IMPORTA**!!!
¡Sé bueno de todos modos, papi!
¡Si eres **amable**, la gente piensa que eres **DÉBIL**!
¡Sé amable de todos modos, papi!
¡¡¡Si eres **HONESTO**, la gente solo intenta engañarte!!!
Sé honesto de todos modos, papi.

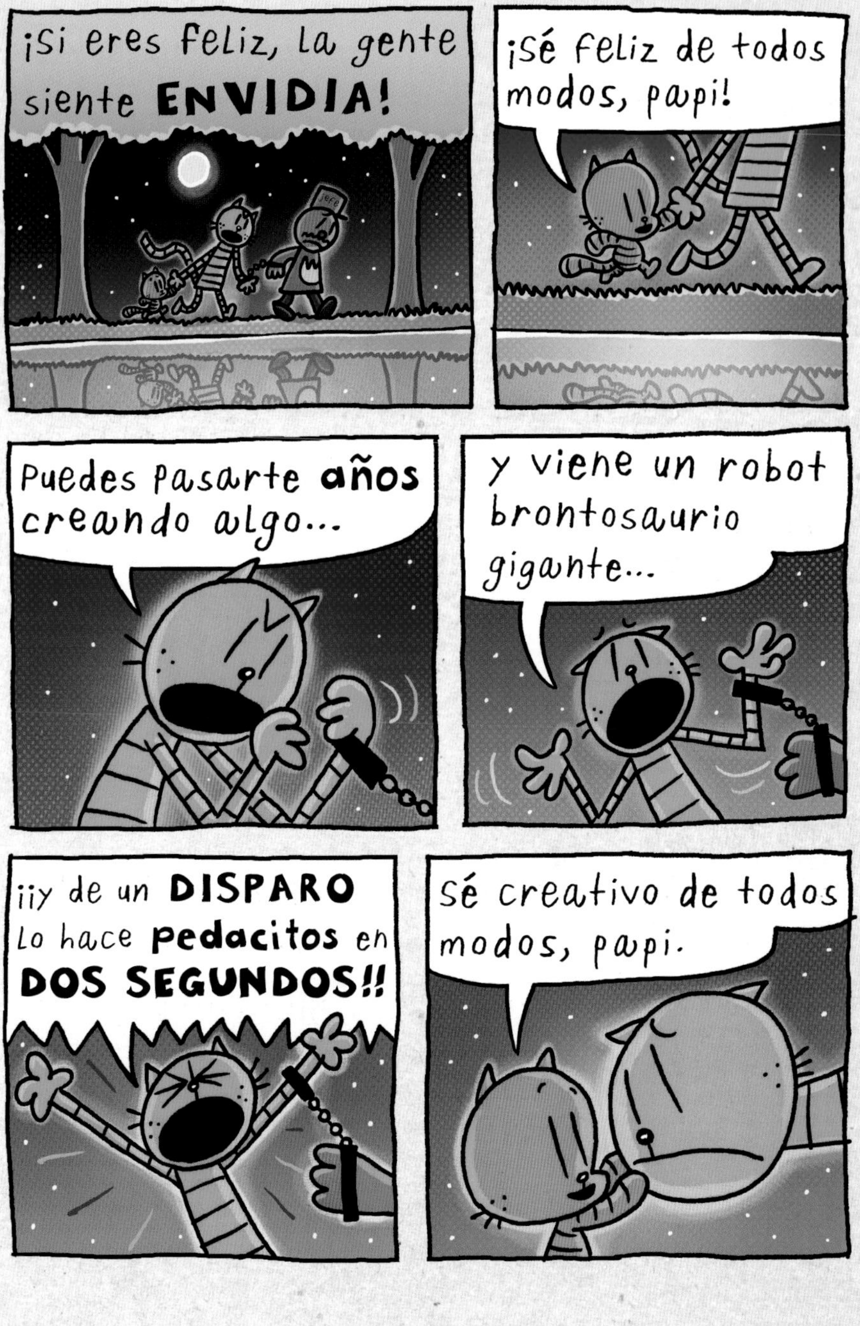
¡Si eres feliz, la gente siente ENVIDIA!
¡Sé feliz de todos modos, papi!
Puedes pasarte años creando algo...
y viene un robot brontosaurio gigante...
¡¡y de un DISPARO lo hace pedacitos en DOS SEGUNDOS!!
Sé creativo de todos modos, papi.

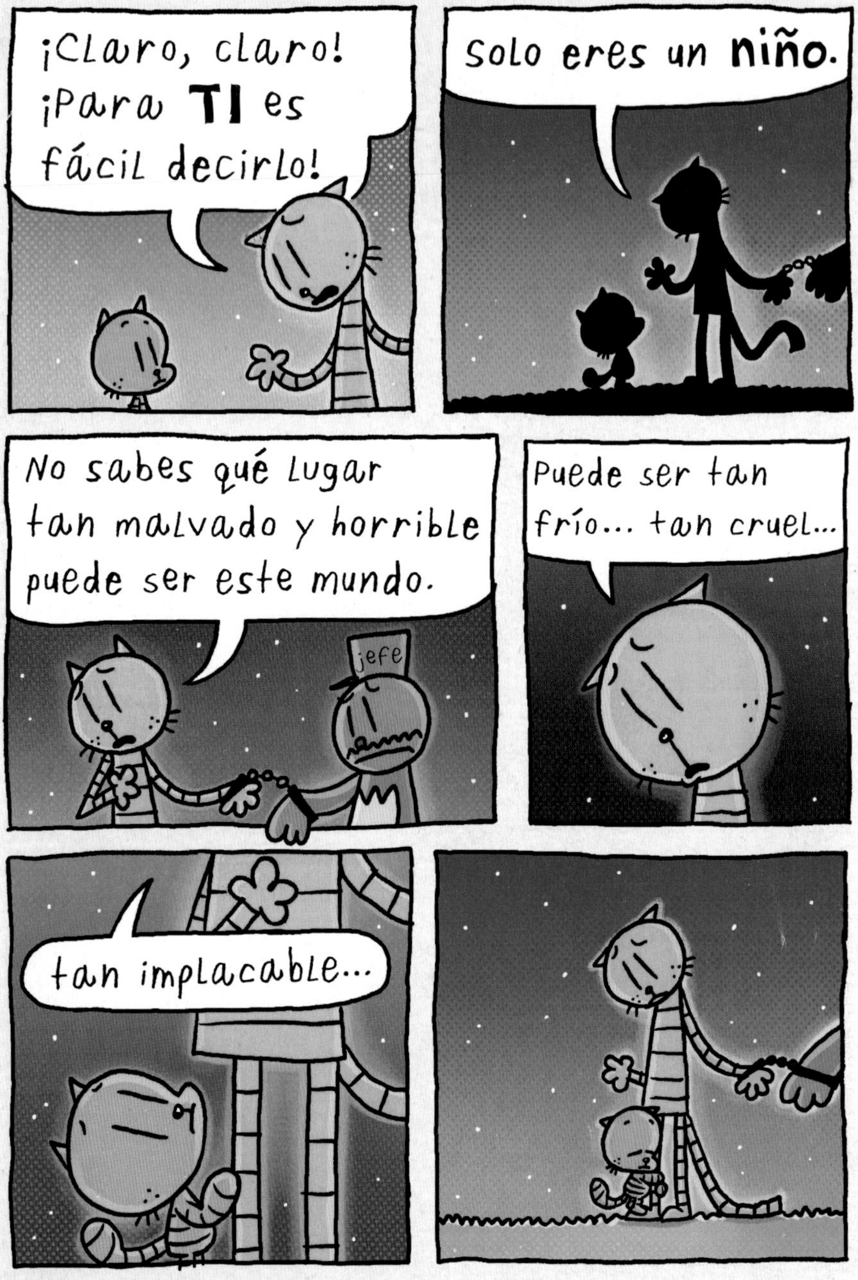
¡Claro, claro! ¡Para TI es fácil decirlo!
Solo eres un niño.
No sabes qué lugar tan malvado y horrible puede ser este mundo.
jefe
Puede ser tan frío... tan cruel...
tan implacable...

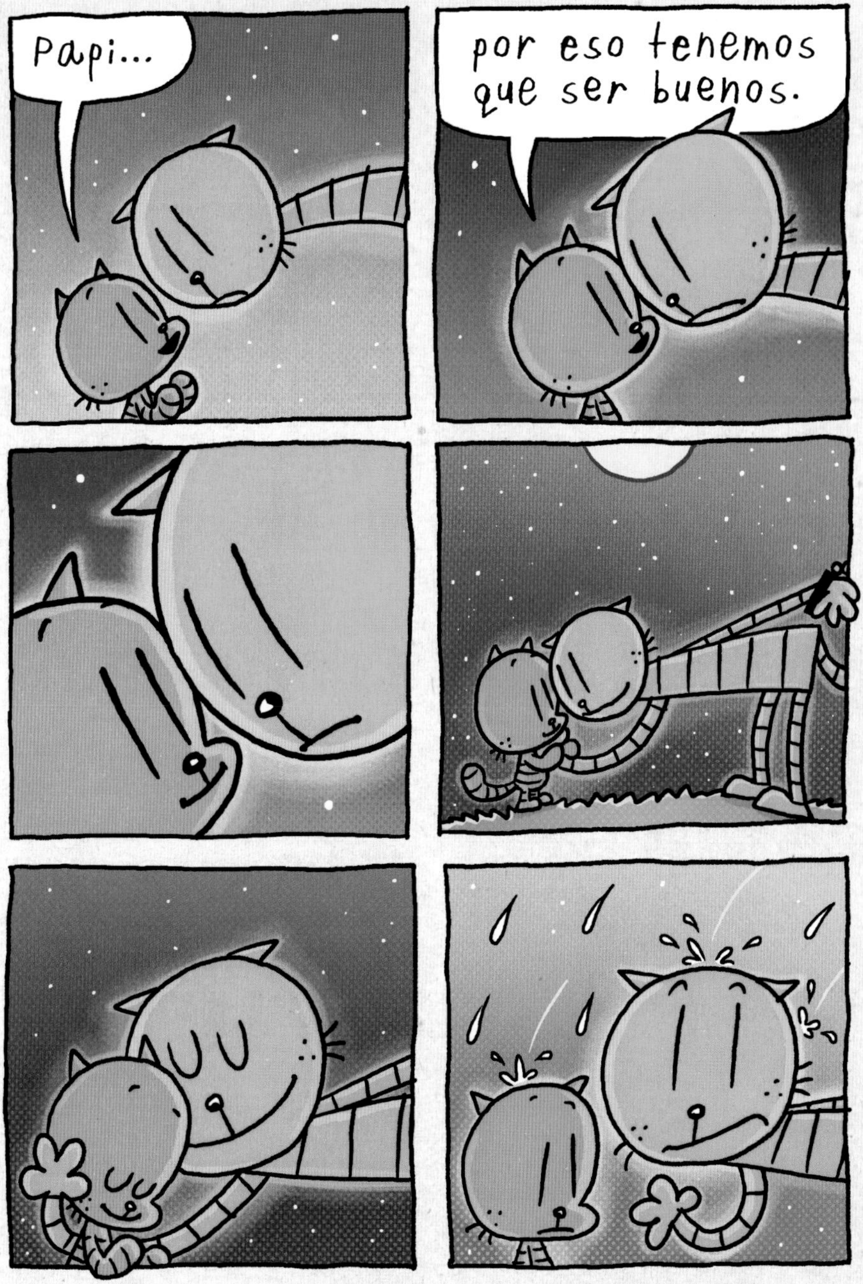
Papi...
por eso tenemos que ser buenos.

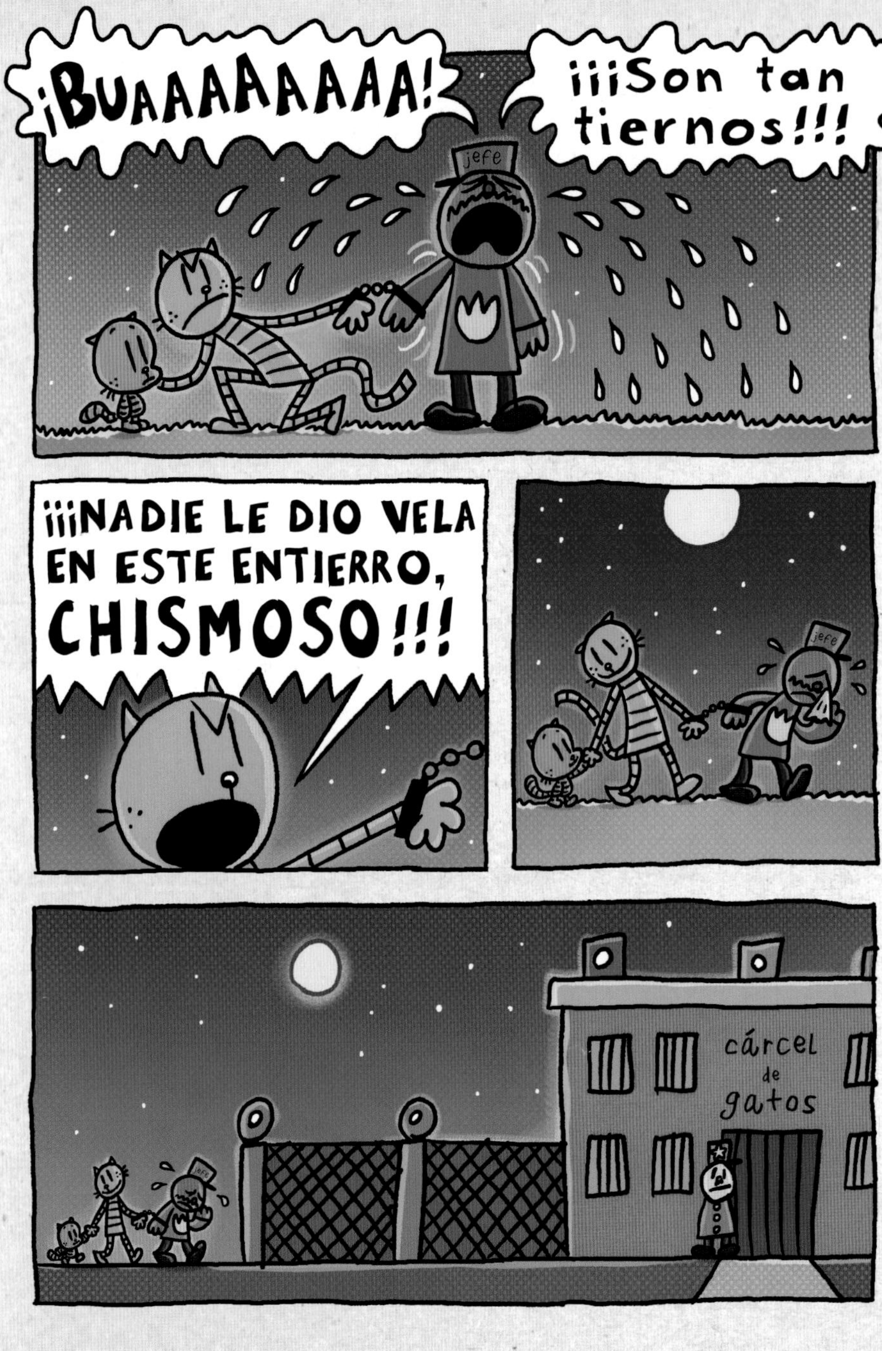
¡BUAAAAAAAA!
¡¡¡Son tan tiernos!!!
jefe
¡¡¡NADIE LE DIO VELA EN ESTE ENTIERRO, CHISMOSO!!!
jefe
jefe
cárcel de gatos

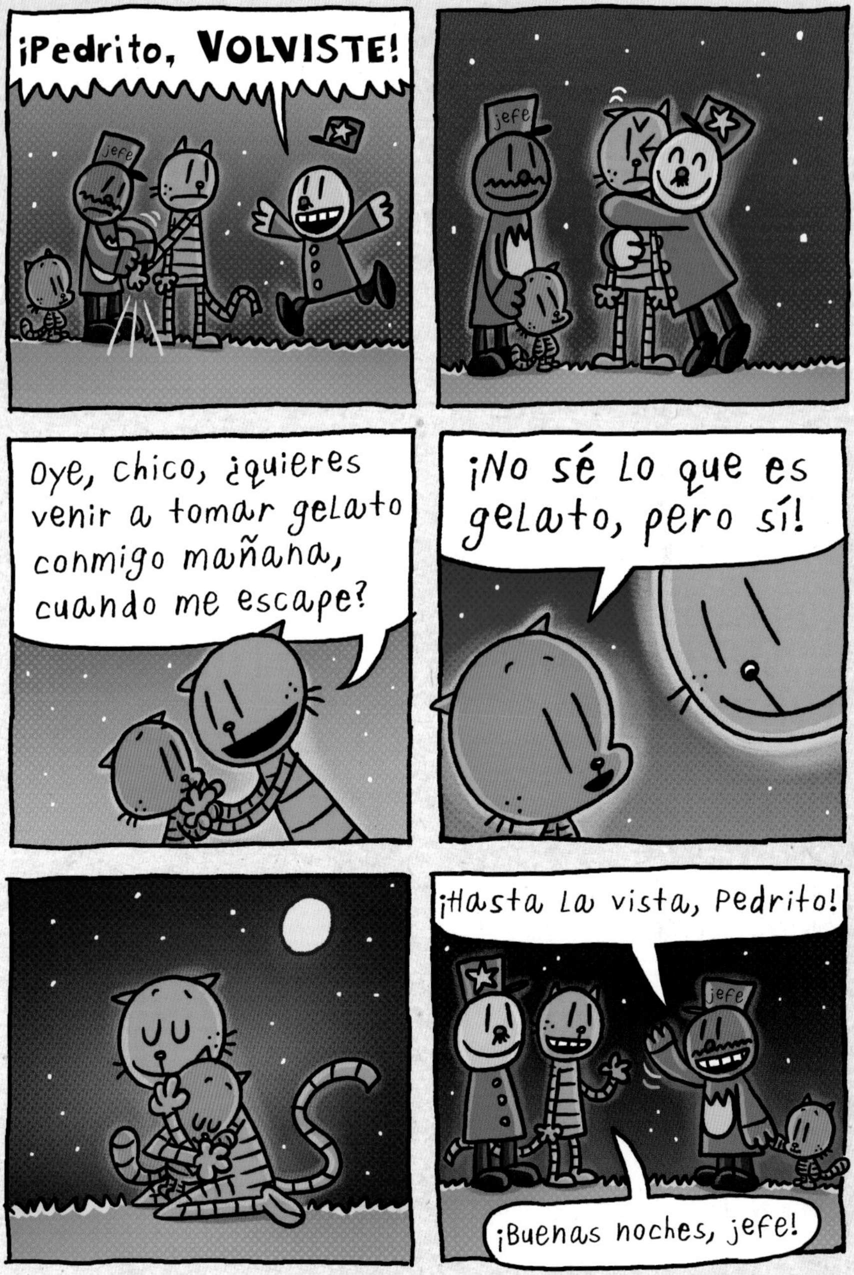
¡Pedrito, VOLVISTE!
Oye, chico, ¿quieres venir a tomar gelato conmigo mañana, cuando me escape?
¡No sé lo que es gelato, pero sí!
¡Hasta la vista, Pedrito!
¡Buenas noches, jefe!

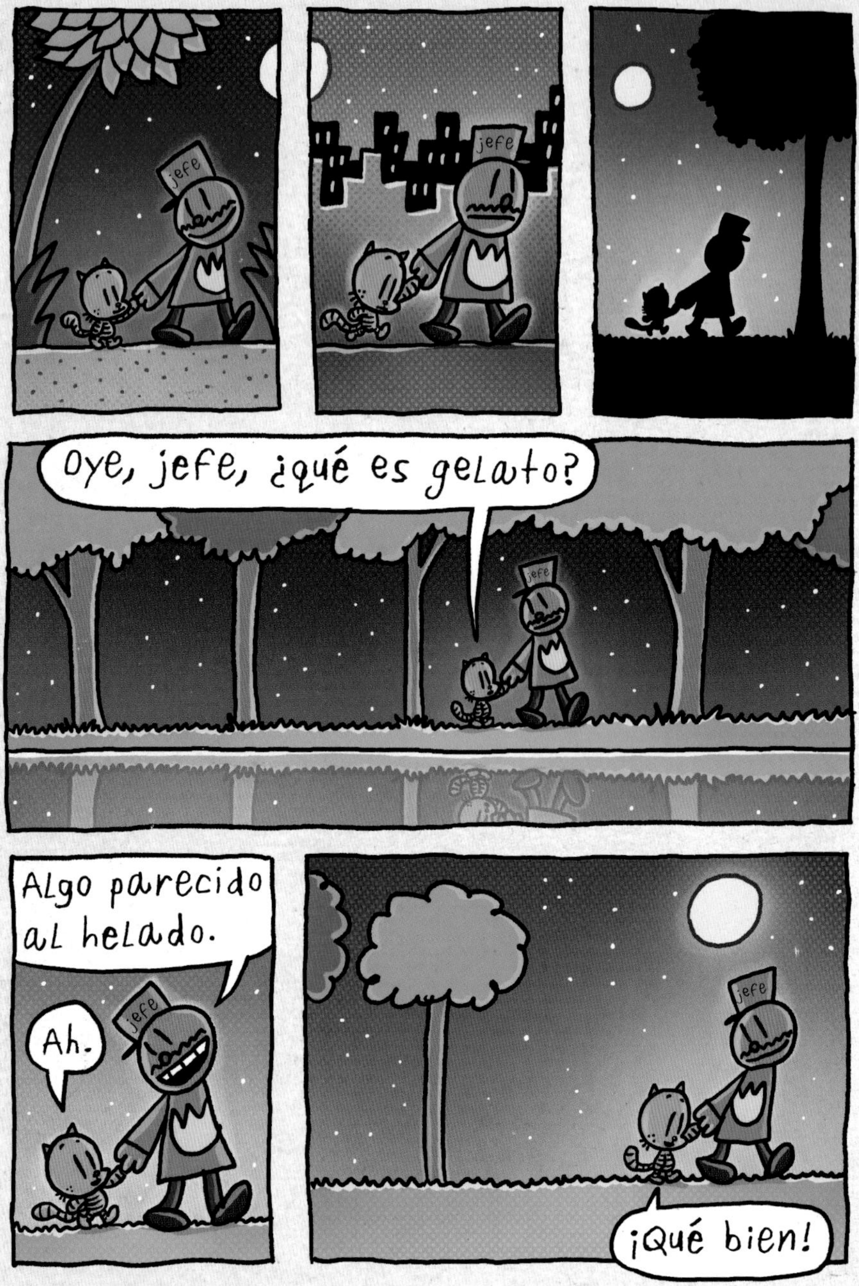
jefe
jefe
Oye, jefe, ¿qué es gelato?
jefe
Algo parecido al helado.
jefe
Ah.
jefe
¡Qué bien!

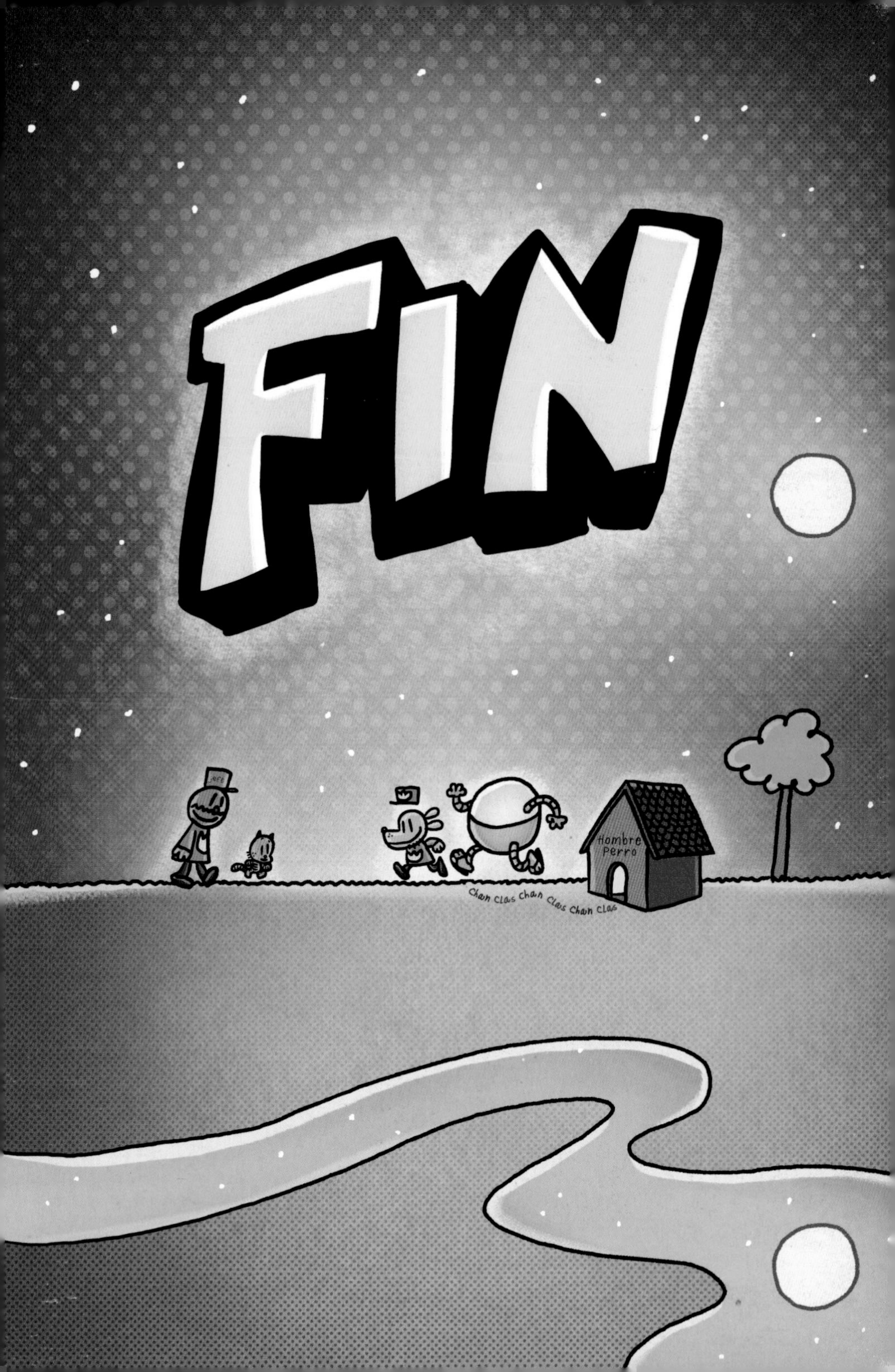
FIN
Hombre Perro
Chan Clas Chan Clas Chan Clas

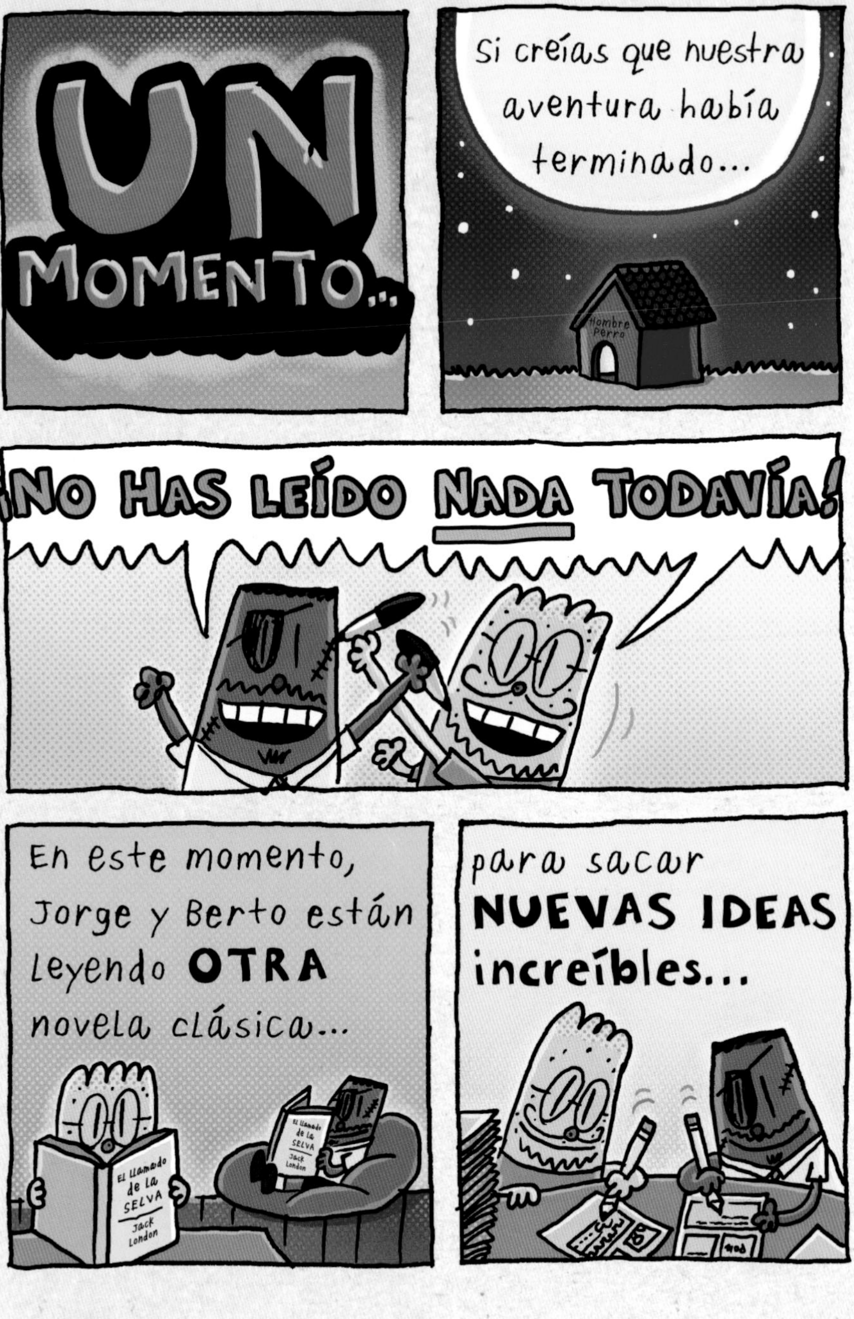
UN MOMENTO...
Si creías que nuestra aventura había terminado...
Hombre Perro
¡NO HAS LEÍDO NADA TODAVÍA!
En este momento, Jorge y Berto están leyendo OTRA novela clásica...
El llamado de la SELVA Jack London
El llamado de la SELVA Jack London
para sacar NUEVAS IDEAS increíbles...

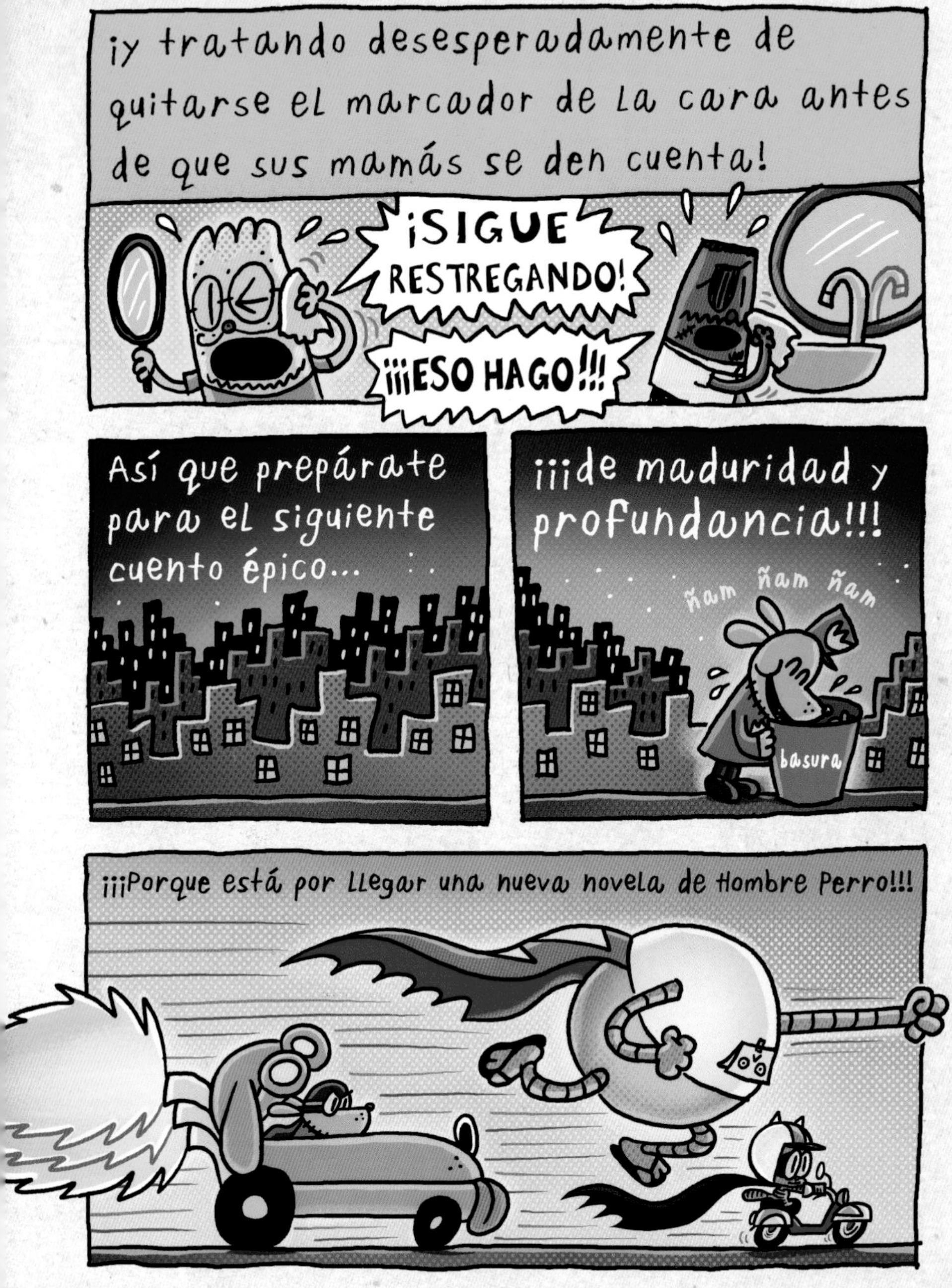
¡y tratando desesperadamente de quitarse el marcador de la cara antes de que sus mamás se den cuenta!
¡SIGUE RESTREGANDO!
¡¡¡ESO HAGO!!!
Así que prepárate para el siguiente cuento épico...
¡¡¡de maduridad y profundancia!!!
ñam ñam ñam
basura
¡¡¡Porque está por llegar una nueva novela de Hombre Perro!!!

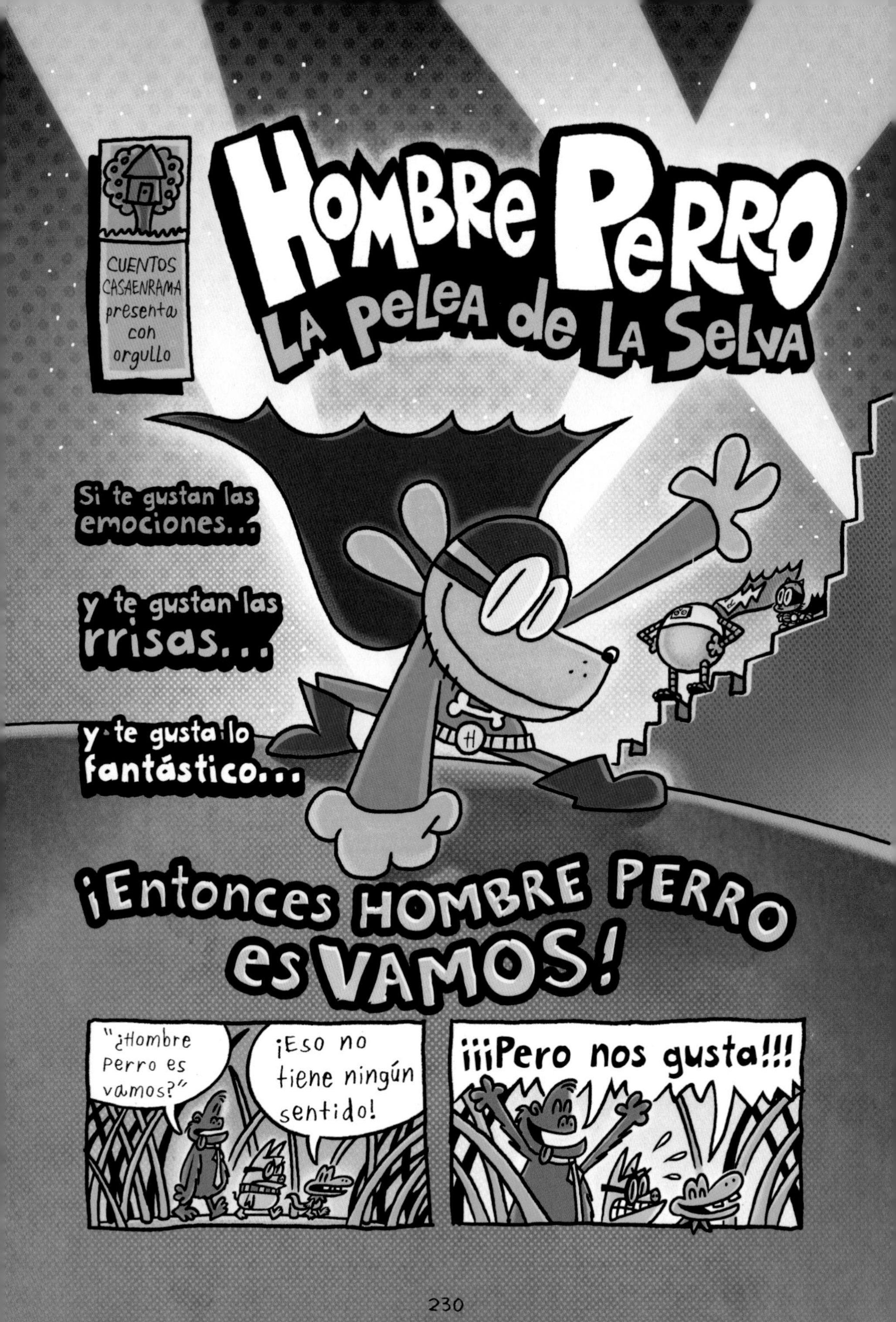
CUENTOS CASAENRAMA presenta con orgullo
HOMBRE PERRO
LA PELEA DE LA SELVA
Si te gustan las emociones...
y te gustan las rrisas...
y te gusta lo fantástico...
¡Entonces HOMBRE PERRO es VAMOS!
"¿Hombre Perro es vamos?"
¡Eso no tiene ningún sentido!
¡¡¡Pero nos gusta!!!

CÓMO DIBUJAR

EL CABALLERO DEL LADRIDO

¡en **42** pasos increíblemente fáciles!

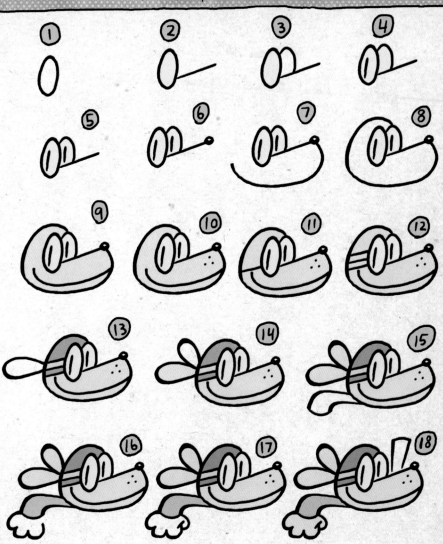

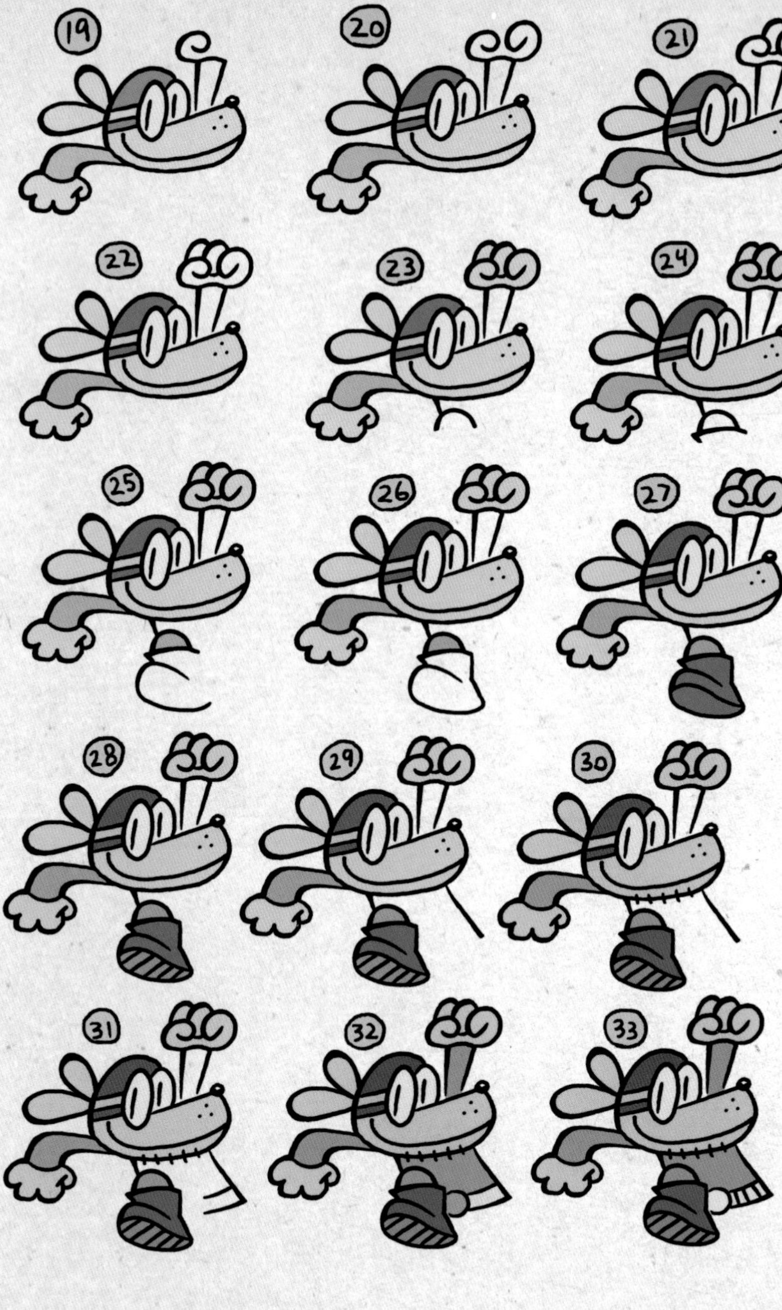
19
20
21
22
23
24
25
26
27
28
29
30
31
32
33

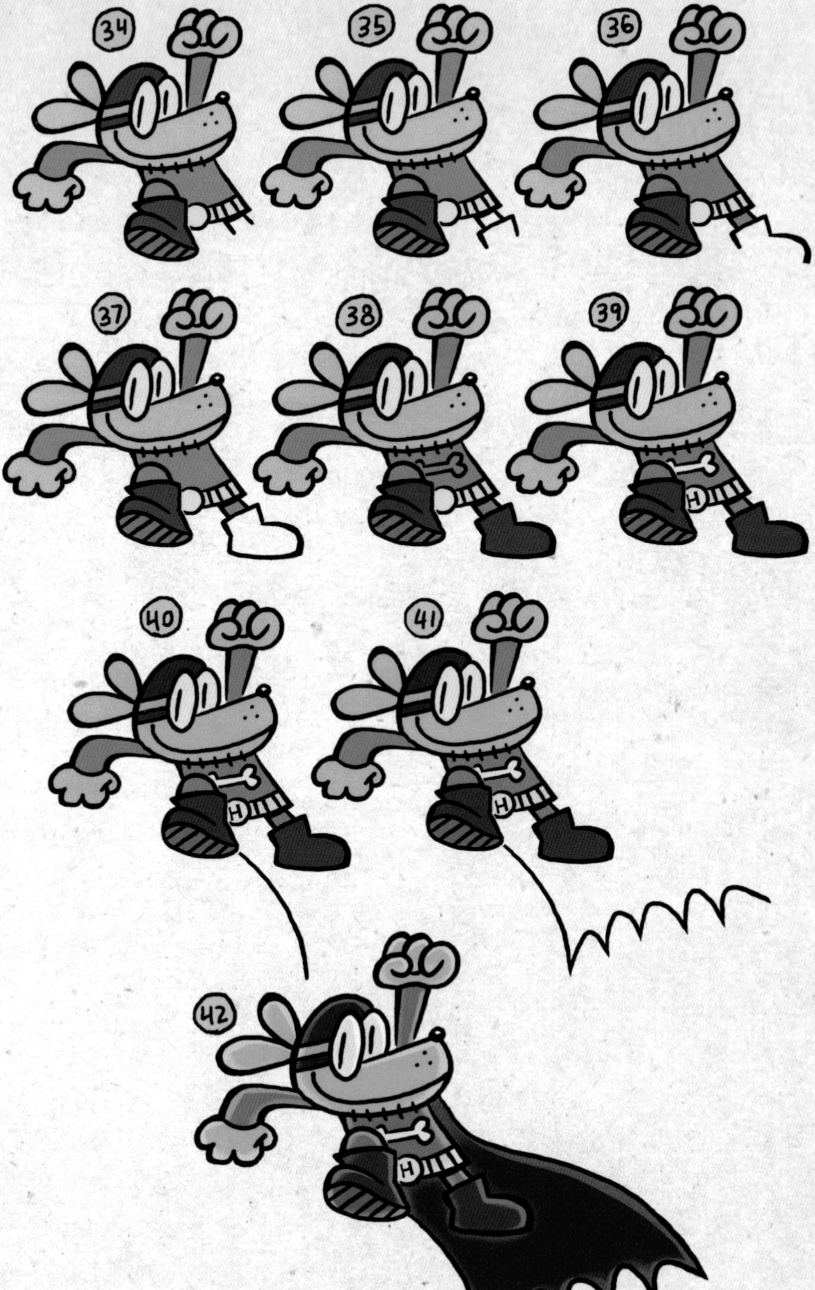
34
35
36
37
38
39
40
41
42

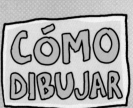

SÚPER GATITO

¡en **41** pasos increíblemente fáciles!

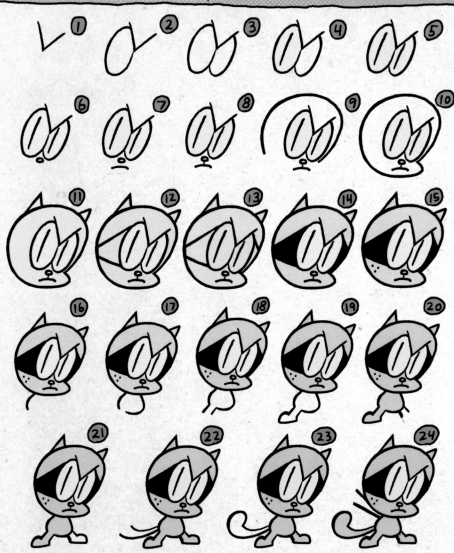

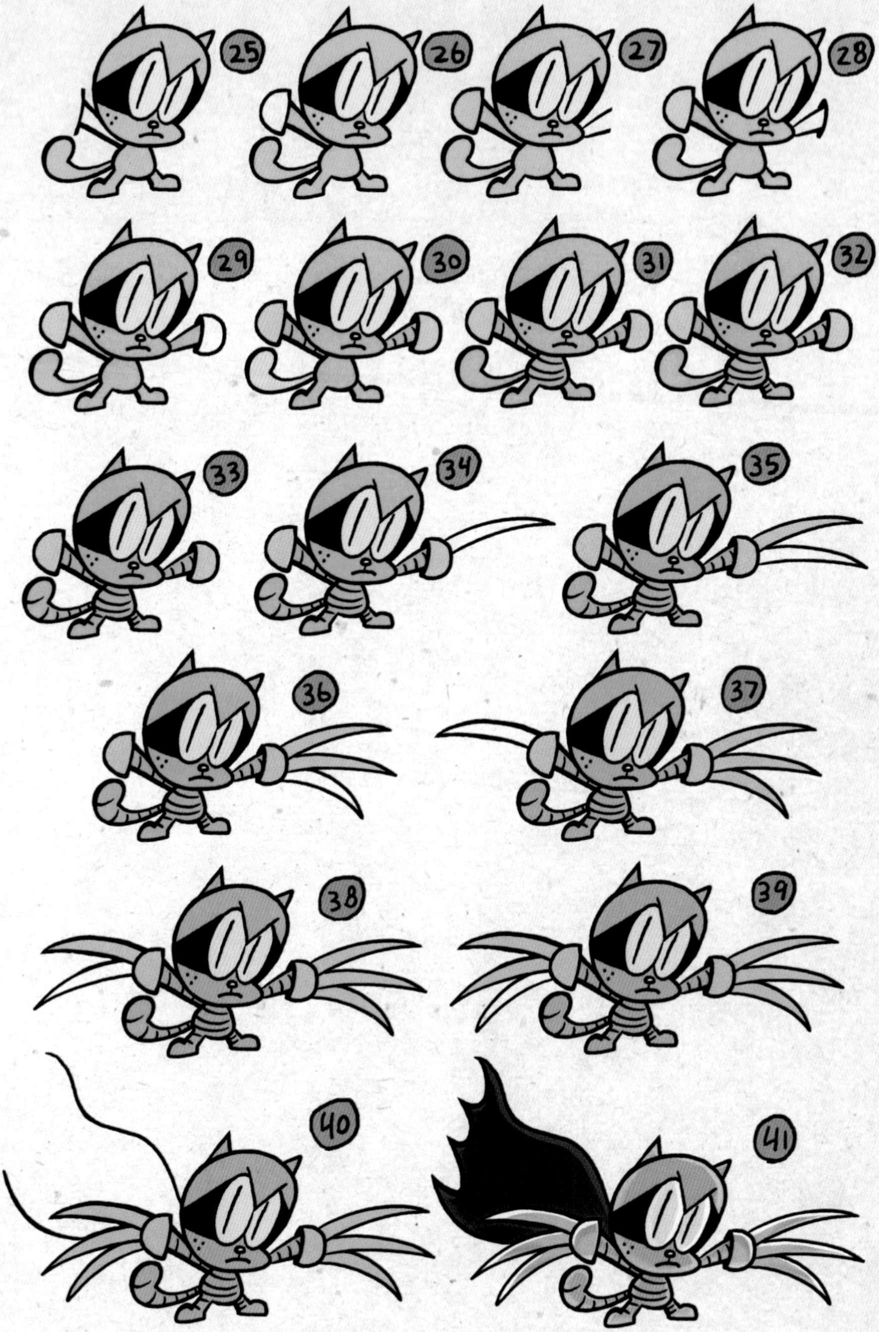
25
26
27
28
29
30
31
32
33
34
35
36
37
38
39
40
41

CÓMO DIBUJAR GERARDO

¡en 26 pasos increíblemente fáciles!

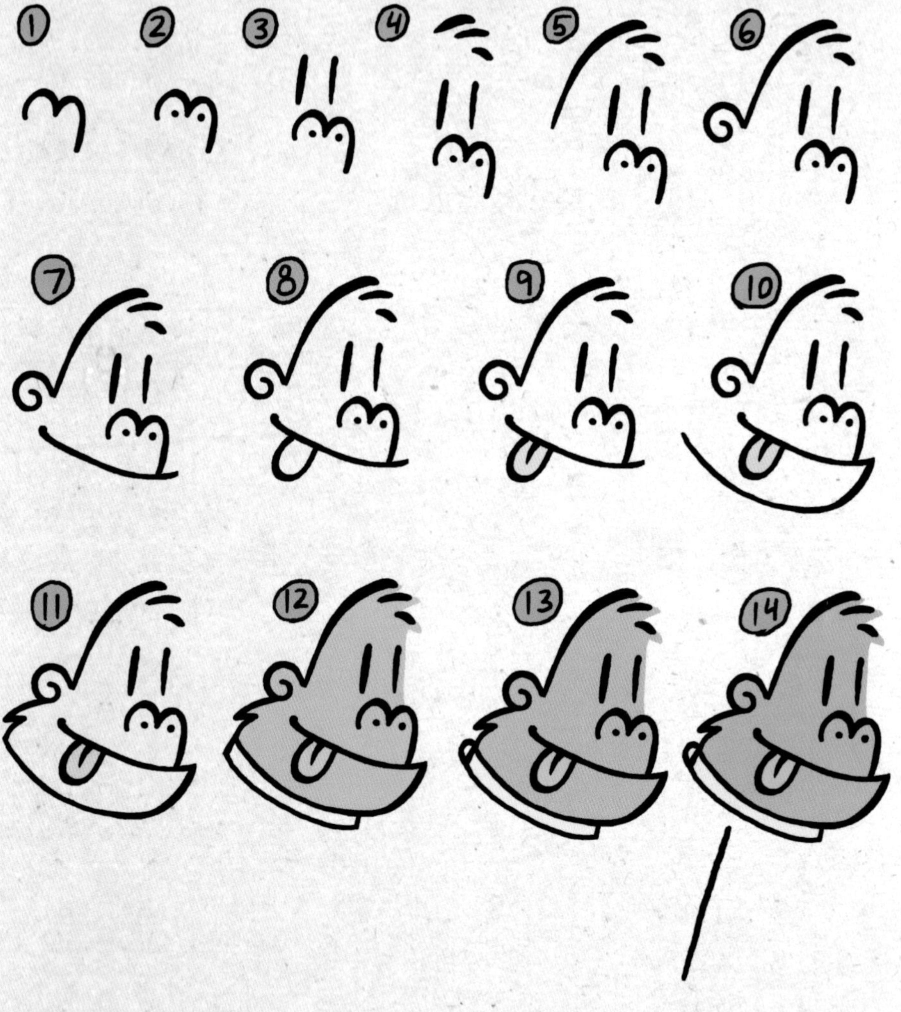
1
2
3
4
5
6
7
8
9
10
11
12
13
14

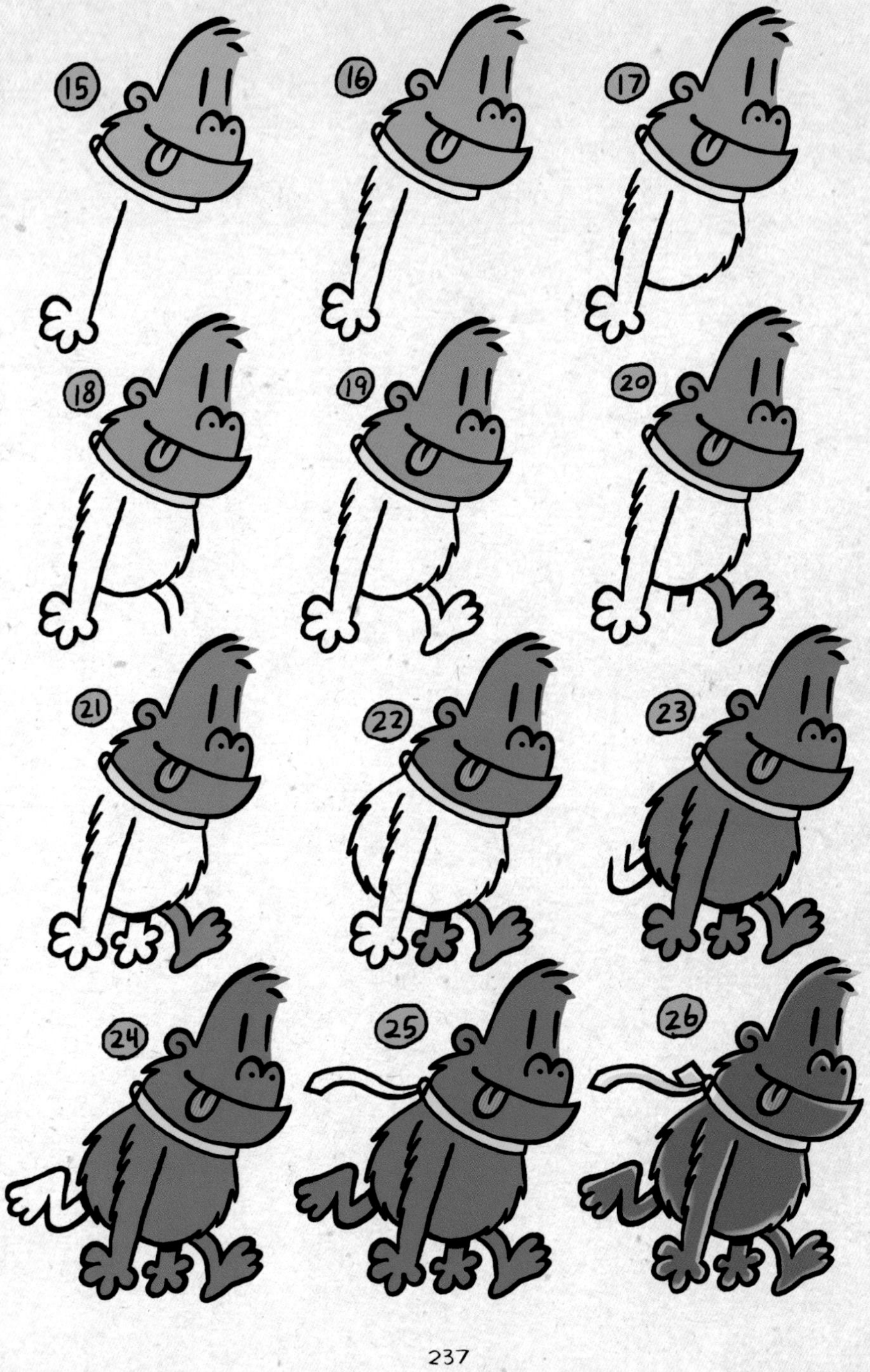
15
16
17
18
19
20
21
22
23
24
25
26

CÓMO DIBUJAR RELÁMPAGO METÁLICO RM

¡en 31 pasos increíblemente fáciles!

1
2
3
4
5
6
7
8
9
10
11
12
13
14
15
16
17
18

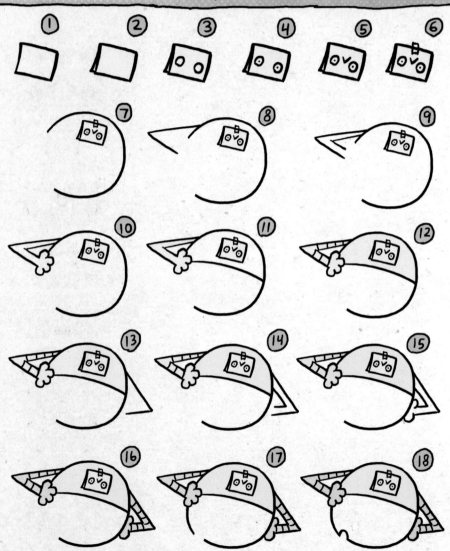

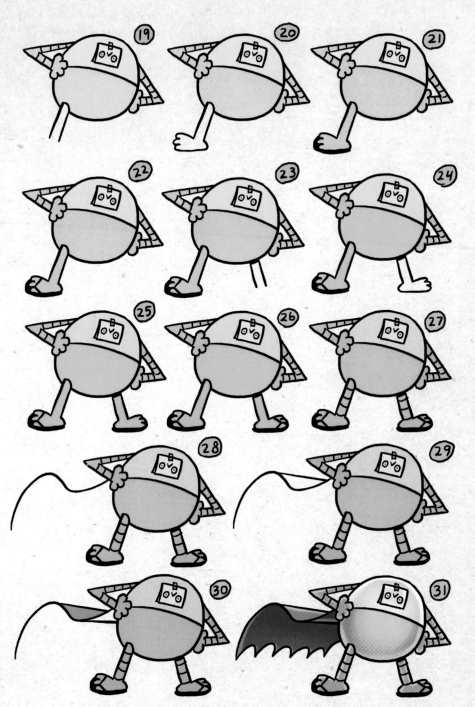

CÓMO DIBUJAR PiGGY

¡en **33** pasos increíblemente fáciles!

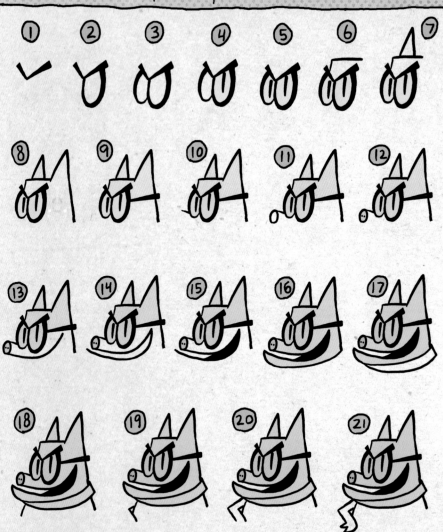

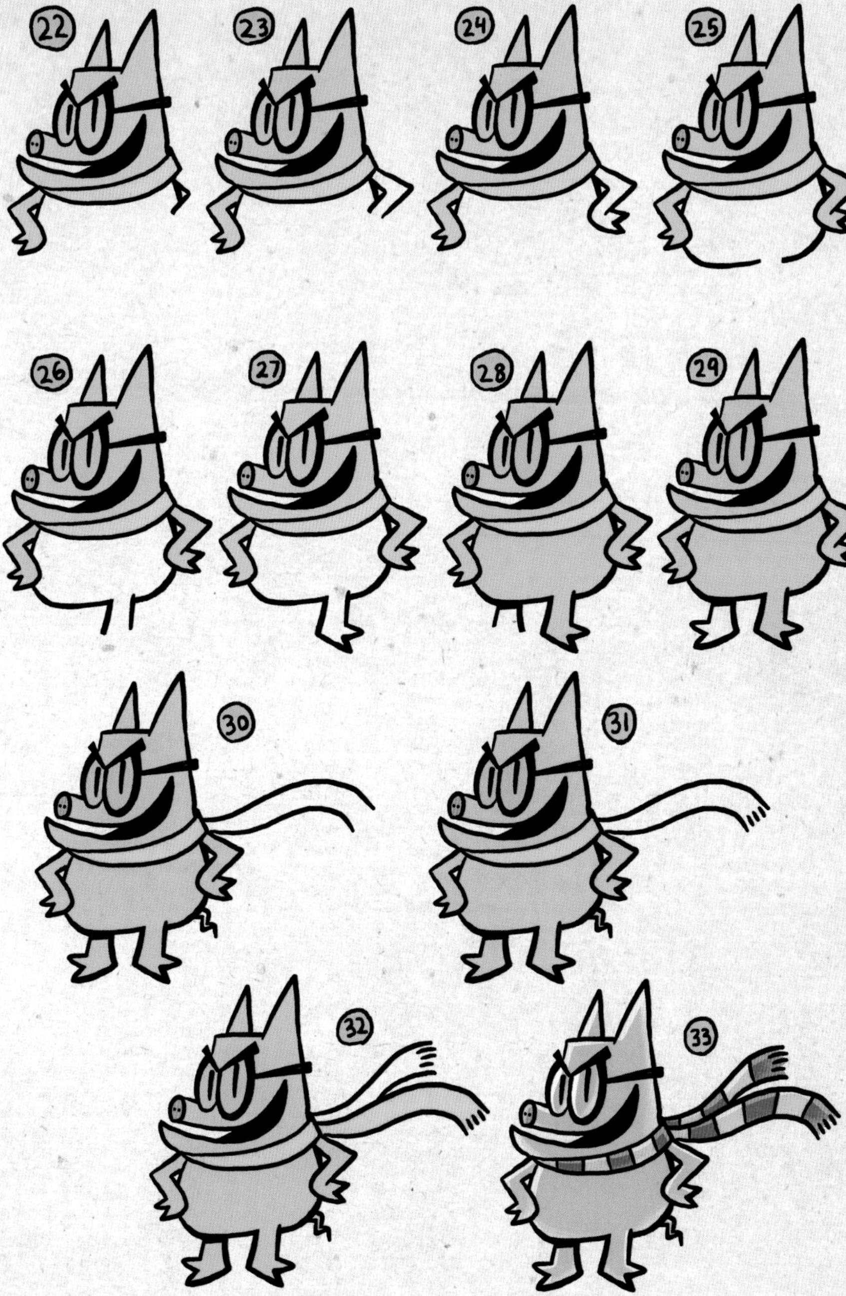
22
23
24
25
26
27
28
29
30
31
32
33

CÓMO DIBUJAR LOLO

¡en **21** pasos increíblemente fáciles!

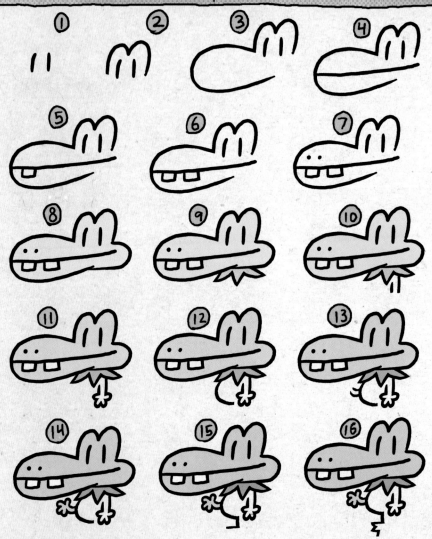

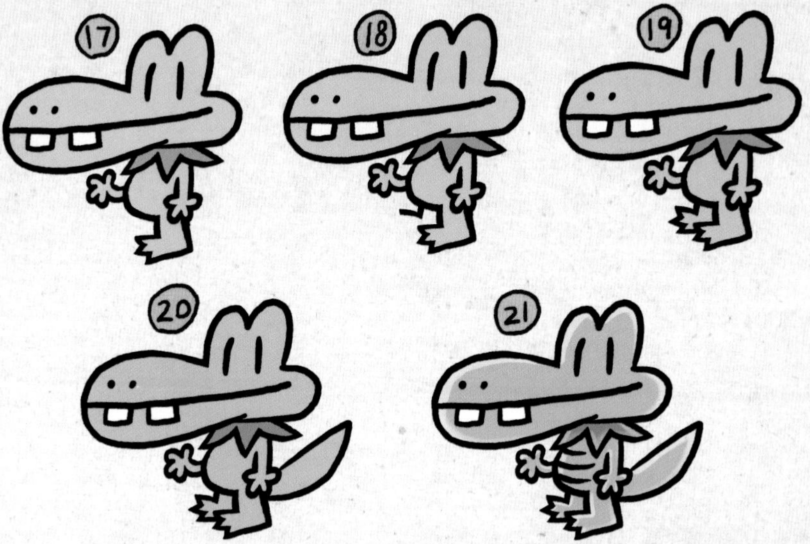
17
18
19
20
21

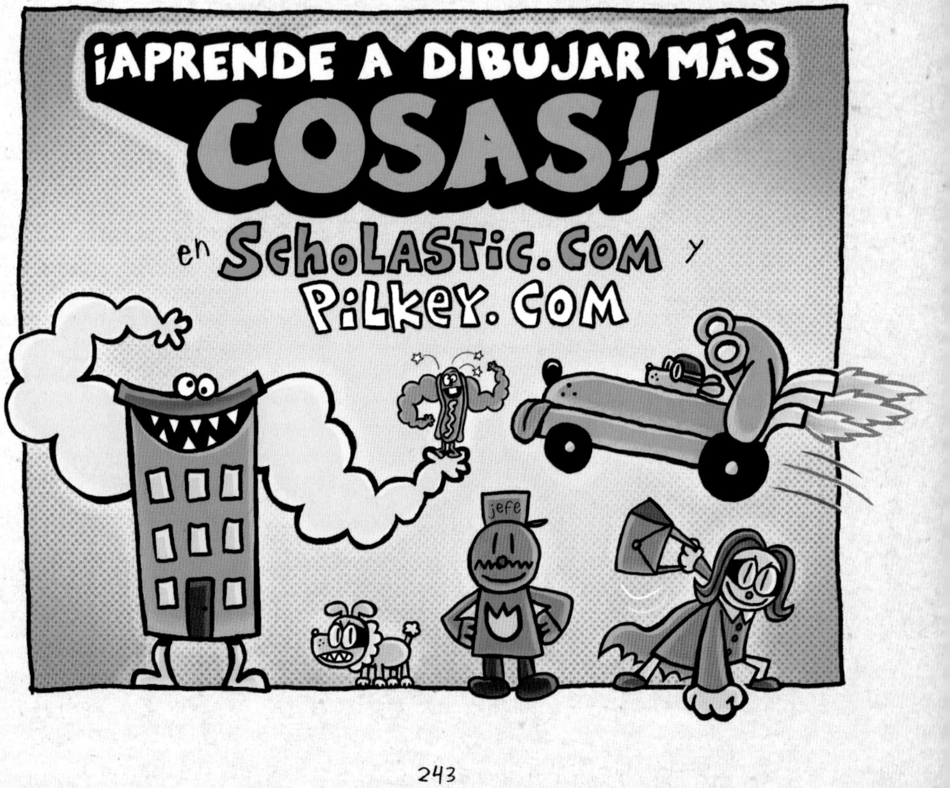
¡APRENDE A DIBUJAR MÁS COSAS!
en SCHOLASTIC.COM y PILKEY.COM
jefe

por Jorge y Berto

⭐ Piggy es nuestro personaje favorito de la novela <u>EL Señor de las Moscas,</u> de William Golding. Sin embargo, en nuestro cuento, Piggy es el malo.

⭐ El diálogo de la página 147 está inspirado en citas que se atribuyen a Mark Twain y a Dr. Seuss.

⭐ La conversación de las páginas 220-221 está inspirada en el poema "De todos modos", de Kent M. Keith. Una versión de este poema está grabada en el muro del hogar de la Madre Teresa para niños huérfanos en Calcuta, India.

⭐ "Por fin terminé de leer <u>EL Señor de las Moscas</u>. Me pareció increíble".
—Berto Henares

¡LÉELE A TU GATO, CHICO!

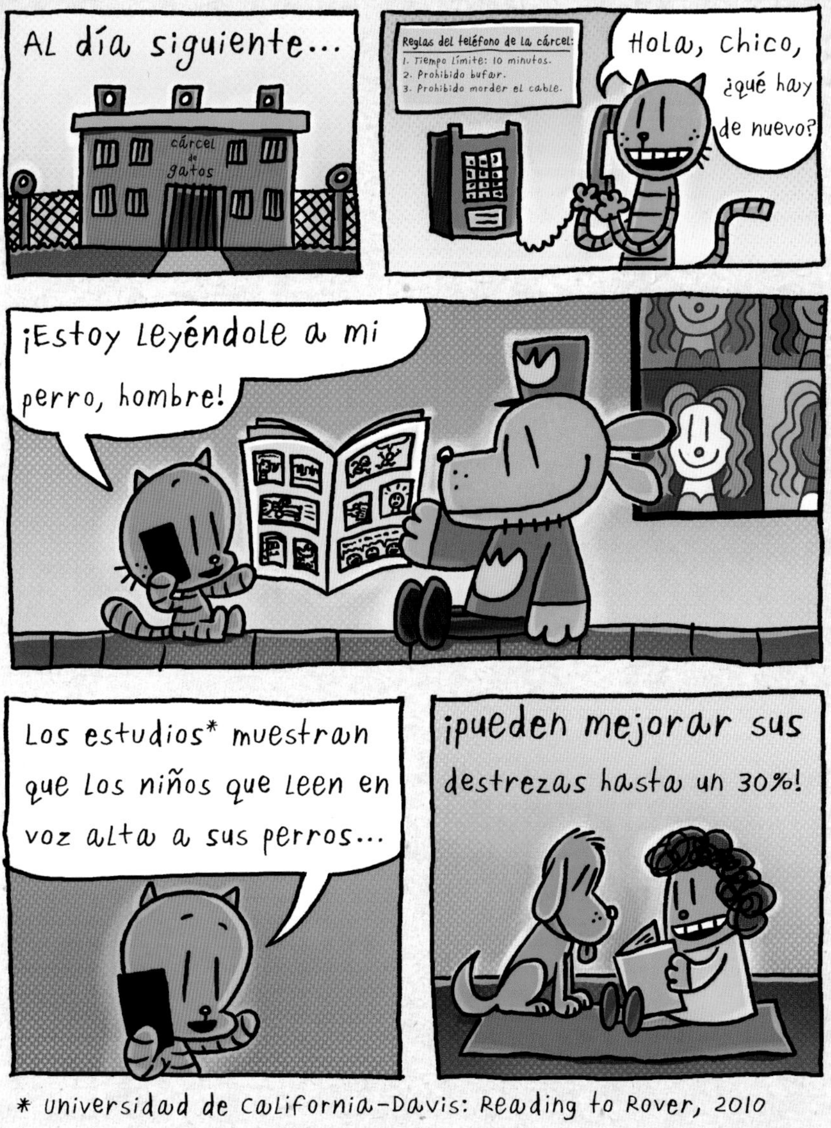

AL día siguiente...
cárcel de gatos
Reglas del teléfono de la cárcel:
1. Tiempo límite: 10 minutos.
2. Prohibido bufar.
3. Prohibido morder el cable.
Hola, chico, ¿qué hay de nuevo?
¡Estoy leyéndole a mi perro, hombre!
Los estudios* muestran que los niños que leen en voz alta a sus perros...
¡pueden mejorar sus destrezas hasta un 30%!

* Universidad de California-Davis: Reading to Rover, 2010

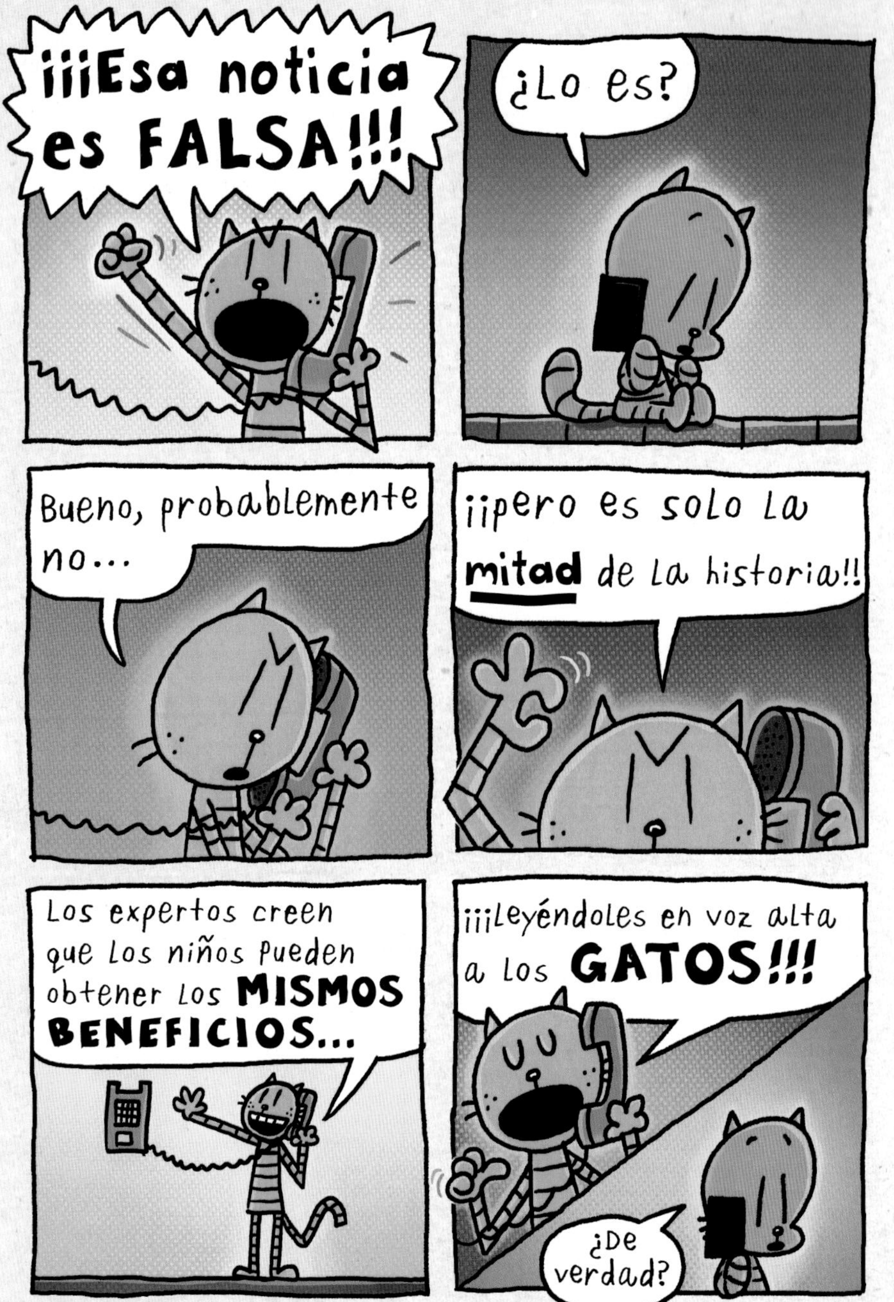
¡¡¡Esa noticia es FALSA!!!
¿Lo es?
Bueno, probablemente no...
¡¡pero es solo la mitad de la historia!!
Los expertos creen que los niños pueden obtener los MISMOS BENEFICIOS...
¡¡¡Leyéndoles en voz alta a los GATOS!!!
¿De verdad?

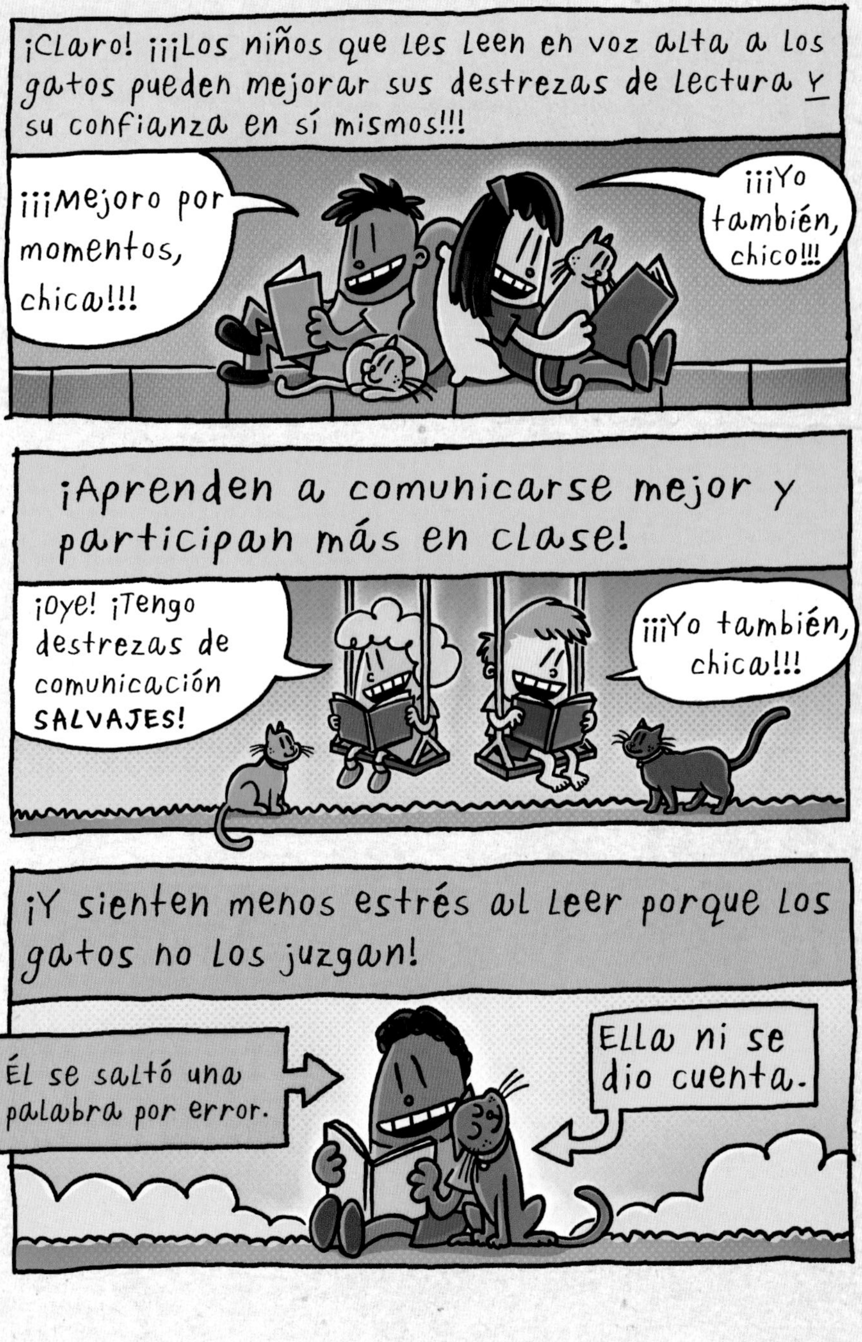

¡Claro! ¡¡¡Los niños que les leen en voz alta a los gatos pueden mejorar sus destrezas de lectura Y su confianza en sí mismos!!!
¡¡¡Mejoro por momentos, chica!!!
¡¡¡Yo también, chico!!!
¡Aprenden a comunicarse mejor y participan más en clase!
¡Oye! ¡Tengo destrezas de comunicación SALVAJES!
¡¡¡Yo también, chica!!!
¡Y sienten menos estrés al leer porque los gatos no los juzgan!
Él se saltó una palabra por error.
Ella ni se dio cuenta.

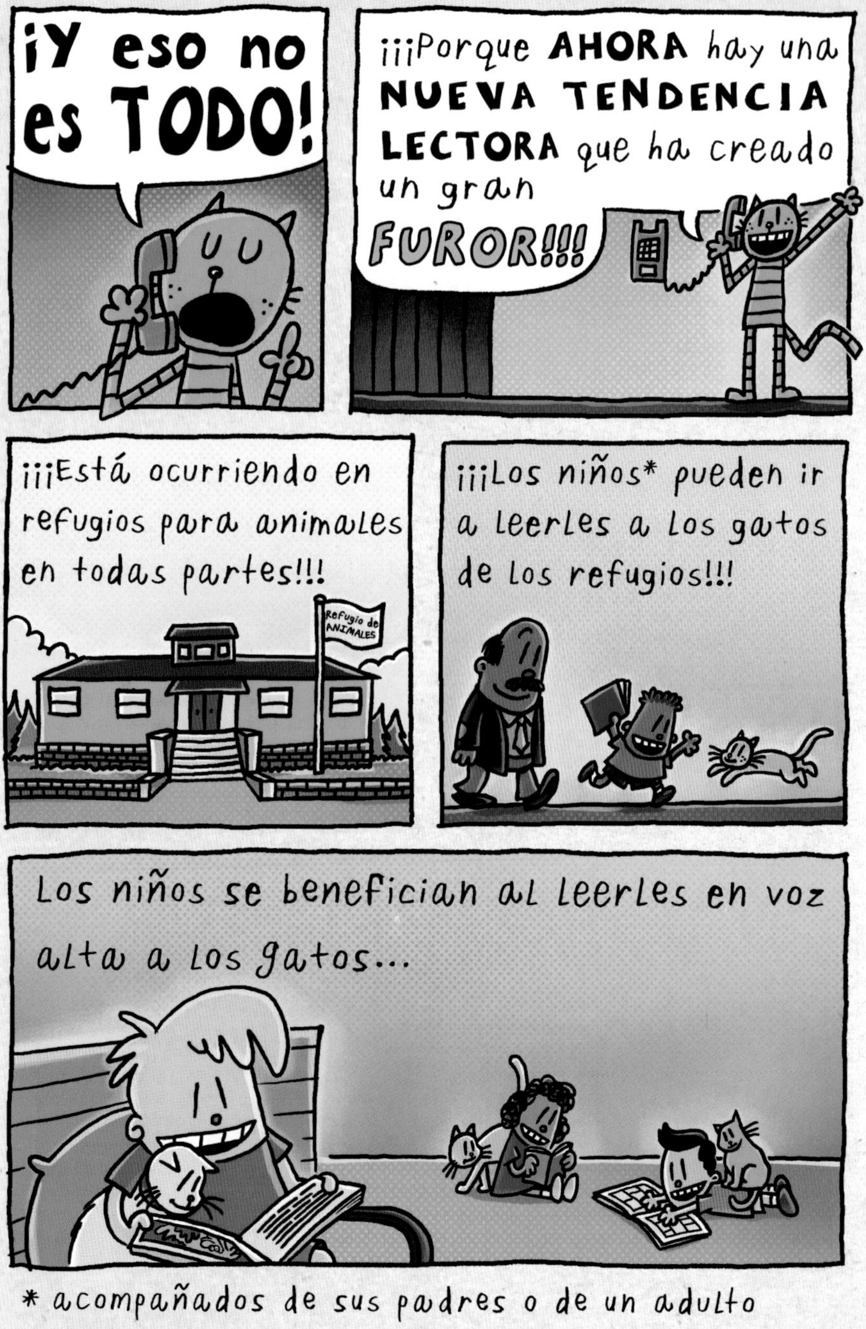

¡Y eso no es TODO!
¡¡¡Porque AHORA hay una NUEVA TENDENCIA LECTORA que ha creado un gran FUROR!!!
¡¡¡Está ocurriendo en refugios para animales en todas partes!!!
Refugio de ANIMALES
¡¡¡Los niños* pueden ir a leerles a los gatos de los refugios!!!
Los niños se benefician al leerles en voz alta a los gatos...

* acompañados de sus padres o de un adulto

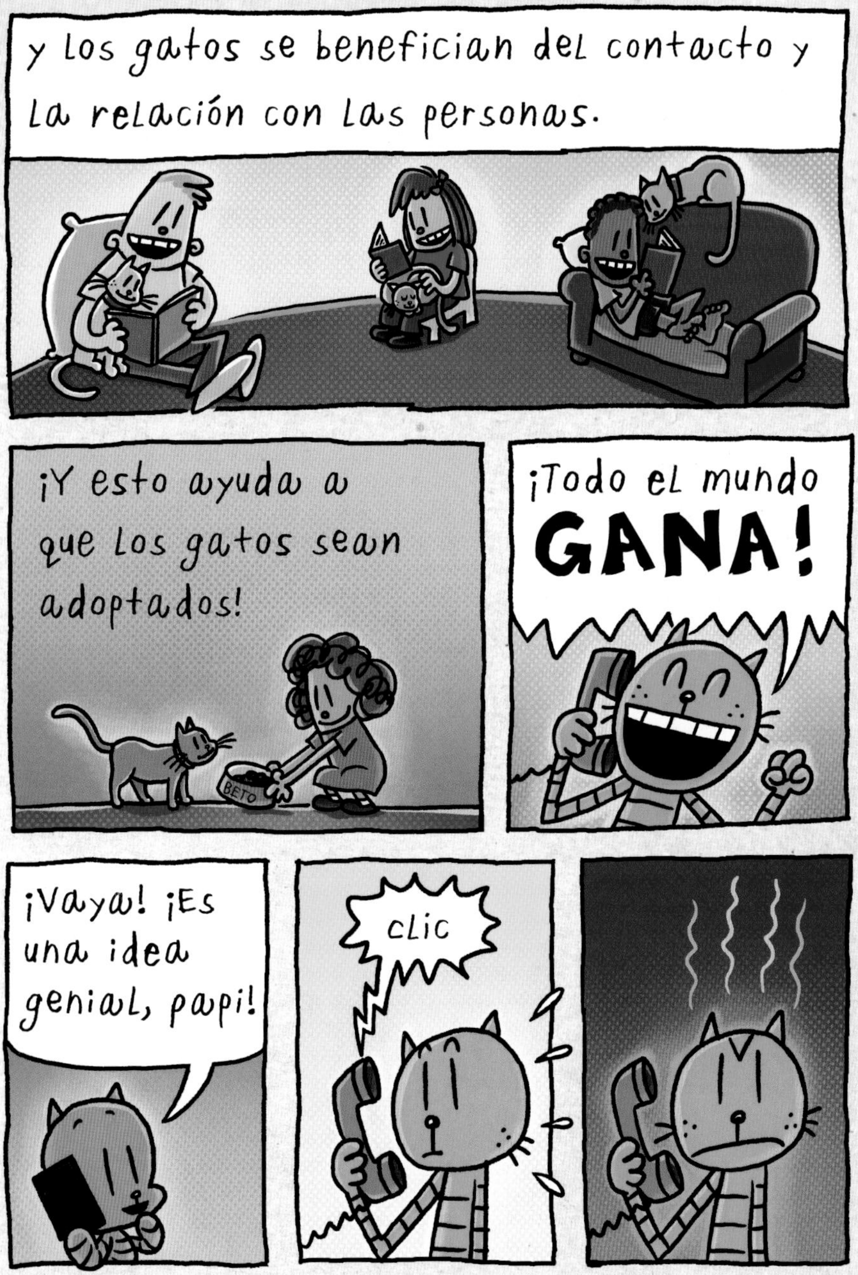
y los gatos se benefician del contacto y la relación con las personas.
¡Y esto ayuda a que los gatos sean adoptados!
BETO
¡Todo el mundo GANA!
¡Vaya! ¡Es una idea genial, papi!
CLIC

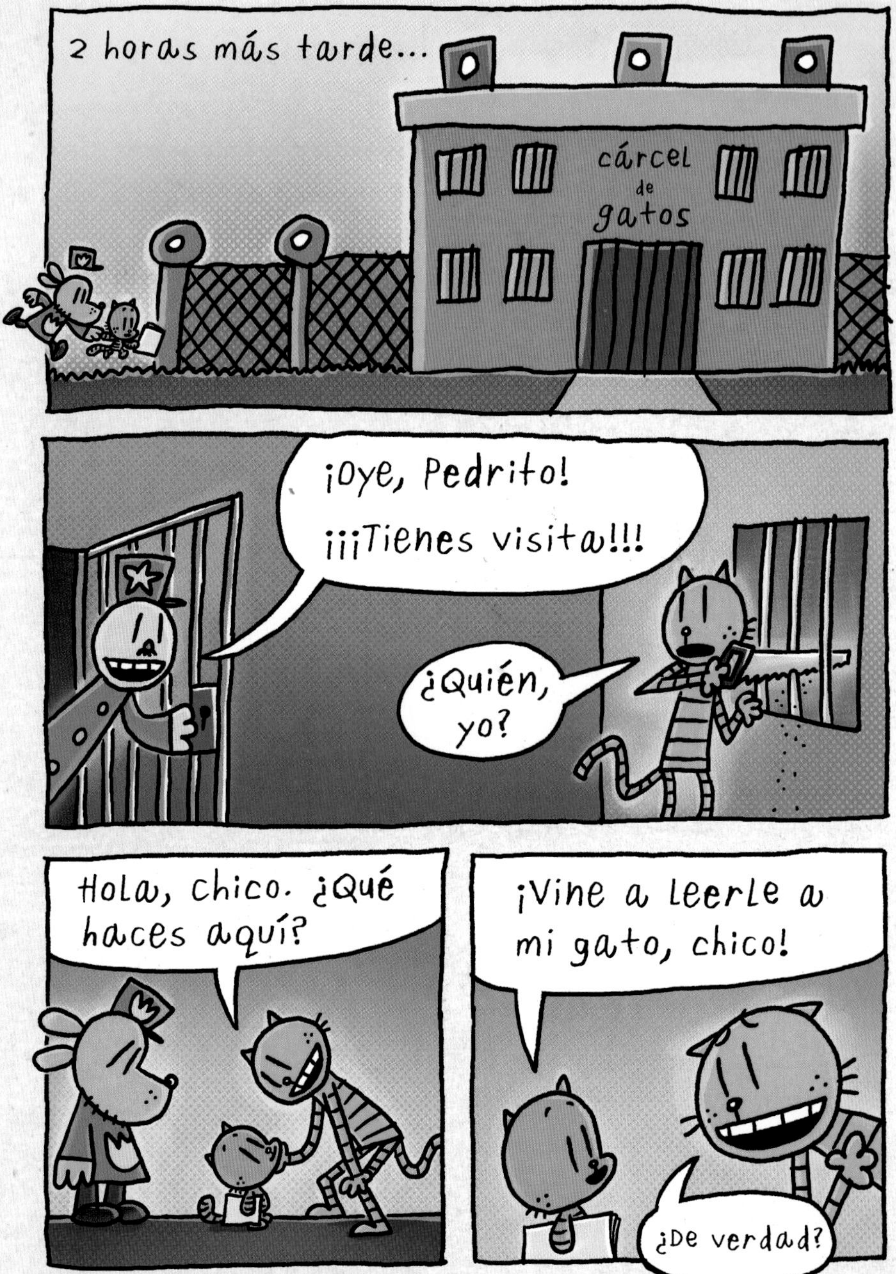
2 horas más tarde...
cárcel de gatos
¡Oye, Pedrito!
¡¡¡Tienes visita!!!
¿Quién, yo?
Hola, chico. ¿Qué haces aquí?
¡Vine a leerle a mi gato, chico!
¿De verdad?

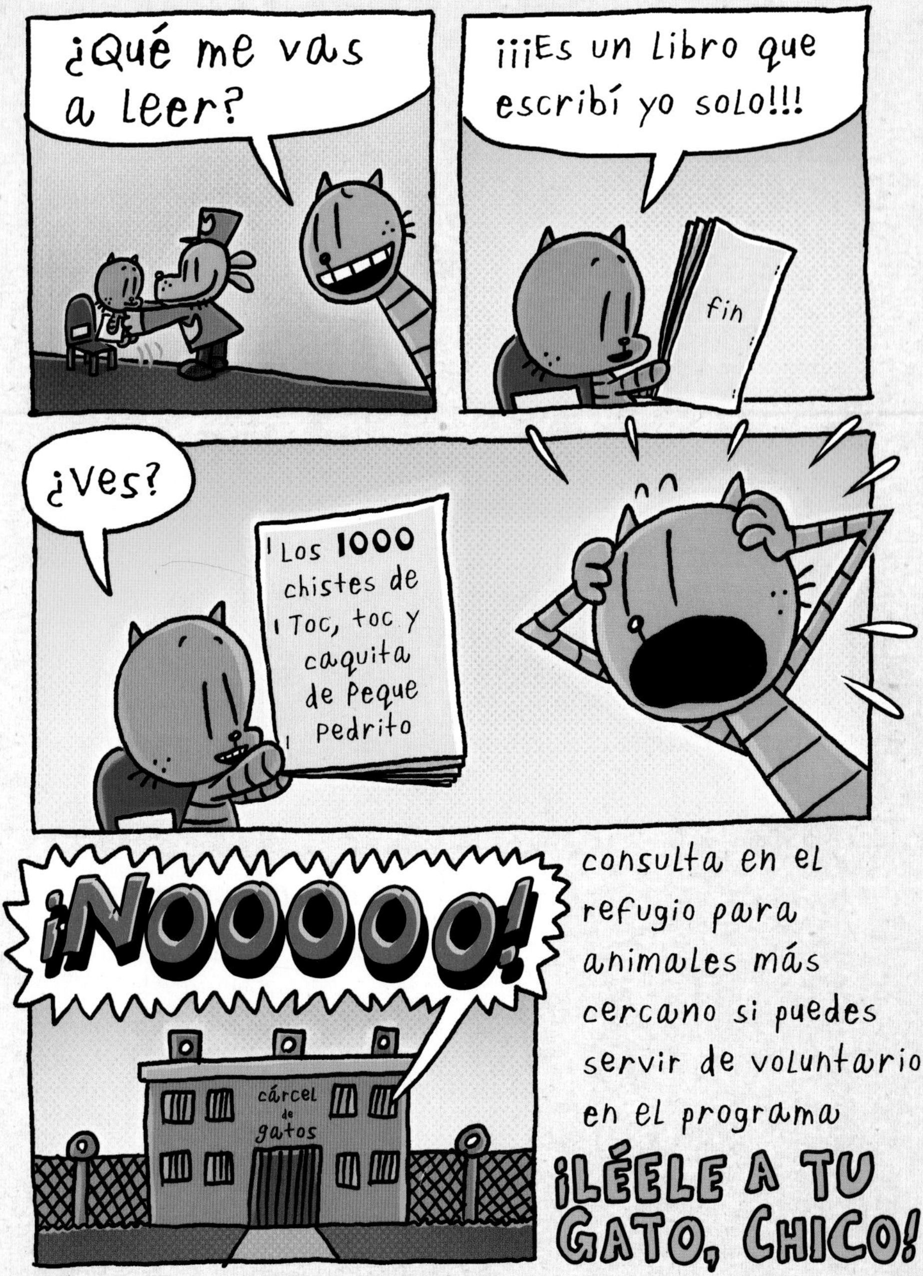
¿Qué me vas a leer?
¡¡¡Es un libro que escribí yo solo!!!
fin
¿Ves?
Los 1000 chistes de Toc, toc y caquita de Peque Pedrito
¡NOOOOO!
cárcel de gatos
consulta en el refugio para animales más cercano si puedes servir de voluntario en el programa
¡LÉELE A TU GATO, CHICO!

¡LEERLE A TU GATO ES SIEMPRE UNA EXPERIENCIA POSITIVA!

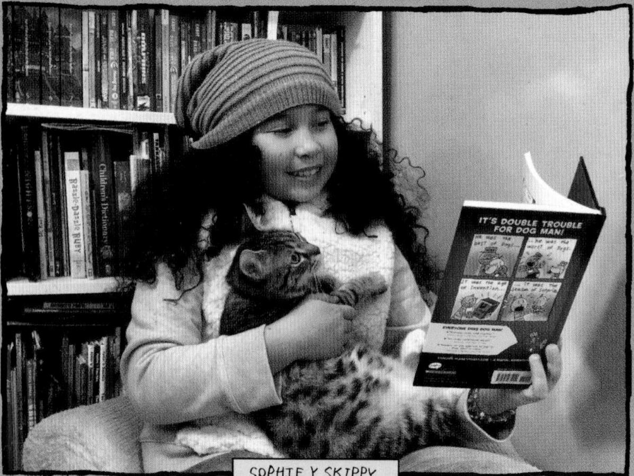
IT'S DOUBLE TROUBLE FOR DOG MAN!
SOPHIE Y SKIPPY

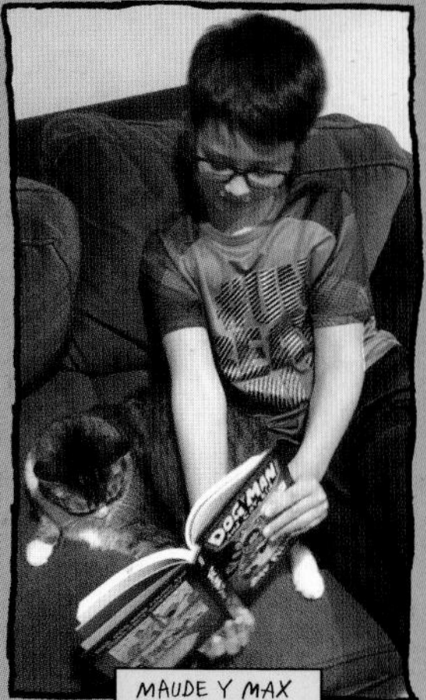
MAUDE Y MAX

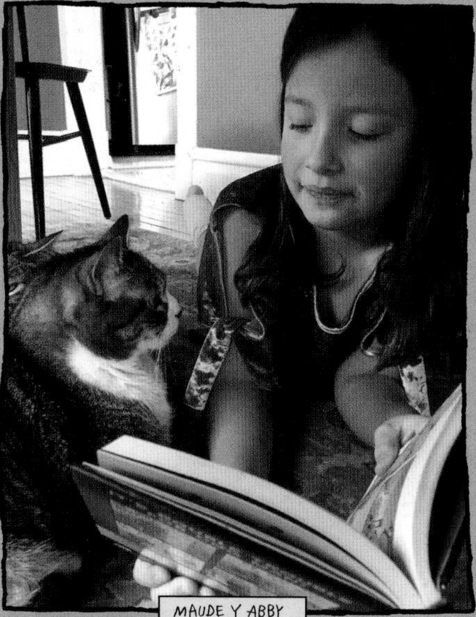
MAUDE Y ABBY

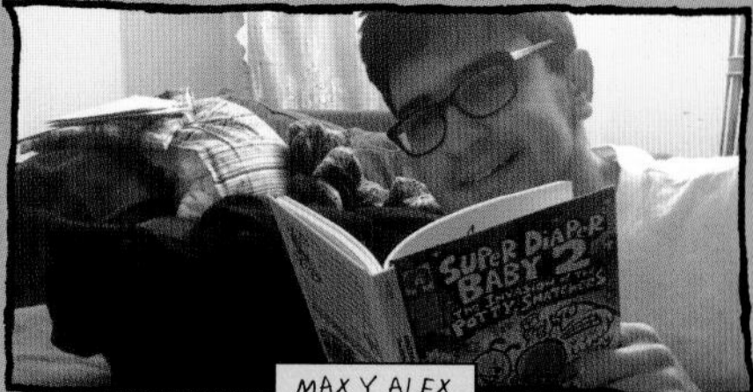
SUPER DIAPER BABY 2
MAX Y ALEX

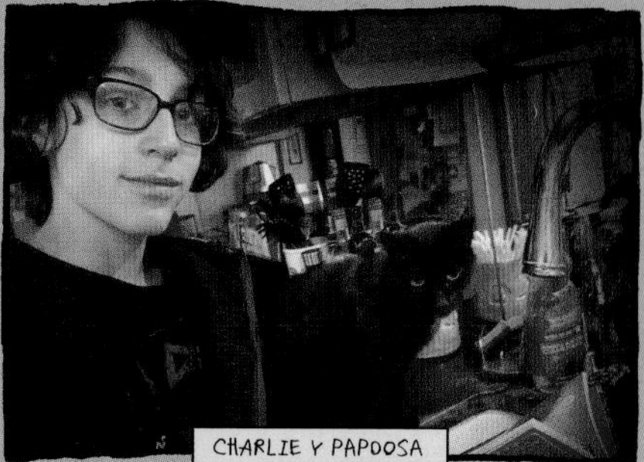
CHARLIE Y PAPOOSA

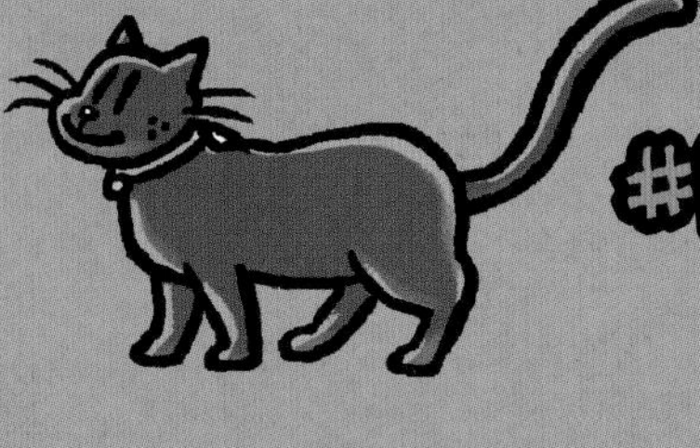

#léeleatugatochico

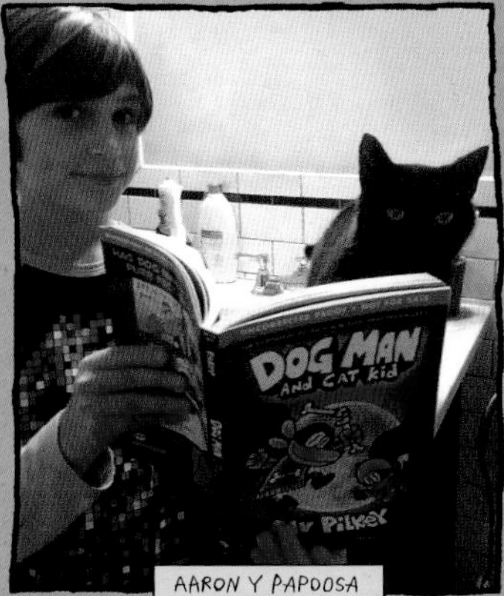
DOG MAN
And CAT kid

AARON Y PAPOOSA

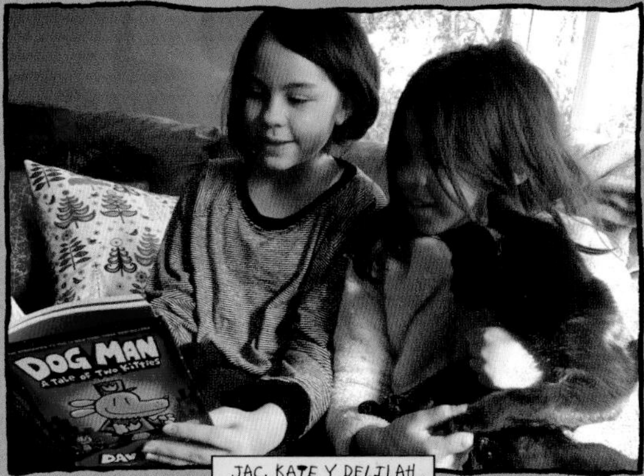
DOG MAN
A Tale of Two Kitties

JAC, KATE Y DELILAH

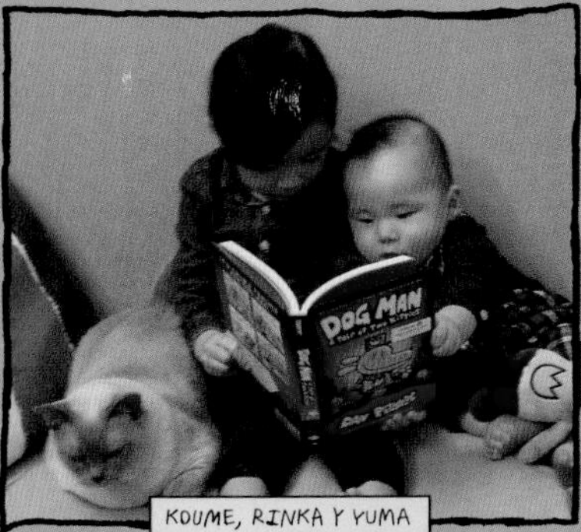
DOG MAN
A Tale of Two Kitties

KOUME, RINKA Y YUMA

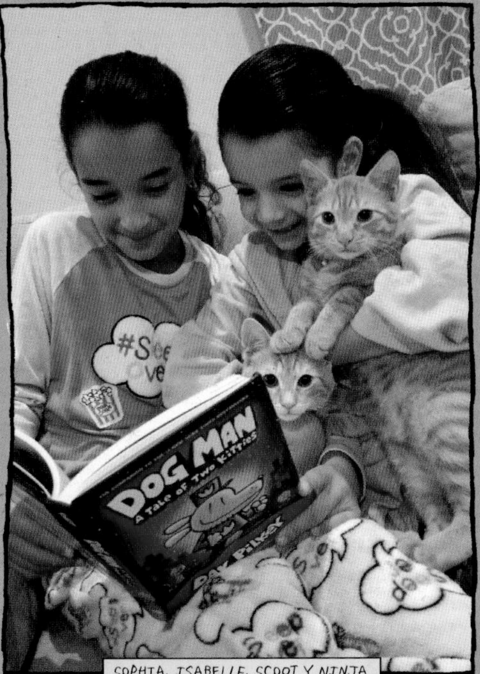
DOG MAN
A Tale of Two Kitties
DAV PILKEY

SOPHIA, ISABELLE, SCOOT Y NINJA

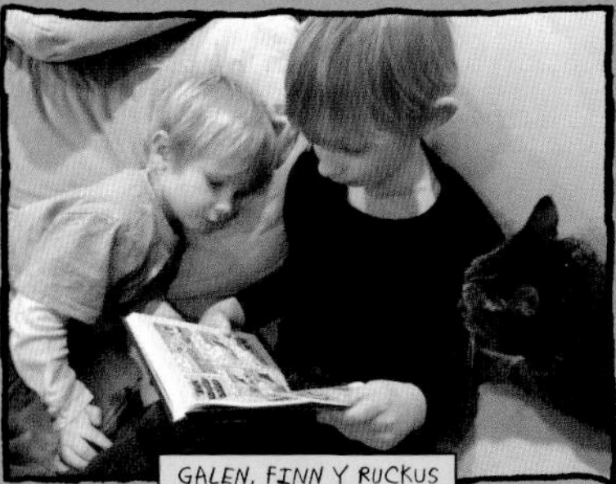

GALEN, FINN Y RUCKUS

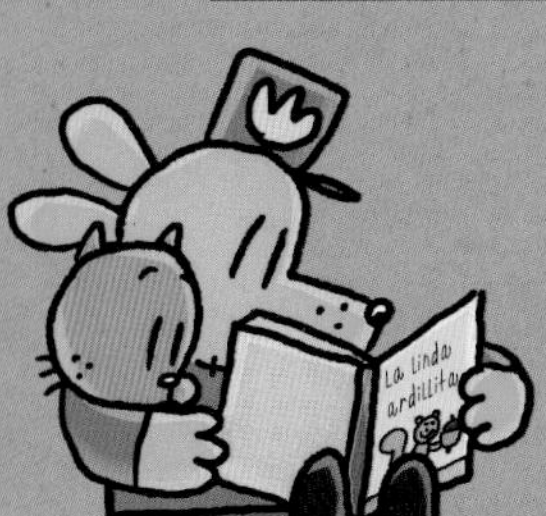
La linda
ardillita

¡DESCUBRE MÁS EN PILKEY.COM!

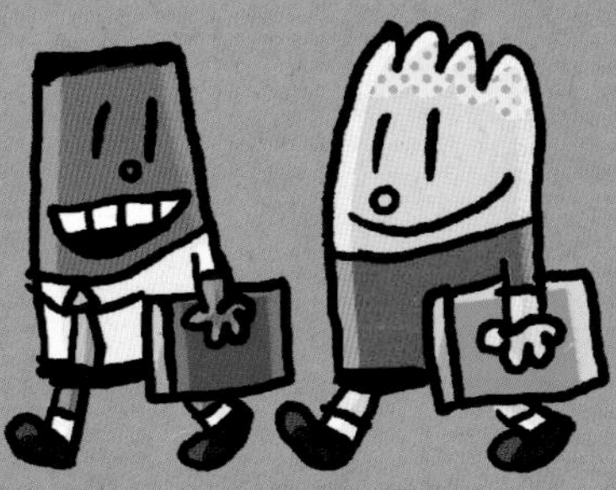

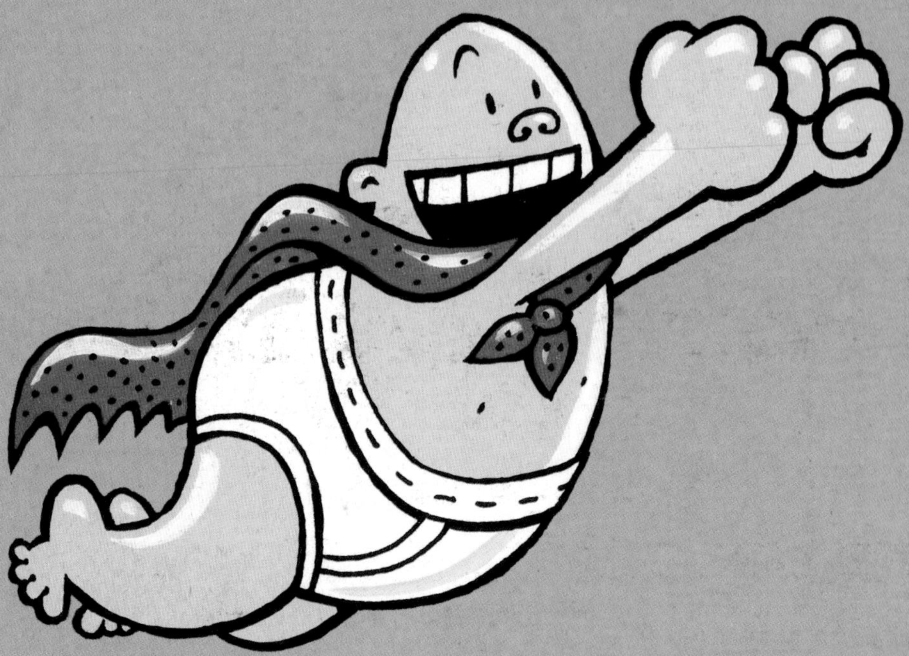

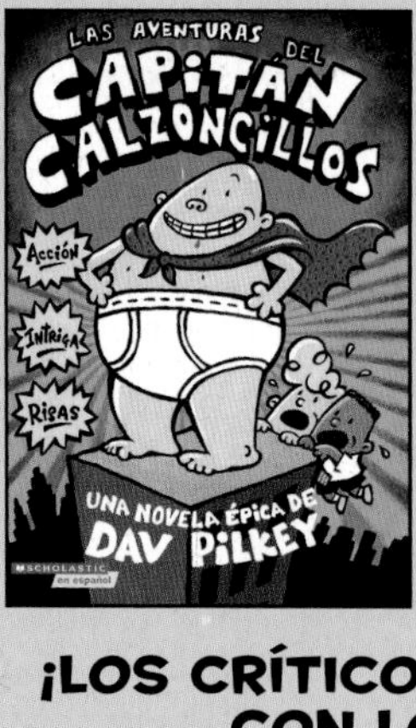
LAS AVENTURAS DEL
CAPITÁN CALZONCILLOS
Acción
Intriga
Risas
UNA NOVELA ÉPICA DE
DAV PILKEY
SCHOLASTIC en español

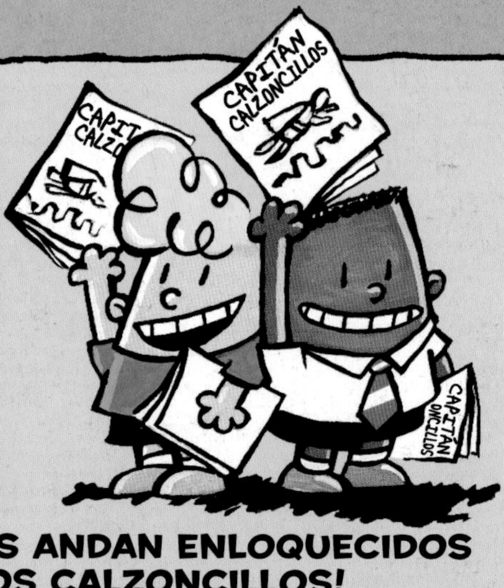
CAPITÁN CALZONCILLOS

¡LOS CRÍTICOS ANDAN ENLOQUECIDOS CON LOS CALZONCILLOS!

"El afilado humor de Pilkey resplandece y es tan divertido para los niños como para los padres". — Parents' Choice Foundation

"Es tan interesante que los jóvenes no notarán que su vocabulario se amplía". — School Library Journal

ACERCA DEL AUTOR-ILUSTRADOR

Cuando Dav Pilkey era niño fue diagnosticado con Trastorno por Déficit de Atención con Hiperactividad (TDAH) y dislexia, y tenía problemas de comportamiento. Dav interrumpía tanto las clases que sus maestros lo obligaban a sentarse en el pasillo todos los días. Por suerte, le encantaba dibujar e inventar historias. El tiempo que pasaba en el pasillo lo ocupaba haciendo sus propios cómics.

Cuando estaba en segundo grado, Dav Pilkey creó un cómic de un superhéroe llamado Capitán Calzoncillos. Desde entonces, no ha parado de crear libros divertidos con mensajes positivos, que se han convertido en grandes éxitos de venta y que inspiran a lectores en todas partes.

ACERCA DEL COLORISTA

Jose Garibaldi creció en el sur de Chicago. De niño le gustaba soñar despierto y hacer garabatos. Ahora ambas actividades son su empleo de tiempo completo. Jose es ilustrador profesional, pintor y dibujante de cómics. Ha trabajado para muchas compañías, como Nickelodeon, MAD Magazine, Cartoon Network y Disney. Hoy en día trabaja como artista visual en LAS AVENTURAS ÉPICAS DEL CAPITÁN CALZONCILLOS para Dreamworks Animation. Vive en Los Ángeles, California, con sus perros, Herman y Spanky.